THOMAS
KASTURA

Das geheime Kind

THOMAS
KASTURA

Das geheime Kind

Kriminalroman

DROEMER

Die Folie des Schutzumschlags sowie die Einschweißfolie
sind PE-Folien und biologisch abbaubar.
Dieses Buch wurde auf chlor- und säurefreiem Papier gedruckt.

Besuchen Sie uns im Internet:
www.droemer.de

Originalausgabe September 2010

Umschlaggestaltung: ZERO Werbeagentur, München
Umschlagabbildung: David Fokos/Corbis
Satz: Adobe InDesign im Verlag
Druck und Bindung: CPI – Ebner & Spiegel, Ulm
Printed in Germany
ISBN 978-3-426-19864-3

2 4 5 3 1

Für Michael

Ad astra duco

STERBEN. BEGRABEN werden. Die Glieder strecken. Den dünnen Arm an die Brust führen. Den fremden Tod umschlingen. Ein letztes Mal die Haut zwischen den Fingern fühlen. Die Augen schließen. Nie mehr atmen.

Die Vorstellung, sich zu verlieren. Einen Teil davon, die Hülle, all das Störende, Begrenzende, den Abglanz. Wird es ein langer Schmerz sein?

Sich unerreichbar zu machen. Unfindbar. Anders werden, vergessen. Sind da Gedanken, die es lohnt mitzunehmen? Ist das möglich?

Was lässt sich vor dem Abgrund noch bewahren?

BEIM SCHACH mochte Nicolas die Figuren. Ihre Verschiedenheit.

Das Pferdchen und der Turm sahen wie naturgetreue Nachbildungen aus. Die anderen ließen mehr Raum für seine Phantasie.

Am liebsten war ihm die Dame. Sie lag gut in der Hand, ihre Krone fühlte sich wie ein Zahnrad an, nur dass die Zacken abgerundet waren. Aber warum hatte der König ein Kreuz auf dem Kopf? Und der Läufer mit diesem Schlitz, sollte das ein Helm sein oder ein Gesicht?

Von den Bauern gab es viele. Er hatte sie zur Unterscheidung mit Filzstift markiert, eins bis acht. Bauern hatten keinen hohen Wert. Angeblich waren sie nicht so wichtig. Sie durften nicht so weit ziehen und wurden schnell geschlagen – nach den Regeln, die normalerweise galten.

Das mit dem Ziehen war verwirrend. Vor, zurück, quer. Mal weiter, mal kürzer. Wo die Felder aufhörten, war

Schluss. Warum eigentlich? Und warum bewegte sich ein Turm überhaupt? Das war doch ein Gebäude und gar keine Figur.

Nicolas spielte Schach nach seinen eigenen Regeln. Es gab drei Varianten:

I. *Schule.* Die Bauern waren die Schüler und die höheren Figuren die Lehrer. Der schwarze König war zum Beispiel der Religionslehrer, klar. Bei dem weißen König hatten sie Bio. Jede Felderreihe stand für ein anderes Schulfach. Pro Feld wurde eine Frage gestellt. Bei der richtigen Antwort durfte man vorrücken. Hin und wieder griff ein Schüler einen Lehrer beim Abfragen an, dann flog er vom Brett. Obwohl Bauer Nummer 3 die Antwort meistens wusste, flog er oft vom Brett. Das kam daher, weil er leicht die Beherrschung verlor, über seine Fäuste. Bauer Nummer 3 war er selbst, Nicolas.

II. *Einkaufen.* Bauer Nummer 3 ging zusammen mit dem weißen Springer in den Supermarkt. Auf den Feldern der anderen Figuren gab es allerlei Waren, Wurst, Käse oder Getränke. Bauer Nummer 3 zählte auf, welche Waren er mitnehmen wollte. Pro Feld nannte er den genauen Preis. Am Ende rechnete er alles im Kopf zusammen und schlug noch die Steuerprozente drauf. Mit Zahlen konnte er gut umgehen. Der weiße Springer kontrollierte das Ergebnis. Das war Otto.

Otto lebte mit der Mama von Bauer Nummer 3 zusammen und spielte mit ihm, wenn sie auf der Arbeit war. Otto hatte keine Arbeit. Er kümmerte sich um Bauer Nummer 3, der ja auch keine richtige Arbeit hatte, weil er noch zur Schule ging. Otto war also sein »Kollege«, und so redete er ihn immer an. Otto sah ein bisschen aus wie ein Pferd, weil er ein schmales Gesicht hatte und lange Zähne. *Einkaufen* machte am meisten Spaß, denn Bauer Nummer 3 wusste alle Preise auswendig. Aus der Zeitung kannte er sogar die Sonderangebote.

III. *Krieg.* Diese Variante ähnelte mehr einer richtigen Schachpartie. Es galten die normalen Regeln mit dem Unterschied, dass die weißen Bauern auf den Feldern der schwarzen Bauern aufgebaut wurden und umgekehrt. Weiß durfte dann mit den schwarzen Bauern ziehen und Schwarz mit den weißen. Ziel des Spiels war, alle Bauern der eigenen Farbe zu schlagen. Schlagen bedeutete in diesem Fall jedoch »Befreien«. Die Bauern standen für Geiseln oder menschliche Schutzschilde, wie Otto es nannte. Das war natürlich Quatsch, im Krieg wurde niemand befreit. Nicolas sagte lieber »Zurückerobern« dazu, letztlich lief es auf dasselbe hinaus.

Wegen der vertauschten Bauernfarbe fand er diese Spielvariante ziemlich kompliziert. Doch Otto meinte, das sei eine gute Übung. Man musste sich seiner Sache erst sicher sein, bevor man jemanden schlug und am Ende lebensgefährlich verletzte.

Gerade waren sie wieder *Einkaufen.*

»Hundert Gramm Hinterschinken«, sagte der weiße Springer.

»Eins neunundfünfzig«, sagte Bauer Nummer 3.

»Darf's auch etwas mehr sein?«

»Nein. Hundert Gramm reichen.« Nicolas hatte heute keine Lust auf Abweichungen. Er war noch durcheinander von gestern. Etwas war geschehen, worüber er unbedingt mit Otto reden musste. Aber das war um einiges schwieriger als Preise zusammenzuzählen.

Das Telefon klingelte. Otto unterbrach das Spiel und ging ran. Er meldete sich. Hörte eine Weile zu, schwieg.

Sein Gesicht veränderte sich. Er bekam Falten auf der Stirn, seine Augen wurden größer, erst vor Überraschung, dann, weil er sich wunderte und wohl nicht glauben konnte, was er da hörte. Er sagte nur ja, ja, plötzlich ein entschiedenes Nein! Anscheinend war es ein wichtiges Gespräch.

»Entschuldige«, sagte Otto schließlich und stand auf. »Bin gleich wieder da.«

Bauer Nummer 3 ging zur Käseabteilung. Der Preis für Camembert war reduziert. Es gab sehr viele Käsesorten. Man konnte sich nicht entscheiden.

Otto stand in der Küche. Er redete eindringlich ins Telefon. Einen ähnlichen Ton schlug er an, wenn sein Kollege wieder mal das Bad überschwemmt hatte. Diesmal klang es besorgter, anders als bei verschüttetem Wasser, das konnte man einfach aufwischen und dann war es wieder gut.

»Ich weiß, wo das ist«, sagte Otto. »Ja, ich komme hin. Sagen wir, in zwei Stunden.« Er machte eine Pause. »Keine Dummheiten!«

Bauer Nummer 3 entschied sich für Camembert. Otto war noch in der Küche und sagte nichts mehr. Die Kühlschranktür wurde geöffnet. Ein Glas wurde auf die Arbeitsfläche gestellt, und eine Flasche. Der Schraubverschluss klackerte bei jeder Umdrehung.

Bestimmt die Flasche mit dem Zeug, das auf der Zunge wie Feuer brannte. Otto trank es oft. Danach roch er widerlich. Wenn er viel davon getrunken hatte, brachte er die Worte durcheinander.

Dann war das Geräusch eines Schlüssels zu hören, an der Wohnungstür. Mama kam nach Hause. Sie hatte wieder Frauen geholfen, Babys zur Welt zu bringen.

Sie begrüßte Nicolas mit einem Handkuss. Das machten sie immer so. Er mochte es nicht, von jemand berührt zu werden. Wozu sollte es gut sein, sich gegenseitig anzufassen? Dabei wurden nur Krankheiten übertragen.

Sie ging in die Küche. Es dauerte nicht lange, und Mama und Otto stritten sich. Wegen Alkohol, dem Zeug aus den Flaschen.

Nicolas hielt sich die Ohren zu. Wenn Otto und Mama sich anschrien, wusste er nicht, was als Nächstes passierte. Das war schwer zu ertragen. Eigentlich mochten sich die beiden, sie schliefen sogar im selben Bett. Manchmal.

Früher hatte Mama mit Papa im selben Bett geschlafen, aber das war lange her. Jetzt mochte Mama Otto lieber als Papa.

Eine Tür ging auf. Thorbens Zimmer am Ende des Ganges. Thorben war sein Bruder. Er konnte Otto nicht leiden. Schade, dass sich die beiden nicht vertrugen.

»Na, wieder getankt?«, fragte Thorben.

»Nur einen Kurzen«, sagte Otto.

»Einen ziemlich Langen, möchte ich wetten.«

»Das geht dich nichts an.«

»Musst du hier in der Wohnung trinken?«, fragte Thorben. »Vor Nico?«

Thorben stellte Otto immer nur Fragen. Anders verständigten sich die zwei nicht. Nico war eine Abkürzung für Nicolas. Besser als Nikki.

»Kannst du nicht auf die Straße runtergehen?« Thorben ließ nicht locker.

»Bin ja schon weg.« Otto steckte die Schnapsflasche in seine Jacke. »Tschüss, Kollege. Halt die Ohren steif, ja?«

Das sagte er immer zum Abschied.

»Ich versuch's.« Nicolas nahm den weißen Springer vom Brett.

Otto winkte und öffnete die Haustür. Nicolas wurde es kalt an den Füßen. Er zog die Beine an. Dann fiel die Tür ins Schloss.

»Alles okay?«, fragte Thorben.

»Unser Spiel. Wir sind nicht fertig geworden.«

»Machst du allein weiter?«

»Keine Lust.«

»Wie war's in der Schule? Habt ihr nicht eine Probe geschrieben?«

»In Mathe.« Nicolas lächelte. »Der Satz des Pythagoras und wie man ihn umkehrt. Man muss nur …«

»Bist du fertig geworden?«

»Fast. Das meiste hab ich.«

»Nur Streber kommen auf die volle Punktzahl.« Thorben ging zur Garderobe und nahm seine Jacke vom Haken. »Ich muss noch mal los, Nico. Viel zu tun heute.«

»Rettest du wieder Leute?«

»Wir besprechen die Dienstpläne der nächsten Wochen. Kommst du ohne mich klar?«

»Mama ist ja da.«

»Mach ihr keinen Kummer.«

Thorben kramte nach seinen Schlüsseln. Dann war er draußen.

Nicolas schlich sich zur Küchentür und spähte vorsichtig um die Ecke.

Mama stand am offenen Fenster und rauchte. Es war ihr Lieblingsplatz, der einzige Ort in der Wohnung, an dem sie für kurze Zeit allein sein konnte.

Er baute das Schachspiel ab und ging auf sein Zimmer. Dort stand seine Playmobil-Ritterburg. Die war ganz anders als Schach, primitiver. Da mussten Ritter ihre Burg gegen Wikinger verteidigen. Meistens gewannen die Ritter, und die Wikinger zogen ab. Wenn nicht, eroberten die Wikinger die Burg und sperrten die Ritter ins Verlies. Manchmal kam es vor, dass die Wikinger einen Ritter zur Abschreckung töteten. Dann landete der Ritter im Müll. Kämpfe forderten Opfer.

»FÜR MEIN GEFÜHL ist das Jackett zu lang.«

»Nein. Das Jackett ist nicht zu lang.«

Raupach blickte erneut in den Spiegel. »Es ist zu lang.«

Heide trat einen Schritt zurück. »Das Jackett ist genau richtig.«

»Wirklich?«

»Es streckt dich.«

Er straffte den Rücken. Drehte sich, nach links, nach rechts. Sah an sich herab. »Eindeutig zu lang.«

»Lass es kürzen, wenn's dir nicht gefällt«, schlug sie vor.

»Dann verliert es seinen Schnitt. Man kann ein Jackett nicht einfach abschneiden wie eine Hose.«

»Aber es sind doch nur ein paar Zentimeter.«

»Nein. Wenn es zu lang ist ...«

»Ich finde es elegant.«

»Damit sehe ich aus wie ein Butler«, widersprach er.

»Hast du was gegen Butler?«

»Wenn ich einen Verdächtigen zur Vernehmung einbestelle, sage ich ja auch nicht: Es ist angerichtet.« Raupach deutete auf den Saum und schüttelte den Kopf. »Zu lang.«

»Wie du meinst«, sagte Heide. Sie half ihm aus dem Jackett und gab es einem Verkäufer.

Inzwischen leisteten ihnen drei Angestellte eines Kölner Herrenausstatters Gesellschaft. Wie der stumme Chor in einer griechischen Tragödie verfolgten sie das Schauspiel. Es war Freitag, da hatten die meisten Kunden wenig Zeit – abgesehen von diesen beiden. Die Gründlichkeit, mit der sie die Ware prüften, die Nähte, das Innenfutter, die Verarbeitung, grenzte an Misstrauen.

Heide und Raupach ließen sich von den gequälten Mienen nicht im Geringsten beeindrucken.

Der Anzug passte nicht. Keiner passte. Raupach hatte eine ganze Reihe anprobiert, bei zehn hatte Heide mit dem Zählen aufgehört. Er brauchte unbedingt einen neuen. Mit seinem alten dunkelblauen konnte er nicht mehr unter Menschen gehen. Überall durchgescheuerte Stellen, an den Schultern, den Ellbogen. Die Hose war an manchen Stellen dünn wie Japanpapier und glänzte verdächtig.

»Habe ich überhaupt die Figur für den italienischen Schnitt?«, fragte Raupach plötzlich.

»Damit sehen Sie am besten aus«, versuchte es der Abteilungsleiter.

»Eigentlich bevorzuge ich den englischen Schnitt.«

»Der wird selten verlangt.«

»Wo sind wir hier?«, fragte Heide. »In einem Resteladen? Haben Sie keine größere Auswahl?«

Der Mann wies auf Kleiderständeralleen, die sich ins Unendliche dehnten. »Normalerweise genügt das unseren Kunden.« Er wandte sich an Heide: »Möchten Sie sich in unserer Damenabteilung umsehen? Vielleicht finden Sie etwas Hübsches?«

Das war ein Fehler. Heide trug fast ausschließlich schwarz. Meistens etwas Praktisches. Einschüchterndes. Gelegentlich etwas Umwerfendes. Aber ganz bestimmt nichts *Hübsches*.

»Haben Sie was an meiner Aufmachung auszusetzen?« Sie sah an ihrem Businesskostüm herab. Unter der linken Achsel hatte es der Schneider weiter gemacht, wegen der Pistole.

»So war das nicht gemeint.«

»Sollte ich irgendwas mit Blümchen tragen? Ist das mehr mein Stil?«, fragte sie.

»Nicht in Ihrem Alter …«

»So? Wie alt schätzen Sie mich denn?«

Der Mann blickte hilfesuchend zu seinen Kollegen. Die interessierten sich gerade intensiv für ihre Schuhe.

Wenn Heide sich mit den Verkäufern anlegte, war das ein deutliches Signal, das Geschäft zu verlassen. Raupach bedankte sich und strebte zum Ausgang. Heide nutzte jede Gelegenheit, um sich über irgendetwas aufzuregen. Als Nächstes würde sie wissen wollen, in welchen Ländern die Anzüge genäht wurden, woher der Stoff stammte, ob Kinderarbeit im Spiel war und dergleichen.

Raupach betrat die Drehtür.

Heide war ihm auf den Fersen. »Wie alt würdest du mich schätzen, Klemens? Wenn du es nicht wüsstest.«

Sie schaffte es nicht mehr, sich hinter ihm in die Drehtür zu zwängen. Das verschaffte ihm ein paar Sekunden Bedenkzeit.

Heide war 48 und sah auch ungefähr so aus, obwohl sie sich alle erdenkliche Mühe gab, jünger zu wirken. Schlank, sehnig, leicht gebräunt – körperlich war sie bestens in Form. Nur im Gesicht hatte ihr Beruf Spuren hinterlassen. Die Augen lagen so tief in den Höhlen wie Tümpel am Grund eines verwunschenen Tals.

Raupach überlegte fieberhaft. Wenn er 45 sagte, wäre das unhöflich. 40 wäre schmeichelhaft, aber die 4 stände immer noch am Anfang. 39 klang wie Schlussverkauf, 38 wie eine Notlüge.

Sein Handy klingelte. »Eine Leiche in der Kleingartenanlage am Nordpark«, gab Photini durch. »Männlich, etwa in deinem Alter.«

»Bin schon unterwegs.« Er bedeutete Heide, dass die Pflicht rief. Perfektes Timing.

»Es ist dein freier Tag«, sagte Photini. »Soll ich mich drum kümmern?«

»Das liegt quasi vor meiner Haustür, Nippes, fast schon Niehl. Fahren wir beide hin.«

»Wie du meinst, Partner.«

PHOTINI VERALBERTE IHN seit kurzem mit Formulierungen aus amerikanischen Polizeiserien. »Partner« war bewusst doppeldeutig. Vor ein paar Wochen hatte sie im richtigen Leben einen Partner gefunden. In der Mordkommission wusste es jeder, aber noch niemand hatte ihren neuen Freund zu Gesicht bekommen, und Photini hüllte sich in Schweigen. Er hieß Patrick, wie ihr bei einem Telefonat herausgerutscht war, mehr war nicht bekannt.

»Nordpark«, sagte Raupach, als sie im Auto saßen. »Zwischen Kretzer und Kevelaerer Straße.«

»Die Schrebergärten?« Heide rammte den ersten Gang ins Getriebe und schoss aus der Parklücke.

»Genau.«

»Tolle Gegend.«

»Sarkasmus steht dir nicht. Ein Häuschen mit ein wenig Grün dabei, was ist dagegen einzuwenden? Nicht jeder kann sich eine Villa leisten.«

»Meine Sache wär's jedenfalls nicht. Zu viel Natur.«

Raupach wechselte das Thema. »Die richtige Kleidung zu finden ist schwer.«

»War nicht zu übersehen. Ich liebe es, Schwächen an dir zu entdecken.«

»So?«

»Du musst diese Typen rumkommandieren. Sonst drehen sie dir irgendeinen teuren Müll an und behaupten, du würdest darin eine *bella figura* machen.« Heide nahm ihre Funktion als Raupachs Modeberaterin sehr ernst.

»Warum kaufst du den Anzug nicht ohne mich?«, schlug Raupach vor. »Du kennst meine Größe. Nimm zwei oder drei zur Auswahl mit. Wenn einer halbwegs passt, trägt er sich schon ein.«

»Wir sind kein altes Ehepaar, Klemens.«

»Nicht?«

Sie blickte ihn verwundert an. »Wir waren uns einig, dass es nicht klappt.«

»Stimmt. Vor zwölf Jahren. Oder waren es dreizehn?«

»Höre ich da spätes Bedauern?«

»Wäre das nicht praktisch?« Raupach malte sich hin und wieder ein anderes Leben aus. Allerdings war das wie beim Anzugprobieren: Es gab verwirrend viele Alternativen. »Wir könnten so tun, als hätten wir die schwierigste Zeit schon hinter uns«, begann er. »All die Krisen der ersten Jahre. Das Nachlassen der Verliebtheit. Der Horror der beginnenden Routine. Ein paar Seitensprünge fürs Selbstwertgefühl, zur Beruhigung, dass man nichts verpasst hat, und die daraus resultierenden Dramen. Das hätten wir alles schon abgehakt.«

»Es würde vieles vereinfachen ...«, sinnierte sie. Nach zwei gescheiterten Ehen wusste sie, wovon sie sprach. Raupach hatte erst eine hinter sich. Anfänger.

»Wir bräuchten nicht mal zusammenziehen«, fuhr er fort. »Viele Paare in unserem Alter machen das so. Jeder behält seinen kleinen Alltag, keiner muss sich umstellen. Seife, Haarbürste, Zahnpastatube, alles bleibt am Platz. Und soweit ich weiß, brächte uns das steuerliche Vorteile.«

»Charmant.« Heide fletschte die Zähne zu einem Raubtierlächeln. »Gibt's einen besonderen Grund für diese stürmische Liebeserklärung?«

Es gab einen Grund, doch den wollte er ihr nicht verraten. Nicht jetzt. »Der Anzug«, sagte er schließlich. »Gemeinsam Kleidung kaufen. Ich finde das ziemlich intim.«

»Sollen wir mal zusammen zu Ikea fahren?«

»Heute Morgen gehst du aber ganz schön ran. Ikea …, wenn das kein eindeutiges Angebot ist.«

»Du hast angefangen.«

»Und was sollen wir dort kaufen?«, fragte Raupach. »Wir haben doch alles, was wir brauchen.«

»Wie wär's mit einem richtigen Bett? Deine alte Schlafcouch bricht bald zusammen. Für eine Beziehung, selbst für eine sporadische, ist das Ding nicht ausgelegt.«

»Dann behalte ich es lieber.« Er lachte, ein bisschen zu laut. Heide war der einzige Mensch, mit dem er ungezwungen und mit der richtigen Dosis Ironie über solche Themen reden konnte. Ausnahmsweise wollte sie nicht das letzte Wort haben.

Auf der Neusser Straße bogen sie nach rechts ab, Blücherstraße, Leipziger Platz. Ein Karree gepflegter, unnahbarer Altbauten blickte auf eine Grünanlage mit Spielplatz herab. Die Blätter der Bäume leuchteten in der Vormittagssonne, rot und gelb, bronzefarben und golden. Der Wind spielte mit den Wipfeln.

Der Herbst war Raupachs Lieblingsjahreszeit. Er mochte es, die Stadt dabei zu ertappen, wenn sie sich von ihren schönen Seiten zeigte. Köln hielt nach zwanzig Jahren immer noch viel vor ihm verborgen, selbst Nippes, sein eigenes Viertel.

Heide wohnte in Sülz, das war im Südwesten. Sie würde nie von dort weggehen, aus ihrem Elternhaus, in das sie vor einigen Jahren gezogen war, nachdem sie es eine Weile vermietet hatte, ein schmales, altersschwaches Handtuch von einem Haus, verloren zwischen unansehnlichen Bürogebäuden, aber top renoviert.

Besser, jeder blieb, wo er war.

Zur Rechten lagen die alten Gummiwerke in der Niehler Straße. Dort wurde längst nichts mehr produziert. Der größte Teil der weitläufigen Anlage würde bald abgerissen werden und Wohn- und Gewerbeflächen weichen. Falls den Investoren nicht die Puste ausging und sie ihr Geld in ein anderes aussichtsloses Projekt steckten.

Sie bogen in die Xantener Straße ein, kurz darauf setzte Heide ihn ab.

»Darf ich mitkommen?«, fragte sie.

»Du kennst doch die derzeitige Aufgabenverteilung. Keine Leichen für Heide.«

»Na ja, ich hab sowieso noch Hausaufgaben zu machen.« Sie wies auf den Rücksitz. Dort lagen toxikologische Fachbücher, ihr Spezialgebiet. Sie musste einen Vortrag auf einem Polizeikongress in Düsseldorf halten.

Raupach fand es gut, dass sie sich auf die Theorie konzentrierte, nach all den Problemen, die sie in letzter Zeit gehabt hatte. »Wir sehen uns, Partner.«

»Fang du nicht auch noch an.« Heide gab Gas, die Tür fiel zu.

Altes Ehepaar. Sie ahnte schon, was mit Raupach los war. Er sorgte sich um Photini. Als ob die nicht auf sich selber aufpassen konnte.

DER WEG, der die Kleingartenanlage in zwei Hälften teilte, war zu schmal für ein größeres Polizeiaufgebot, deshalb hatten die Kollegen ihre Wagen alle vorn an der Straße geparkt. Raupach schloss sich einem Kriminaltechniker an, der zum Team von Effie Bongartz gehörte. Wenn Hattebier, der Chef der Spurensicherung, Effie den Fall überließ, war bestimmt keine Schusswaffe im Spiel. Glück gehabt, dachte der Kommissar, ein vormittägliches Hattebier-Referat über Ballistik war nicht nach seinem Geschmack.

Maschendrahtzaun zu beiden Seiten. Sauber abgetrennte Parzellen, so weit sie einsehbar waren, Bepflanzung in Reih und Glied, viele Nutzbeete, das Gemüse war größtenteils abgeerntet. Die Häuschen stellten Miniaturidyllen dar, teils wie vom Reißbrett, teils älter, individueller, mit Spuren jahrelanger Benutzung. Hin und wieder Fahnenmasten, beflaggt mit Schwarz-Rot-Gold, dem Kölner Stadtwappen oder dem Emblem eines Fußballvereins, Geißbock bevorzugt.

Vereinzelt Leute auf den Grundstücken. Ein paar klebten am Zaun und beäugten Raupach misstrauisch. Andere werkelten stur vor sich hin und hoben nur kurz den Kopf, als der Kommissar vorbeiging.

Die Anlage kam ihm vor wie ein einziges großes Mietshaus, besser: eine Scheibe Mietshaus, in die Horizontale gebracht, aufgeklappt, die Balkone zu einem Stückchen Land entrollt. Der asphaltierte Weg mitten hindurch war der Aufzugsschacht. Raupach musste an Fernsehbilder von Dubai denken, an die Bauprojekte der Ölscheichs, Landgewinnung in Form einer Palme: Der Stamm, das war die Hauptstraße. Die Zufahrtswege sahen aus der Luft wie Palmwedel aus, und die Millionärsvillen waren die einzelnen Blätter. *The Palm* hieß das. Vielleicht die teuerste Schrebergartensiedlung der Welt.

Reintgen erstattete in strammem Tonfall Bericht. Das Gelände sei bereits vorbildlich abgesperrt. Die alte Dame, die den Toten entdeckt hatte, warte in der Nähe, im Nordpark. Höttges kümmere sich um sie. Zeugen hätten sich noch nicht gemeldet.

»Wann kapieren Sie endlich, dass wir nicht beim Militär sind?« Raupach ließ sich Schutzkleidung geben und schlüpfte ohne Eile hinein.

»Sonst mögen Sie es doch kurz und bündig«, sagte Reintgen eingeschnappt.

»Ja, aber bitte in Zimmerlautstärke.«

Zuerst betrachtete Raupach den Fundort der Leiche von außen. Nummer 88. Eine Gartentür, bewehrt mit rostigem Stacheldraht. Eine mannshohe Thujahecke hinter dem Zaun hielt neugierige Blicke ab. Nachbarschaftliche Kontakte schienen hier unerwünscht zu sein im Gegensatz zu anderen, offener angelegten Parzellen. Wenn einer der Polizisten das zugewachsene Grundstück betrat oder verließ, konnte man kurz ein Häuschen sehen, verdeckt von einem riesigen Kirschbaum.

Schließlich traf Photini Dirou ein. Reintgen wiederholte seine kleine Ansprache in gemäßigterem Tonfall.

Photini nickte und schaute Raupach ungläubig an. »Hast du auf mich gewartet?«

»Gemeinsam handeln. Am Anfang einer Ermittlung ist das wichtig«, belehrte er sie.

Sie gingen hinein, Pflasterung mit Verbundsteinen, zu beiden Seiten Beete, Kartoffeln, Lauch, teilweise umgegraben. Ein leicht gebogener Weg führte bis zum Haus. Viel Holz, weiß gefasste Fenster, taubenblauer Anstrich, im skandinavischen Stil. Stufen, eine kleine Terrasse, daneben Rasen. Lehmiger Boden schimmerte zwischen den Grashalmen durch.

Bäuchlings die Leiche.

Zahlreiche Markierungen wiesen auf Schuhspuren hin. Clausing, der Gerichtsmediziner, vermaß gerade eine Wunde am Schädel und murmelte etwas von »Knochenrillen«. Einer seiner Helfer machte Fotografien. Dann bemerkte er den Leiter der Mordkommission.

»Morgen.«

»Tag, Doc. Was haben wir?«

»Der Schädel ist gespalten, mehrere Hiebe von hinten, mit einem scharfen Gegenstand. Humusspuren in den

Wunden. Ich tippe auf einen Spaten.« Clausing wies auf die Beete. Neben einem reifen Kürbis war die Erde aufgeworfen, frisch und feucht, als habe jemand eine Pflanze samt Wurzelstock ausgegraben.

Effie Bongartz kam aus dem Gartenhäuschen und nickte Raupach und Photini zu. »Auf der Terrasse haben wir eine leere Schnapsflasche gefunden. Billiger Wodka.«

Sie gab ihren Kollegen einen Plastikbeutel mit dem Beweismittel. »Und das hier lag direkt neben der Leiche.«

Es war ein Beutel im Beutel. Ein kleines Stück Haschisch. Pyramidenförmig.

Effie hatte ihre Jugend in einem Mädcheninternat im Bergischen Land verbracht. Drogen waren dort so verbreitet gewesen wie Gummibärchen. Sie seufzte. »Volle Dröhnung. Kommt alles zur Analyse ins Labor.«

»Ich würde ihn gern umdrehen«, sagte Clausing.

Raupach prägte sich das Bild ein. Ein Mann mit einer schlammfarbenen Windjacke, ausgewaschenen Jeans, Turnschuhen aus dem Supermarkt. Die Arme ausgebreitet, als wollte er die Erde umarmen. Um den Kopf herum befand sich eine Blutlache, im Boden versickert, eingetrocknet. Die sichtbare Gesichtshälfte war ausdruckslos, die Augen geschlossen.

»Nur zu«, sagte der Kommissar.

Clausing und Effie wälzten den reglosen Körper auf den Rücken. Die Fotokamera des Kriminaltechnikers hielt alles fest. Das Klicken bei jeder Aufnahme, von der Elektronik simuliert, war kaum zu hören.

Der Tod hatte viele Gesichter. Für Raupach war jedes einmalig, er wollte nicht als einer dieser Bullen enden, die Leichen ausschließlich als Objekte betrachteten. Und Photini, die neben ihm stand, sollte das auch nicht passieren.

Die wenigen Toten, die sie bislang gesehen hatte, waren verstümmelt, massakriert, verbrannt worden, entstellte Grimassen, die einem nicht gerade die Träume versüßten. Sie betrachtete den Mann und zugleich Raupach, wie er die Unterlippe hochzog und die Leiche mit einem Anflug von Bitternis musterte.

Mit der richtigen Einstellung hinsehen, dachte sie, fachmännisch, aber nicht ohne Gefühle. Keine lockeren Bemerkungen, um auf Distanz zu gehen und die bösen Gedanken zu verjagen.

Dieser Tote schien zu schlafen. Als sei er aus dem Leben gestolpert. Ein falscher Schritt. Irgendetwas war immer im Weg. Ein Stein, unerwartet, eine Kante, zu hoch. Am Mundwinkel haftete ein Grashalm.

Es stimmte: Der Mann war in Raupachs Alter. Seit mehreren Tagen unrasiert, billige Freizeitkleidung, ein kleiner Bierbauch. Auf den ersten Blick wirkte er nicht wie jemand, der sich regelmäßig Joints drehte.

Effie filzte seine Taschen. Sie war schon seit einer halben Stunde vor Ort. Mit spitzen Fingern und Schutzhandschuhen tastete sie die Leiche ab, geschulte Bewegungen.

»Wir haben die Tatwaffe noch nicht gefunden. Wurde wohl entfernt, genauso wie der Geldbeutel und was er sonst bei sich trug. Seine Taschen sind offenbar durchsucht worden.«

»Ist da wirklich gar nichts?«, fragte Raupach.

»Nicht mal Tabak oder Blättchen zum Selberdrehen. Kein Feuerzeug, kein Hausschlüssel.« Effie schaute hoch. »Identität ungeklärt. Sie müssen einen Gebissabdruck machen, Clausing. Volles Programm.«

»Zuerst sehe ich mir die Totenflecken an.« Der Gerichtsmediziner war ein Faktenmensch, der sich während der Arbeit zu keiner überflüssigen Bemerkung hinreißen ließ.

»Ich würde sagen, Exitus um Mitternacht, vielleicht ein bisschen früher.«

»Kann es sein, dass die Leiche hier nur abgelegt wurde?«

Effie und Clausing verneinten. Bislang spreche alles dafür, dass dies hier der Tatort sei.

Raupach wandte sich ab. »Was ist mit dem Häuschen?«

»War abgesperrt.« Effie richtete sich auf. »Der Schlüssel lag unter dem Querbalken über dem Eingang. Wir haben den Holzboden in der Hütte genau untersucht, die Staubschicht. Unwahrscheinlich, dass der Tote oder irgendjemand sonst in letzter Zeit da drin gewesen ist.«

»Das heißt, er hielt sich nur im Freien auf.« Photini ließ ihren Blick über die Hecke gleiten, die das Grundstück nach allen Seiten begrenzte. »Vielleicht war er fremd hier.«

»Es waren nur fünf Grad in der vergangenen Nacht«, meinte Effie.

»Da ist in einer Kleingartenanlage wenig los.« Raupach betrat die gemauerte Terrasse. Überall Kletterpflanzen, Clematis, Knöterich, blickdicht. »Schwer, Zeugen zu finden.«

»Kommt drauf an.« Photini folgte ihm. »Es gibt solche und solche Schrebergärten. Manche sind wie kleine Siedlungen. In denen ist das ganze Jahr über was los. Andere sind so ruhig wie ein Elefantenfriedhof.«

»Wie diese hier?«

»Die Anlage ist klein, winzig im Vergleich zu der Kleingartenkolonie in Bilderstöckchen, an der jogge ich jeden Morgen vorbei. Außerdem liegt sie mitten in einem Wohngebiet.« Sie schaute zu den umstehenden Häuserzeilen hoch, auf die Rückseiten vier- bis fünfgeschossiger Gebäude. Ein paar Schaulustige bevölkerten die Balkone. »Von da oben hat man eine gute Sicht.«

»In der Nacht?« Raupach würde Befragungsteams losschicken. Aber er bezweifelte, ob etwas dabei herauskam. »Ist das so ein Fall, bei dem jeder den Kopf einzieht und die Klappe hält?« Er stellte die Frage so laut, dass es hellhörige Nachbarn mitkriegen mussten. »Weil ein brutaler Mord den Landfrieden stört?«

Kein Geräusch. Der Landfrieden hielt.

Im Inneren des Gartenhäuschens standen grobe Möbel aus dunkelbraunem Holz, selbstgezimmert. Die Feuerstelle in der Mitte des Raumes besaß eine gusseiserne Vorrichtung für einen Kessel oder einen Spieß. An den Wänden Teppiche mit großflächigen geometrischen Mustern, ungewöhnlich für Köln-Niehl. Raupach dachte an seinen Sommerurlaub in den schottischen Highlands. Die Lodges für Wanderer und Hillwalker waren ähnlich eingerichtet.

Sie gingen wieder nach draußen. Neben der Terrasse befand sich eine Überdachung für Gartenwerkzeug. Rechen, Harken, Astschneider. Kein Spaten dabei.

Photini warf einen Blick auf ihr Handy. Niesken hatte ihr aus dem Präsidium eine SMS geschickt. »Das Häuschen gehört Leuten namens Plavotic.«

»Klingt nach Jugoslawen«, sagte Raupach.

»Das kann ja heiter werden.«

»Feindschaften unter den Balkanvölkern?« Wenn er auf ihre griechische Herkunft anspielte, ging sie immer sofort an die Decke.

»Auf dem Balkan trägt man bessere Anzüge als das da.« Sie zupfte an dem Ärmel seines Jacketts. »Ich kenne einen Schneider in Athen. Bei hoffnungslosen Fällen macht er Hausbesuche.«

DER NORDPARK grenzte direkt an die Kleingärten. Die Grünanlage schien aus reinem Zufall zwischen Nippes, Niehl und Riehl erhalten geblieben zu sein, als habe keines der Stadtviertel gesteigerten Wert auf die Baufläche gelegt. Wege, Rasen, Parkbänke, mehr war da nicht.

Der Pavillon, unter dem Höttges mit der Zeugin wartete, glich einem vergammelten Pilz. Der Stiel war mit Graffiti beschmiert, auf dem Schirm wucherte eine dicke grünbraune Moosschicht. In der Mitte des Daches ragte ein Blitzableiter empor. Irgendein Witzbold hatte einen alten Fahrradschlauch hochgeschleudert, wie bei einer Kirmesbude, an der man Ringe über allerlei Billigartikel wirft, die die Bezeichnung »Preise« nicht wirklich verdient haben.

Frau Leins schloss den kräftigen jungen Kommissarsanwärter gleich ins Herz. Er erinnerte sie an ihren Enkel, der auch an keiner Currywurst vorbeigehen konnte, mit dem Unterschied, dass Höttges ein besserer Zuhörer war.

Inzwischen kannte er ihre Lebensgeschichte bis ins kleinste Detail. Das getrübte Verhältnis zu ihrem verstorbenen Ehemann. Dass er seine Dahlien über alles liebte, wunderschöne Blumen in prachtvollen, seltenen Farben. Und dass er Gift ausgelegt hatte, um Hunde und Katzen von seinem Garten fernzuhalten. Wie ihr Ruheständlerleben darüber zerbrochen war.

Ein Mord hatte manchmal diesen Effekt: die Leute enthüllten Dinge, über die sie nicht einmal mit ihren nächsten Angehörigen sprachen. Der Tod brachte immer neue Geschichten über den Tod hervor. Es war, als stünde der Alltag unvermittelt still. Ein Rachen öffnet sich in der Zeit, ein schmatzender Schlund, und Erlebnisse und Erfahrungen steigen empor aus dem Moor der Vergangenheiten, das man allein sonst nicht zu betreten wagt.

Raupach und Photini näherten sich, Höttges stellte seine Kollegen vor. Sie setzten sich alle auf die ringförmige Bank, die den Stiel des Pilzes umgab.

»Ich hab nur einen Fuß gesehen«, sagte Frau Leins. Sie unterbrach den Strom ihrer Erinnerungen und sprang mühelos in die Gegenwart. Ihr Gehirn funktionierte wie ein DVD-Player, trotz einer Betriebszeit von 72 Jahren. »Um genau zu sein, war es ein Schuh. In diesem Dickicht konnte ich kaum etwas erkennen.«

Raupach stellte die W-Fragen, wo, wann, manchmal kam er sich vor wie ein abgehalfterter Journalist. Frau Leins hatte ihre Entdeckung um 8 Uhr 45 gemacht, als sie nach ihrem morgendlichen Einkauf einen Spaziergang unternahm. Alles sei wie immer gewesen.

»Ich wohne in der Kalkarer Straße, gewissermaßen um die Ecke. Früher hat uns Nummer 86 gehört«, sagte sie, »die Parzelle zwei Grundstücke weiter. Ich achte immer darauf, was sich in der Anlage verändert. Heute interessiert das die Leute ja nicht mehr, die bleiben lieber für sich.«

»Haben Sie den Garten betreten?«, fragte Raupach.

»Wo denken Sie hin, da hab ich mich doch nicht reingetraut. Zuerst hab ich gerufen, hallo, ist alles in Ordnung? und so etwas. Aber da hat sich nichts gerührt.« Frau Leins durchstöberte ihre Tasche, ein unförmiges Ding aus Kunstleder, und förderte ein Handy zutage. »Das hab ich mir angeschafft, damit meine Kinder mich überall erreichen können, auch in Notfällen. Die rufen aber nur vor ihren Geburtstagen an und geben Wunschlisten durch.«

»Jetzt war ja ein Notfall«, meinte Photini. »Das Handy hat sich also schon ausgezahlt.«

Frau Leins lächelte schwach. »Jedenfalls hab ich sofort die Polizei verständigt, wie es sich gehört.«

»Gibt es hier öfter Schwierigkeiten?«, fragte Raupach. »Schlägereien oder dergleichen?«

»Eigentlich geht es eher gesittet zu.«

»Probleme mit Trinkern oder Drogenabhängigen?«

»Bei Dunkelheit gehe ich nicht mehr in den Park. Ich will gar nicht so genau wissen, was da passiert.«

»Und in den Kleingärten?«, fragte Photini.

»Da findet schon mal eine Feier statt, zu diesem Zweck haben manche Leute ja ihre Grundstücke. Aber Drogen? Kann ich mir, ehrlich gesagt, nicht vorstellen.«

»Kennen Sie die Leute aus Nummer 88?«

»Die sind nett. Plavotic, ein Ehepaar. Er stammt aus Kroatien. Arbeitet als Elektriker. Leider kümmern sie sich selten um die Pflanzen. Ich hab sie schon seit Wochen nicht mehr gesehen.«

»Macht es Ihnen etwas aus, die Leiche in Augenschein zu nehmen?«, fragte Raupach.

Frau Leins zögerte. »Muss das sein?«

»Wir suchen nach Hinweisen.«

»Das ist mir schon klar.«

»Helfen Sie uns dabei?«

»Wenn Sie meinen.« Sie erhob sich und begleitete die Ermittler zum Tatort. Es fiel ihr nicht leicht. Einen Todesfall zu melden war eines. Doch eine Leiche zu begutachten, gehörte ihrer Ansicht nach zu den Aufgaben der Polizei.

Frau Leins schlug eine Hand vor den Mund, als sie den Toten sah. Diese graue Haut. Wie Asche. Dann schaute sie genauer hin, überlegte. »Ich weiß nicht, wer das ist.«

»Nie gesehen?«, fragte Raupach.

»Schwer zu sagen. Ich meine, ich kenne viele Menschen aus dem Viertel und von der Anlage. Aber dieser Mann … Ich bin mir nicht sicher.«

Das Gesicht. So gelassen. Die Züge waren entspannt.

Ein wenig traurig, wie bei jemandem, der sich zu viele Gedanken macht über Dinge, die nicht zu ändern sind.

»Es ist nur ein Gefühl«, fuhr sie fort. »Sie sehen jemanden beim Bäcker, er macht eine Bemerkung über das Wetter. Eine Woche später läuft Ihnen der gleiche Mann wieder über den Weg, an der Bushaltestelle. Sie werden stutzig, aber nur kurz. Dann vergessen Sie ihn wieder.«

»Verstehe.«

»Er kommt mir auf diese Art bekannt vor. Das ist auch schon alles.«

Raupach nickte. »Fällt Ihnen etwas an dem Grundstück auf? Irgendeine Veränderung?«

»Nein.«

»Gut. Wenn Sie sich an mehr erinnern, wenden Sie sich an meinen jungen Kollegen. Trotzdem danke.«

Höttges begleitete Frau Leins bis ans Ende der Absperrungen.

»Die Frau ist eine gute Beobachterin«, meinte Photini.

»Ja. Schade, dass nicht mehr dabei herauskam.« Raupach ging in die Hocke und wies auf die Markierungen. »Machen wir weiter mit dem, was wir haben.«

»Es gibt hier Schuhspuren von mindestens drei verschiedenen Personen«, sagte Effie. Sie ließ die Abdrücke mit Gelatine-Folie sichern. »Vielleicht haben zwei Junkies den Toten ausgeraubt und umgebracht, weil er sich gewehrt hat.«

»Wegen dem bisschen Shit?«, zweifelte Photini. »Reichlich blöde Junkies.«

»Auf die Menge kommt es gar nicht an. Sondern auf die Situation und wie sich Leute unter Druck verhalten.« Effie betrachtete die noch unvollständige Skizze mit Sohlenabdrücken auf ihrem Laptop. »Da kann viel schiefgelaufen sein.«

»Meinst du, er hat einfach Pech gehabt?«

»Ist das nicht meistens so?«

Als Nächstes erschien der Vorsitzende des Kleingartenvereins »Heckenrose e.V.«. Er war erst seit einem Jahr im Amt und zeigte sich entsetzt über den Vorfall, konnte aber kaum etwas zu der Ermittlung beitragen. Die Plavotics kannte er nur flüchtig, immerhin war ihm ihre Adresse bekannt. Sie nahmen nicht an den Mitgliederversammlungen teil und hatten kaum Kontakt zu den anderen Kleingärtnern. Das sei aber nicht ungewöhnlich, es gebe immer Leute, die lieber für sich blieben. Bei der »Heckenrose« gehe es nicht so pingelig zu wie in manch anderen Anlagen, die er kenne. Im Sommer habe er die beiden einmal gesehen, Anfang Juli, sie veranstalteten einen Grillabend mit Freunden. Damals sagten sie, dass sie häufiger kommen wollten, sonst lohne sich die Pacht der Parzelle ja gar nicht. Aber das hatten sie dann wohl nicht wahrgemacht.

Raupach entließ den Vereinsvorsitzenden und wies Photini an, Befragungsteams zu bilden, die sämtliche Nachbarn vernehmen sollten, auch die Anwohner in den angrenzenden Häusern.

»Diese Gegend ist tagsüber ziemlich belebt. Glaubt mir, irgendeiner hat was gesehen. Wir müssen nur lang genug suchen.«

»Wie immer«, stöhnte Photini.

»Geduld.«

»Das kannst du dem Präsidenten sagen.«

»Ich glaube kaum, dass Lürrip bei diesem Fall schnelle Ergebnisse sehen will.«

Sie machte sich daran, die Kollegen zum üblichen Klingelputzen einzuteilen.

Als Höttges zurückkam, trug Raupach ihm auf, sich einen Sechserpack Bier zu beschaffen.

»Warum denn das?«, wunderte er sich.

»Spezialauftrag. Setzen Sie sich auf eine Bank im Nordpark. Lassen Sie sich häuslich nieder.«

»Undercover?«

»Sie brauchen nicht zu verheimlichen, dass Sie Polizist sind. Halten Sie einfach Ausschau nach Zeugen. Oder nach Leuten, die den Toten gekannt haben. Werfen Sie Ihre Angel aus.«

»Soll ich mit den Leuten zwanglos ins Gespräch kommen?«

»Wenn nötig trinken Sie ein Bier mit. Um eine Vertrauensbasis herzustellen.«

»Im Dienst?«

»Seien Sie nicht so zimperlich.«

»IST DAS EINE GUTE IDEE?« Photini startete den Motor und schoss aus der Lücke zwischen den Einsatzfahrzeugen. »Höttges unter diesen Pilz zu setzen, mit einem Sixpack?«

»Von dir chauffiert zu werden, ist gefährlicher«, gab Raupach zurück.

»Na, ich weiß nicht.« Sie fuhren ein paar Blocks weiter, in die Pohlmannstraße, zur Wohnung der Familie Plavotic.

»Ich verlange ja nicht, dass er den Mörder ganz alleine stellt und im Handumdrehen einbuchtet.«

Photini schüttelte den Kopf. »Er will abnehmen. Mit all dem Bier in seiner Nähe schafft er das nie.«

Der Kommissar begriff. »Ach so.«

»Du stellst ihn vor ein Dilemma. Der Ärmste wird noch depressiv.«

»Aber er ist ideal für diese Aufgabe.« Raupach betrachtete die Häuserzeilen an der Amsterdamer Straße, einer großen Verkehrsader im Kölner Norden. Laut, verschmutzt, kein schöner Ort zum Wohnen. »Höttges zieht Spuren an, ist dir das noch nicht aufgefallen?«

»Er stolpert darüber. Das ist was anderes.«

»Kommt auf die Sichtweise an. Ich würde sagen, es ist Zeit für ein Experiment.«

»Dass er seine Angel auswirft?« Photini lachte. »Wie soll er das denn tun, wenn er auf seiner Bank sitzen bleibt? Deine Metaphern waren schon mal besser.«

»Mir fiel nichts Passenderes ein. Ich hab an das Warten beim Angeln gedacht. Bis der Fisch anbeißt.«

»Das tut der Fisch doch nicht automatisch.«

»Normalerweise nicht«, räumte Raupach ein.

»Das Bier soll als Köder dienen? Bisschen dürftig.«

»Also gut, vergiss das mit dem Angeln. Höttges funktioniert anders. Elementar.«

»Ich höre.«

»Gravitation ist die stärkste Kraft im Universum«, begann Raupach. »Das kann dir jeder Physiker bestätigen.«

»Nur weil Höttges ein bisschen zu viel Speck auf den Rippen hat – «

»Schwerkraft wirkt immer, unter allen Bedingungen, egal ob ein Körper sich bewegt oder stillsteht. Die Ursache für Schwerkraft ist die Masse. Die ist einfach da, hat sich so angesammelt.«

»Haha.« Photini mochte es nicht, wenn man sich über Kollegen lustig machte.

»Nimm den Jupiter. Riesiger Planet, viel Masse. Jede Menge Monde, hohe Anziehungskraft. Fängt unzählige herumschwirrende Gesteinsbrocken ein. Höttges ist Jupiter. Er hat eine Gabe dafür, Dinge in seine Umlaufbahn zu ziehen.«

»Wahllos.«

»Man muss ihn nur in Position bringen.«

»Das geht bei Höttges einfacher als beim Jupiter.«

»Eben. Die Parkbank.«

»Kann aber ganz schön lange dauern, bis er da etwas anzieht«, wandte Photini ein.

»Warten wir's ab.«

Sie erreichten die Pohlmannstraße. Wohnblöcke, Reihenhäuser, ein wenig Grün. Das ganze Viertel war recht ansehnlich saniert. Bei der angegebenen Adresse hielten sie an. Ein mehrstöckiger Flachbau, neuer Anstrich, ziegelrot. Koniferen im windgeschützten Eingangsbereich, davor ein parkender Lieferwagen. Aufschrift: *Plavotic – der Elektriker Ihres Vertrauens. Kann alles, macht alles.* Etwas abgesetzt: *Meisterbetrieb.*

»Der Mann hat ein gesundes Selbstvertrauen.« Photini klingelte.

»Wird seinen Grund haben.«

Der Lieferwagen war relativ neu. Durch die Heckscheiben konnte man Werkzeug sehen, an Halterungen ordentlich aufgereiht.

Der Türsummer. Die Wohnung lag im zweiten Stock. Plavotics Betrieb befand sich in Ehrenfeld, ein paar Kilometer entfernt.

Es roch nach Kohl. Ivanka Plavotic hatte ihrem Mann Tihomir einen deftigen Eintopf zubereitet, mit Würsten, Speck und Suppenfleisch. Nach dem ersten Schreck nach der Begrüßung – »Kriminalpolizei« – bat sie die Polizisten herein und fragte, ob sie mitessen wollten.

»Nein danke«, sagte Raupach, obwohl er Hunger hatte. Das mochte er gar nicht: mit knurrendem Magen ermitteln. Photini rümpfte wegen des Kohls die Nase.

»Ich stelle die Sachen warm.« Die Frau machte Anstalten, den Topf in die Küche zu tragen.

Raupach wehrte ab. »Lassen Sie sich von uns nicht stören.«

»Wirklich? Na dann setzen Sie sich wenigstens.«

Die beiden Ermittler nahmen am Esstisch Platz.

Ivanka Plavotic schöpfte eine winzige Portion auf ihren Teller. Sie war Ende vierzig und ungewöhnlich attraktiv. Lange, dunkle Haare, modische Frisur, auffallend schlanke Figur. Unter einer Küchenschürze, die sie jetzt ablegte, trug sie ein schwarzes Schlauchkleid. »Sie haben Glück. Mein Mann kommt mittags selten nach Hause. Die Firma hält ihn auf Trab.«

»Für deinen Eintopf lass ich alles stehen und liegen«, sagte Tihomir Plavotic mit vollem Mund. »Das weißt du doch, mein Schatz.«

Ein verliebter Blick, leichter Akzent. Wandteppiche zeigten Adriaszenen.

»Er kennt nur seinen Betrieb.« Ivanka spielte die beleidigte Ehefrau. »Manchmal weiß er nicht mehr, mit wem er verheiratet ist.«

»Wie war der Name noch mal?« Tihomir tat so, als dächte er nach. »Ilona? Isabella?«

Sie drohte mit dem Zeigefinger. »Irgendwann treibst du es zu weit.«

Er lachte. Ein glückliches Ehepaar, wie es schien.

Raupach eröffnete den beiden den Ernst der Lage. Eine Leiche auf ihrem Grundstück am Nordpark. Hässliche Sache.

Die Stimmung kippte.

»Wie kann das sein?« Tihomir Plavotic wischte sich mit seiner Papierserviette den Mund ab und stand auf. »Ich hab noch nie was mit der Polizei zu tun gehabt.«

»Nur die Ruhe, Sie stehen momentan nicht unter Verdacht«, sagte Raupach. »In Ihrer Parzelle ist jemand ermordet worden. Ich muss Sie fragen, wo Sie gestern Nacht waren.«

»Hier. Zu Hause«, erwiderte Tihomir. »Wir hatten Gäste zum Fondue.«

»Fleisch, Fisch, Käse?«

»Was?«

»Das Fondue. Was gab es denn?«

»Rindfleisch, in dünnen Streifen«, sagte Ivanka. »Hühnchenspieße. Und Gemüse.«

Photini machte sich Notizen. »Wie lange dauerte der Abend?«

»Bis zwölf, halb eins.« Tihomir zuckte mit den Schultern. »Ich hab nicht auf die Uhr gesehen.«

»Wir waren um kurz nach eins im Bett«, ergänzte Ivanka.

»Geben Sie uns bitte die Namen Ihrer Gäste«, sagte Raupach.

»Wir sind schon lange nicht mehr in dem Gartenhäuschen gewesen. War es gestern Abend nicht zu kalt dafür?« Ivanka Plavotic wirkte zunehmend besorgt. Sie holte Zettel und Stift und räumte den Tisch ab.

Tihomir spießte noch einen großen Bissen vom Teller. Dann begann er, die Personalien seiner Freunde aufzuschreiben, zwei Paare im selben Alter, aus Niehl, wie er erklärte. »Was genau ist denn passiert?«

»Das versuchen wir zu rekonstruieren. Kennen Sie diesen Mann?« Photini zeigte ein Polaroidfoto des Toten.

Die beiden betrachteten das Bild, eingehend, als wollten sie jeden Zweifel ausschließen. Dann schüttelten sie synchron den Kopf. »Nein. Wer ist das?«

»Das Mordopfer. Gibt es einen Spaten auf Ihrem Gartengrundstück?«

»Ja, gleich neben der Terrasse«, erwiderte Tihomir Plavotic. »Damit hab ich im März noch das Kürbisbeet umgegraben. Die Dinger wachsen ganz von alleine. Tomaten haben wir dieses Jahr gar nicht angepflanzt. Für mehr Gartenarbeit fehlt mir die Zeit.«

Auf Photinis Bitte beschrieb er das Gerät. Blatt aus Edelstahl, Holzstiel, T-Griff, selten benutzt.

»Haben Sie Ihre Bekannten auch mal in das Häuschen eingeladen?«, fragte Raupach.

»Früher, als wir noch öfter im Garten waren, haben wir regelmäßig gegrillt. Da waren wir zu zehnt oder noch mehr. Ist leider eingeschlafen. Bestimmt kennen Sie das: Man wird bequem.« Tihomir machte eine entschuldigende Geste zu seiner Frau. »Ohne Ivanka hätten wir gar keine Gäste mehr.«

»Das ist nicht wahr. Du bist nur überarbeitet.« Sie knetete seine Hand. Die mit dem Ehering.

»Muss schlimm sein, mit einem müden alten Kerl verheiratet zu sein.«

Ivanka winkte ab. Musterte Tihomir dabei kurz, als sei an seinem Gerede mehr dran, als sie vor den Polizisten zugeben wollte.

Raupach stand auf und ging zu den Wandteppichen. Dubrovnik, der Hafen. Schöne Stadt, scheußliche Darstellung, aus Massenproduktion. »Hat sonst jemand Zugang zu Ihrem Häuschen am Nordpark?«

»Nein.« Ivanka warf ihrem Mann einen nervösen Blick zu.

»Sind Sie sicher?«, fragte die Photini.

»Natürlich.«

»Es kommt vor, dass man jemandem einen Ersatzschlüssel gibt, den Nachbarn vielleicht, und es dann wieder vergisst.«

»Ja, mag sein.«

»Und bei Ihnen ist das nicht so?«

Tihomir hustete und knüllte seine Serviette zusammen.

Raupach wies auf das Foto, das immer noch auf dem Tisch lag. »Dieser Mann könnte einfach in Ihr Grundstück eingedrungen sein. Zufällig. Weil offensichtlich niemand da war und Nummer 88 ruhig wirkte.« Er verschränkte die Arme und sah zu Boden, wusste, dass Photini die Plavotics nicht aus den Augen ließ. »Oder er betrat ganz bewusst Ihren Garten. Weil er ihn kannte. Ohne Ihr Wissen, versteht sich.« Der Kommissar nickte, als wöge er die Möglichkeiten ab. Er schaute hoch. »Wenn Sie uns mehr darüber sagen können, jetzt ist Gelegenheit dazu.«

Photini fixierte die Frau. Lächelte verständnisvoll.

»Milan sieht dort hin und wieder nach dem Rechten«, rang sich Ivanka ab. »Mein Neffe.«

»Sie wollen ihn nicht in Schwierigkeiten bringen«, sagte Photini.

»Er fährt Taxi. Er hat genug um die Ohren.«

»Milan ist ein guter Junge«, brach es aus Tihomir hervor. »Aber in seinem Job gerät er manchmal an merkwürdige Leute.«

»Da geht es uns ähnlich«, sagte Raupach.

ER FÜHLTE SICH wie die Raupe aus *Alice im Wunderland*. Die saß allerdings *auf* einem Pilz und zog sich eine Wasserpfeife nach der anderen rein. Höttges saß *unter* dem Pilz, zu seinen Füßen zwei Batterien Kölsch. Die Marke war dafür berüchtigt, Kopfschmerzen zu bereiten. Deswegen hatte er sie gekauft, bloß nicht in Versuchung kommen. Keine einzige Flasche würde er anrühren. Der helle Wahnsinn, wie viele Kalorien das Zeug hatte.

Er versuchte, es sich auf der Bank gemütlich zu machen. Wie jemand, der seinen Rausch ausschlief.

Aber er war nicht müde. Er sollte ja aufpassen, wachsam sein. Liegend war das schwer zu bewerkstelligen. Auf einer Bank, die zu schmal für ihn war.

Er richtete sich wieder auf. Nein, so ging das nicht. Außerdem: Wer sprach schon einen komatösen Säufer an?

Dann tat er eben so, als hätte er Urlaub. Freier Tag. Allein im Park. Die Natur genießen. Vogelstimmen. Der Himmel über Köln sah aus wie gebrauchtes Spülwasser.

Doch davon war nur ein dünner Streifen zu sehen, weil Höttges ja unter dem Pilz saß. Also stand er auf und vertrat sich die Beine. Umrundete das lächerliche Ding.

Im Kreis gehen. Das war meditativ.

Wenn man dafür eine Ader hatte. Normalerweise meditierte Höttges in seiner Badewanne. Ohne sich zu bewegen.

Zwei junge Mütter schoben Kinderwagen vorbei, aufgedonnert wie zu einer Junggesellinnen-Party. Sie wichen routiniert aus. Höttges konnte sich vorstellen, was sie dachten. Ein Dicker mit Nickelbrille in Feierlaune am Vormittag? So einer war als Ernährer ungeeignet.

Das stimmte vermutlich.

Was hatte der Chef gesagt? Er sollte seine Angel auswerfen.

Höttges setzte sich wieder. Na ja, *ein* Bier musste er wohl aufmachen. Als Kommunikationssignal.

Er war durstig. Das Bier schmeckte besser als erwartet. Kaum hatte er angesetzt, war die Flasche schon leer.

Er öffnete eine weitere. Versuchte die Graffiti am Stiel des Pilzes zu entziffern.

Geograph wäre er gern geworden. Oder Archäologe. So ein Hut mit speckiger Krempe und Dreitagebart, das macht bestimmt Eindruck. Nebenbei die Rätsel untergegangener Welten lösen. Kürzlich hatte er sich einen neuen Schulatlas gekauft, in dem würde er jetzt gern schmökern. Unglaublich, was sich in zehn Jahren alles verändert, all die neuen Staaten. Und was gleich bleibt. Australien. Dort gab es mehrere große Wüsten, jede Menge unerforschtes Land, immer noch. Genug Platz für Verschüttetes, Verlassenes, Zugewehtes.

Bei seinem miesen Gehalt würde er nie da hinkommen. Es reichte höchstens für Kängurufleisch aus dem Tiefkühlregal.

Er bekam Gesellschaft. Endlich.

Ein Rentner mit Prinz-Heinrich-Mütze und Spazierstock. Der Mann trank ein Bier und kam ins Erzählen. Dabei brachte er seine Biographie dauernd durcheinander, Autos, Frauen, Arbeitsplätze, Kinder. Die Kleingärten konnte er nicht leiden, weil er trotz mehrmaliger Anträge keine Parzelle erhalten hatte. Er ging immer um acht Uhr abends ins Bett, kam als Zeuge also kaum in Frage und wusste auch nichts über die Vorfälle der vergangenen Nacht. Als er wieder von vorn anfing, diesmal bei seinem ersten VW Käfer, wies Höttges ihn darauf hin. Er stand beleidigt auf und setzte seine Runde durch den Park fort.

Die frische Luft und das Bier machten Höttges hungrig. Eine Gruppe Schüler tauchte auf, vermutlich schwänzten die Bengel. Sie ließen sich auf der Wiese nieder und aßen Pommes.

Wie dumm, an Proviant hatte er nicht gedacht. Jetzt musste er die Stellung halten und konnte nicht weg. Spezialauftrag? Mehr so ein Scheißauftrag.

»Ich bin der Tünn!«

Der Mann streckte neben ihm die Beine aus und bediente sich ungeniert von dem Biervorrat. Er roch nach einer Brauerei, in der lange nicht mehr aufgewischt worden war.

»Gerd.«

»Tütentünn, zur besseren Unterscheidung.« Er prostete Höttges zu. »Kleine Privatfeier?«

»Kann man so sagen.«

»Gar nicht gut, allein hier zu sitzen.«

»Wenn's mir langweilig wird, denke ich an die Wüsten in Australien. Ich stell mir vor, dass da genau so ein Pilz steht wie der hier, an einer Eisenbahnhaltestelle mitten im Nichts. Da kommen sicher weniger Leute vorbei als im Nordpark. Da ist man froh über jede Menschenseele, die einem begegnet.«

»Tolles Land, Australien.« Tünn trank. »Mal dort gewesen?«

»Zu weit weg. Zu teuer.«

»Tolle Riffe, Korallen und so. Tolles Tauchrevier.«

»Du tauchst?«

Tünn lachte kehlig. »Ach was, ich hab nicht mal einen Reisepass. Hab nie einen gebraucht.«

»Willst du nichts sehen von der Welt?«, fragte Höttges. »Fremde Völker? Naturwunder?«

»Was ich kennen muss, kenn ich. Gibt nichts, worüber ich mich noch wundern könnte.«

Der Kommissarsanwärter schätzte den Mann auf Ende dreißig. Notorischer Trinker, der dicken, rot-violett geäderten Nase nach zu urteilen. Treckingschuhe vom Discounter, Trainingsanzug, unter der Jacke ein dickes kariertes Hemd, lange, nach hinten gekämmte Haare, Ohrring. Verquollene Augen, die jedoch alles an seinem Gegenüber genau registrierten.

»Wohnst du hier in der Gegend?«, fragte Höttges. Sich herantasten. Nur nicht mit der Tür ins Haus fallen.

»So ungefähr.« Eine unbestimmte Rundumgeste. »Hab dich hier noch nie gesehen.«

»Vorgezogenes Wochenende. Ich werd heut nicht gebraucht in der Arbeit.«

»Klingt nach trüben Aussichten.«

»Es schwankt«, sagte Höttges. »Mach ich eben einen Ausflug, hab ich mir gedacht. Besser, als zu Hause rumzuhängen.«

»Wo bist du denn her?«, wollte Tünn wissen.

»Kalk.«

»Das war ja 'ne Weltreise.«

»Köln hat viele Ecken, die ich noch nicht kenne.«

»Nach Australien fährt die KVB aber nicht.«

Der Witz war ein guter Anlass, noch ein Bier in Angriff zu nehmen. Tünn fragte diesmal, ob er eins haben dürfe. Der erste Sixpack war aufgebraucht.

»Australien.« Tünn blickte in die Ferne. »Für unsereinen könnte das auf dem Mond liegen, würde keinen Unterschied machen.«

»Eine Bekannte von mir hatte eine Freundin, die mal da unten war.« Höttges dachte an ein Gespräch mit Photini.

»Ich kenn auch jemanden, der jemanden kennt, der eine Cousine in Sydney hat. Bringt mich nur nicht weiter.«

»Stimmt.«

»Es gibt Leute, die fliegen wöchentlich nach Australien. Einmal um die halbe Welt, wegen irgendwelcher Geschäfte.« Tünn schlug die Beine übereinander, als säßen sie in teuren Ledersesseln, unter Sonnensegeln, über einer leuchtenden Bucht. »Was haben die bloß davon?«

»Geld?«

»Das hätt ich auch gern. Aber ich krieg schon die Krise, wenn ich einmal im Jahr mit der Bahn nach Düren fahr. Da wohnt meine Schwester.«

»Was ist so schlimm daran?«

»Es fängt schon mit dem Ticket an. Ich weiß nie, ob ich

das richtige löse am Automaten, das macht mich ganz hibbelig. Und dann die Leute im Zug. Die schauen so seltsam, sogar wenn ich mich ein bisschen feingemacht hab mit meinen guten Klamotten.«

»Ist doch nicht anders als hier.« Höttges wies auf die Bank und den Park. Die Schüler mit den Pommes hatten begonnen, Fußball zu spielen.

»Du verstehst das nicht. Hier kann ich einfach aufstehen und weggehen. In der Bahn ist das schwierig.«

»Den Platz wechseln?«

»Das bringt mich durcheinander. Nach einem freien Sitz suchen. Vielleicht ist der reserviert? Da wird mir dann alles zu viel.«

»Du reist also ungern. Na und?«

»Schau dich doch um, Gerd! Die Leute reisen andauernd. Ich hab dann immer das Gefühl, dass ich jemandem den Platz wegnehme. Jemandem, der Wichtigeres zu tun hat und dringender irgendwohin muss. Nach Düren oder nach Australien, ist egal. Ich werd nirgendwo gebraucht. Und das wissen die Leute im Zug, die sehen mir das an.«

»Kann es sein, dass du dir das nur einbildest?«

»Alle Jubeljahre meine Schwester besuchen, das reicht mir. Ich bleib lieber hier in Köln. Ist doch groß genug, die Stadt. Keine überzogenen Ansprüche stellen, damit fährt sich's gut im Leben.«

»Wenn du meinst.«

Tünn hatte eine Idee. »Lust auf 'nen Happen zu essen?«

»Ich könnte was vertragen.« Höttges' Magen knurrte wie ein verstimmter Kontrabass.

»Dann gehen wir zu mir.« Er stand auf. »Ist gar nicht weit.«

»Wo willst du hin?« Höttges fragte sich, ob er seinen Posten verlassen durfte.

»In die Heckenrose.«

»Wie?«

»Die Kleingärten. Da wohn ich.« Tünn zwinkerte seinem neuen Freund zu. »Illegal, versteht sich. Man darf da nicht richtig wohnen. Hab mich stillschweigend bei einem Bekannten einquartiert, jetzt, wo's kühler wird.«

»Stört das deinen Bekannten nicht?«

»Keine Ahnung. Der sitzt wieder mal im Knast.« Er entblößte zwei Reihen fleckiger Zähne. »Wir müssen nur an den Bullen vorbei. Hast du diesen Aufmarsch mitgekriegt? Mit Sack und Pack sind die hier angetanzt. Da ist was passiert.«

»Was denn?«

»Aus Ärger halt ich mich lieber raus. Nur nicht auffallen.«

»Du weißt also was.«

»Ich weiß immer was.«

RAUPACH WAR ÜBERRASCHT, dass Höttges sich so früh meldete, per SMS. Der Mann war ein Phänomen. Gravitation. Man sollte den Naturgesetzen öfter ihren Lauf lassen.

»Abwarten«, meinte Photini. »Manche Zeugen wollen sich nur wichtig machen.«

Sie saßen in der Kantine und hatten ihre Mahlzeit gerade beendet: rechteckige Fischstücke, dreieckige Kartoffelpressteile, eine Schüssel mit gleichmäßig runden Erbsen wie aus dem Stanzwerk.

»Der Koch versucht uns etwas zu sagen, mit angewandter Geometrie.« Heide hatte das meiste übriggelassen und ein Muster daraus gelegt. »Vielleicht will er den Polizisten eine kleine Neurose mit ins Wochenende geben. Seht auf eure Teller: Die Welt ist einfacher strukturiert, als Ihr denkt.«

Raupach hatte keinen Sinn für das Geläster. Er stupste eine Erbse mit der Gabel hin und her, sie kullerte in die Fischsoße.

Der Tote war ungefähr so alt wie er selbst, besaß die gleiche Statur, sah insgesamt bloß ein wenig ungepflegter, verschlissener aus. Raupach war vor einigen Jahren in eine berufliche Krise geraten. Wenn er damals nicht wieder Tritt gefasst hätte, nach einem dummen, unverzeihlichen Fehler, würde er sich heute nicht groß unterscheiden von so einem Mann. Da kommt man schnell ins Straucheln, schliddert in etwas hinein, ist plötzlich zur falschen Zeit am falschen Ort.

Aber alle Vorsicht fahrenlassen und von hinten eins übergezogen bekommen? Selbst wenn Alkohol im Spiel war: Musste es da nicht um mehr gehen als um ein paar Joints? Oder war so ein jämmerliches Ende einfach nur schwer wahrzuhaben?

Die Leiche lag inzwischen auf Clausings Seziertisch. Dort hatte der Tod gar nichts Jämmerliches. Nur etwas schrecklich Natürliches.

Raupach tauschte sich mit seinen beiden engsten Mitarbeiterinnen über die weitere Vorgehensweise aus. Dann fuhr er wieder zum Nordpark.

HEIDE UND PHOTINI ÜBERNAHMEN ES, Milan Plavotic zu befragen. Der Mann ließ sich über seine Handynummer ausfindig machen und wurde ins Präsidium einbestellt.

Ein sonniger Nachmittag, das Vernehmungszimmer der Mordkommission wirkte freundlich, wie ein Tagungsraum in einem Mittelklassehotel. Milan Plavotic blinzelte beim Eintreten und hielt sich die Hand vor die Augen. Photini ließ die Jalousien ein Stück herunterfahren. Man stellte sich einander vor, nahm Platz an drei Seiten eines schlichten Tisches. Die Atmosphäre war offen, geschäftsmäßig.

»Sie fahren Taxi?«, begann Heide im Plauderton.

»Sieht so aus.«

»Zufrieden mit dem Job?«

»Kann mich nicht beklagen. Aber geschenkt krieg ich nichts.«

Er gähnte, sah zu Boden, dann zu Heide, kurz zu Photini. Schien sich zu fragen, was die Polizei von ihm wollte. Wusste nicht, dass alle Menschen am Beginn einer Vernehmung so schauten, schuldige wie unschuldige. Weil sie sich fragten, was als Nächstes kam. Welcher Teil ihres Lebens einer Prüfung unterzogen würde.

Die abgeschabte Lederjacke schien schwer auf Milans Schultern zu lasten. Darunter trug er einen Kapuzenpulli mit einem nichtssagenden Aufdruck. Jeans, Sneakers.

Milan war 23, sah aber ein wenig älter aus mit seinen Bartstoppeln und den dichten schwarzen Augenbrauen. Eher klein, schmal, verstrubbelte Frisur, wie es gerade Mode war. Er roch auffällig nach einem Duschgel, das seinen Käufern vermutlich eine große Portion Abenteuer versprach.

»Müde?«, fragte Heide.

»Nachtschicht.«

»Wie lange dauert die?«

»Von acht bis fünf, ungefähr, manchmal mach ich früher Schluss.« Er rieb sich die Augen.

»Haben Sie schlecht geschlafen?«

»Ich gewöhn mich einfach nicht dran, liegen zu bleiben, wenn's draußen schon hell ist. Spätestens um neun quäl ich mich aus den Federn, egal, wie müde ich bin.« Ein Blick, als wollte er sagen: Aufwachen lohnt sich ohnehin nicht.

»Wie war's in der vergangenen Nacht?«, fuhr Heide fort.

»So lala.«

»Viele Touren?«

»Hat sich in Grenzen gehalten. Es war ziemlich ruhig.«

»Haben Sie einen festen Standplatz?«

»Nein, das kommt immer drauf an.«

Milan zählte ein paar Hotels auf, den Hauptbahnhof, Kneipen, Clubs. Er war nicht fest angestellt, sondern machte mit dem Taxiunternehmen halbe-halbe wie die meisten. Am Ende seiner Schicht übergab er den Wagen einem Kollegen, die Fahrzeuge sollten nach Möglichkeit 24 Stunden in Bewegung sein. Stehende Taxis waren schlecht fürs Geschäft.

»Sie fragen sich bestimmt, warum Sie hier sind.« Heide machte eine Pause. Auch Photini wunderte sich, dass Milan so still war und nichts von ihnen wissen wollte.

»Ja.« Er wartete ab.

»Es geht um das Häuschen ihrer Tante Ivanka. In der Kleingartenanlage am Nordpark.«

»Was ist damit?«

»Sie kümmern sich darum, sehen gelegentlich nach, ob alles in Ordnung ist.« Heide tat so, als studierte sie wichtige Unterlagen. In Wirklichkeit versuchte sie, Photinis stichpunktartige Aufzeichnungen zu entziffern.

»Bin schon länger nicht dort gewesen«, sagte Milan.

»Ein bisschen präziser, bitte.«

»Vor … zwei Wochen?« Es klang gelangweilt.

Vor der Vernehmung hatten die beiden Kommissarinnen Milan Plavotic überprüft. Der Junge war nicht vorbestraft. Die Kollegen von der Schutzpolizei wussten von ein paar Rangeleien mit unverschämten Fahrgästen. Sie hatten ihn als impulsiv und leicht reizbar eingestuft, doch das galt für viele Taxifahrer.

»Wo waren Sie um Mitternacht?«, fragte Photini, die sich auf die Rolle der Stichwortgeberin beschränken wollte. »Vor fünfzehn Stunden.«

»Was ist denn jetzt mit dem Gartenhäuschen?«

»Gleich. Wir brauchen das fürs Protokoll.«

Milan lehnte sich zurück. »Mitternacht ... Da müsste ich im Fahrtenbuch nachschauen. Aber warten Sie, ich glaube, da stand ich vor einem Club am Ring. Oder an der Kölnarena, eins von beiden.«

»Wir werden das mit Ihrer Zentrale abklären.«

»Tun Sie das.«

Heide bedeutete Photini mit den Augen, dass dies ihre Befragung sei und sie nicht dazwischenzuquatschen habe. Dann legte sie die Fotos des Opfers auf den Tisch und erklärte, weshalb Milan einbestellt worden war. Sie suchten nach Hinweisen auf einen Mord in den Kleingärten.

Milan wusste nichts über den Toten. Es komme häufig vor, dass Penner oder Junkies in die Kleingärten einbrächen, das sei nicht zu verhindern. Was er damit zu tun habe?

»Sind Sie mit einem Drogentest einverstanden?«, fragte Heide.

»Wer? Ich?«

Photini zwang sich, nicht zu nicken. Den Trick hatte sie ihrer Kollegin abgeschaut. Den Bestätigungsimpuls unterdrücken, wenn es ernst wurde. Um ein Gespräch einzuleiten, waren Nicken und Lächeln gut. Doch bei Fragen, die aus einem Zeugen einen Verdächtigen machten, musste man Entschlossenheit zeigen, eine gewisse Kälte.

Heide war so reglos wie ein Leguan.

»Sie denken, ich wär's gewesen?«, wiederholte Milan und forschte nach einer Reaktion. »Weil ich alle paar Wochen am Nordpark bin, 'ne lose Latte festnagle oder die Blätter von der Terrasse kehre? Reicht das schon aus?«

Heide machte eine Notiz.

Er warf die Arme in die Luft. »Ist ja nicht zu glauben! Sie haben mich auf dem Kieker!«

»Wir ermitteln, das ist alles.« Heide blickte starr auf ihre Papiere.

»Na dann, viel Vergnügen!« Milan sprang auf, zog die Jacke aus und warf sie über die Stuhllehne. Er krempelte die Ärmel des Pullis hoch und zeigte seine Unterarme. »Sehen Sie hier irgendwelche Einstiche?«

Die beiden Polizistinnen rührten sich nicht.

»Na los, schauen Sie genau hin, ich hab nichts zu verbergen!«

»Rauchen Sie mal was?«, fragte Heide.

»Nicht mal Zigaretten.« Er setzte sich wieder. »Und wenn ich es täte – zieh ich deshalb durch die Gegend und bring Leute um?«

»Warum regen Sie sich so auf?«

»Weil Sie nach dem erstbesten Brocken schnappen, den ich Ihnen geliefert habe. Junkies!« Milan machte eine abfällige Geste. »Die fliegen bei mir aus dem Taxi, wenn ich nur im Geringsten den Eindruck habe, dass irgendwas nicht stimmt.«

»Gut«, sagte Heide. »Dann ist der Drogentest bei Ihnen bestimmt negativ.«

Er starrte sie eine Weile an. Schließlich schüttelte er den Kopf und fuhr sich mit den Händen über das Gesicht. »Sorry, muss wohl der Schlafmangel sein. Da kriegt man eine ziemlich dünne Haut.« Er rieb sich die Augen. »Sie machen auch nur Ihre Arbeit.«

»Eigentlich geht es nur um Haschisch«, lenkte Heide ein. »Ist Ihnen jemand bekannt, der es konsumiert und sich auf der Parzelle herumgetrieben haben könnte?«

»So gut kenn ich mich in der Anlage nicht aus.«

»Sie müssen sich einer erkennungsdienstlichen Behandlung unterziehen.«

»Was bedeutet das?«

»Wir machen Fotos, nehmen Fingerabdrücke.«

»Wie bei einem Verbrecher?«, wollte Milan wissen und wurde dabei wieder lauter.

»Sie sind hier bei der Polizei.« Heide hielt wenig von solch naiven Fragen. »Wie sollte das wohl sonst laufen?«

»Schon gut.«

»Und dann kommt der Drogentest.«

»Ist der nicht freiwillig?«

»Die richterliche Genehmigung kostet mich einen Anruf.«

»Sie können mich mal!«, schrie Milan.

»Das höre ich immer wieder«, sagte Heide. »Ich nehme es als Kompliment.«

DAS MESSER glitt durch das Lindenholz wie durch eine Mohrrübe. Er schliff die Klinge regelmäßig, dabei flogen die Funken. Werkzeug musste man gut in Schuss halten. Wie Otto es ihm beigebracht hatte. Sonst konnte man es nicht richtig verwenden.

In Reih und Glied hing es an den Wänden des Schuppens. Keine Spur von Rost. Beitel, Stichel, Meißel. Beil und Hobel. Daneben Schraubendreher und Schraubenschlüssel. Darunter Hammer, Zangen, Zwingen. An der Seite die Gartengeräte: Schaufeln, Pickel, Spaten, Harken. Aber am liebsten benutzte er das Messer. Weil es seins war. Ein Geschenk.

Von Otto stammte auch die Idee mit den Holzfiguren. Er hatte sie aus dem Fernsehen, als da mal eine Kindergeschichte lief über einen Jungen. Der wurde in den Schuppen gesperrt, wenn er ungezogen war, und dann schnitzte er Holzfiguren, das vertrieb ihm die Zeit.

Nicolas war mindestens genauso ungezogen. Er wunderte sich immer, was man alles falsch machen konnte. Milch auf der Herdplatte überkochen lassen. Eine DVD falsch einlegen, dann klemmte das Gerät. Aber in den Schuppen ging er freiwillig, weil es ihm dort sehr gut gefiel, vor allem direkt nach der Schule, so wie jetzt. Und mit dem Schreien hörte er auch auf, wenn er das Holz bearbeitete. Er wurde dann ganz ruhig und sah den Spänen dabei zu, wie sie sich einrollten und herunterfielen und nach und nach eine Form entstand, eine Figur. Unter seinen eigenen Händen wuchs sie, ganz von allein. Nie wusste er, was am Ende dabei herauskam.

Es machte ihm nichts aus, wenn er sich mit dem Messer verletzte. Das passierte oft, weil er so viel Kraft hatte und das Messer so scharf war. Deshalb musste es auch in dem Schuppen bleiben. Er durfte das Messer nicht mit nach draußen nehmen, das war verboten. Damit er kein Unheil anrichtete, wie Mama sagte. Mama war aber selten zu Hause, und in den Schuppen kam sie noch viel seltener.

Deshalb bekam sie seine Figuren nie zu sehen. Nicolas gab ihnen Gesichter. Die gelangen ihm ziemlich gut, wie er fand. Freundlich schauten sie nicht gerade drein. Eigentlich sollten es Schachfiguren werden, und die durften ja nicht freundlich aussehen. Eher grimmig, bereit für den Kampf. Aber am Ende schnitzte er so lange daran herum, dass eine wie die andere aussah. Immer die gleiche Teufelsfratze, meinte Otto. Obwohl sich Nicolas so viel Mühe gab.

Der Schuppen hatte ein Fenster. Man konnte auf den Hinterhof hinaussehen, auf die Beete, jedes gehörte einer anderen Partei des Mietshauses. Irgendwann hatte es mächtig Ärger gegeben, Nicolas hatte den gesamten Garten verwüstet. Er hatte mit dem Spaten alles, was wuchs, kurz und klein gehauen, Tomaten, Sellerie, Kohlrabi, er hatte die endlos austreibenden Pflanzen nicht mehr ertragen können.

Damals hatte Otto ihn in Schutz genommen und den Schaden ersetzt, soweit das möglich war. Otto war sein Kollege, der brachte alles wieder ins Lot.

Wo er bloß blieb? Otto hatte schon beim Frühstück gefehlt. Mama hatte sich geärgert, und dann hatte sie sich Sorgen gemacht. Doch er tauchte früher oder später immer wieder auf. Außerdem war jetzt Wochenende, die Hausaufgaben, bei denen Otto ihm half, konnten noch warten.

Nicolas schnitzte weiter an seiner Figur.

»ICH FINDE das ganz schön hinterhältig.« Toni Kotissek, im Milieu Tütentünn genannt, betrachtete den Kommissar und dann seinen Freund Gerd, der sich als Bulle entpuppt hatte. »Du hast mir was vorgemacht.«

»Heutzutage kann man niemandem mehr trauen«, sagte Raupach. »Überall Lüge und Verstellung. Wir von der Polizei müssen da ein Stück weit mitziehen, sonst sehen wir alt aus.«

»Mir kommen die Tränen.«

»Köln ist eine Bühne. Die Heldenrollen sind vergeben, also spielen wir die unbeliebten Typen, die Kerle mit den Handschellen, mit dem Knüppel und dem Sack.«

»Ich versteh nur Bahnhof«, sagte Kotissek und drehte sich zu Höttges. »Ist der immer so?«

Der Kommissarsanwärter nickte. Er fühlte sich nicht wohl in seiner Haut.

»Höttges hat in meinem Auftrag gehandelt«, fuhr Raupach fort. »Er ist unser bester Mann für Aufgaben wie diese. Dass Sie ihm auf den Leim gegangen sind, ist keine Schande.«

Kotisseks Brust wölbte sich unter seinem karierten Hemd. »Bin ja nicht von gestern.«

Leere Bierflaschen auf dem Tisch, eine angebrochene Flasche No-Name-Wodka. Höttges hatte ganze Arbeit geleistet, ohne Rücksicht darauf, dass er Alkohol auf nüchternen Magen nicht vertrug. Die Mahlzeit, die der Tünn ihm in Aussicht gestellt hatte, war ein schlechter Witz gewesen: matschige Salzletten. Er würde jetzt ganz gern nach Hause gehen und das Wochenende mit Essen und Schlafen verbringen.

Nummer 85, drei Parzellen vom Tatort entfernt. Das Häuschen bestand aus zwei Räumen: einer kleinen Küche mit einem Tisch und einer Eckbank, wo Kotissek und die beiden Polizisten saßen, und einem Vorraum, in dem sich ein Rasenmäher und andere Gartengeräte befanden. Auf dem Holzboden lag eine Matratze, umgeben von der Habe des Obdachlosen, auf zahllose Plastiktüten verteilt, deswegen wohl der Spitzname Tütentünn. Daneben ein Heizlüfter.

»Dann kann ich mir wohl eine neue Bleibe suchen«, sagte Kotissek frustriert und tastete nach dem Wodka.

»Warum?« Raupach stellte die Flasche auf den Boden. »Sie haben's doch recht nett hier.«

»Sie schmeißen mich raus, oder? Ist doch nicht erlaubt, dauerhaft hier zu wohnen.«

»So wie ich das sehe, sind Sie eine Art Hausmeister, der hier ab und zu eine Pause einlegt. Wüsste nicht, was es dagegen einzuwenden gäbe – und warum das Ordnungsamt davon erfahren sollte. Solange der Kleingartenverein keine Schwierigkeiten macht ...«

Kotissek lächelte komplizenhaft. »Wenn Sie das sagen, Chef.«

»Als Hausmeister kriegen Sie natürlich alles mit, was in der Anlage vonstatten geht.«

»Gerd hat mir schon gesagt, was Sie wissen wollen, wegen letzter Nacht.«

»Ja?«

»Da haben sich welche gestritten.«

»Wer?«

»Männer.«

»Wie viele Männer?«

»Zwei.«

Raupach wartete ein bisschen, aber Kotissek hielt seine Aussage wohl schon für beendet. »Und?«

»Wie?«

»Haben Sie jemanden gesehen?«

»Nur gehört. Bin aufgewacht von den Stimmen. Das ist übel. Ich meine, ich hatte schon ziemlich was getankt, und wenn ich schlafe, dann träum ich auch, die verrücktesten Sachen, und wenn dann jemand laut durch die Gegend palavert, krieg ich alles durcheinander, das vermischt sich zu so einem Brei.«

»Versuchen Sie sich zu erinnern.«

»Eine Frau könnte auch dabei gewesen sein.«

»Wie alt?«, fragte Raupach.

»Bin ich Hellseher?«

»Was hat sie gesagt?«

»Nicht viel. Wenn ich an Frauen denke, reden die niemals viel.« Heiseres Lachen.

»Worum ging es denn?«

»Weiß nicht, das konnte ich nicht verstehen. Wollte mich auch nicht einmischen. Also hab ich mich umgedreht und weitergepennt.« Kotissek schloss die Augen. »Glaub ich zumindest.«

»Es ist wirklich wichtig, dass Sie Ihre Gedanken ordnen«, beharrte Raupach. »Sie sind ein wichtiger Zeuge.«

»Da haben Sie aber keinen guten Fang gemacht, ich rede doch nur Müll.«

»Wenn Sie wüssten, was wir sonst so zu hören kriegen.«

»Ich hab 'nen Kater.« Kotissek wies auf die Bierflaschen. »Das bisschen Kölsch hält mich gerade so aufrecht. Eigentlich bin ich immer noch total hinüber.«

»Auf mich wirken Sie relativ klar.« Raupach hatte kein Lallen oder so etwas bemerkt.

»Übung macht den Meister.«

Höttges hatte genug von Tünns Herumgeeier. Seine Ausflüchte dienten nur dazu, dass er sich nicht festlegen musste. Tünn wusste etwas, er rückte nur nicht damit heraus, aus Angst, aus Vorsicht, warum auch immer. »Hast du eine der Stimmen erkannt?«

»Erkannt?«

Es klang ein wenig wacher. Höttges legte nach: »Tu nicht so, als wärst du schwer von Begriff.«

»Meine Freunde sind meine Freunde.« Kotissek zog den Reißverschluss seines Trainingsanzugs bis unters Kinn hoch. »Die gehen niemanden was an.«

»Welche Freunde meinen Sie?«, fragte Raupach.

Kotissek drehte sich weg. »Warum unterhalte ich mich überhaupt mit euch Bullen?«

Jetzt war es an der Zeit, das Foto der Leiche ins Spiel zu bringen. Kotissek war ein schwieriger Kandidat, da kam es auf die Dramaturgie an.

»Die Stimme dieses Mannes müsste zu hören gewesen sein.« Raupach wies auf das Bild. »Mit Ihrer Hilfe fassen wir seinen Mörder.«

Kotissek riss dem Kommissar das Foto aus der Hand und betrachtete es. Er ließ es fallen, als hätte er sich daran verbrannt. »Otto?«

HÖTTGES SASS in einem Taxi und dämmerte dem Feierabend entgegen. Er würde sich vom »China-Fan-Imbiss« um die Ecke eine große Portion gebratene Nudeln mit Rindfleisch holen, dazu einen Becher Tee. Zu Hause wartete *Topkapi* auf ihn, er liebte diesen Film, vor allem den verschwitzten, immer in Auflösung begriffenen Peter Ustinov. Das Goldene Horn wäre ein guter Kontrast zu den Niehler Schrebergärten. Mit einem Berg Nudeln im Bauch würde er nach fünf Minuten wegdämmern und vergessen, dass er den Tünn ausgetrickst und sich dessen Vertrauen erschlichen hatte.

Raupach kutschierte Kotissek währenddessen nach Nippes. Der Kommissar besaß eine Aversion gegen das Autofahren. Stop-and-go, Ampelphasen für die Ewigkeit, hektisches Gehupe, wenn man bei Grün nicht sofort losfuhr. Der Wagen, den er aus dem Fuhrpark gepflückt hatte, besaß sieben Gänge. Wozu um alles in der Welt sollte das gut sein?

Kotissek kannte von dem Opfer nur den Vornamen: Otto. Er sei kein richtiger Berber gewesen. Habe endlose Spaziergänge unternommen, um der Familie seiner Freundin nicht zur Last zu fallen. Wo er wohnte, habe er nicht verraten. Alle paar Tage sei er im Nordpark aufgetaucht und habe Löcher in die Luft gestarrt, so ähnlich wie Höttges heute, aber ohne dessen innere Ruhe. Man spürte ja, ob jemand die freie Zeit genoss oder davon erdrückt wurde.

Ein freundlicher Mann, ohne Arbeit, trotzdem freigebig. Stellte andauernd Fragen, genauso wie die Bullen. Konnte nicht genug kriegen vom Leben anderer Leute. Wusste manchmal ganz genau, was man dachte oder gerade sagen wollte, beängstigend. Ansonsten sei Otto ein prima Kumpel gewesen. Der hatte keine Feinde. Wer brachte so jemanden um?

»Für Gewalt braucht es oft keinen Grund.« Raupach bog auf die Neusser Straße ein und war gezwungen, hinter einem Sattelschlepper zu halten, der gerade ausgeladen wurde. »Manche Leute fühlen sich schon von Blicken provoziert. Wenn man sich nicht wehrt, oder nur halbherzig, rasten sie vollständig aus.«

»Reden Sie von Schlägertypen, die sich irgendein Opfer suchen, um Dampf abzulassen?«

»Die könnten Otto gejagt haben. Sie verfolgten ihn, er wollte sich in den Schrebergärten verstecken, aber das war eine Sackgasse.«

»Woran starb er denn?«

»Äußerliche Gewalt«, wich Raupach aus. »Die Obduktion ist noch nicht abgeschlossen.«

»Hat er was auf die Nase gekriegt?«, fragte Kotissek. »Oder aufs Maul? Da schlagen die immer als Erstes hin.«

»Nein.«

»Was dann? Messer, Baseballschläger?«

»Vielleicht etwas anderes. Was gerade zur Hand war.«

»Sie kennen die Tatwaffe doch ganz genau. Und jetzt wollen Sie mich aufs Glatteis führen.« Kotissek runzelte die Stirn. »Ich trinke, und zwar nicht zu knapp. Es wär mir trotzdem lieber, wenn Sie nicht denken würden, ich sei blöd.«

»Vorhin haben Sie sich dumm gestellt.«

»Vorhin war ich sauer, weil Gerd mich hinters Licht geführt hat und dann plötzlich Sie auf der Matte standen.«

»Können Sie das verschmerzen?«

»Ich bin nicht nachtragend.« Kotissek stieß auf.

»Schön.«

»Otto war einer von den Guten. Finden Sie raus, wer ihn auf dem Gewissen hat.«

»Natürlich.«

»Ist es Ihnen ernst? Oder ermitteln Sie nur der Form halber und legen den Fall nach zwei Wochen zu den Akten?«

Hinter ihnen hupte es, obwohl der Gegenverkehr nicht abriss und es keine Gelegenheit zum Überholen gab.

»Die Presse schert sich bestimmt einen Dreck um Otto«, fuhr Kotissek fort. »Pennermorde bringen keine Auflage.«

Raupach schaute ihn lange an. »Sie wissen rein gar nichts von mir.«

»Doch, von dieser U-Bahn-Geschichte, die durch alle Zeitungen ging. Müsste jetzt ein Jahr her sein. Das war eine große Sache, Herr Kommissar. An der haben Sie sich gesundgestoßen.«

»Rehabilitiert.«

»Ist mir egal, wie Sie's nennen. Sie sind ein hohes Tier, und sowas wird man nur mit viel Ehrgeiz und einem engen Terminkalender. Kommt mir ziemlich merkwürdig vor, dass ich hier bei Ihnen im Auto sitze. Was versprechen Sie sich von dem Fall?«

»Find ich gut, dass Sie kein Blatt vor den Mund nehmen.«

»Versuchen Sie's jetzt auf die soziale Tour?« Kotissek lachte. »Öfter mal was Neues.«

Jetzt war die Fahrbahn frei zum Überholen. Doch Raupach blieb hinter dem Sattelschlepper stehen und setzte den rechten Blinker.

»Haben Sie ein Hobby?«, fragte er.

»Kann ich mir nicht leisten.«

»Ich male gern.«

»Ach?«

»Leider komm ich selten dazu. Und wenn doch, fällt mir als Erstes immer nur diese Wand im Leichenschauhaus ein. Die mit den vielen Kühlfächern. Lauter Kästen, Zehnerreihen. Ich nehm Sie mal mit. Wir schauen uns die Toten der Reihe nach an. Sie entscheiden, wer zu den Guten oder den Bösen gehört.«

»Haha.«

»Und dann sagen Sie mir, gegen wen ich ermitteln soll.«

»Na, gegen Ottos Mörder!«

»Ist der auch ganz sicher einer von den Bösen?«, fragte Raupach. »Und das Opfer, ist das automatisch ein Unschuldslamm?«

»Ich hab Ihnen doch schon gesagt – «

»Dass Sie nur seinen Vornamen kennen. Alles Weitere wissen Sie von ihm selbst, der Rest sind Vermutungen. Vielleicht war Otto genauso wandlungsfähig wie Sie, wechselte die Rollen nach Bedarf, zeigte seiner Umgebung verschiedene Gesichter?«

»So überlebt man auf der Straße.« Kotissek zauberte eine kleine Flasche Weinbrand aus den Falten seines Trainingsanzugs und nahm einen kräftigen Schluck. »Also?«, fragte er und wischte sich den Mund mit dem Ärmel ab. »Wir waren bei der Tatwaffe.«

Raupach sah in den Rückspiegel und fuhr endlich an dem Sattelschlepper vorbei. »Ein Spaten. Der Mörder hat ihn wie ein Beil benutzt, als Hiebwaffe. Er schlug mehrmals zu.«

»Scheiße.« Der Rest des Weinbrands rauschte durch Kotisseks Kehle.

»Und äußerst brutal.«

»Da gehört eine Menge Wut dazu. Mit Ihren Schlägern liegen Sie vielleicht doch richtig.«

»Alkohol verstärkt die Wut«, sagte Raupach. »Jedes Fläschchen macht ein wenig enthemmter, streitlustiger. Auch wenn man das Zeug gewohnt ist.«

Kotissek lachte rauh. »Wollen Sie *mir* an den Kragen?«

»Sie haben kein Alibi, oder?«

»Nö.«

»Am Tatort wurde eine Flasche Wodka gefunden. Dem sind Sie ja nicht abgeneigt.«

»Bei Ihren Retourkutschen muss man aufpassen. Es dauert ein bisschen, aber dann erwischen sie einen von hinten durchs Auge.«

»Dann geben Sie mal lieber acht.«

Sie fuhren zum Baudriplatz, zur »Zweiten Hand«, einem Trödelladen. Kotissek meinte, dort sei mehr über Otto zu erfahren. Die Besitzerin würde jeden im Viertel kennen, zumindest aus den unteren Einkommensklassen.

Raupach kannte den Laden nur vom Spazierengehen. Auch er unternahm gelegentlich Wanderungen durch Nippes. Dabei gab er sich der Illusion heimatlicher Gefühle hin, obwohl er wenig von derlei Selbstvergewisserungsritualen hielt. Er fand, die Leute machten sich nur etwas vor, wenn sie dem Ort, an den eine Handvoll Lebensumstände sie hingestellt hatte, übermäßige Bedeutung beimaßen. Menschen verhielten sich zu Orten wie Algen zu Wasser. Ein paar Stufen Evolution änderten nichts daran. Man trieb in der Brandung so dahin, ohne die Richtung groß beeinflussen zu können.

Sie passierten die U-Bahn-Station Florastraße. In der Zwischenebene hatte die Güsgen, eine alte Kölnerin, ihren Kiosk gehabt. Sie war im Sommer gestorben. War vor dem laufenden Fernseher eingeschlafen und nicht mehr aufgewacht. Ein schöner Tod, hieß es im Viertel. Leider wusste niemand, welche Sendung die Güsgen zuletzt gesehen hatte.

Und vor Ottos Tod? Was hatte *er* wohl gesehen?

Heide meldete sich über Handy. »Wir sind nahe dran.«

»Ich auch.« Raupach fuhr rechts ran und stieg aus, damit Kotissek nicht mithören konnte. »Schieß los.«

»Milan Plavotic, der Neffe der beiden Laubenbesitzer. Taxifahrer. Der Junge wirkt verdächtig. Gestresst, aggressiv, übernächtigt, Stimmungsschwankungen – der ist nicht koscher.«

»Gibt's ein Motiv?«

»Abwarten.«

»Hast du im Nebenberuf bei der CIA angeheuert, Heide, oder verlassen wir uns jetzt auf den ersten Eindruck?«

»Sein Drogentest war positiv. Nur schwach, aber es reicht. Cannabis.«

»Suchen wir nicht nach Shitrauchern?«

»Macht das einen Unterschied?«, fragte Heide.

»Sich gelegentlich einen Joint reinzuziehen, heißt nicht, für das Zeug über Leichen zu gehen, selbst im Affekt.«

»Du hast Plavotic nicht erlebt. Wenn ich in der vergangenen Nacht Mist gebaut hätte, wäre ich so ähnlich drauf.«

»Es gibt solchen und solchen Mist«, meinte Raupach. »Hast du ihn festgenommen?«

»Womit denn? Ich muss seine Aussage noch überprüfen, und auf dem Haschischbeutelchen sind laut Labor keine Fingerabdrücke. Reintgen und Hilgers beschatten ihn. Lassen wir den Jungen ein paar Haken schlagen.«

»Hat das Drogendezernat was über ihn?«

»Nein, sonst hätte ich dir's schon gesagt. Die geben kaum was raus, wie die Elstern.«

»Das Mordopfer heißt übrigens Otto. Vielleicht weiß ich bald mehr.«

»Streng dich an«, sagte sie. »Wenn wir nicht trödeln, können wir das ruckzuck hinkriegen.«

»Bleib du mal hübsch im Präsidium.« Heides letzter Alleingang bei einem Fall in Marienburg hatte mit einem Schädel-Hirn-Trauma geendet. Seither schob sie auf Raupachs Anordnung Innendienst.

»Mit dem größten Vergnügen«, gab sie zurück. »Mit ›wir‹ meine ich natürlich dich, Kölns furchterregende Ein-Mann-Armee.«

»Klingt nach einer Sonderschicht.«

»Das lass ich auf deinen Grabstein meißeln. Wenn sie mir endlich das Geld für meine Überstunden auszahlen.«

Raupach brummte etwas Unverständliches. »Neues von unseren Klingelputzern?«

»Fehlanzeige.«

»Kommt selten vor«, wunderte er sich.

»Vielleicht haben die Leute am Nordpark was gegen Bullen.«

»Wahrscheinlich nicht nur gegen Bullen.«

Heide pflichtete ihm bei und beklagte sich ein wenig. »Was soll ich mit Photini machen? Wenn sie hier weiter untätig herumtigert, braucht einer von uns beiden bald einen Psychologen.«

»Am besten, ihr legt euch zusammen auf die Couch.«

»Das ist kein Witz, Klemens.«

»Schick sie her.« Raupach gab die Adresse durch und beendete das Gespräch. Er stieg wieder ein und fuhr das letzte Stück zur »Zweiten Hand«.

Kotissek schnarchte und war durch nichts in der Welt wach zu kriegen. Ein Speichelfaden hing ihm aus dem Mundwinkel.

EIN ALTERTÜMLICHER KLINGELTON ertönte beim Betreten des Ladens. Ein Kindheitsgeräusch, es sorgte dafür, dass man sich gleich willkommen fühlte. »Inhaberin: Apollonia Havemann«, stand auf einem Schild neben der Fünfziger-Jahre-Glastür.

Regale mit Keramik, Glas, Porzellan, Zinngeschirr. Billigware, reif für den Sperrmüll, dazwischen jedoch immer wieder ein hübsches, ausgefallenes Stück. Kobaltblaue Zierteller, Kaffeekannen mit dem Aufdruck einer Rheinansicht, vielleicht kostbar, vielleicht nur Nostalgie. Keine Kunden.

Im hinteren Bereich des schlauchförmigen Ladens verströmten Kleiderständer Mottenkugelgeruch. Raupach musste an Hotelzimmer denken, in denen die Zeit stillstand, an Niemandslande mit trüben Spiegeln, die einen – wenn man nicht aufpasste – verschluckten.

»Wen suchen Sie denn?«

Von der Frau, die hinter der Registrierkasse hockte, war nur eine Turmfrisur von undefinierbarer Farbe zu sehen, irgendetwas zwischen lila und kupferblond.

»Haben Sie ein Glas Wasser?«, fragte Raupach.

Apollonia Havemann schaute hoch. Über dem Rand ihrer Lesebrille bestätigte sich der Eindruck, den sie bereits vom Gang dieses Mannes gewonnen hatte, schleppend, aber zielgerichtet: ein Bulle.

Sie blickte durchs Schaufenster nach draußen. Im Schlaf presste Kotissek seine Backe gegen die Wagenfensterscheibe.

»Was haben Sie mit dem Tütentünn gemacht?«

»Das hat er ganz von allein geschafft. Herr Kotissek leidet unter einem Durst, der sich nicht stillen lässt.«

Sie hantierte hinter der Verkaufstheke und förderte eine Art Pokal zutage. Goss Wasser aus einer Plastikflasche hinein und gab eine Brausetablette dazu. Es schäumte wie in einer Kläranlage. »Der braucht ein Alka-Seltzer.«

Raupach wollte sich vorstellen, aber die Havemann wehrte ab. »Keine Nachnamen, das ist hier Hausregel. Ich halte nichts von diesem bourgeoisen Getue.«

»Na dann: Klemens.«

»Polly. Setzen Sie sich.« Sie wies auf einen ausladenden Sessel, der direkt am Schaufenster stand. Der dunkelbraune Kordbezug war abgenutzt, an einigen Stellen flockte der Schaumstoff heraus. Um die Armlehnen zu schonen, waren vorn Spitzendeckchen aufgenäht.

Raupach nahm Platz.

Auf dem Bullenstuhl. Das signalisierte allen Eingeweihten sofort: Achtung, Polizei! Die Kunden der »Zweiten Hand« hatten Anspruch auf einen guten Service. Dazu gehörte, vor unangenehmen Begegnungen gewarnt zu werden.

»Sternzeichen?«

»Wie?« Raupach fand den Sessel überraschend bequem.

»Sprech ich chinesisch?«

»Löwe.« Er pflückte einen Schaumstoffkrümel von seinem abgenutzten Jackettärmel.

Die Havemann musterte ihn eine Weile. »Letzte Dekade, stimmt's?«

»22. August.«

»Fast Jungfrau.« Die Havemann schnaubte. »Wahrscheinlich sind Sie für Ihre Kollegen eine echte Landplage.«

»Ich versuche es zu vermeiden.«

»Aszendent?«

»Keine Ahnung. Ist das wichtig?«

»Der Aszendent steht für das Ziel, auf das Sie sich hinentwickeln.«

»Welches Sternzeichen wäre denn gut?«

»Waage, Krebs. Irgendwas Ausgleichendes.«

»Bin ich nicht ausgeglichen?«

»Das würden Sie gern sein. Oder Sie zwingen sich dazu, von Berufs wegen.«

»Möglich«, meinte Raupach.

»Um wie viel Uhr sind Sie geboren? Ich habe Tabellen, damit kann ich Ihren Aszendenten bestimmen.«

»Ich will gar nicht wissen, wo ich mich hinentwickle. Das nimmt dem Ganzen die Spannung.«

»Astrologie halten Sie natürlich für einen Aberglauben.«

»Volksbelustigung?«, schlug er vor.

»Für sich genommen erklären Sternzeichen gar nichts«, dozierte sie. »Man muss darüber reden, dann wird ein Schuh draus.«

»Wirklich?«

»Ein paar Anhaltspunkte bringen einen auf die richtige Spur, Beschreibungen von Charaktereigenschaften. Wenn man sich damit auseinandersetzt, erfährt man mehr über sich selbst.«

Das Gebräu in dem Pokal war fertig. Die Havemann brachte es nach draußen und öffnete die Tür des Wagens. Kotissek kippte ihr leicht entgegen, gehalten vom Sicherheitsgurt. Sie schrie ihm etwas ins Ohr, er schreckte auf. Bevor er sich wehren konnte, flößte sie ihm die Flüssigkeit ein. Darin schien sie einige Übung zu besitzen.

Raupach ließ sie machen. Eine alte Frau, mindestens siebzig. Kugelförmig und leicht verbeult, so weit das unter ihren mehrlagigen Gewändern zu erkennen war. Sie trug Gesundheitsschuhe und Verbände unter den Strümpfen, die wie Wickelgamaschen aus dem Ersten Weltkrieg aussahen.

Kotissek kam zu sich, die beiden sprachen kurz miteinander. Dann half die Havemann ihm aus dem Wagen und brachte ihn herein.

»Iss was, Tünn, dann kommst du wieder auf die Beine.«

»Was gibt's denn?«

»Cassoulet.«

»Echt?«

Neben der Kasse stand ein Tisch mit einer Elektroherdplatte und einem großen gusseisernen Topf. Als die Frau den Deckel hochhob, kam es zu einer Geruchsexplosion. Kräuter, Speck, viel Knoblauch. »Du magst doch Bohnen.«

Sie klatschte zwei große Schöpfkellen auf einen Teller und bugsierte Kotissek an einen leeren Tisch. Raupach hatte sich schon gefragt, wozu der da war.

»Meine Gästetafel«, sagte sie und sorgte für eine Sitzgelegenheit, Besteck und Serviette. Kotissek schnappte sich einen Löffel und machte sich über die Mahlzeit her.

»Jetzt zu uns beiden.« Die Havemann verschanzte sich wieder hinter ihre Kasse, öffnete eine Schublade und zog ein dickes Heft heraus. »Sie wollen also etwas über Otto wissen, sagt der Tütentünn. Otto Wintrich.«

»Ist das sein Name?«, fragte Raupach.

Sie schlug das Heft auf und blätterte darin, bis sie die entsprechende Seite gefunden hatte. Schließlich reichte sie es dem Kommissar. »Eine Adresse in Weidenpesch. Hier, abschreiben können Sie das selber.«

Raupach merkte sich die Daten. »Wie kommen Sie zu seiner Anschrift?«

»Ich weiß gern, wer bei mir ein und aus geht. Ich mache in An- und Verkauf, da sollte man sich vergewissern, wer einem was bringt.«

»Ist viel Diebesgut dabei?«

»Ich bin keine Hehlerin«, entgegnete sie. »Das hier ist eher eine Art Leihhaus, zumindest teilweise. Manche Leute haben die Hoffnung, die Sachen, die sie mir geben, irgendwann wieder auszulösen. Solange hebe ich sie auf.«

»Und Otto Wintrich?«

»Kam meistens, um etwas zu verkaufen.«

»Was wollte er denn zu Geld machen?«

»In der ›Zweiten Hand‹ spielt Vertrauen eine große Rolle. Geld ist in meinem Geschäft nicht so wichtig.«

Er lächelte über den Widerspruch. »Bezahlt sich die Miete von allein?«

»Lassen Sie das meine Sorge sein.« Die Havemann erhob sich und ging zu einem Regal mit alten Souvenirs, Aschenbecher, Mini-Dome, eine Kamellentasche mit dem Wappen des Festkomitees Kölner Karneval. »Schauen Sie sich um. Das kommt Ihnen sicher wie wertloser Plunder vor. Aber in jedem dieser Dinge steckt ein kleines Leben.«

Sie spazierte weiter und wies dabei auf den einen oder anderen Gegenstand, nicht ohne Stolz, wie ein Museumsführer, der seine Exponate gebührend bewundert sehen will.

Raupach folgte ihr und warf einen Blick auf die Kleiderständer. Einen gebrauchten Anzug hatte er noch gar nicht in Betracht gezogen. Das wäre doch was. Wenn der Vorbesitzer eine ähnliche Figur wie er hatte, brauchte er die Klamotten nicht mal einzutragen.

Die »Zweite Hand« war größer, als er angenommen hatte. Der Raum erstreckte sich mindestens über die gesamte Länge des Hauses. Allerdings schien er nach hinten immer schmaler zu werden, als rückten die Wände unmerklich näher. Aber das mochte auch an dem kunterbunten Mobiliar liegen. Es war so aufgestellt, dass man sich nur im

Zickzackkurs durch den Laden bewegen konnte. Schränke mit offenstehenden Türen, Kommoden mit stufenweise herausgezogenen Schubladen, Küchenbuffets, für die vorne im Eingangsbereich kein Platz war. Überall quoll etwas heraus, was vielleicht noch zu gebrauchen war oder woran sich erneut Gefallen finden ließ.

Die Geräusche, die Kotissek beim Essen machte, wurden leiser. Die alte Frau machte allerlei Bemerkungen zu den Elektrogeräten, an denen sie gerade vorbeikamen, Ghettoblaster, Plattenspieler, Kassettendecks, unförmige Musikboxen.

Jetzt verstand er, was die Havemann vorhin gemeint hatte. In diesem Audioschrott steckten tatsächlich ganze Lebensabschnitte. Als Jugendlicher hatte er sich seine Stereoanlage Stück für Stück zusammengejobbt. Allein das Aussuchen des Verstärkers hatte Monate in Anspruch genommen. Dual, Uher, Marantz – die alten Markennamen setzten Erinnerungen in Gang.

Mit seinem Freund Felix hatte er tagelang über die Vorzüge von Riemen- oder Direktantrieb fachsimpeln können. Raupach fand sich im Zwielicht der verflossenen Jahre immer besser zurecht. Je größer der Abstand wurde, desto leichter fiel es ihm, die Vergangenheit im Geiste abzuschreiten. Jede Entdeckung wärmte ihn ein bisschen, rief bestimmte Gefühle hervor und Bilder, die sich im Kopf zu bewegen begannen.

Der Raum machte einen Knick, schlagartig wurde es übersichtlicher. Sie kamen in die Abteilung Sport und Spiel. Skier, Rollschuhe, ein Hometrainer, alles auf dem technischen Stand früherer Zeiten.

Bei einem Stapel kleiner Holzkisten blieb Raupach stehen. In letzter Zeit ging er häufig zu einem kleinen Platz am Bürgerzentrum. Dort wurde Boule gespielt, mit schweren Metallkugeln, abends sogar unter Flutlicht. Raupach setzte sich dann auf eine Bank und hörte dem Klack-Klack zu. Dabei begegnete er ausnahmsweise Leuten, die keine Polizisten, Zeugen oder Mörder waren. Seit der Trennung von Clarissa vor knapp vier Jahren beschränkten sich seine sozialen Kontakte auf ein Minimum. In einem schwachen Moment, es war erst ein paar Monate her, hatte er sogar erwogen, mit Photini eine Affäre anzufangen. Das Wort »Affäre« sagte alles über seinen Zustand. Er hatte ein wenig den Anschluss verloren. So gesehen war Boule ein Schritt in die Normalität.

Er öffnete die oberste Kiste. Sechs Kugeln, bedeckt von einer Rostschicht. Das war gar nicht so schlecht, der Rost bremste die Kugeln auf Sand ab. Außerdem war da ein neongrünes Schweinchen, wie die kleine Zielkugel genannt wurde.

»Die sind unverkäuflich«, sagte die Havemann.

»Warum?«

»Hat jemand hier deponiert.«

Raupach machte die nächste Kiste auf. »Und die hier?«

»Die Boulekugeln werden demnächst abgeholt. Alle. Für ein Turnier.«

»Wenn Sie mir nichts verkaufen wollen ...«

Sie baute sich vor ihm auf. »Was für ein Bulle sind Sie eigentlich?«

»Wie?«

»Haben Sie ein Hörproblem?«

»Ich weiß nicht, worauf Sie hinauswollen.«

»Der Tütentünn meinte, Sie wären einer von den Wichtigen. Betont harmlos, aber durchtrieben, ich müsste auf alles gefasst sein. Stimmt das?«

»Mit Ihrer Erlaubnis füge ich das in meinen Lebenslauf ein.«

Die Havemann verzog keine Miene. »Humor haben Sie auch?«

»Behalten Sie's besser für sich.«

»Mit dummen Sprüchen werden Sie bei diesem Fall nicht weit kommen.«

»Otto Wintrich?«

»Daran werden Sie zu knabbern haben.«

»Sie klingen wie der Polizeipräsident.«

»Den mögen Sie wohl nicht?«, fragte sie.

»Ist er ein Verwandter von Ihnen?«

»Noch mal: Sind Sie ein anständiger Bulle oder ein ekliger?«

Schritte in seinem Rücken, der Parkettboden knackte. Raupach fuhr herum.

»Das hab ich mich auch schon gefragt«, sagte Photini.

DIE JUNGE KOMMISSARIN war lautlos um die Ecke gebogen. Sie hielt ihren Dienstausweis hoch, um sich lange Erklärungen zu ersparen, und sah sich erstaunt um. In der Nähe von Kalamata kannte sie ein Eisenwarengeschäft, das sich zu einem ähnlichen Labyrinth ausgewachsen hatte wie dieser Laden. Man brauchte eine Brotkrumenspur, um wieder herauszufinden.

Die Havemann, kleiner, aber breiter als die Polizistin und mit der Erfahrung eines langen, windungsreichen Lebens, ließ sich nicht aus der Fassung bringen. »Also? Ist er anständig oder eklig?«

»Wenn jemand von sich behauptet, er sei anständig, würde ich immer vom Gegenteil ausgehen«, erwiderte Photini. »Und eklig? Müssen alle Bullen hin und wieder sein, das ist kein Kriterium.«

»Ihre Verstärkung?«, wollte die alte Frau von Raupach wissen.

»Bei einem Gesinnungstest schneide ich noch schlechter ab«, erwiderte Photini. »Warum interessiert Sie das überhaupt?«

»Ich mag mich nicht mehr mit Mistkerlen abgeben, dafür bin ich zu alt.«

»Dann kann ich Sie beruhigen. Er ist ein bisschen verletzend und verbohrt, aber alles nur privat. Beruflich hält er sich für einen Steinewälzer.«

Die Havemann maß die beiden, als wollten sie ihr einen Staubsauger andrehen. Davon hatte sie schon 24 Stück. »Steine«, sagte sie, strich über die Boulekugeln und klappte die Kiste zu, »Steine müssen bewegt werden. Manche Menschen wollen unerschütterlich sein, undurchdringlich. Das führt nur zu Hass und Gewalt.«

»Wenn es Ihnen nichts ausmacht, würde ich jetzt wieder zum offiziellen Teil übergehen.« Raupach nickte Photini zu. Sie schien den richtigen Ton getroffen zu haben. »Warum glauben Sie, dass die Ermittlung schwierig wird?«

»Da muss ich weiter ausholen.«

»Tun Sie sich keinen Zwang an.«

»Otto Wintrich hat mir den größten Teil seines alten Hausstands verkauft. Die übliche Sammlung von Industriemöbeln und Küchenartikeln, nichts, was Ihnen weiterhelfen könnte. Dinge, auf die man leichten Herzens verzichtet, wenn man einen Schnitt macht und mit jemandem zusammenzieht.«

»Wann war das?«, fragte Raupach.

»Vor einem Jahr. Damals saß er oft vorn bei mir, an der Gästetafel, erzählte von seiner Freundin Vera und seiner neuen Familie. Er war überzeugt, das große Los gezogen zu haben. Otto hat lange Zeit allein gelebt. Er dachte, niemand wollte ihn mehr haben.«

»Kann ich mir vorstellen.« Photini begutachtete einen Tennisschläger aus Holz und holte damit aus. Sie nahm gern etwas in die Hand, wenn Emotionen ins Spiel kamen, irgendeinen Gegenstand, je schwerer und ungewohnter, desto besser.

Raupach wich zurück, um nicht von ihr getroffen zu werden. »Was wissen Sie über Otto Wintrichs Beziehung?«

»Das müssen Sie Vera Bahling fragen. Ich bin kein Klatschmaul.«

»Es geht um Mord, Polly.« Testweise benutzte er den Vornamen.

»Weiß ich, Klemens. Trotzdem wäge ich ab, was ich Ihnen sage oder verschweige.« Die Havemann ging weiter zur Spielwarenabteilung. Blechaffen, Bauklötze, Tretautos, Drachen. Sie hatte keine Kinder und erst recht keine Enkel. Es war ein alter Schmerz, an den sie sich nie gewöhnte.

»Nachdem er den lästigen Hausrat abgestoßen hatte, dauerte es ein paar Monate, dann brachte er mir wieder was. Dieses Mal hatte er seine Schätze dabei, Schallplatten, Familiensilber und solche Dinge. Das machen die Leute nur, wenn sie dringend Geld brauchen. Ich kenne diesen Ablauf. Dann komme ich mir immer wie der letzte Kapitalist vor, der aus der Not der Menschen Profit schlägt. Andererseits, meine Preise sind fair, da kann sich niemand beschweren.«

»Wann war das?«, fragte Raupach.

»Im Mai, direkt nach dem Vatertag. Ich weiß noch, dass der Laden ziemlich voll war, das ist oft so nach einem Feiertag. Dann hatten die Leute Zeit, in ihren alten Sachen zu kramen.«

Photini konnte das gut nachvollziehen. Sie schmiss mehr Sachen weg, als sie sich kaufte.

»Hatte sich bei Otto Wintrich irgendetwas geändert?«, hakte Raupach nach. »Streit mit seiner Freundin?«

»Nicht dass ich wüsste. Außer den üblichen Differenzen, die es immer mal gibt.« Neben einer eisenbeschlagenen Truhe blieb die Havemann stehen. »Vor zwei Wochen stattete Otto mir wieder einen Besuch ab. Er sah mitgenommen aus. Draußen regnete es in Strömen, bei Nordwind. Die Leute kamen nur in den Laden, um sich aufzuwärmen. Nach Weidenpesch, wo Otto wohnte, ist es ein ganz schönes Stück zu laufen.«

Sie klappte den Deckel der Truhe hoch, bückte sich und kramte eine Weile darin. Schließlich brachte sie ein Stofftier zum Vorschein. »Das hat er eingetauscht.«

Ein Eisbär in der Größe eines Kleinkindes. Photini zog Schutzhandschuhe über und nahm ihn vorsichtig entgegen.

Das Fell, angegraut und fleckig, war ursprünglich weiß, wie die Wurzeln der Kunstfasern verrieten. Oft berührt, gedrückt, durch die Gegend geschleift.

Die Kommissarin betastete den Bauch des Bären und untersuchte ihn auf eingenähte Fremdkörper. Da sie Drogen am Tatort gefunden hatten, war alles in Betracht zu ziehen.

Sie schüttelte den Kopf. »Nichts drin.«

»Otto hat den Bären gegen ein Schachspiel getauscht. Er wollte ihn unbedingt loswerden.« Die Havemann machte eine Pause. »Er meinte, das Ding brächte Unglück.«

»Wie kam er denn darauf?«, fragte Raupach.

»Hat er nicht gesagt. Vielleicht hängt es damit zusammen, dass er seinen Job verloren hat. Aber das ist ja schon länger her.«

»Was war er von Beruf?«

»Irgendwas mit Arzneimitteln. Er klapperte die Ärzte ab und brachte Pillen unter die Leute.«

»Pharmareferent?«

»So sagt man wohl.«

»Eine krisensichere Branche.«

»Wenn man seinem Chef nicht einen Zahn ausschlägt.« Die Havemann deutete ein Lächeln an. »Das hat Otto nämlich getan. Zu mir war er immer lammfromm. Konnte keiner Fliege was zuleide tun, benahm sich sehr zuvorkommend, auch den anderen Kunden gegenüber.« Sie atmete schwer aus. »Das war nicht immer so. Früher hatte er sein Alkoholproblem nicht im Griff. Es fiel ihm schwer, sich zu beherrschen.«

»Woher wissen Sie das?«

»Die Geschichte von seiner Entlassung hat er mir hundertmal erzählt. Angeblich hat ihn sein Chef provoziert. Die Bestellungen gingen zurück, weil Otto den Kunden reinen Wein einschenkte. Er stellte die Wirksamkeit bestimmer Arzneien in Frage.«

»Hört sich nach einem Pharmaskandal an«, meinte Photini. Sie schrieb alles mit.

»Ach, so schlimm war das gar nicht. Er empfahl den Ärzten nur manchmal andere Hersteller, als er selber vertrat. Das sickerte wohl zu seinem Vorgesetzten durch. Otto hat mir das haarklein auseinandergesetzt, Mittel gegen Heuschnupfen, Asthma, Bluthochdruck, Zucker, die großen Volkskrankheiten, an denen sich am meisten verdienen lässt. Da gibt es riesige Unterschiede im Preis und in der Wirkung. Otto hatte es satt, Werbung für Placebos zu machen, wie er sich ausdrückte, und das hat er seinem Chef auch so gesagt. Ein Wort gab das andere, die Sache wurde persönlich, und dann schlug er zu. Natürlich ist das ein Kündigungsgrund, er wurde sofort gefeuert. Kurz davor war er zu seiner Freundin gezogen.«

»Glauben Sie, diese Entlassung hat etwas mit dem Mord zu tun?«, fragte Raupach.

»Keine Ahnung. Den Eisbären gab er mir jedenfalls erst vor vierzehn Tagen.« Die Havemann hielt inne. »Fünfzehn, um genau zu sein. Irgendetwas beschäftigte ihn, ließ ihn nicht schlafen. Nicht, dass er arbeitslos war, etwas, das tiefer ging. Sie hätten seine Augen sehen sollen. Die waren erloschen, als hätte jemand eine Kerze ausgepustet. Ganz anders wurde mir dabei, und ich bin nicht von Pappe, das können Sie mir glauben. Ich war froh, dass im Laden viel Betrieb herrschte. Wir gingen kurz nach hinten und machten den Tausch gegen das Schachspiel perfekt. Dann hab ich mich doch getraut zu fragen, was los war.«

»Und?«

Sie zögerte. »Er hat mich angeschrien. Für manche Krankheiten gibt es eben kein Heilmittel. Pillen sind keine Lösung, auch wenn sich das mancher so vorstellt.«

Ein bedauernder Blick, gemischt mit Unmut, weil sie so viel erzählt hatte.

»Ich hab das dann auf sich beruhen lassen, mehr oder weniger, jedenfalls konnte ich nichts aus ihm rauskriegen. Und deshalb denke ich, dass Sie und Ihre Kollegin erst recht im Dunkeln tappen, jetzt, wo Otto tot ist.«

Raupach wartete, ob noch etwas kam, doch die Havemann schwieg und starrte verdrossen auf ihre Regale. Die kleinen Leben, die darin aufgereiht waren, stellten auch eine Last dar.

Er bedankte sich, sie gingen zum Ladeneingang zurück. Wie konnte er das Gespräch zu einem versöhnlichen Ende bringen? Vielleicht musste er die alte Frau noch einmal befragen. Dann wäre etwas mehr Vertrauen gut.

»Welches Sternzeichen hatte Otto Wintrich?«, probierte er es.

»Fische.«

»Und wie interpretieren Sie das?«

»Fische fühlen sich nicht wohl in unbekannten Gewässern. Es ist ihnen unangenehm, wenn sich ihre Umgebung verändert, etwas, worauf sie keinen Einfluss haben. Dann werden sie wütend.«

»Heißt es nicht, kalt wie ein Fisch?«, fragte Photini.

Die Havemann funkelte sie an.

»Lass gut sein, Fofó.« Raupach hob die Hand. »Wir müssen weiter.«

Der Laden war immer noch leer, die Registrierkasse unbewacht. Kotissek lag quer in dem Bullenstuhl. Er war wieder eingeschlafen.

ES KLINGELTE AN DER TÜR. Nicolas sah von seinem Schachspiel auf. Das musste Otto sein.

Mama kam aus der Küche. Sie bereitete das Abendessen vor. Gleich musste sie auf die Arbeit, sie hatte heute Spätschicht. Er und Thorben – und Otto, falls er da war – brauchten nur einen fertig angerichteten Teller in die Mikrowelle zu schieben, wenn sie hungrig waren. Gemeinsam an einem Tisch aßen sie so gut wie nie, das war lange vorbei.

Nicolas fragte sich, in welchem Zustand Otto wohl sein würde. Wenn sein Kollege über Nacht wegblieb, sah er danach immer total kaputt aus.

Manchmal schimpfte Mama nicht. Dann brachte sie Otto ins Badezimmer und stellte ihn unter die Dusche, damit er wieder nüchtern wurde. Sie kümmerte sich um ihn wie um ein Baby und sprach auch so mit ihm. Es kam vor, dass Otto weinte, aber das war normal, jeder musste mal weinen, auch Nicolas, zum Beispiel, wenn er an früher dachte, als Papa und Corinne noch bei ihnen gewohnt hatten und ihre Familie komplett gewesen war. Er hasste es, wenn etwas fehlte. Werkzeug aus dem Schuppen, ein Stift im Federmäppchen, sein Vater, wenn er versprochen hatte, ihn zum Fußball abzuholen, und in letzter Sekunde absagte. Dann konnte er aus der Haut fahren.

Mama öffnete die Tür. Nicolas hörte eine Männerstimme, die er nicht kannte. Das gefiel ihm nicht.

Die Erwachsenen unterhielten sich. Eine Minute, zwei. Es schien wichtig zu sein, wie aus Mamas Tonfall zu schließen war. Bei einer Geburt, zu der sie gerufen wurde, klang es ähnlich, nur dass Mama in solchen Fällen die Fragen stellte und am Telefon auf Antworten wartete. Jetzt war es umgekehrt.

Dann betraten fremde Leute die Wohnung.

Gar nicht gut. Er war unschlüssig, was er tun sollte. Aufspringen, in sein Zimmer rennen und die Tür hinter sich absperren?

Ein Mann in einem dunkelblauen Anzug erspähte von weitem, wie Nicolas am Wohnzimmertisch saß.

Er sah schnell weg. Für eine Flucht war es zu spät, dafür hätte er den Gang überqueren müssen – wo sich gerade die fremden Leute befanden. Der Rückzug war ihm abgeschnitten.

Hoffentlich ließen sie ihn in Ruhe. Er dachte ganz fest daran. Manchmal klappte das. Mama würde die Leute im Gang hinhalten, sie wusste, wie sehr es ihm widerstrebte, mit Fremden im selben Raum zu sein. Deshalb brachte Thorben auch nie Freunde mit nach Hause. Thorben versuchte, Schwierigkeiten von seinem kleinen Bruder fernzuhalten. Er war sein Beschützer und sagte ihm, was er im Zweifelsfall tun oder lieber lassen sollte.

Aber Nicolas war auch neugierig. Was wollten die hier? Eine junge Frau war auch dabei, wie Nicolas aus den Augenwinkeln sah. Er fragte sich, ob er ordentlich angezogen war. Sein tannengrüner Fleecepulli, den er so mochte, war fleckig und ausgeleiert. An den Armen hatten sich kleine Kügelchen gebildet. Die konnte man zählen und abzupfen, wenn einem danach war.

Die Fremden kamen ins Wohnzimmer. »Hallo«, sagten sie kurz hintereinander. Er zog die Beine an.

Mama achtete darauf, dass die Ankömmlinge ausreichend Abstand zu ihm hielten. »Herr Raupach und Fräulein Dirou sind von der Polizei, Nicolas, sie sind Kommissare, das kennst du vom Fernsehen. Sie werden ein paar Fragen stellen und sich bei uns umsehen.«

»Überall?«

»Wenn es sein muss.«

»Warum?«

Vera Bahling zögerte einen Moment, umklammerte die Stuhllehne. »Sie möchten sich nach Otto erkundigen.«

»Hat er was angestellt?«

»Nein.« Sie fuhr sich durch die Haare und klemmte eine Strähne hinters Ohr. Das tat sie, wenn sie angestrengt nachdachte. »Diesmal nicht.«

»Wo ist er denn?«, fragte Nicolas.

»Weg! Er ist … für eine Weile weg.« Sie biss sich auf die Lippen. »Keine Ahnung, wann er wiederkommt.«

»Bleiben die Polizisten lange?«

»Nicht länger als nötig.«

Die junge Kommissarin machte einen Schritt nach vorn. »Wie alt bist du?«

Er zog die Augenbrauen zusammen.

»Fünfzehn«, sagte Vera Bahling. »Er besucht die Förderschule. Mit etwas Glück schafft er nächstes Jahr seinen Abschluss.«

Glück hat damit eigentlich nichts zu tun, dachte Nicolas und schaute auf das Schachbrett.

»Ich heiße Photini.« Die Kommissarin kam noch ein Stück näher und beugte sich vor. Sie trug ein schwarzes Lederjackett, darunter ein ausgeschnittenes weißes T-Shirt. Nichts Aufreizendes, doch für die Phantasie eines pubertierenden Jungen reichte es allemal. »Mein Partner hier nennt mich Fofó, aber nur, wenn er gut gelaunt ist.«

Nicolas riskierte einen Blick. Eine Aushilfe in der Schule hatte im Sommer mal ein sehr weites Trägerhemd getragen. Von der Seite waren ihre Brüste zu sehen gewesen, kleine spitze Tütchen, die bei jeder Bewegung in andere Richtungen zeigten. Das hatte im Pausenhof eine Schlägerei verursacht.

»Zeigst du mir dein Zimmer?«, fügte Photini hinzu.

Er duckte sich. Meinte die das ernst?

»Sie dürfen ihn nicht direkt ansprechen«, sagte Vera Bahling.

»Meine Kollegin weiß, was sie tut«, erwiderte Raupach. »Keine Angst, wir nehmen Rücksicht.«

Vera Bahling hatte vorhin an der Tür also nicht übertrieben, dachte Photini. Sie riss einen Zettel aus ihrem Notizbuch. »Schließen wir einen Vertrag«, sagte sie und vermied es, den Jungen dabei anzusehen. »Wenn Nicolas einverstanden ist.«

Keine Reaktion. Sie nahm es als Zustimmung.

»Geh bitte in dein Zimmer«, schrieb sie. »Ich folge dir. Wir bleiben mindestens zwei Meter auseinander. Du brauchst nicht zu reden. Ich stelle mich neben die Tür und gehe sofort raus, wenn du willst. Es ist nur ein Besuch. Danach bin ich wieder weg.« Darunter zog sie zwei Linien und unterschrieb auf einer.

Photini reichte Vera Bahling den Zettel. Die Frau las ihn, nickte unbestimmt und legte ihn vor Nicolas auf den Tisch.

Klare Anweisungen. Die beste Methode, sich mit Autisten zu verständigen. Photini hatte einen Neffen in Griechenland, Dimitri, der litt unter dem Asperger-Syndrom, einer abgemilderten Form von Autismus. Irgendein Schalter in seinem Gehirn funktionierte nicht, hatte keinen Kontakt. Dimitri war zum Beispiel nicht in der Lage, den Gesichtsausdruck und die Gesten anderer Menschen zu deuten. Er lachte, wo Ernst oder Trauer angebracht war, er schrie um Hilfe, wenn man ihm ein Eis anbot. Auf die Frage, was er mal werden wolle, konnte er einem ellenlange Vorträge über Kybernetik halten.

Auch Nicolas hatte Schwierigkeiten, seine Umwelt an sich heranzulassen. Seine Krankheit sei nicht besonders stark ausgeprägt, beteuerte seine Mutter. In der Schule komme er ganz gut mit, dort gingen die Lehrkräfte auf ihn ein. Wenn man ihn nicht kannte, meine man jedoch, einen zurückgebliebenen Trotzkopf vor sich zu haben.

Nicolas ballte die Hände zu Fäusten. Er konnte es nicht leiden, wenn seine Mutter über ihn sprach, als sei er nicht da.

»Nur zeigen!« Er und die Polizistin zusammen in einem Zimmer? Langsam fand er Gefallen an dem Gedanken.

»Sicher. Du bist der Boss.«

Vielleicht nahm sie ihm Fingerabdrücke ab? Oder eine Speichelprobe? So lief das doch im Fernsehen. Die machten Tests, mit denen sie Verbrecher aufspürten.

Er war gespannt, wie er dabei abschnitt.

»NICHT ZU FASSEN.« Vera Bahling beobachtete, wie die Kommissarin mit ihrem Sohn in dessen Zimmer verschwand. Nicolas machte eigenhändig die Tür zu. Ein Aufkleber prangte darauf: »Danger – keep out!«

»Sie überrascht mich immer wieder«, sagte Raupach.

Der Junge wirkte zwar harmlos, dennoch musste man auf ihn achtgeben. Vielleicht war ihm sogar ein Hinweis zu entlocken. Photini würde ihn schon richtig anpacken.

»Tee?«, fragte Vera Bahling. »Ich brauche jetzt einen.«

»Gern. Darf ich mich setzen?«

»Wo Sie wollen.«

Er nahm am Esstisch Platz, ließ der Frau Zeit, die Todesnachricht zu verarbeiten. Sie war Hebamme, 42 Jahre alt, nicht fest angestellt, sondern Freiberuflerin, pendelte zwischen mehreren Krankenhäusern und Hausgeburten hin und her. Ein Job, der vermutlich auf Kosten der eigenen Familie ging. Ihr Ex-Mann hieß Klaus Bahling und arbeitete als Restaurantchef im Hotel »Brabanter Hof«. Die neunzehnjährige Tochter Corinne machte eine Ausbildung zur Kinderkrankenpflegerin und war bereits ausgezogen, sie wohnte in Köln-Mülheim. Wintrich war 45 gewesen. Dies alles hatte Heide durchgegeben, bevor Raupach und Photini das Mietshaus betreten hatten. Die beiden Söhne, Thorben und Nicolas, lebten noch bei der Mutter. Thorben Bahling, mit 22 der Älteste, war Rettungsassistent beim Roten Kreuz.

Raupachs Blick fiel auf das Schachbrett.

Die Figuren waren seltsam angeordnet. Alle Bauern fehlten außer einem weißen in der Mitte des Spielfelds. Der Rest, König, Königin und so weiter, stand aufgereiht am Rand, in Grundposition. Bis auf den weißen Springer, der fehlte ebenfalls.

Nicolas schien nicht nach den Regeln zu spielen, möglicherweise beherrschte er sie gar nicht. Er machte wirklich einen sonderbaren Eindruck. Bestimmt war es nicht leicht, den Jungen großzuziehen.

Das Wohnzimmer war im Stil der späten achtziger Jahre eingerichtet, Kiefernholz, Bezüge mit modernistischen

Mustern, eine schwarze Regalwand, Rauhfasertapete. Überall Gebrauchsspuren, abgestoßene Stellen, ausgebleichte Flecken auf dem Teppichboden. Die Tischplatte war übersät mit Kerben und Rillen. Vermutlich stammten die Möbel noch aus Vera Bahlings Ehe, gekauft vor ungefähr 15 Jahren. Aber man konnte nicht behaupten, dass die Wohnung vernachlässigt aussah, alles wirkte aufgeräumt, keine Staubschicht auf dem Fernsehgerät, keine herumliegenden Zeitschriften oder Rechnungen. In einer Vase Trockenblumen.

Raupach stand auf und betrachtete die Fotosammlung in der Regalwand. Die Bilder waren älteren Datums, zeigten eine intakte Familie inklusive Ex-Mann und einem Großelternpaar. Vor allem die drei Kinder waren in allerlei Posen zu sehen, einzeln oder mit Freunden, beim Urlaub in den Bergen, bei Geburtstagsfeiern.

Nicolas lächelte nie, die beiden anderen, Thorben und Corinne, umso mehr. Otto Wintrich fehlte. Die Fotos waren längst nicht auf dem aktuellen Stand, als habe derjenige, der sie einst aufgestellt hatte, das Interesse daran verloren oder es aufgegeben, sich darum zu kümmern. Veränderungen im Leben machten viele Menschen verstockt, dachte Raupach. Was einmal gut gewesen war, sollte zumindest auf dem Regal so bleiben.

Dann hörte er es, ein unterdrücktes Schluchzen, aus der Küche.

Vera lehnte am Herd und weinte stumm, die Hände vor dem Gesicht. Auf der Arbeitsfläche neben ihr standen eine Teedose und eine Kanne. Der Heißwasserbereiter dampfte.

Raupach schaltete das Gerät aus. »Tut mir leid, dass wir Sie überrumpelt haben. Wir bringen selten gute Nachrichten.«

»Ich fass es einfach nicht.« Leise, gepresst.

»Gibt es Nachbarn oder Bekannte, die Ihnen helfen können?«

Sie ignorierte die Frage und wischte die Tränen mit dem Handrücken ab. »Kriminalpolizei«, sagte sie nachdenklich. »Zuerst hab ich gedacht, Otto wäre in einer Ausnüchterungszelle gelandet. Oder dass er sich auf der Straße mit jemandem angelegt hat. Aber Mord?«

Er teilte ihr behutsam mit, unter welchen Umständen sie Wintrich am Nordpark gefunden hatten. Und dass ihre Aussage jetzt sehr wichtig sei.

Mit ungelenken Bewegungen goss Vera Bahling den Tee auf. »Was wollen Sie wissen?«, fragte sie und wirkte dabei, als sei es ihr peinlich, ihre Gefühle so offen zu zeigen.

»Wann haben Sie Herrn Wintrich zuletzt gesehen?«

»Gestern Abend. Wir hatten Streit, nichts Ernstes, nur das Übliche. Weil Otto zu viel trinkt.« Sie lachte hohl. »Scheint uns zur Gewohnheit geworden zu sein. Zu streiten.«

»Seit wann sind Sie ein Paar?«

»Also, von Klaus, meinem Ex, habe ich mich vor zehn Jahren getrennt. Kurz darauf lernte ich Otto kennen, aber das dauerte damals nur ein, zwei Monate. Wir verloren uns aus den Augen, ich war noch nicht bereit für eine neue Beziehung. Vor zwei Jahren trafen wir uns dann durch Zufall auf dem Wochenmarkt. Wir gingen einen Kaffee trinken und danach ein wenig spazieren, da hat es wieder gefunkt.«

Das Reden verlieh Vera Bahling Sicherheit, es half ihr, die Kontrolle zu behalten, ihr, die sonst werdenden Müttern beistand und bei einer schwierigen Geburt Zuversicht und Kompetenz ausstrahlen musste.

»Vor einem Jahr zog Otto bei uns ein. Aber dann wurde

er arbeitslos. Er ist Pharmavertreter, nach einer Auseinandersetzung mit seinem Chef flog er raus. Na ja, er trank schon zuvor gern mal einen über den Durst, und seither ist es immer mehr geworden, nicht nur Bier, auch harte Sachen. Wenn er zum Arbeitsamt ging, kam er dort selten nüchtern an, auf dem Rückweg war dann alles zu spät. Er blieb bei Pennertreffs hängen und spülte seinen Frust runter. Von sich aus sucht er sich keinen neuen Job, obwohl er es mir immer wieder verspricht. Manchmal verschwindet er tagelang, ich klappere dann die Bänke und Parks ab, um ihn irgendwo aufzulesen, sturzbetrunken. Ich weiß nicht, wohin das noch führen soll.«

Sie war dazu übergegangen, so über Otto zu sprechen, als würde er noch leben. Bemerkte es und hielt betreten inne. »Wie muss das für Sie klingen? Sie fragen sich bestimmt, warum ich es mit einem Säufer aushalte. Ausgehalten habe.«

Raupach schwieg.

»Nein, Otto war … ein guter Mensch.« Ihre harten Gesichtszüge, die Furchen auf der Stirn und die Haut über den Wangenknochen, glätteten sich. »Er hat sich um Nicolas gekümmert wie ein Vater, hielt den Haushalt in Ordnung, kochte hin und wieder, als langjähriger Junggeselle hatte er darin Übung. Sogar unsere Beete im Hinterhof hat er dieses Jahr umgegraben und ein bisschen Gemüse angepflanzt – wenn er nicht gerade mit einer Flasche unterwegs war. Er machte sich nützlich und … er konnte sehr zärtlich sein. Trotz seiner Fehler war ich ihm nie lange böse. Kennen Sie solche Menschen? Denen man immer wieder verzeiht?«

»Ich weiß, was Sie meinen«, sagte der Kommissar.

»Wer bringt so jemanden um? Im Nordpark? Was hatte er dort verloren?«

»Ich habe gehofft, Sie könnten mir sagen, warum er ausgerechnet dort war.«

Vera Bahling schaute auf ihre Armbanduhr. »Eigentlich muss ich gleich weg. Ins Krankenhaus.«

»Vielleicht findet sich eine Vertretung. Soll ich für Sie anrufen?«

»Das mach ich lieber selbst.« Sie nahm ein Handy aus der Hosentasche.

»Besaß Otto Wintrich hier einen persönlichen Bereich?«

»Ja, Corinnes altes Zimmer.«

»Dürfte ich mich dort umsehen?«

»Wird sich wohl nicht vermeiden lassen.« Mit forschen Schritten ging sie in den Wohnraum, dirigierte Raupach in den Gang und öffnete eine Tür neben Nicolas' kleinem Reich. Ein misstrauischer Blick, was bei ihrem Jungen wohl vor sich ging. Dann tippte sie auf ihrem Handy herum.

»Nehmen Sie den Filter aus dem Tee«, sagte Raupach. »Sonst schmeckt er bitter.«

AUF DEM BODEN STAND EINE RITTERBURG, an der Decke hingen Raumschiffe. Photini kannte die Modelle von der Zeit, als sie eine Schwäche für Science-Fiction hatte. Damals im Polizeiarchiv war es die einzige Möglichkeit gewesen, ein paar Gedanken auf die Reise zu schicken – warum nicht in den Hyperraum?

Die »Millenium Falcon« aus Star Wars, »Kampfstern Galactica«, zahlreiche Star-Trek-Modelle. Nicolas schien ein eifriger Bastler zu sein. Die Bausätze waren sorgfältig zusammengesetzt. Hauchdünne, durchsichtige Schnüre hielten sie an Reißnägeln in der Schwebe. Die Zukunft – oder das, was Hollywood dafür hielt – über dem Kopf.

Wenn abends das Licht gelöscht wurde, waren die Modelle immer noch da, verharrten im Orbit, warteten auf neue Missionen. Nicht die schlechtesten Träume für einen Jungen.

Der Bauanleitung folgen, warten, bis der Klebstoff getrocknet war, Schritt für Schritt vorgehen. Nicolas schien es gewohnt zu sein, eine Sache von Anfang bis Ende durchzuziehen. Hunderte von Teilen zusammensetzen, da musste man beharrlich sein, fokussiert, natürlich auch ein wenig in sich gekehrt, vor allem aber: präzise. Vielleicht wusste Nicolas etwas über Otto Wintrich, das anderen entgangen war.

Welche Weltraumserie er am besten fände, fragte Photini.

Das sei alles von früher, sagte Nicolas und wies auf die Modelle. Geschenke von Thorben, damit er etwas zu tun hatte. Kinderkram.

Sie saßen sich gegenüber, Nicolas auf seinem Bett, Photini auf dem Drehstuhl an seinem Schreibtisch. Er presste die Handflächen zusammen und klemmte sie zwischen die Knie. Starrte auf seine Hosenbeine. Er war fünfzehn und verhielt sich wie ein Achtjähriger.

Photini kannte Mittvierziger, die sich wie ihre Teenager-Kinder aufführten. Niemand käme auf den Gedanken, sie für zurückgeblieben zu halten.

»Ich bin nicht behindert«, sagte Nicolas.

»Ja«, sagte Photini.

»Die Schule werd ich schon irgendwie schaffen. Die Noten sind mir egal.«

»Ja.«

Pause. Sie hielt sich zurück. Wenn Nicolas in Redelaune war, sollte er loslegen. Keine Aufforderungen, Lenkungsmanöver. Früher hatte sie es auch genervt, bei einem Gespräch den Vorstellungen der Erwachsenen zu folgen, so zu reagieren, wie sie es erwarteten. Im Grunde war es immer noch so.

»Fangen wir endlich an?«, erkundigte sich Nicolas.

»Womit?«

»Mit den Tests.«

»Welchen Tests?«

»Na, du willst doch bestimmt wissen, ob ich ein Mörder bin oder so was.«

»Wie kommst du darauf?«, fragte Photini.

»Du bist von der Polizei, trägst aber keine Uniform. Im Fernsehen suchen solche immer Schwerverbrecher.«

»Stimmt.«

»Ich hab ein Stempelkissen. Und Papier, für die Fingerabdrücke.« Er setzte sich auf.

»Du kennst dich ja ziemlich gut aus.«

»Als ob das was Besonderes wäre.« Er stand auf und holte die entsprechenden Gegenstände aus dem Schreibtisch.

Photini spielte mit. Sie nahm seine Finger und drückte sie auf das Stempelkissen und ein Blatt Papier. Dann beschriftete sie jeden Abdruck, schrieb Nicolas' Personalien daneben, faltete das Blatt gewissenhaft und steckte es in ihr Lederjackett.

»Brauchst du auch DNA-Proben?«, fragte er. »Desoxyribonukleinsäure. Das ist ein Biomolekül, kommt bei allen Menschen vor.«

»Ja.«

»Und, brauchst du meine Moleküle?«

»Eigentlich nicht. Das machen wir nur bei dringend Tatverdächtigen.«

»Ich bin also gar kein Verdächtiger?«, wunderte er sich.

»Nein.«

»Schade.« Enttäuscht ließ er sich wieder auf sein Bett fallen. Dann hatte er eine Idee. »Bist du überhaupt eine richtige Polizistin?«

»Ja. Kommissarin.«

»Siehst aber gar nicht so aus.«

»Wie seh ich denn aus?«

»Wie die Frau vom Pizzastand. Neben dem Supermarkt.«

»Aha.«

»Wenn die mich anschaut, fürchte ich mich immer ein bisschen.«

»Vor mir brauchst du keine Angst zu haben.«

»So?« Nicolas grinste.

»Bestimmt nicht.«

»Die Frau vom Pizzastand haut mich jedes Mal um, die ist genau meine Kragenweite. Sie kommt aus Trabzon, das liegt am Schwarzen Meer, 220 000 Einwohner. Sie ist immer ganz toll geschminkt.« Sein Blick wurde immer länger und blieb am Rand von Photinis weißem T-Shirt hängen. »Jammerschade, dass ich kein Verdächtiger bin. Sonst würdest du mit mir schlafen, um mehr aus mir rauszukriegen.«

Sie erstarrte. Versuchte ernst zu bleiben. »Ich kann kaum widerstehen.«

»Echt?«

Sie zögerte. »Klar.«

»Ich muss nämlich bald meine ersten Erfahrungen machen, in sexueller Hinsicht. Da wärst du genau die Richtige.«

»Leider hab ich einen Freund. Dem würde das gar nicht gefallen.«

»Der braucht das doch nicht mitzukriegen. Außerdem könntest du sagen, dass es rein beruflich war.«

Photini rührte sich nicht. Dieser kleine Teufel ließ nicht locker. Von wegen *zurückgeblieben*. Bei dem Jungen tanzten die Hormone Cha-Cha-Cha. Sollte sie seine Illusionen zerstören?

»Ein wenig Liebe muss schon dabei sein«, sagte sie schließlich. »Das braucht eine Weile, das baut sich so auf, wenn man sich öfter sieht und nett unterhält.«

Sie drehte die Augen zur Decke. Eine Notlüge. Bei Patrick hatte sie schon in der ersten Nacht die Initiative ergriffen. Und Himmel noch mal, sie war auf ihre Kosten gekommen.

Nicolas überlegte. »Dann sollte ich vielleicht besser mit deinem Chef sprechen. Ich möchte meine Zeit nicht mit Untergebenen vergeuden.«

Okay, *jetzt* hätte er es verdient, übers Knie gelegt zu werden. »Was willst du Kommissar Raupach denn sagen?«, zwang sie sich zu antworten.

»Der soll mich Sachen fragen! So läuft das doch!« Er warf die Arme hoch. »Du sagst immer nur ›ja‹ und wartest, bis ich wieder was sage. Wie die Lehrer.«

So viel zu Asperger, dachte Photini. Viele Kinder brachten einfach nicht das Maul auf, besonders in der Pubertät. Bis eine Dumme daherkam, bei der die Dämme brachen.

»Also gut«, fuhr sie fort. »Wo warst du gestern Nacht?«

»Hier. In meinem Bett.«

»Hast du geschlafen?«

»Mehr oder weniger.«

»Genauer.«

»Ich warte immer mit dem Schlafen. Ich liege wach. Dann überlege ich mir, was ich am nächsten Tag mit meinem Kollegen spiele.« Nicolas nickte, als sei das Gespräch endlich an dem gewünschten Punkt angelangt.

»Dein Kollege? Wer ist das?«

»Otto. Wir spielen Schach.«

»Otto war aber letzte Nacht nicht zu Hause.«

»Ja, das macht er öfters.«

»Wohin geht er?«, fragte Photini.

»Weiß ich nicht. Durch die Straßen. Wohin er will.«

»Und mit wem trifft er sich?«

Nicolas verschränkte wieder die Hände vor den Knien. »Das verrät er nicht.«

Photini beschloss, klare Verhältnisse zu schaffen, der Junge konnte es verkraften. »Weißt du, was Otto zugestoßen ist?«

DAS ZIMMER EINES MANNES, der nur noch wenige Besitztümer hat, ist ein trostloser Anblick. Raupach spürte, dass hier etwas fehlte. Beim Eintreten war ihm, als fiele die Temperatur um mehrere Grade. Abwesenheit war eine Kälte, gegen die kein Heizkörper ankam, vor allem, wenn sie endgültig war.

Die Reste eines Lebens. Otto Wintrich schien schon mit einem überschaubaren Bestand an Habseligkeiten bei seiner Freundin eingezogen zu sein. Aber selbst davon war wenig übriggeblieben, weil er das meiste in der »Zweiten Hand« verhökert hatte. Ein Radiowecker, Vitamintabletten, Kleidung, eine Obdachlosen-Zeitung, mehr nicht.

Der Blick aus dem Fenster war auch nicht besser. Das Mietshaus gegenüber glich dem der Familie Bahling aufs Haar, ein gesichtsloser, funktionaler Bunker, nur der Anstrich hatte eine etwas hellere Tönung. Keine erhebende Aussicht, so von einem Käfig zum anderen. Für einen Arbeitslosen, der nichts mit sich anzufangen wusste, musste es schwer zu ertragen gewesen sein.

Auf dem Boden standen mehrere Aktenordner. Sie enthielten die üblichen Unterlagen, Versicherungspolicen,

Gehaltsabrechnungen, Kontoauszüge. Aus Letzteren ging hervor, dass Otto Wintrich nach allerlei regelmäßigen Abzügen über 1500 Euro übrig gehabt hatte, sein Arbeitslosengeld war recht üppig gewesen. Doch das Konto wurde in jedem Monat fast vollständig leergeräumt. Wenn man seine Verkäufe bei der Havemann hinzunahm, schien er eine Menge Geld ausgegeben zu haben. Wofür?

Das Bett, ein Metallgestell aus einem Billigmöbelladen, schien Wintrich von Vera Bahlings Tochter übernommen zu haben. Seltsame Vorstellung, ein erwachsener Mann in einem Mädchenbett. Fühlte man sich da nicht fehl am Platz? Und warum hatte er nicht bei Vera geschlafen? Wegen gelegentlicher Spannungen, oder war er einfach nur ein Schnarcher gewesen?

Raupach ging auf die Knie und schaute unter das Bett.

Ein Aktenkoffer. Schwarz.

Er zerrte das Ding hervor, wirbelte dabei kaum Staub auf. Legte es auf die Matratze und nahm es näher in Augenschein.

Der Koffer war aus echtem Leder, elegant, hochwertig verarbeitet, von oben zu öffnen. Und ziemlich geräumig. Eigentlich ein Fall für die Havemann, der brachte mindestens fünfzig Euro.

Zwei Zahlenschlösser, mit einer jeweils dreistelligen Kombination. Raupach hatte keine Lust, Effie zu benachrichtigen. Es musste auch so gehen. Er schob den Öffner des ersten Schlosses bis zum Anschlag und drehte ganz langsam an den Rädchen. Probierte aus, welches vielleicht ein bisschen schwerer ging als die anderen. Er stieß auf einen kaum merklichen Widerstand, das Rädchen blieb bei der Fünf stehen.

Mit den beiden anderen Rädchen war es nicht so einfach. Doch jetzt gab es nur noch neunundneunzig mögliche Stellungen. Raupach hatte geschickte Finger, das kam vom Malen. Er klickte die Kombinationen nacheinander durch. Bei 511 sprang der Verschluss auf.

Auch das zweite Schloss leistete wenig Widerstand. Raupach öffnete den Koffer. Und war nicht sonderlich überrascht.

Medikamente. In unzähligen Schachteln, bunt, farbenfroh, die Pharmaindustrie tat gern so, als stelle sie heilkräftige und mehr oder weniger unbedenkliche Bonbons her. Die meisten Präparate trugen den zusätzlichen Aufdruck *Muster*. Es sah aus wie ein Kaufladen.

Anscheinend ein Überbleibsel von Wintrichs früherem Job. Raupach versuchte festzustellen, gegen welche Krankheiten all diese Pillen helfen sollten. Von Halsweh bis Herzbeschwerden schien der Kofferinhalt jede erdenkliche Unpässlichkeit abzudecken.

Vielleicht gab es ein Register, in den Ziehharmonikafächern an der Seite.

»Das ist Ottos Musterkoffer.« Vera Bahling stand in der Tür und beobachtete den Kommissar – wie lange schon? »Ich habe in der Klinik eine Stunde herausgeschlagen, dann brauchen sie mich dort.«

»Wissen Sie, was es damit auf sich hat?« Er deutete auf die Medikamente.

Sie stellte sich neben Raupach. »Das sind die besten Mittel, die auf dem Markt sind, Top-Qualität. Bevor Otto bei seiner Firma ausschied, hat er sich noch mal reichlich bedient. Das war das mindeste, wenn Sie mich fragen.« Sie lachte. »Seither brauche ich nicht mehr zur Apotheke gehen.«

»Eine ganz schöne Sammlung.«

»Wie haben Sie den Koffer aufgekriegt? Otto hat ihn gehütet wie seinen Augapfel.«

»Da ist nichts dabei.« Raupach stieß in den Seitentaschen auf ein kleines grünes Heft, das in einem Plastiketui steckte. Ein Sparbuch. Er hielt es hoch. »Kennen Sie das auch?«

»Nein.« Ihr Interesse nahm zu. »Finanzen waren zwischen uns kein Thema. Er hat sich an der Miete und den Haushaltskosten beteiligt, großzügig, da ließ er sich nicht lumpen. Dafür müsste sein Arbeitslosengeld locker gereicht haben.«

Raupach schlug das Sparbuch auf und hielt es so, dass Vera Bahling hineinschauen konnte. Vor einem Jahr wies es noch einen stattlichen Betrag aus, über 10 000 Euro. Doch der war genauso dahingeschmolzen wie die Einnahmen auf dem Girokonto. Es gab Abbuchungen in Intervallen von mehreren Wochen, meistens zwischen 500 und 1000 Euro, auch kleinere Summen.

»Können Sie sich erklären, was Otto mit dem Geld gemacht hat?«, fragte er schließlich.

»Keine Ahnung. Dieses Sparbuch sehe ich zum ersten Mal.«

»War er ein Spieler? Lotto? Poker? Die Pferderennbahn in Weidenpesch?«

»Nein, das wäre mir aufgefallen.«

Der Kommissar merkte, wie es in ihr arbeitete. »Hatte er ein kostspieliges Hobby?«

»Trinken«, versetzte sie angewidert. »Aber so viel verschlingt das doch nicht, Bier und Schnaps.«

»Kommt drauf an.« Raupach hatte in seiner Laufbahn immer wieder mit Säufern zu tun gehabt. Fast allen zerrann das Geld zwischen den Fingern. Es war nicht nur der Alkohol. Unseriöse Angebote, von überteuerten Handyverträgen bis zu windigen Immobiliendeals, lockten an jeder Ecke, am Telefon, im Fernsehen, im Internet. Wer kaum noch etwas besaß und Angst hatte, auch noch dieses Wenige zu verlieren, wer sich Hoffnungen auf den großen Coup machte, der ein verkorkstes Schicksal ein für alle Mal wendete, wurde im Handumdrehen gerupft wie eine Weihnachtsgans. »Vielleicht gab er gern mal Lokalrunden aus …«, versuchte er es.

»Das hätte ihm ähnlich gesehen. Kann auch gut sein, dass er seinen Pennerfreunden hier und da ausgeholfen hat. Otto ließ sich leicht beschwatzen, er hatte ein viel zu weiches Herz. Wenn wir zusammen ausgingen, nahm er diesen Verkäufern, die durch die Kneipen tingeln, immer etwas ab, Rosen, Zeitungen. Das ging mir ziemlich gegen den Strich.«

»Kennen Sie jemanden, zu dem er in näherem Kontakt stand?«, fragte Raupach. Er kaufte seine Zeitung auch oft in der Kneipe und fand das einfach nur praktisch.

»Er hat immer wieder von Zufallsbekanntschaften erzählt, Leuten, mit denen er auf seinen Spaziergängen Freundschaft schloss. Na ja, was man so Freundschaft nennt.«

»Schon mal von Toni Kotissek gehört? Dem Tütentünn?«

Vera Bahling dachte nach. »Ja, der kommt mir bekannt vor. Otto hat ihn mal erwähnt, wegen dieses seltsamen Namens. Ein Obdachloser, einer unter vielen. Ist mir unbegreiflich, wie man so leben kann, auf der Straße, von der Hand in den Mund. Glauben Sie, der Kerl hat ihn ausgenommen?«

»Möglich. Obwohl ich nicht –«

»Dann könnte er Otto auch umgebracht haben!«, stieß sie hervor. »Für ein paar Kröten machen die alles! Die quatschen harmlose Passanten an, verwickeln sie in ein Gespräch, erfinden herzzerreißende Geschichten. Und plötzlich steht man unter so einem sozialen Druck, die wissen das ganz genau, die lassen sich dann nicht mehr abschütteln. Man gibt ihnen was, aber die wollen mehr, werden richtig aggressiv. Vielleicht hatte Otto nicht genug dabei, dann rasten die aus.«

»Klingt nach einem Haufen Vorurteile«, wandte Raupach ein, der Kotissek nicht für einen Schnorrer oder Abzocker hielt. »Diese Leute sind keine Wegelagerer. Wir müssen noch andere Szenarien in Betracht ziehen.«

»Welche denn?« Sie hatte sich in Rage geredet. Ihre Wangen glühten.

»Sie beide hatten getrennte Zimmer.« Der Kommissar trat ein paar Schritte zurück und lehnte sich gegen das Fensterbrett. »Tut mir leid, wenn ich Sie das fragen muss, aber wie nahe standen Sie sich noch?«

»Wollen Sie wissen, wie unser Intimleben war?« Sie klang gereizt und fügte ironisch hinzu: »Ob wir eine erfüllte Beziehung hatten?«

»Wenn Sie es mir sagen möchten.«

»Das interessiert Sie nicht wirklich.«

»Doch.«

VERA BAHLING TASTETE NACH ZIGARETTEN. Sie holte eine Packung aus der Hosentasche, zündete sich eine an und setzte sich aufs Bett. Inhalierte, blies den Rauch an die Decke, sah sich nach einem Aschenbecher um, fand keinen. Wollte eine Tablettenschachtel aus dem Aktenkoffer nehmen, doch Raupach hielt sie mit dem Hinweis davon ab, dass die Medikamente vielleicht Beweismittel waren und der Spurensicherung übergeben werden mussten. Sie zuckte mit den Schultern und aschte auf ihre Handfläche. Dies alles verschaffte ihr Zeit.

»Otto schlief hier drüben«, begann sie schließlich, »weil er nach seinen Sauftouren zu anhänglich wurde. Hatten Sie schon mal Sex mit einem Trinker? Wenn er Sie mitten in der Nacht aus dem Schlaf reißt? Das fühlt sich an, als würde ein Fremder an Ihnen rummachen. Sie geben sich einen Ruck, um ihm ein Erfolgserlebnis zu verschaffen. Sie wissen, dass er es am nächsten Tag vergessen hat. Aber das spielt keine Rolle, die Gefühle zählen, Gefühle passieren nur jetzt, in der Gegenwart, und mit etwas Glück wirken sie nach, innendrin. Das hoffen Sie und ziehen Ihr Nachthemd aus. Seine Bewegungen sind grob, vom Alkohol verlangsamt, die Bettdecke ist im Weg. Er will sich nicht helfen lassen, rackert sich ab, hält sich für den Größten. Für wie lange? Zählen Sie die Minuten? Sie denken, er wird nie fertig, stellen sich vor, dass er nüchtern wäre. Für ein paar Augenblicke gelingt es Ihnen, die Lust regt sich, na ja, sie klopft kurz an. Aber dann hört er plötzlich auf, wartet eine Weile, unmöglich zu sagen, was ihm dabei durch den Kopf geht. Sie halten still, bis er von neuem ansetzt. Die Pause war zu lang, diesmal müssen Sie ihm helfen. Das dauert, und es ist ihm peinlich, unnötigerweise, Sie sind ja miteinander vertraut. Im Bett sind wir alle gleich, so viele Unterschiede gibt's da gar nicht. Es ist wie beim Vorturnen in der Schule, nur dass Sie sich selber zuschauen. Sie sehen Ihren Körper, wie er früher mal war, oder wie er sein könnte, wenn Sie mehr auf sich achtgeben würden. Es ist erniedrigend, für Sie und für ihn, bis er irgendwann zum Ende kommt oder auch nicht, den Unterschied spüren Sie kaum.«

Vera Bahling atmete hörbar aus und hielt eine Weile inne. Versuchte in den unbewegten Augen des Kommissars zu lesen, ob er mit ihren Worten etwas anfangen konnte. »Die Schnapsfahne haben Sie dabei dauernd in der Nase«, fügte sie hinzu. »Das ist das Schlimmste. Dieser Geruch überdeckt alles. Doch ein Rest Liebe schwingt eben auch mit. Schwer zu begreifen, wie?«

Raupach würde die Liebe nie begreifen. Doch so, wie diese Frau darüber sprach, verstand er ganz gut, was sie meinte. »War es immer so?«

»Nein. Otto war nicht immer betrunken. Wir hatten auch schöne Momente.«

»Hier?«

»Sind Sie verrückt? Das ist Corinnes altes Bett, sie ist vor zwei Jahren ausgezogen.« Sie balancierte ein Aschetürmchen auf ihrer Zigarette. »Wir sind immer zu mir rübergegangen, wie es sich gehört.« Die Asche fiel auf den Boden.

»Wäre es möglich, dass sich Otto woanders Befriedigung verschafft hat?«, fragte Raupach. »Das würde seine hohen Ausgaben erklären.«

Sie runzelte die Stirn. Dann begriff sie. »Dass er zu Nutten ging? Kein angenehmer Gedanke ... Aber ja, vielleicht. Das kostet ja einiges.«

»Oder er hatte andere Verpflichtungen, von denen Sie nichts wussten.«

»Ein Verhältnis?« Vera Bahling ging zum Fenster, machte es auf und warf die Kippe nach draußen. »Mit wem denn? Einer Pennerin?« Es klang betont abfällig.

»Ist Ihnen der Verdacht irgendwann gekommen?«

Sie schaute Raupach nachdenklich an. »Jetzt, wo Sie es sagen. Ja, das könnte sein.«

»Käme jemand Bestimmtes in Frage?«

»Ich weiß es nicht. Im Grunde kann ich Ihnen kaum etwas über Otto sagen. Nur über mich. Wie er auf mich wirkte. Dabei ist mir wohl viel entgangen.« Sie erschrak über sich selbst. Ihre Mundwinkel gefroren. »Ist das nicht traurig?«

»Und wo waren Sie in der vergangenen Nacht?«

»Zu Hause. Ich hab ferngesehen und bin drüber eingeschlafen.«

»Gibt es dafür Zeugen? Ihre Söhne vielleicht, Thorben oder Nicolas?«

Vera Bahling realisierte, dass der Kommissar sie verdächtigte. Er stellte sie zur Rede wie eine mutmaßliche Mörderin. Darauf hatte diese Unterhaltung wohl von Anfang an abgezielt. Was für ein Heuchler. »Sie sollten jetzt gehen. Und Ihre Beweismittel nehmen Sie besser mit.« Sie stand kurz davor, dem Koffer einen Tritt zu verpassen.

»Leider müssen wir immer nach den Alibis fragen«, entschuldigte sich Raupach.

»Ich scheiß auf Ihr ›leider‹!«

Der Schrei kam so plötzlich, dass beide zusammenzuckten. Langgezogen und laut, voller Schmerz und Protest. Als bäumte sich ein Tier unter Hieben auf.

EIN TIER MIT REISSZÄHNEN. Photini hatte so etwas noch nie gesehen. Nicolas war außer sich. Die Nachricht von Ottos Tod ließ ihn ausflippen.

Er trampelte auf der Playmobil-Burg herum, fegte die Raumschiffmodelle von der Decke, sie prallten gegen die Wände, zerbrachen, zersplitterten. Eines bekam er zu fassen und schleuderte es nach Photini, die im Türrahmen stand und den Jungen beobachtete.

Sie konnte gerade noch ausweichen. Was hatte sie da angerichtet?

Nicolas tobte. Er riss den Mund auf, als wolle er die Polizistin beißen. Dabei gab er Geräusche von sich, die mit nichts zu vergleichen waren, »tierisch« traf es nur annähernd, es war ein Stöhnen aus der Tiefe, voller unverstelltem Hass. Der Junge wirkte schlagartig sehr viel älter. Photini hatte den Eindruck, als träte etwas hervor, das zuvor nur mit ihr gespielt hatte.

»Was haben Sie mit ihm gemacht?« Vera Bahling drängte Photini beiseite, hinter ihr erschien Raupach. »Was haben Sie meinem Sohn angetan?« Ihre Stimme überschlug sich.

»Ich rufe den Bereitschaftsdienst der Nervenklinik«, sagte Raupach und suchte nach seinem Handy. »Sonst passiert hier noch ein Unglück.«

»Unglück?« Nicolas richtete seinen Blick auf den Kommissar, den er für den Urheber der Katastrophe hielt. »Daran bist du schuld!«

»Er beruhigt sich wieder«, lenkte Photini ein. »Kein Grund, die Typen mit der Zwangsjacke zu holen.«

Vera Bahling versuchte sich ihrem Sohn zu nähern. Er machte eine krallenartige Bewegung und riss ihr mit dem Fingernagel den Handrücken auf. »Hau ab!«

Sie wich zurück. »Hauen *Sie* doch ab«, sagte sie zu Raupach und Photini. »Was haben Sie hier verloren? Sie machen alles nur noch schlimmer.«

Eine Scheibe zerbrach. Nicolas hatte sie mit dem Ellbogen eingedrückt. Der Schreck darüber brachte ihn ein wenig zur Besinnung. Entsetzt betrachtete er die gezackten Splitter, ein paar hingen an seinem Fleecepulli.

Otto würde eine neue Scheibe einsetzen, der konnte das. Aber Otto war tot. Ausgelöscht. Was konnte er, Nicolas, bloß tun? Er öffnete den Mund – und wusste nichts zu sagen.

»Was ist hier los?« Thorben Bahling stand im Gang und ging schnurstracks auf Nicolas zu. Er trug weiße Rettungsdienstkleidung mit dem Emblem des Roten Kreuzes und seinem Nachnamen auf der Brust.

Photini und Raupach traten ein paar Schritte zurück. Vera Bahling wünschte sie mit ihren Blicken zum Teufel.

»Schluss!« Thorben schrie seinen jüngeren Bruder an und packte ihn an den Schultern. »Hör auf, Nico!«

»Jemand hat Otto umgebracht!«

»Was?«

»Er ist tot, und die Polizei hat es nicht verhindert!«

Nicolas versuchte, Thorben zu treten, doch der wich aus und hielt den Jungen gekonnt auf Abstand. »Das reicht! Niemand ist hier an irgendwas schuld. Ich will nichts mehr hören, kein einziges Wort!«

Nicolas erstarrte, die Stimme lähmte ihn. Das mochte er gar nicht. Aber es sagte ihm auch, dass alles in Ordnung sei. Dass er sich beruhigen konnte. Alles unter Kontrolle.

Sein Bruder war bei ihm, das war das Wichtigste. Jeder braucht einen älteren Bruder, der einem sagt, wo's langgeht.

Thorben hielt ihn mit beiden Armen fest, während Raupach ihm den Fall so schonend wie möglich darlegte. Nicolas wollte sich ein paarmal losmachen, doch Thorben gelang es, ihn zu bändigen. Er redete auf ihn ein, senkte nach und nach seine Stimme, vermittelte ihm das Gefühl, dass am Tod nichts zu deuteln sei, so sinnlos er ihm auch vorkomme. Dass die Polizisten nur ihre Pflicht täten und Nicolas beistanden, ihm und ihrer Mutter und der ganzen Familie. Dass sie alles daransetzten, den Täter zu finden. Zu finden und zu bestrafen. Das sei ihr Job.

Nach ein paar Minuten beruhigte sich der Junge. Er betrachtete die Fremden, als hätten sie ihn bei etwas Unanständigem ertappt.

Nicolas schämte sich jetzt. Er drehte sich weg und legte sich auf sein Bett.

Thorben deckte ihn zu und strich ihm über den Kopf. Murmelte etwas, das nur sie beide hörten. Brüder.

Vera Bahling stand daneben und fühlte sich machtlos, ausgeschlossen. Die Geschwister hatten schon immer ein enges Verhältnis gehabt. Thorben durfte Nicolas berühren, ihn direkt ansprechen, sogar laut werden. Sie nicht. Selbst Otto hatte einen Zugang zu ihrem Sohn gefunden und sein Vertrauen gewonnen. Nur die eigene Mutter stand abseits.

Hing es damit zusammen, dass sie erst spät erkannt hatte, unter welcher Krankheit Nicolas litt? Dass sie ihn bis dahin wie ein unbelehrbares Kind behandelt hatte? Streng genommen war es gar keine Krankheit, sondern eine besondere Eigenschaft, eine Disposition, wie die Ärzte erklärt hatten. Sie war bei vielen Ärzten gewesen, bis sie sich damit abgefunden hatte.

Der Schock, dachte Raupach. Manchmal war er überwältigend. Wenn er die Angehörigen unvorbereitet traf, konnte er erheblichen Schaden anrichten. Nicolas hatte seinem Kummer Luft verschafft. Aber was würde mit ihm und Vera Bahling geschehen, wenn die Polizisten verschwunden waren? Als junger Kommissar hatte er sich oft Gedanken über die Trümmerhaufen gemacht, die er mit seinen Hiobsbotschaften hinterließ. Dann war er durch den Dienst abgestumpft. Später, während seiner Zeit im Archiv, stellte sich das Problem nicht mehr. Doch seit seiner Rückkehr an die Spitze der Kölner Kriminalpolizei waren die alten Skrupel plötzlich wieder da.

Ein Blick zu Photini: Ihr ging etwas Ähnliches durch den Kopf. Aber für sie war es neu, Auslöser zu sein für Wutanfälle und Zusammenbrüche, die manchmal dicht beieinander lagen.

Thorben dirigierte alle nach draußen und schloss die Tür. »Die Fensterscheibe werden Sie uns ersetzen«, begann er und führte die Ermittler ins Wohnzimmer. »Was haben Sie sich dabei gedacht, Nico mit Ottos Tod zu schocken? Meine Mutter hat Ihnen doch bestimmt gesagt, wie er tickt, oder?«

»Auf mich wirkte er ganz beherrscht«, sagte Photini. »Er war mit einer Befragung einverstanden.«

Thorben musterte sie. »Ist mir schon klar, wie Sie das angestellt haben. Nico wird gerade zum Mann, der kriegt Gefühle, wenn er einen Weiberrock sieht.«

»Sie wohl auch?«, fragte Photini auf ihre spitze Art.

»Wir wollen niemanden provozieren«, wiegelte Raupach ab. »Es war nicht abzusehen, dass Nicolas so intensiv reagiert. Allerdings musste er es ja irgendwann erfahren. Wir legen Wert darauf, in solchen Momenten dabei zu sein.«

»Es ist immer das Gleiche.« Thorben Bahling wandte sich seiner Mutter zu und redete absichtlich an den Polizisten vorbei. »Die Leute denken, man könnte sich ganz normal mit Nico unterhalten. Aber so läuft das nicht! Er lebt in seiner eigenen Welt, und die gehört ihm ganz allein, warum respektiert das keiner?«

»Wann haben Sie Otto Wintrich zuletzt gesehen?«

»Gestern Abend. Er hat mit Nico Schach gespielt, und dann ist er mit einer Pulle Schnaps losgezogen. Wie soll Ihnen der Junge da helfen? Otto sagt keinem, wohin er geht.«

»Wo waren Sie in der vergangenen Nacht?«, fuhr Raupach unbeirrt fort.

Thorben Bahling wurde klar, dass er vernommen wurde. »Ich war mit Corinne im Kino.«

»Ihrer Schwester?«

»Meine Freundin ist sie jedenfalls nicht.« Er lachte auf eine Art, die deutlich machte, was er von derlei beamtenhaften Fragen hielt.

»Wir brauchen die genaue Uhrzeit«, sagte Raupach.

»Der Film hat um kurz vor elf angefangen. Der neue mit Brad Pitt. Spätvorstellung.«

»Und was halten Sie von der ganzen Sache?«

»Da hat Otto wohl verdammtes Pech gehabt. Ist an den Falschen geraten, nehme ich an. Früher oder später hab ich so was kommen sehen.« Thorben wandte sich seiner Mutter zu. »Weiß es Corinne schon? Und Vater?«

»Ich kümmere mich gleich darum.« Vera Bahling nahm das Telefon von der Ladeschale. »Wenn diese Polizisten endlich fertig sind.«

»Wir stören nicht mehr lange«, sagte Raupach. »Aber die Alternative wäre, Sie einzeln ins Präsidium zu bestellen, Nicolas unter ärztlicher Aufsicht. Die Wohnung müssten wir versiegeln, und die Spurensicherung würde Ihnen tagelang zur Last fallen. Das will doch keiner.«

»Bestimmt nicht«, erwiderte Vera Bahling.

»Gut.« Raupach ging in Ottos Zimmer und nahm den Aktenkoffer an sich. Er zeigte Photini den Raum, sie versuchte sich ein Bild zu machen.

Thorben ließ die beiden nicht aus den Augen. Er schien sich als Herr im Haus zu fühlen, was er vermutlich auch war. Von Ottos Finanzen wisse er nichts, sagte er auf Raupachs Nachfrage. Er habe versucht, einigermaßen mit ihm auszukommen, obwohl ihre Auffassungen von Beruf und Leben ziemlich weit auseinandergegangen seien. Es täte ihm vor allem leid um Nico, Otto habe dem Jungen viel bedeutet. Schließlich begleitete er die Ermittler zur Haustür.

»Noch etwas«, sagte Raupach. »Es geht um einen weißen Stoffbären, ein Stofftier. Wahrscheinlich ist das unwichtig, aber fällt Ihnen dazu etwas ein?«

»Meinen Sie einen Eisbären?«, fragte Vera Bahling und hielt die Sprechmuschel zu. Ihr Ex-Mann war gerade am Apparat.

»Ja.«

»Corinne hatte früher mal so einen. Sie war ganz in ihn vernarrt.«

»So?«

»Ihr Knuddeltier. Ich hab es seit einer Ewigkeit nicht mehr gesehen. Was ist damit?«

»Wintrich hat es in einem Laden verkauft«, sagte Photini. »Um sich das Schachspiel für Nicolas leisten zu können.« Dass er geglaubt hatte, der Eisbär brächte Unglück, erwähnte sie nicht.

Vera Bahling hielt verblüfft inne. Dann lächelte sie. »So konnte Otto eben auch sein«, sagte sie gerührt. »Er dachte immer an die anderen.«

RAUPACH LACHTE AUS VOLLEM HALS. Nicolas hatte Photini vor seinem Tobsuchtsanfall also ein eindeutiges Angebot gemacht. Das war der seltsamste Annäherungsversuch, von dem der Kommissar je gehört hatte.

»Das bleibt unter uns«, warnte ihn Photini. »Erzähl bloß Heide nichts davon.«

Sie saß am Steuer und brachte Raupach zur »Zweiten Hand« zurück, wo er seinen Wagen abgestellt hatte. Wie immer glichen sie ihre Vernehmungsergebnisse ab. Raupach hatte von Vera Bahling und Wintrich erzählt. Dass sie schon vor zehn Jahren kurz zusammen gewesen waren, ein Testlauf gewissermaßen. Wie schwierig die Beziehung dann durch Ottos Trinkerei geworden sei.

Im Anschluss daran hatte ihn Photinis Bericht erheitert. »Du machst eben Eindruck auf die Männerwelt. Dafür brauchst du dich nicht zu schämen.«

»Ist das wirklich so witzig? Jungs wie Nicolas haben manchmal einen ausgeprägten Geschlechtstrieb, vor allem, wenn sie geistig im Rückstand sind.« Sie tippte an ihre Schläfe. »Der denkt sich nichts dabei, wahrscheinlich baggert er auch seine Lehrerin an.«

»Ich würde mich nie trauen, dir so etwas zu sagen.«

»Wir haben alle unsere Defizite.«

Hätte sich Raupach mal lieber getraut, vor einem halben Jahr, dachte Photini. Da wäre sie nicht abgeneigt gewesen. In einem Moment, als sie beide gespürt hatten, wie viel sie einander bedeuteten. Ihr verdammter Beruf und tausend Hemmungen waren ihnen damals im Weg gewesen, und der Zufall hatte in Gestalt von Höttges auch noch dazwischengefunkt. Die Gelegenheit war ungenutzt verstrichen, eine offenstehende Tür, die vom Luftzug zugeworfen wurde. Kurz darauf hatte Raupach etwas mit einer attraktiven Zeugin angefangen – Ende und aus.

Bestimmt war es besser so. Photini fiel es nicht im Traum ein, daran etwas zu ändern, auf keinen Fall ... Hin und wieder rutschte Raupach eine Anzüglichkeit heraus, wie er sie mit Heide seit Jahren austauschte, halb im Ernst, schön unverbindlich, um den Modus Vivendi nicht zu gefährden, in dem man sich unter Kollegen eben so einrichtete. Auch eine Möglichkeit, sich zu verständigen.

Ob er jetzt an das Gleiche dachte? Dann müsste er mal ein Wort sagen.

Tat er aber nicht. Raupach war vermutlich mit dem Fall beschäftigt, ging die Vernehmung der Bahlings im Geiste durch, so angestrengt musterte er das Handschuhfach.

Mittlerweile hatte sie ihr Privatleben selbst in die Hand genommen, mit Hilfe des Computers. Die Unwägbarkeiten auf ein Minimum beschränkt. Am nächsten Tag wollte sie das Ergebnis ihrer Testreihe präsentieren, bei der Geburtstagsfeier von Effie Bongartz im Delphi. Die Stunde der Wahrheit.

Das Lokal gehörte Photinis Familie. Sie hatte vor, Patrick mitzubringen und ihn den anderen vorzustellen. Ihr graute schon vor den prüfenden Blicken und den versteckten Sticheleien. Wenn Polizisten einen neuen Partnerschaftskandidaten unter die Lupe nahmen, war das schlimmer als die Inquisition.

Vom Aussehen her brauchte Patrick sich nicht zu verstecken mit seiner rotblonden Mähne, den Surfer-Muskeln unter engen, taillierten Hemden und 1,96 Meter Körpergröße. Wie habt ihr euch kennengelernt? Irgendwann würde diese Frage kommen. Sollte sie lügen?

»Was meinst du?«, fragte Raupach. »Was hältst du von den Leuten?«

»Von wem?« Photini schreckte aus ihren Gedanken auf.

»Den Bahlings.«

»Ach so.« Mit einer fahrigen Handbewegung deutete sie an, dass sie abgelenkt gewesen war.

»Wie hat es Wintrich dort bloß freiwillig ausgehalten? Ich meine, sich um Nicolas zu kümmern, ist ja löblich. Aber ein Zuckerschlecken war das nicht mit dieser Hebamme und ihrem Sanitätersohn im Nacken.«

»Helfersyndrom?«

»Wintrich zog ein, als er noch fest angestellt war. Das hätte für ihn auch ganz anders laufen können.«

»Wie denn?«, fragte Photini.

»Anstatt den guten Samariter zu spielen und sich unterzuordnen, hätte er das Ruder auch an sich reißen können. Thorben vor die Tür setzen, Nicolas in ein Behindertenheim geben, sich mit Vera eine neue Wohnung nehmen.«

»Warum hätte er das machen sollen?«

»Ein Mann mit 45 gerät in eingefahrene Strukturen, wenn er eine Beziehung mit jemandem wie Vera Bahling anfängt, so ist das nun mal. In diesem Alter tut man sich schwer, noch Kompromisse einzugehen. Da liegt es nahe, den Verhältnissen seinen eigenen Stempel aufzudrücken. Anscheinend hat er nichts dergleichen getan. Seltsam.«

»War er der Typ dafür?«

»Wintrich muss kein Gutmensch gewesen sein«, spann Raupach seine Hypothese weiter. »Das leergeräumte Sparbuch, der Koffer mit den Medikamenten, der Streit mit seinem Chef, die vielen Spaziergänge. Vielleicht hatte er sich längst ein neues Betätigungsfeld gesucht und geriet dabei in etwas hinein, das eine Nummer zu groß für ihn war.«

»Meinst du, er hat mit Pillen gedealt?«

»Dieser Taxifahrer, Milan Plavotic, war vielleicht sein Kurier, sein Kontaktmann zu den Kunden. Und Kotissek ist auch nicht zu trauen. Wir kennen eine Menge Schieber, die zur Tarnung wie Penner herumlaufen.«

»Doppeltes Spiel?«, überlegte Photini. »Hinter einer kaputten Fassade?«

»Vielleicht hat Wintrich es nicht von Anfang an so geplant. Er rutschte da rein. Irgendwann beschloss er, den Inhalt des Koffers zu Geld zu machen. Wir wissen nicht, welche Präparate fehlen. Psychopharmaka? Methadon?«

»Und warum nahm das Guthaben auf seinem Konto dann ab? Nach deiner Theorie hätte er was dazuverdient.«

»Er musste investieren, Nachschub besorgen, zum Beispiel über einen Bekannten in seiner alten Firma. Drogengeld trägt man nicht zur Bank. Könnte gut sein, dass wir in den Schrebergärten ein kleines Depot finden, mit Pillen und Scheinen.«

»In den Beeten der Plavotics?«

»Aber die Sache wuchs ihm über den Kopf«, schloss Raupach. »Deshalb die Trinkerei.«

Photini fand das alles zu weit hergeholt. »Das mit dem Doppelleben kannst du auch einfacher haben.«

»Wie denn?«

»Die Zahlen von Wintrichs Konto spuken dir im Kopf

herum. Du denkst zu materiell. Versuch's mal mit mehr Gefühl.«

»Ich höre.«

Sie bog in die Baudristraße ein, sah an den Häuserwänden hoch. »Möglicherweise sitzt irgendwo noch eine zweite Frau. Die auch darauf wartete, dass Wintrich heimkam. Die ihm auch vieles verzieh wie Vera Bahling.«

»Er war doch kein Don Juan«, zweifelte Raupach.

»Eine geheime Freundin reicht schon.«

»Die Havemann meinte, er war froh, überhaupt eine Partnerin gefunden zu haben.«

»Aber wenn sich etwas Neues ergibt?« Photini machte eine Pause, um ihren Worten mehr Gewicht zu verleihen. »Weißt du, wo die Liebe hinfällt?«

Raupach drehte sich weg. Er schien genug von den Spekulationen zu haben. Oder merkte er, worauf sie eigentlich hinauswollte? Wintrichs verborgene Seiten würden sie noch lange genug beschäftigen. Jetzt wollte Photini hören, wie Klemens zu ihr stand. Bevor das mit Patrick etwas Festes wurde und sie es im Delphi vor versammelter Mannschaft offiziell machte. War es Klemens egal, ob sie mit jemandem anbandelte, oder störte es ihn, zumindest ein wenig?

Sie hielt vor dem Laden der Havemann. Die Backsteinmauern der Marienkirche wirkten im Schein einer Straßenlaterne abweisend wie eh und je.

»Also dann, wie ist das mit der Liebe?«, wiederholte sie und blieb in Fahrerhaltung sitzen. »Ich will das jetzt wissen.« War das direkt genug, damit er endlich Farbe bekannte?

Der Motor lief. Das Wageninnere wurde nur von den Digitalanzeigen am Armaturenbrett erhellt.

»Liebe«, fing Raupach an und ließ sich Zeit, den Satz zu

weiterzuführen. »Liebe hat viele Gesichter, mehr als Morde. Damit kenne ich mich nicht so gut aus.«

Photini wartete, ob noch mehr kam.

»Das, was die Leute über die Liebe sagen, darf man ihnen nicht glauben. Die meisten machen sich etwas vor.« Raupach löste den Sicherheitsgurt. »Entscheidend ist, was man tut.«

»Ja?«

»Und auf welche Weise man liebt«, ergänzte er, ohne sich zu bewegen oder Photini anzuschauen. »Das geht nämlich auch im Stillen.«

»Manche Leute haben vielleicht nur Angst, sich zu blamieren«, versuchte sie es.

»Oder etwas zu zerstören.«

»Aus übertriebener Vorsicht?« Sie nahm die Hände vom Lenkrad.

Raupach seufzte. Photini ließ sich nicht mit Zweideutigkeiten abspeisen, offenbar war sie fest entschlossen, ihm eine Stellungnahme zu einem heiklen Thema abzutrotzen: Ob da mehr war zwischen ihnen beiden als … freundschaftliche Zuneigung?

Er zog die Notbremse. »Ist heute Beziehungsgesprächetag?«, sagte er ungehalten.

Sie stutzte. »Ich fand die Gelegenheit ganz passend.«

»Schön für dich. So kann ich aber nicht arbeiten.«

»Was hast du denn plötzlich?«

»Wenn du so versessen auf wertlose Ratschläge bist – hier sind welche: Denk nicht so viel nach. Hör auf deine Instinkte. Mach neue Erfahrungen.«

Sie überlegte kurz. »Von alledem tust du das genaue Gegenteil.«

»Das Leben ist lang. Man kann seine Ansichten ändern.«

»Aha. Und was meinst du mit neuen Erfahrungen?«

»Ins kalte Wasser springen, Vorsätze über Bord gehen lassen, dem Affen Zucker geben. Such dir was aus.«

Photini drehte die Belüftung herunter. »Du bestehst nur noch aus Redensarten, weißt du das? Du bist ein wandelndes Kalenderblatt.«

»Immer gewesen. Na und?«

»Kaltes Wasser. Worauf spielst du an?«

»Auf nichts, vergiss es.«

»Kann es sein, dass du mich vor irgendetwas warnen willst und dich nicht traust, es offen zu sagen?«

Raupach schüttelte den Kopf. »Dieses Katz-und-Maus-Spiel führt nirgendwohin.«

»Du weichst aus. Ich glaube, du hast ein Frauenproblem.«

»Lassen wir das jetzt, okay? Nichts passt, die Enge in diesem Auto, der Zeitpunkt, wir sind im Dienst ...«

»Faule Ausreden.«

»Ich bin der Falsche, Fofó, in jeder Hinsicht. Und ich möchte nichts sagen, was ich nachher bereue. Ist das jetzt angekommen?«

Schweigen.

»Mach endlich den Motor aus«, sagte Raupach.

PHOTINI DREHTE DEN ZÜNDSCHLÜSSEL, das Bullern erstarb. Sie schaute auf der Fahrerseite nach draußen. Bordsteinkante, eine Reihe Mülleimer. Eigentlich sollte sie jetzt wütend werden, aber nichts regte sich. Verdammte Leere.

Sie fühlte sich im Stich gelassen und so einsam, wie sie es niemals zugeben würde.

Klemens' Augen waren nicht zu sehen. Er rührte sich nicht. Seine Worte echoten durch ihre Gedanken.

Mit Heide würde er nicht so umspringen, keine Frage, die

konnte mit ihm über alles reden und bekam vernünftige Antworten. Die beiden waren am Morgen zusammen shoppen gewesen. Hatten sie sich über Photini unterhalten und beschlossen, das Küken mal sich selbst zu überlassen?

Was soll's, die Stadt war groß. Man hatte eine Riesenauswahl, von wem man sich enttäuschen ließ.

Raupachs Handy klingelte, die Erlösung. Es war Effie, er schaltete auf Lautsprecher.

Die Schuhspuren am Tatort stammten von vier verschiedenen Personen, das sei inzwischen sicher: von Wintrich und von drei anderen Männern. Es gab eine spezielle Datenbank für Schuhabdruckspuren, leider war ein Abgleich erfolglos geblieben.

»Drei Personen?«, wunderte sich der Kommissar. »Das werden ja immer mehr. Wir wären schon froh, wenn wir eine ausfindig machen könnten.« Er dachte an Kotisseks Aussage. »Keine Frau?«

»Die Abdrücke sind alle ziemlich groß, und die Schuhgröße von Milan Plavotic ist auch dabei«, sagte Effie. »Wenn wir einen Durchsuchungsbefehl für seine Wohnung bekämen …«

»Der ist vorgewarnt. Wir dürfen jetzt nichts überstürzen. Die Dinge sollen sich ein bisschen entwickeln.«

»Verstehe.«

»Ich frage mich, ob Wintrich zufällig in der Kleingartenanlage war und jemand überraschend hinzukam. Oder ob er sich vorsätzlich mit jemandem getroffen hat. Kannte er seinen Mörder?«

»Aufgrund der Schuhspuren lässt sich das nicht sagen. Und auf der Wodkaflasche sind nur seine eigenen Fingerabdrücke.«

»Worauf deutet diese Grabung im Garten hin?«, fragte er. »Hat jemand was in den Beeten verbuddelt?«

»Falls ja, dann ist es jetzt weg. Wir haben gründlich gesucht.«

»Auch außerhalb der Beete?«

»Noch nicht.«

»Stellt die Parzelle auf den Kopf«, ordnete Raupach an. »Schaut überall nach, auch unter den Platten des Gehwegs und der Terrasse. Wenn es ein Versteck gibt, in dem Wintrich etwas aufbewahrt hat, Geld, Tabletten, was auch immer, müsst ihr es finden.«

»Aber es ist schon dunkel.«

»Wir brauchen Ergebnisse, Effie, kein Gejammer.« Er legte auf.

Photini merkte, dass Raupach die schroffe Bemerkung leidtat, und ließ ihn eine Weile schmoren. Jetzt schnauzte er schon Effie an. Was war bloß mit ihm los?

Sie wurde wieder dienstlich. »Machen wir es so: Ich gehe zu Vera Bahlings Ex-Mann, und du stattest der Tochter in Mülheim einen Besuch ab.«

»Corinne.«

»Wir haben jetzt halb sieben, die Chancen stehen gut, dass wir beide antreffen.«

»Gut«, sagte Raupach. »Klaus Bahling arbeitet wahrscheinlich. Am Freitagabend hat er im ›Brabanter Hof‹ sicher jede Menge zu tun.«

»Dann komme ich endlich dazu, was zu essen.« Photini ließ den Wagen wieder an. »Ohne störende Gesellschaft«, setzte sie mit Nachdruck hinzu.

Der Kommissar stieg aus und ging zu seinem eigenen Wagen.

Vor der »Zweiten Hand«, die inzwischen geschlossen war, blieb er stehen und starrte auf das unbeleuchtete Schaufenster. Seine Schultern hingen nach vorn, als habe ihn die Unterhaltung erschöpft.

Ein trauriges Bild, dachte Photini, verbat sich jedoch jegliches Mitleid. Klemens sollte sich mal selbst malen, seinen Rücken vor einer dunklen Scheibe, an einer unbelebten zugigen Nebenstraße, vielleicht half das.

Sie fuhr los.

DER »BRABANTER HOF« hatte schon bessere Tage gesehen, auch modernere. Das Foyer war überwiegend in abgegriffenem Weiß gehalten, die Kunststoffverkleidungen erinnerten an eine Sportklinik. Man erwartete, dass im nächsten Moment Patienten mit Krücken und Gipsbein aus dem Aufzug humpelten und sich an der Rezeption nach ihrem nächsten Massagetermin erkundigten.

Im Hotelrestaurant dominierten dann Beigetöne und Rauchglas. Als Photini über den schweren Teppichboden schritt, hatte sie das Gefühl, gleich in einem Moorbad zu versinken.

Der Oberkellner nahm sie mit gedämpfter Stimme in Empfang und führte sie an einen Einzeltisch.

Nein, sie sei kein Hotelgast.

Das freue ihn ganz besonders, versicherte er und reichte ihr die Speisekarte, gefolgt von der Weinliste, einem in Leder geschlagenen biblischen Wälzer.

Photini ließ sich einen Salat unter fünfzehn Euro empfehlen und nahm ein Mineralwasser. Das war gesünder als die ewigen Tütensuppen. Gewichtsprobleme kannte sie zwar nicht, doch seit der ersten Nacht mit Patrick scannte sie ihren Körper quadratzentimeterweise und misstraute jedem Bissen.

Ohne einen Funken Ironie beglückwünschte der Oberkellner sie zu ihrer Wahl und entschwand, ganz alte Schule. Er hatte etwas Tänzerisches. Schlank, um die sechzig, kurzes graues Haar. Die Welt hatte sich alle Mühe gegeben, ihn zu verschleißen – ohne Erfolg. Wahrscheinlich hatte er sein ganzes Leben in der Gastronomie verbracht, bei Spitzenköchen, in Nobelherbergen. Der »Brabanter Hof« war der Abgesang.

Er war nicht allein im Service, gerade brachten zwei Kellnerinnen Teller an einen Tisch. Mehr Personal wurde nicht gebraucht. In dem Restaurant saßen nur eine Handvoll Gäste. Die Tische waren so angeordnet, dass es nicht so stark auffiel.

Der Laden lief schlecht. Das mochte an der Einrichtung oder wer weiß woran liegen. Sicher nicht am Essen, denn Photinis Granatapfelsalat mit Entenleber war ein Gedicht. Sie liebte Innereien und hatte ein diebisches Vergnügen, wenn andere Leute das eklig fanden. Von ihrer griechischen Verwandtschaft kannte sie ganz andere Perversitäten: gegrillte Hammeldärme, Hirn verschiedenster Provenienz und Schlimmeres.

Als sie fertig war, verlangte sie, mit dem Restaurantchef zu sprechen, unter vier Augen. Der Oberkellner sagte, er werde sich sofort darum kümmern. Ob er Photini für eine Gastrokritikerin oder für jemanden vom Gesundheitsamt hielt, blieb offen. Er fragte nicht nach, er wunderte sich nicht, er ging nur zu seinem Pult und telefonierte. Kurz darauf kam er zurück und brachte Photini zum Büro von Klaus Bahling. Jede Faser seines Smokings verströmte Diskretion. Man sollte ihn unter Artenschutz stellen, fand Photini.

»Danke.«

Der Oberkellner verbeugte sich. »Wenn Sie Hilfe brauchen, ich bin in der Nähe.«

Kein Wort der Erklärung. Ein Blick, der so etwas wie väterliche Besorgnis verriet, dann war er weg.

Photini klopfte und trat ein.

Klaus Bahling blieb hinter seinem überquellenden Schreibtisch sitzen. »Was kann ich für Sie tun?«

»Polizei. Ich habe ein paar Fragen.«

Seine Glatze stach als Erstes ins Auge. Er sah aus wie ein Preisboxer, das Gesicht voller Kanten und Grate, gedrungene Statur, massig, aber nicht dick. Ein Nadelstreifen-Jackett spannte über den Oberarmen, keine Billigware, auch der Stoff des tiefblauen Hemdes war hochwertig, Managerlook mit Stil – abgesehen von der Goldkette an seinem Handgelenk.

Diesem Mann konnte niemand etwas vormachen, dachte Photini. Der Großhändler konnte ihm keinen angegammelten Heilbutt andrehen, die Souschefin konnte kurz vor Dienstantritt keine Grippe simulieren, ein Klugscheißer von Gast konnte ihm keinen Versicherungsfall wegen eines Soßenflecks auf der Krawatte anhängen. Nur eins konnte der Restaurantchef anscheinend nicht: einen sterbenden Gourmet-Tempel in eine Goldgrube verwandeln. Er war mehr eine Art Konkursverwalter.

Eingehend betrachtete er Photinis Ausweis, bevor er ihn zurückgab und ihr einen Stuhl anbot. »Worum geht es?«

»Kennen Sie Otto Wintrich?«

»Veras *Untermieter?*« Bahling fand seine Wortwahl erheiternd. »Sicher. Keine Ahnung, warum sie sich auf den Versager eingelassen hat.«

»Er wurde ermordet.«

Kurzes Zögern. »Selber schuld«, kam es zurück, mit einer Spur Schadenfreude.

»Wie?«

»Wintrich hätte sich nicht so viel herumtreiben sollen. Vera hat's mir am Telefon erzählt. Meine Anteilnahme hält sich in Grenzen, das werden Sie sicher verstehen.«

»Sie brauchen ein Alibi«, sagte Photini und nahm ihm gegenüber Platz. »Das werden *Sie* sicher verstehen.«

»Hab gearbeitet, hier im Hotel, fragen Sie die Küchenmannschaft. Wir schließen um zwölf. Vor eins, halb zwei komme ich nicht raus.«

»Viel Betrieb herrscht heute ja nicht. Und gestern war ein normaler Wochentag, da wird es noch ruhiger gewesen sein.«

»Das Restaurant ist unser Sorgenkind, das stimmt. Aber wir bieten auch Zimmerservice an. Läuft ganz gut, sonst hätten wir die Küche längst dichtgemacht. Unser Renner ist der halbe Hummer, aber manchmal kommen Sonderwünsche rein, und dann muss ich das Zeug irgendwo besorgen, von einem anderen Hotel, in der Branche hilft man sich gegenseitig. Die Gäste halten einen bis Mitternacht auf Trab. Und danach gibt es immerhin noch Club-Sandwiches und Salat.«

»Gestern Abend waren Sie also in Ihrem Büro?«

»Im Büro, in der Küche und gelegentlich im Restaurant, um Stammgäste zu empfangen. Und im Weinkeller. Das Hotel kann sich keinen eigenen Sommelier mehr leisten. Mein Oberkellner ist für die Weinempfehlungen zuständig, und ich kümmere mich um den Kellerbestand.«

»Dann mal los«, forderte Photini ihn auf. »Rufen Sie Ihre Leute, damit wir mit Ihrem Alibi weiterkommen.«

»Jetzt?«

»Wann denn sonst? Ich hab nicht ewig Zeit.«

Er schüttelte energisch den Kopf. »Von der Küchenmannschaft kann niemand seinen Posten verlassen. Wie stellen Sie sich das vor?«

»Im Gastraum ist momentan so viel los wie in einer Gruft, die Köche reißen sich bestimmt kein Bein aus. Holen Sie Ihre Angestellten einzeln her, dann gibt es keine Engpässe.«

»Und was ist mit mir? Glauben Sie, ich drehe hier Däumchen?«, brauste Bahling auf. »Ich zahle für zwei Frauen Unterhalt, also arbeite ich auch für zwei. Ich kann es mir nicht leisten, für Sie hier ein Defilee zu veranstalten.«

»Es ist zu Ihrem eigenen Besten.« Photini lehnte sich zurück.

»Wozu das alles? Ich habe nichts mit diesem Mord zu tun.«

»Wenn wir uns festquatschen, dauert das Ganze umso länger.«

»Kommen Sie mir auf die hartnäckige Tour? Vielleicht sollte ich Sie einfach rausschmeißen.« Er beugte sich über den Schreibtisch und stand kurz davor, aufzustehen und seine Drohung wahr zu machen.

Photini blieb ruhig. Der bellte nur, Vielbeschäftigter-Mann-Reflex.

Bahling starrte sie eine Weile böse an. Dann gab er nach. Widerstrebend schnappte er sich sein Telefon und erteilte die entsprechenden Anweisungen.

Zwischen Dienstplänen und Lieferantenlisten hingen ähnliche Fotos an der Wand wie in Vera Bahlings Wohnung: von Thorben, Corinne und Nicolas. Allerdings waren es aktuelle Aufnahmen. Bilder von Bahlings Ex-Frauen waren nicht dabei.

Er legte auf und betrachtete ebenfalls die Fotos. Wies von einem zum anderen, als seien es Trophäen. Beschloss entgegenkommender zu sein. »Thorben und Corinne gehen jetzt ihre eigenen Wege. Nicolas sehe ich noch alle vierzehn Tage, meistens nehme ich ihn zum Fußball mit. Wir sitzen immer auf dem gleichen Platz, Dauerkarte, sonst würde er einen Riesenaufstand machen.«

»Sie waren zweimal verheiratet?«, fragte Photini.

»Nachdem Wintrich mir Vera ausgespannt hat, hab ich's noch mal probiert. Es hielt nicht lang.«

»Ausgespannt?«

»Vera hat mich rausgeworfen. Weil ich zu wenig Zeit mit den Kindern verbrachte und alles an ihr hängen blieb, meinte sie. Vor allem wegen Nicolas, Sie haben ihn ja kennengelernt, es ist nicht einfach mit ihm. Damals war er fünf, ich war überfordert, das geb ich zu, obwohl Vera das viel zu sehr aufgebauscht hat. Aber wir hätten uns wieder zusammengerauft, bestimmt. Ohne Wintrich wäre alles wieder wie früher geworden.«

»Glauben Sie wirklich, dass sich die Uhr zurückdrehen lässt?« Photini staunte, wie redselig Bahling plötzlich war.

»Natürlich. Das sind doch nur Zeiger, Zahlen.« Er tippte auf seine Rolex, das klobige Ding sah echt aus. »Nach der Trennung von Vera war ich für ein paar Jahre in der Schweiz, in den ganz großen Häusern. In diese Zeit fällt auch meine zweite Ehe. Als ich nach Köln zurückkam, haben mich die beiden Jungs mit offenen Armen empfangen, auch Corinne. Nur Vera wollte mich nicht mehr sehen.«

»Und als Wintrich vor einem Jahr bei ihr einzog, mussten Sie Ihre Hoffnungen endgültig begraben.«

»Ist mir ein Rätsel, wie er sie rumgekriegt hat. Was hatte er denn zu bieten außer einem Sack voller Probleme?«

»Kannten Sie ihn?«

»Ich habe meine Quellen.«

Es klopfte. Bahling nahm rasch einige Kataloge vom Schreibtisch und ließ sie in einer Schublade verschwinden. Photini hatte die Listen schon beim Eintreten bemerkt. Bordeaux-Weine zu exorbitanten Preisen, drei- und vierstellige Summen.

Der Chefkoch, hohläugig, desinteressiert, sagte aus, dass er Bahling am gestrigen Abend immer mal wieder gesehen habe, in der Küche und in den Lagerräumen. Um halb zwei hätten sie gemeinsam alle Posten abgenommen und noch einen Cognac getrunken. Seine Spinnenhände flatterten an der karierten Hose auf und ab.

Photini gab sich damit zufrieden.

Als Nächstes erschien die Souschefin, herb, übel gelaunt. Ja, der Klaus sei bis halb zwei im Hotel gewesen, manchmal an mehreren Orten gleichzeitig. Zu später Stunde habe er den Zimmerservice überprüft, da müsse man immer hinterher sein, damit die auch spuren – rauchiges Lachen. Sie habe gerade einen Wachteleier-Strudel im Rohr, der dürfe keine Farbe annehmen. Wiedersehen.

»Reicht das?«, fragte Bahling.

»Wie ist denn der Weinkeller so ausgestattet?« Photini deutete auf die Stelle, wo die Kataloge gelegen hatten. »Im ›Brabanter Hof‹ haben Sie wohl kaum noch das Publikum für die ganz edlen Tropfen. Was passiert denn mit den alten Flaschen?«

Erbleichende Preisboxer waren ein seltener Anblick.

»Die werden alle getrunken«, erwiderte er schnell. »Früher oder später.«

Photini hatte richtig getippt. Bahling schien sich etwas zu intensiv um die Weinbestände zu kümmern. Wetten, dass er hin und wieder eine Kiste für sich abzweigte und bei Auktionen zu Geld machte?

»An Ihrer Stelle würde ich den Fusel vielleicht auch verscherbeln, bevor er schlecht wird«, bohrte sie weiter. »Aber Ihre Nebenverdienste interessieren mich nicht. Ich will wissen, was Sie mit Wintrich zu schaffen hatten.«

Sie ließ ihn über ihre Bemerkung nachdenken und setzte währenddessen die Vernehmungen fort. Ein Tellerwäscher bestätigte ebenfalls Bahlings Alibi, doch seine Angaben waren so vage wie die der Köche. Der Zimmerkellner versicherte immerhin, den Restaurantleiter gegen Mitternacht auf dem Gang im ersten Stock gesehen zu haben.

»Um eine Bestellung zu kontrollieren«, setzte Bahling hinzu.

Photini sagte, das sei genug, die Leute durften zu ihrer Arbeit zurückkehren.

Er gab es telefonisch weiter. Dann setzte er sich zurecht, als fände er seinen Drehstuhl unbequem.

»Also?«, fragte die Kommissarin.

TOCK-TOCK-TOCK. VERA Bahling klopfte bei Nicolas, dreimal, das Zeichen, dass sie zur Arbeit ging. Schritte auf dem Gang, die Wohnungstür.

Allein. Thorben war in eine Kneipe verschwunden, zu seinen Freunden. Jetzt war auch Mama weg. Leere Zimmer. Wie er sie hasste!

Nicolas schlüpfte in seinen linken Trekkingstiefel, dann in den rechten. Band links eine Doppelschleife, dann rechts. Er zog seinen Anorak mit den vielen Taschen an, prüfte, ob sein MP3-Player aufgeladen war, setzte Ohrhörer und seine Strickmütze auf, alles in der üblichen Reihenfolge. Zuletzt die dünnen Handschuhe, um niemanden direkt berühren zu müssen.

Kontrolle, ob er auch nichts vergessen hatte. Gegenkontrolle. Dann machte er sich auf den Weg.

Durchs dunkle Treppenhaus, ohne den Lichtschalter zu betätigen. Er brauchte kein Licht. Niemand sollte sehen, wie er in den Schuppen ging und sein Schnitzmesser aus dem Werkzeugkasten nahm.

Die Straße war leer. Otto war tot.

Und die Polizisten hatten nicht die geringste Ahnung, wer ihn umgebracht hatte. Besonders klug waren sie ihm nicht vorgekommen. Vor allem diese Photini. Sie hatte ihn nicht ernst genommen. Verklemmte Schnepfe. Das war Thorbens Kommentar gewesen. Nicolas stimmte zu. Verklemmt, Thorben fand immer die richtigen Worte.

Er kannte den Fußweg zur Schule und zum Einkaufszentrum. Zwei Routen, zu denen er leicht zurückfand, wenn er von ihnen abwich. Die Neusser Straße lag ein wenig weiter weg, an der konnte er sich ebenfalls orientieren. Er musste sich nur ganz genau merken, an welchem Punkt er die Straße verließ. Er würde sich nicht verirren.

Trotzdem bekam er Angst. Wenn er allein loszog, geschahen manchmal schlimme Dinge. Warum war das so? Zog er das Unglück an?

Er schaltete seinen MP3-Player ein und ging los, im Takt der Musik. Schaute auf die Bordsteinkante, hielt immer den gleichen Abstand zur Straße.

»Fuck you, I won't do what you tell me!«, drang es aus den Kopfhörern.

Nicolas nickte heftig dazu.

Die Lichter der Stadt. Nach und nach wurden sie mehr, auch die Körper auf dem Bürgersteig. Die Leute wichen ihm aus. Er durfte niemandem direkt ins Gesicht sehen, dann kam er ungehindert voran.

Jemand rempelte ihn an. Nicolas fuhr herum, bereit zuzuschlagen, und wenn das nicht half, das Messer zu ziehen.

Ein junger Türke rief eine Entschuldigung und ging schnell weiter.

Der unvermittelte Kontakt reichte aus, dass seine Gedanken sich wieder überschlugen. Sie fingen an zu rotieren, wie ein Spielplatzkarussell, das sich schneller und schneller drehte, wenn man es kräftig genug anstieß.

Gut, dass die Raumschiffe kaputt waren, mit denen konnte er sowieso nichts mehr anfangen, das waren nur Phantasieprodukte, Modelle, und die Ritterburg würde er gleich mit auf den Müll werfen, dafür war er jetzt wirklich zu alt, alles Kinderkram, genauso wie die Videospiele, die er manchmal in einem Internet-Café auf den Bildschirm lud, heimlich, weil Mama es zu Hause verbot, da spritzte das Computerblut, da explodierten die Schädel, Kinderkram, genauso wie die nackten Frauen, die er sich online anschaute, in allen möglichen Posen, das waren auch Modelle, die dehnten sich und machten Spagat, sie lächelten dabei oder sie schrien oder sie blieben ganz ernst, echt war das nicht, das konnte jeder sehen, die taten nur so, gegen Geld oder weil sie ihrem Freund imponieren wollten, Nicolas durchschaute sie.

Er fühlte sich plötzlich ganz reif und erwachsen, das kam durch Ottos Tod, etwas in ihm öffnete sich, immer weiter, ein Windstoß blies durch ihn hindurch wie der Hauch eines neuen Lebens, es war ihm, als verstünde er jetzt Dinge, über die er sich nie zuvor einen Kopf gemacht hatte, zum ersten Mal fühlte er sich in der Lage, mit seinen Gedanken Schritt zu halten, denn sonst eilten sie ihm stets voraus, seine Gedanken, bevor er sie einordnen und bewerten und in Gedankengedanken umwandeln konnte, für eine Reaktion war es dann meistens zu spät, deswegen hielten ihn viele Leute für dumm, doch jetzt war der Zeitpunkt gekommen, damit aufzuräumen, mit der Vergangenheit abzuschließen, zu beseitigen, was ihn daran festhielt und nicht loslassen wollte, Tag um Tag.

Nicolas bog von der Neusser Straße ab und näherte sich allmählich dem Haus. Seinem Haus. War das noch Nippes, oder schon Niehl, Weidenpesch, Mauenheim? Stadtviertelnamen sagten ihm nichts, das frei stehende Gebäude war ein löchriger Kasten im Niemandsland. Keiner wollte ihn kaufen oder renovieren, nur abreißen, wegmachen, einebnen, um Platz zu schaffen für einen Parkplatz oder einen neuen Wohnblock. »Stilmoden« stand in längst erloschenen Leuchtbuchstaben über dem Eingang, in Schrägschrift. Vor langer Zeit hatte das optimistisch wirken sollen.

Er vergewisserte sich, dass niemand ihn sah, und schlüpfte unter den Absperrungen hindurch. Das Vorhängeschloss an der Eingangstür war mit Ottos Schlüssel leicht zu öffnen. Sein Kollege war oft hier gewesen, hatte in der Ruine auch mal übernachtet, wenn er nicht mehr heim fand oder sich unsichtbar machen wollte.

Erster Stock, über Glassplitter, Bauschutt, verbogene Metallteile hinweg. Das war immer wieder spannend. Wenn einem hier mit einem Ziegelstein der Schädel eingeschlagen wurde, konnte man nicht auf Hilfe hoffen, keine bewohnten Häuser lagen in der Nähe. Die Stilmoden waren wie ein offenes Grab, einer der blinden Flecken Kölns, von denen es mehr gab, als die meisten Leute annahmen.

Nicolas achtete auf verdächtige Geräusche, falls er jemanden aufgeschreckt hatte. Oder etwas.

Nichts. Dann in den zweiten Stock. Der Stahlbügel, den er vor ein paar Wochen zusammen mit Otto angebracht hatte, befand sich immer noch an Ort und Stelle. Gut. Kein Mensch hatte die Ruhe der kleinen Familie gestört.

Nicolas' Herz klopfte schneller. Er schloss den Bügel auf und trat ein.

Inspektion. Von Raum zu Raum gehen. Immer in der Angst, dass sich zu viel verändert hatte. Manchmal nagten Ratten die Haare an, oder die Finger oder die Zehen, sogar die Nase, jede hervorspringende Stelle.

Zu diesem Zweck hatte Otto Gift ausgelegt, Strychnin. Das Ungeziefer musste ferngehalten werden.

Nach seiner Besichtigungstour setzte sich Nicolas im Schneidersitz auf den Boden und verharrte dort. Er fand wieder seine Mitte, das gelang ihm nur hier. Jede Person war an ihrem Platz, im Wohnzimmer, in den Schlafzimmern, Vera, Klaus, Otto, Thorben, Corinne, Nicolas, alle waren da, wo sie sein sollten, getrennt voneinander, dort, wo sie hingehörten, so musste das sein.

Doch nichts war von Dauer, das hatte er durch Ottos Tod gelernt. Seit ein paar Stunden veränderte sich alles, und zwar rasend schnell. Inzwischen gefiel ihm das.

Zeit, selbständig zu handeln.

Er ging noch einmal auf und ab, brachte hier einen Arm in Position, stellte dort einen Fuß nach vorn, strich brüchig gewordenes Haar aus einer Stirn. Die Köpfe waren an einigen Stellen beschädigt, vor allem an Schädel und Kinn, das war beim Transport passiert. Dadurch wirkten sie realistischer.

Nicolas öffnete die Benzinkanister, die Otto für den Fall der Fälle in dem Haus deponiert hatte, und verteilte den Inhalt über die Etage. Es roch noch strenger, als ohnehin schon. Bevor er ein Streichholz anriss und es auf den feuchten Boden warf, hielt er inne.

Er war jetzt kein Zuschauer mehr. Er tat, was nötig war, das hatte er sich immer gewünscht.

Heiße Luft klatschte ihm ins Gesicht, er wich zurück.

Die Flammen.

»ICH HABE NACHFORSCHUNGEN über Wintrich angestellt«, gab Klaus Bahling zu. »Das ist nicht verboten, Viele Männer hätten das an meiner Stelle getan.«

Photini verschränkte die Hände hinter ihrem Kopf. »Warum? Hofften Sie etwas zu finden, das einen Keil zwischen Wintrich und Vera trieb?«

»Aus Sorge um Nicolas. Ich wollte wissen, mit wem er da unter einem Dach lebt.«

»Keine Hintergedanken?«

»Ich bin gern gut informiert.«

»Wenn Ihre Ex-Frau eine neue Partnerschaft eingehen würde, kämen Sie aus den Unterhaltszahlungen raus, oder?«

Bahling nickte. »Wenn sich die Partnerschaft verfestigt hat, wie es so schön heißt.«

»Und deshalb wollten Sie auf dem Laufenden bleiben.«

»Ein paar Anrufe, nichts weiter. Es gibt jede Menge Leute, die mir was schulden, das bringt der Job so mit sich. Und in einem Hotel kriegt man Sachen mit, die behalten viele Menschen lieber für sich. Da fallen die Hüllen, verstehen Sie? Wenn jemand ein Zimmer ganz für sich allein hat, und sei es nur für ein paar Stunden, dann sitzt plötzlich ein kleines Teufelchen auf der Schulter und macht einen Haufen verlockender Vorschläge. Ich könnte Ihnen Geschichten erzählen ...«

»Lenken Sie nicht ab«, sagte Photini.

Bahling stockte kurz in seinem Redefluss. »Hören Sie, nach Wintrichs Tod sieht es vielleicht komisch aus, dass ich ihm nachspioniert habe. Aber es hat sich gelohnt. Der Kerl hatte Dreck am Stecken.«

»Inwiefern?«

»Er hat nicht nur gesoffen, er war auch tablettensüchtig und hat sich kräftig selbst bedient. Deswegen ist er bei seiner Firma rausgeflogen, aus keinem anderen Grund. Die haben eine Weile zugeschaut, Medikamentenmissbrauch kommt wohl öfter vor in diesem Gewerbe, Gelegenheit macht Diebe. Irgendwann war das Maß dann voll und man trennte sich einvernehmlich.«

»Ich kenne eine andere Version. Wintrich soll sich mit

seinem Chef gestritten haben, weil er bestimmte Arzneimittel für Placebos hielt.«

»Bei ihm haben die vielleicht nicht mehr gewirkt.« Bahling gab sich keine Mühe, seine Häme zu verbergen.

»Wann haben Sie von Wintrichs Sucht erfahren?«

»Schon bevor er bei Vera einzog. Ich hab ihr das alles gesteckt, vor etwas mehr als einem Jahr müsste das gewesen sein. Sie wollte nichts davon wissen, logisch. Sie hat die Wahrheit immer so weit verbogen, dass sie damit umgehen konnte.«

Photini überlegte, was sie von Bahlings Informationen halten sollte. Es war ihm zuzutrauen, dass er Wintrich bei dessen Arbeitgeber angeschwärzt hatte. Einen Nebenbuhler fertigmachen und nicht mehr auf die Beine kommen lassen. Es widersprach zwar dem Plan, die Unterhaltszahlungen für Vera einzustellen. Andererseits war Bahling extrem eifersüchtig, da setzte man alle Hebel in Bewegung in der Annahme, irgendwas würde schon funktionieren. Die Frage war, wie weit er in seiner Eifersucht gegangen war. Sein Alibi taugte wenig, das Personal war ihm verpflichtet. Außerdem konnte er jemanden mit dem Mord an Wintrich beauftragt haben. Bahling war clever, und er hatte die nötigen Kontakte.

Es war jetzt ganz still in dem Büro. Durch das Fenster im Rücken des Restaurantchefs sah Photini den Innenhof des Hotels. Parkende Autos. In der Dunkelheit glänzten sie wie tote Fische.

Ihr Blick fiel wieder auf die Bilder an der Wand, auf die drei Kinder. So verschieden sie wirkten, gab es doch eine gewisse Familienähnlichkeit. Die Augenpartie, die Form der Wangen und des Kinns. Bahling erkannte sich bestimmt darin wieder. Empfanden Väter so etwas wie Besitzerstolz, wenn sie ihre leiblichen Nachkommen betrachteten? Suchten sie dabei unwillkürlich nach Hinweisen, dass die Kinder auch wirklich von ihnen stammten? Und wie war das, wenn ein anderer plötzlich die Vaterrolle einnahm? Ein gewisses Misstrauen war da schon nachvollziehbar. Aber Mordgedanken?

Was das Ganze so schwierig machte: Jede Person aus Wintrichs Umfeld zeichnete ein anderes Bild des Toten. Die Havemann, Vera und Klaus Bahling, Kotissek. Wem hatte er sein wahres Gesicht gezeigt?

»Angenommen, Sie haben recht«, sagte die Kommissarin schließlich. »Dann frage ich mich, wie Wintrich nach seiner Entlassung an Tabletten kam.«

»Solche Typen wissen, woher sie ihre Mittelchen kriegen. Das Angebot ist riesengroß. Wenn jemand sich kaputtmachen will, findet er immer einen, der ihm dabei hilft.«

»Sind das nur Vermutungen oder haben Sie mehr?«

»Wenn Wintrich Vera rumgekriegt hat, ist ihm alles zuzutrauen.«

»Geht's auch weniger emotional?«

»Vielleicht hatte er einen Dealer, vielleicht war er selber einer und zapfte seinen alten Arbeitgeber an, Kollegen, die mit ihm unter einer Decke steckten. Medikamente, Drogen, wo ist der Unterschied?«

»Einem Toten kann man vieles anhängen.«

Bahling nahm Photini eine Weile wortlos ins Visier, seine Kiefer mahlten. »Manche Leute sind wie Fliegenpapier, an denen bleibt jeder Scheiß kleben. Man sollte die Finger von ihnen lassen, irgendwann landen sie sowieso im Abfall.«

»Wintrichs Freunde denken anders von ihm«, entgegnete Photini. »Auch Nicolas.«

»Der Junge weiß es nicht besser.«

»Wie wirkt sich Wintrichs Tod auf Ihr Verhältnis zu

Vera aus? Werden Sie ihr helfen, darüber hinwegzukommen?«

Er stand auf und nickte, wie um einen Entschluss zu bekräftigen. »Lassen Sie mich meine Arbeit machen, und machen Sie gefälligst Ihre. Ende der Plauderstunde.«

»Irgendetwas sagt mir, dass wir uns wiedersehen.«

Ohne eine Antwort abzuwarten, verließ Photini das Büro und ging Richtung Ausgang. Bahling war ein ziemlicher Kotzbrocken. Er legte es darauf an, verdächtig zu wirken. Seht her, schien das zu bedeuten, ich habe ein prima Tatmotiv, aber niemand kann mir was anhaben.

Oder war das nur eine Masche? Flucht nach vorn, gewissermaßen. Sich bewusst aufdrängen, damit die Polizei gleich abwinkte?

Der Oberkellner tauchte so lautlos neben ihr auf, als sei er ein Geist, der zum Hotelinventar gehörte.

»Sie machen einen ganz schönen Wirbel«, sagte er mit einem feinen Lächeln.

»Mir würde sonst was fehlen.«

RAUPACH VERSUCHTE ES mit einer Bleistiftzeichnung. Vielleicht war er mehr der graphische Typ. Keine Farben. Die flossen ineinander, vermischten sich. Das konnte er jetzt nicht gebrauchen.

Menschen zu porträtieren, traute er sich noch nicht zu. Also wählte er ein unbelebtes Motiv. Das Gartenhäuschen der Plavotics, aus dem Gedächtnis.

Viele Linien. Damit legte er die Umrisse fest, na ja, er deutete sie an, Strichbündel, wie Reisig. Dadurch musste er sich nicht für eine Linie entscheiden. Seine Hand war unsicher.

Die schlecht beleuchtete Bar, in der er saß und gerade eine Sardinen-Ceviche gegessen hatte, konnte sich auch nicht entscheiden. Mexikanisch, kubanisch, karibisch, das Schild über dem Eingang wurde alle paar Monate ausgewechselt. Hauptsache, der Kaffee war stark und hielt wach, fand Raupach. Er hatte noch einiges vor.

Seit dem Mord waren neunzehn Stunden vergangen. Unmittelbar nach einem Verbrechen tickten die Uhren anders. Es war nicht unbedingt so, dass die Zeit gegen den Kommissar arbeitete. Der Täter hatte zwar ein großes Interesse daran, den Zeiger Minute für Minute voranschreiten zu sehen und sich dadurch immer weiter von seiner Tat zu entfernen. Doch Raupach wusste das, spürte, wie genau in diesem Augenblick der Mann oder die Frau, die er suchte, ebenfalls auf die Uhr sah, ängstlich, reumütig, trotzig, hasserfüllt, verbittert, nervös? Was auch immer in ihm oder ihr vorging, in Sicherheit wiegte sich niemand nach so einem Mord. Bange Fragen hingen in der Luft: Ist mir die Polizei auf der Spur? Wie viel wissen die Bullen bereits?

Vor Raupach lagen viele lose Enden, sie gehörten zu einem ganzen Knäuel, das er nur ansatzweise entwirrt hatte. Eines dieser losen Enden würde ihn zu dem Mörder führen. Die Zeit, die er dafür benötigte, verkürzte sich mit jedem Ticken. Betonte Lürrip, der Polizeipräsident, nicht bei jeder Gelegenheit, die ersten 48 Stunden seien ausschlaggebend für den Erfolg einer Ermittlung? Normalerweise hielt Raupach wenig von solchen Binsenweisheiten, diesmal war es anders. Er wollte sich ganz dem Fall Wintrich widmen, mit Haut und Haaren. Es sprach nichts dagegen, die 48-Stunden-Spanne voll auszuschöpfen und rund um die Uhr dranzubleiben, wie Heide ihm nahegelegt hatte, auf seinem Schreibtisch wartete nichts Dringendes. Was sollte er auch sonst machen, mit einem gähnend leeren Wochenende vor Augen? Auf Effies Geburtstagsfeier war er nicht besonders scharf, nach dem Gespräch mit Photini.

Außerdem fühlte er sich Wintrich verbunden, diesem Pechvogel, der vor seinem Tod vielleicht nur ein oder zwei falsche Entscheidungen getroffen hatte ohne zu wissen, wie schwerwiegend sie gewesen waren.

Er nippte an einem doppelten Espresso. Beim Zeichnen hielt er ab und zu inne und ließ seine Blicke schweifen. Viele Gäste saßen an Einzeltischen, keiner schaute hoch, wenn sich die Tür öffnete, niemand wartete, niemand wurde erwartet.

Abends sah man immer weniger Paare. Woran mochte das liegen? Hatten sie Angst und blieben zu Hause? Angst wovor? Sich wieder zu verlieren in der großen, manchmal unüberschaubaren Stadt? Oder vor der zunehmenden Gewalt?

In letzter Zeit gab es in Köln mehr Schlägereien als sonst, spontane Akte von Aggression, Tendenz steigend, sogar im vergleichsweise friedlichen Nippes. Wer Wut in sich trug, ließ sie immer öfter raus. Anlass dazu war reichlich vorhanden. Nicht allein die globalen Krisen, die sich in immer kürzeren Abständen ablösten, ließen die Menschen ihre Selbstbeherrschung verlieren. Es war der Eindruck, zu Spielbällen geworden zu sein bei Prozessen, die niemand mehr verstand und die vermutlich nicht mehr in den Griff zu bekommen waren, weder mit bewährten Mitteln noch mit verzweifelten. Wer sich herumgeschubst fühlte, schubste zurück, so war das, Köln bildete da keine Ausnahme.

Schlechte Zeiten also für traute Zweisamkeit. Die Leute waren entweder in Gruppen unterwegs oder allein. Die Einzelgänger führten Selbstgespräche. Das tat Raupach noch nicht, er sah die drei, vier Jahre seines Alleinseins als vorübergehende Phase an. Als Atemholen.

Er kannte es auch anders. Die Ehe mit Clarissa war eine Zeitlang so gelaufen, wie man sich das vorstellte: gemeinsam ins Kino oder ins Theater gehen, sich mit Freunden verabreden, am Wochenende einen Ausflug in die Eifel machen oder im Baumarkt das Laminat fürs Wohnzimmer aussuchen. Es war leicht gewesen, glücklich zu wirken. Solange man nicht darüber nachdachte, war vieles leicht.

Bis Raupach einen Kriminellen erschossen hatte. Der Kerl hatte es zum Zeitpunkt seines vorzeitigen Ablebens fertiggebracht, ausnahmsweise keine Waffe bei sich zu tragen. Für ein paar karrieregeile Kollegen war es ein gefundenes Fressen gewesen. Laufbahnende, Eheende, Allesende. Vielleicht hatte sich Raupach nicht entschlossen genug zur Wehr gesetzt, vielleicht hatte er das Disziplinarverfahren und den Einfluss der Boulevardpresse unterschätzt, vielleicht hatte ihn die Geschichte auch einfach nur kalt erwischt. Es gab diese Punkte im Leben: Man macht weiter, als wäre nichts passiert, während ringsumher alles auseinanderbricht. Irgendwann wundert man sich, dass man inmitten rauchender Trümmer steht.

Aber er hatte sich wieder freigeschwommen – assistiert von Photini. Sich gemeinsam gegen Widerstände durchzusetzen, hatte die beiden zusammengeschweißt und nach und nach mehr entstehen lassen, stummes Einverständnis und eine Form von Zuneigung, die für Raupach schwer zu benennen war. »Du bist kein Mönch«, hatte sein Freund Felix ihm einst erklärt. »Überlass die Enthaltsamkeit anderen.« Ein Herzensbrecher war er allerdings auch nicht. Er war ein Bulle, und seine einzigen Freunde waren ebenfalls Bullen, andere hatte er nicht mehr, und sie alle waren ein bisschen spröde und neurotisch. Nur Jakub Skočdopole, der Psychologe im Kernteam der Mordkommission, hatte Frau und Kinder. Dafür rauchte er Kette.

Eigentlich sollte Photini ihn jetzt begleiten, damit sie

etwas dazulernte. Es kam nicht alle Tage vor, dass er sich in freier Wildbahn bewegte, um alte Bekannte zu treffen. Als Chef der Mordkommission tat er zwar besser daran, die Straßenarbeit seinen Mitarbeitern zu überlassen. Doch gelegentlich war es vonnöten, einen Blick auf die andere Seite zu werfen. Er wollte nicht die Bodenhaftung verlieren – und sich auch mal jünger fühlen dürfen.

Bei Photini gelang ihm das nicht mehr. Durch diesen Patrick fiel ihm endgültig die Rolle des guten Onkels zu. Was hatte sie da vorhin für ein Kreuzverhör abgezogen? Endlich eine Beziehung, da sollte sie zugreifen, wenn die Konditionen stimmten. Bei Photini und Patrick stimmten sie anscheinend nicht, zumindest nicht ganz. Deshalb zögerte sie, verständlich, aber noch lange kein Grund, von Raupach Liebesschwüre zu verlangen.

Wenn das so weiterging, musste er sie in eine andere Abteilung versetzen. Oder er bewarb sich selbst auf einen neuen Posten.

SEINE BLEISTIFTSKIZZE hatte sich inzwischen zu einem Action-Painting ausgewachsen. Raupach zerknüllte das Blatt, schlürfte seinen kalt gewordenen Espresso aus und beglich die Rechnung. Dann ging er die Treppe zu den Toiletten hinunter.

Es sah übel aus in dem schmalen Gang, Plakatreste an den Wänden, herabgefallener Putz, Löcher im Fußboden, als habe ihn jemand mit einem Vorschlaghammer bearbeitet, an den Wänden dunkle Flecken, von denen man nicht wissen wollte, woher sie stammten. Es roch nach einem Bukett menschlicher Ausscheidungen, zuzüglich Katzenpisse. Zitrusreiniger sollte den Harnsäuregestank wohl überdecken, brachte ihn aber noch stärker zur Geltung.

Keine besonders effektive Abschreckung, fand Raupach und durchquerte den Gang bis zu seinem weniger verdreckten Ende.

Eine Stahltür.

Er klopfte.

Über dem Türstock befand sich eine winzige Öffnung, wie bei einem Notebook mit Webcam. Raupach machte das Victory-Zeichen, etwas Dümmeres fiel ihm nicht ein.

Die Tür schwang langsam auf. Dahinter befand sich ein Gitter, und hinter dem Gitter stand ein Security-Mann. Der wollte Scheine sehen.

Der Kommissar hielt die Summe hoch, die er am Geldautomaten gezogen hatte. Sein abgewetzter dunkelblauer Anzug war perfekt. Richtige Spieler verschwendeten kein Geld für ihre Garderobe.

Der Mann schob das Gitter zur Seite und ließ ihn herein. Raupach gab ihm einen Zwanziger, er tat so, als sei er zum ersten Mal hier. Der Türsteher steckte das Trinkgeld ein und maß den Neuankömmling mit geübtem Blick. Befand ihn für geeignet. Forderte ihn auf voranzugehen.

Eine Wendeltreppe führte hoch in den ersten Stock, zu einem Gang, der aussah wie ein Hotelflur, mit einer Reihe Türen. Eine öffnete sich, als Raupach näher kam.

Wieder ein Security-Mann, der ebenfalls zwanzig Eier erhielt, ein vergleichsweise niedriger Satz. Dem Kommissar graute schon vor den Formularen, die er im Präsidium ausfüllen musste, um seine Kohle erstattet zu bekommen.

Er befand sich im Vorraum einer großzügigen Wohnung, direkt über der Bar. Seine Wertsachen wanderten in ein Körbchen, er wurde auf Waffen abgetastet. Nach dieser Prozedur durfte er das Pokerzimmer betreten.

Heruntergelassene Holzjalousien an den Fenstern. Viel Messing und Mahagoni. Grüne Lampenschirme, grüner

Filz. Vier Personen saßen am Tisch. Raupach nannte seinen Vornamen und setzte sich auf einen freien Platz. Für seine Scheine bekam er Chips ausgehändigt.

Pause. Er wurde beobachtet, wie jeder Neue in der Runde. Seine Mitspieler stellten sich der Reihe nach vor.

Die beiden links von ihm sitzenden Männer kannte Raupach nicht – er hielt sie für ignorierbar, die üblichen Zocker, die eine illegale Spielhölle für verrucht hielten, mit einem Glas Whisky neben sich, Gier und Ungeduld hinter der coolen Fassade.

Gegenüber thronte Dastmalchian, der Mann, wegen dem er hier war – Glück. Raupach hatte ihn seit Jahren nicht mehr gesehen. Er war fülliger geworden, ein paar Sorgenfalten auf der Stirn waren hinzugekommen. Anscheinend lief sein Laden so schlecht, dass er sich mit an den Tisch setzen und die Pokerrunde am Laufen halten musste. Ein Funke des Erkennens blitzte in seinen Augen auf, doch er ließ sich nichts anmerken und schielte zu dem kleinen Kasten neben seiner rechten Hand, eine Gegensprechanlage.

Rechts von Raupach saß Joe Kenter – Pech. Jetzt musste sich der Kommissar schnell etwas einfallen lassen.

»Das glaub ich nicht«, sagte Kenter, ein hagerer Typ Mitte dreißig mit heiserer, sich leicht überschlagender Stimme. Seine Dreadlocks hatten dringend eine Pflegespülung nötig.

»Hallo, Joe.« Raupach nickte ihm zu. »Wie geht's denn so?«

»Das reimt sich!«, freute sich einer der Zocker, der gerade mit dem Mischen der Karten dran war. »Joe, wie geht's denn so?«, wiederholte er und lachte.

»Hast du eine Schwester?«, fragte Kenter den Spaßvogel.

»Sogar zwei. Warum?«

»Dann habt ihr also ein Drei-Mäderl-Haus, du und deine Schwestern. Was verlangt ihr denn von den Leuten, damit ihr ein bisschen nett zu ihnen seid?«

Der Zocker begriff, was Kenter meinte. »Reg dich nicht auf, Joe, das war nur ein Witz.«

»Ein Witz?«

»Ein dummer Spruch, ist doch nichts dabei.« Der Mann sah sich suchend um, ob ihm jemand beipflichtete, doch die anderen schwiegen und warteten, was passierte. »Okay, tut mir leid«, lenkte er weiter ein. »War's das? Können wir jetzt spielen?« Er beeilte sich, die Karten auszuteilen.

Raupach beschloss, die Sache direkt anzugehen. »Du bist ganz schön empfindlich, Joe. Ich dachte, im Gefängnis lernt man Geduld.«

Verdutzte Blicke. Kenters Anspannung wuchs, wurde greifbar.

»Hat dich dein Bewährungshelfer zu hart angefasst?«, legte Raupach nach. »Bist du deswegen sauer? Du weißt doch: Immer die Kontrolle behalten, sonst fährst du wieder ein.«

»Sie haben Nerven.« Kenter klang gefährlich. »Die Beweisaufnahme bei diesem Scheißtankstellenraub hat mir den Knast überhaupt erst eingebracht. Ihre kleine Assistentin war das, die hätte mich auch laufenlassen können, mit dem Ding hatte ich nicht das Geringste zu tun.«

»Wenn Photini etwas macht, dann gründlich.«

»Anscheinend wollte sie's besonders gut machen und sich bei Ihnen einschleimen.«

»Ist schon eine Weile her«, meinte Raupach. »Wie viel hast du gekriegt?«

Kenter dachte nicht daran zu antworten. »Und jetzt spazieren Sie hier einfach rein und provozieren mich.«

»Ich habe bloß hallo gesagt, soziale Wiedereingliederung und so.«

»Bist du bei den Bullen?«, fragte der Zocker, der sich bislang rausgehalten hatte.

Raupach nahm sich eine von Joes Zigaretten. Als Gelegenheitsraucher gönnte er sich manchmal ein paar Züge, zur Beruhigung. »Wenn ich kein Polizist wäre, würde es diesen Laden hier gar nicht geben. Also sehe ich hier hin und wieder nach dem Rechten und riskiere ein Spielchen.«

Dastmalchian hob entschuldigend die Arme.

»Ich steige aus«, sagte der Mann mit den Schwestern und raffte seine Chips zusammen.

Raupach grinste. »Konnte ja nicht wissen, dass ich bei einem anonymen Gefangenenchor lande.«

Kenter warf sein Whiskyglas, einen schweren Tumbler, ansatzlos, mit jeder Menge Wut im Bauch. Er verfehlte die Schläfe des Kommissars nur knapp. Wollte aufspringen.

Raupach schnellte hoch, seine Hand grub sich in die Dreadlocks. Er hämmerte Kenters Schädel auf die Tischplatte.

Einmal. Zweimal.

Der Kommissar ließ los. »Wir feiern hier nur ein Wiedersehen«, sagte er zur Erklärung.

Kenter taumelte zurück und hielt sich die Nase. Der Security-Mann fing ihn auf und beförderte ihn unter heftigem Widerstand nach draußen. Die beiden Zocker suchten schleunigst das Weite.

Dastmalchian blieb ungerührt sitzen und gab per Sprechanlage Anweisungen. Er war alles andere als amüsiert.

DER OBERKELLNER BRACHTE PHOTINI zu ihrem Wagen auf dem Parkplatz des »Brabanter Hof«. Sein schwarzer Rücken, ohne die Spur einer Fussel oder einer Hautschuppe, ließ Photini an ihren Vater denken. Der war auch hyperkorrekt mit seiner Kleidung, hielt sich gerade, obwohl ihn die Jahre in der Stahlgießerei, ohne Atemmaske, mit minimalen Schutzvorkehrungen, zu einem Wrack gemacht hatten.

Eleftherios Diros sah es nach wie vor nicht gern, dass Photini bei der Polizei war. Aus politischen Gründen, wie er vorgab. Seine Tochter eine Dienerin der Staatsmacht – nein, das konnte er nicht gutheißen. In Wahrheit widerstrebte es ihm, dass Fofó dauernd mit dem Tod in Berührung kam. Sollte man das nicht den Älteren überlassen?

»Hat es Ihnen wirklich geschmeckt?«, fragte der Oberkellner.

»Zum Dahinschmelzen, der Granatapfelsalat. Der Chefkoch sieht zwar nicht so aus, aber er ist ein Genie.«

»Es wird ihn freuen, das zu hören. Ihm fehlt ein bisschen die Motivation.«

»Ihnen wohl nicht. Ist sicher kein Vergnügen, in einem Laden wie dem ›Brabanter Hof‹ zu arbeiten.«

»Ich mag meinen Beruf.«

»Wie lange sind Sie schon im Service?«

»Ich habe mit fünfzehn angefangen.« Obwohl er das Resultat kannte, rechnete er im Kopf nach, als würde er seinem Gedächtnis nicht trauen. »Das müssten dann knapp fünfzig Jahre sein.«

»Ist nicht wahr.« Ein halbes Jahrhundert Tischdecken, Tellerschleppen, Auf- und Abtragen, mit Tausenden Gästen plaudern, wie Photini bereits vermutet hatte. Sie konnte es trotzdem nicht fassen.

»Ich war sogar mal bei Witzigmann in München, Anfang der Achtziger. Eine verrückte Zeit.« Der Oberkellner schien über seine besten Jahre nachzusinnen. »Jeden Abend gab es mindestens eine Katastrophe. Wenn man jünger ist, gewöhnt man sich daran. Irgendwann haben Sie genug davon.«

»Und wie sind Sie hier gelandet?«

»Sie haben es doch gesehen: Da drin ist wenig los, trotz des hohen Niveaus der Küche. Für die Gäste ist das Lokal eine echte Entdeckung, aber keine von denen, die man weitererzählt. Das ist natürlich schlecht fürs Geschäft, aber gut für die Atmosphäre.«

»So?«

»Ich mag es, die Verblüffung der Leute zu sehen, wenn sie von den Gerichten kosten und etwas bekommen, womit sie nicht gerechnet haben. So etwas geschieht selten genug, glauben Sie mir. Nehmen Sie dagegen ein Drei-Sterne-Restaurant, da ist niemand mehr überrascht, nicht auf die Art, wie Sie es vorhin waren.«

»Lange wird's der ›Brabanter Hof‹ nicht mehr machen«, wandte Photini ein.

»Ich auch nicht.« Der Oberkellner lachte. »So ist das in der Gastronomie, ein stetes Kommen und Gehen. Am Ende wird man von niemandem vermisst.«

Sie öffnete die Wagentür und schwor sich, nie mehr einem Restauranttipp in der Zeitung zu trauen. Die wahren Perlen fand man durch Zufall.

»Haben Sie erfahren, was Sie wissen wollten?«, fragte er.

»Mehr, als ich für möglich gehalten habe.«

»Aber sicher nicht alles.«

»Was meinen Sie damit?« Photini merkte auf.

Der Oberkellner warf einen Blick zum Bürofenster des Restaurantchefs. »Wenn Bahling so weitermacht, kündige ich.«

»Er tut so, als sei der Weinkeller sein Privateigentum, stimmt's?«

»Das haben Sie also schon herausgefunden?«

»Er war unvorsichtig«, sagte Photini.

»Unterschlagung ist in dieser Branche leider ein Kavaliersdelikt. Aber Bahling benimmt sich auch sonst wie ein Gutsherr. Er schreitet jeden Tag sein Revier ab.«

»So?«

»Dabei ist er manchmal für längere Zeit abwesend.«

»Wie? Verlässt er das Hotel?«

»Ich will ihn nicht denunzieren.« Der Oberkellner kam ins Stocken. »Wir wissen nur des Öfteren nicht, wo er sich genau aufhält.«

»Meinen Sie, er ist nicht in seinem Büro?«

»In der Küche sieht man ihn auch selten.«

»Wo treibt er sich denn herum?«, fragte Photini.

»Vermutlich irgendwo im Haus.«

Sie verstand. Der Mann wollte ihr etwas sagen, ohne konkreter werden zu müssen. »War das auch letzte Nacht so?«

»Es ist immer so.«

»Klaus Bahling ist also gern mal eine Weile weg. Um was zu tun?«

»Das müssen Sie selber herausfinden. Es handelt sich um nichts Ungesetzliches, sonst würde ich offener sprechen.«

»Soll das heißen, dass Bahlings Alibi nichts wert ist?«

»Kommt darauf an«, erwiderte der Oberkellner.

»Sie erinnern mich an meinen Vater. Der würde sich eher erschießen lassen, als sich festzulegen.«

»Nett, dass Sie das sagen.«

RAUPACH WUSSTE DEN SECURITY-MANN hinter sich, mit einer Kanone unter der Achsel und einem Schlagring in der Hosentasche.

Manche Dinge änderten sich nie.

Dastmalchian fuhrwerkte an einer Zigarre herum. Rollte sie zwischen den Fingern, schnitt die Spitze ab, lutschte daran.

Bei den meisten Leuten sah das widerlich aus. Doch als junger Mann, bevor er sich seinen diversen Geschäften verschrieben hatte, war der Exil-Perser ein ausgezeichneter Nay-Spieler gewesen. Er hatte die orientalische Rohrflöte so kunstvoll wie ein Derwisch geblasen. Das merkte man immer noch, wenn er die Zigarre in den Mund nahm. Seine Sorgfalt verlieh ihm einen geschmeidigen Charme, auf den schon viele harte Jungs hereingefallen waren.

»Bravo, das hast du fein hingekriegt«, fing er an. »Willst du mich ruinieren?«

»Ich wusste nicht, dass es so schlimm für dich aussieht.« Raupach wies auf die liegengebliebenen Spielkarten. »Poker ist inzwischen doch Volkssport.«

»Eben. Die verjubeln ihr Geld alle online. Für mich bleiben nur die traurigen Freaks übrig. Typen, die im Kino gesehen haben, wie man auf einen Schlag Millionär wird. Ab und zu inszenieren wir das hier, für die Kundschaft.«

»Und wo kriegst du die Million her?«

»Von der Sparkasse.« Dastmalchian zündete seine Zigarre an. Das Ding begann zu qualmen wie der Kühlturm eines Atomreaktors. »Du kannst dir nicht vorstellen, was diese Halsabschneider an Zinsen verlangen, wenn man sich für eine lumpige Nacht ein paar Bündel Scheine ausleiht.«

»Dein Publikum war schon mal besser«, sagte Raupach.

»Meinst du Joe? Der ist harmlos.«

»Ein Ex-Knacki?«

»Sind wir das nicht alle?« Ein breites Grinsen. »Warum hast du ihn so hart rangenommen? Du bist doch keiner von den Brutalen.«

»Man wächst mit seinen Aufgaben.« Raupach ballte seine rechte Hand zur Faust und betrachtete sie eingehend. Er fand diese Geste schrecklich, doch sie passte zu der Rolle, für die er sich entschieden hatte. »So eine Gelegenheit bietet sich selten. Deine Pokerfreunde werden sich hüten, Anzeige zu erstatten.«

»Wir haben uns wirklich lange nicht mehr gesehen.« Dastmalchian zog seine buschigen Augenbrauen hoch. »Was willst du?«

»Reden.«

»Und dafür der ganze Aufwand?«

»Ich hab Rücksicht auf deinen Ruf genommen. Jetzt gilt dein Etablissement als polizeilich geprüfte Lasterhöhle.« Raupach sah sich um. Wo der Lichtschein der Tischlampen kaum noch hinreichte, an den Wänden, in den Ecken, unter den Fenstern, war das Zimmer so schmutzig und schäbig wie eine alte Abstellkammer.

»Schon mal was von Telefon gehört?«

»Dafür wechselst du zu oft deine Handykarte.«

»Auch wieder wahr«, räumte Dastmalchian ein.

»Wer von der honigsüßen Frucht des Lotos gegessen, bringt keine Kunde zurück und denkt nicht an Rückkehr.« Der Kommissar sprach langsam und betonte jedes Wort. »Deshalb bin ich hier.«

»Du hättest Moderator beim Fernsehen werden sollen. Dann könntest du die Leute täglich mit Quizfragen piesacken.«

»Lotos ist das Stichwort. Du weißt, wovon ich rede.«

»Ich bin nicht mehr im Drogengeschäft, das sollte sich herumgesprochen haben.«

»Aber nah dran.«

»Wir werden alle etwas gesetzter«, wich Dastmalchian weiter aus.

»Und du hast viele Augen und Ohren.«

»Willst du mir schmeicheln?«

»Hab ich das nötig?« Raupach erwartete keine Antwort. Er hatte seinem Gegenüber drei Jahre Einzelhaft verschafft, ohne Kontakt zu den anderen Gefangenen, unter denen zahlreiche Dealer gewesen waren, die Dastmalchian irgendwann übers Ohr gehauen hatte, Hafterleichterung der besonderen Art.

Dastmalchian war nicht von Raupach geschnappt worden, sondern von einem Team des Drogendezernats. Der Kommissar hatte sich erst nach dem Prozess eingeschaltet und dem Leiter der JVA Ossendorf zu verstehen gegeben, wie nützlich dieser Mann werden konnte, wenn man ihm besondere Sicherungsmaßnahmen angedeihen ließ.

Das war lange her, Raupach hatte sich mit solchen und anderen Schachzügen ein eigenes Netzwerk aufgebaut. Das war auch nötig in einer Stadt von der Größe Kölns, als Teil eines Polizeiapparats, in dem Rivalitäten, Zuständigkeits- und Kompetenzgerangel seit jeher blühten wie die Schimmelpilze im Keller.

Dastmalchian hatte sich seither als zuverlässiger Informant erwiesen. Wenn er etwas wusste, was die Bullen interessierte, überlegte er zwar dreimal, ob er es verriet. Aber dann stimmte es auch, zu hundert Prozent. Abgesehen von seinem kleinen Pokerparadies, das er mehr zur Gesichtspflege unterhielt, war er sauber. Seine Einkünfte speisten sich aus mehr oder weniger legalen Deals, Kleinkrediten, Glücksspiel, An- und Verkauf von Autos und Gaststättenbedarf, alles im Rahmen.

»Zwei Namen«, fuhr Raupach fort. »Der erste: Otto Wintrich.«

»Nie gehört«, erwiderte Dastmalchian ohne zu zögern.

»Willst du nicht wenigstens so tun, als dächtest du nach? Sonst kaufe ich dir das nicht ab.«

»Was meinst du, wie ich mir Namen merke? Ich stelle mir Bilder dazu vor. Wenn jemand mit ›Win‹ anfängt, sehe ich einen vollen Pot, *all in*, einen Berg Pokerchips, und zwei Hände, die den ganzen Topf zusammenraffen.« Er tippte sich an die Schläfe. »In meiner Datenbank hier oben gibt's aber keine Gewinner.«

»Der Mann ist gestern umgebracht worden. Hat vielleicht mit Tabletten gedealt.«

»Methadon? Ecstasy? Special K? Einträgliche Sache, falls man über die richtigen Lieferanten verfügt.«

»Oder selber an die Ware rankommt«, ergänzte Raupach.

»Für mich wäre das nichts. Bei diesen Pillen können die Leute so tun, als würden sie nur einen kleinen Muntermacher einwerfen, Vitamine oder so was. Bei richtigen Drogen läuft das anders, da weißt du genau, was du anstellst, mit der Spritze oder dem Röhrchen, da steht lebensgefährlich drauf.«

»Du weißt also nichts über Otto Wintrich?«

»Ist bei mir nicht aktenkundig.«

»Und wie steht's mit Milan Plavotic? Taxifahrer, raucht gern mal einen Joint.«

Dastmalchian nuckelte genüsslich an seiner Zigarre. »Vergiss das mit dem Quizmaster, Raupach. Als Komiker bist du noch besser.« Er lachte schallend. »Wenn du Gelegenheitskonsumenten suchst, kannst du gleich das Telefonbuch aufschlagen.«

Der Security-Mann brummte zustimmend.

»Hätte ja sein können.« Der Kommissar beschrieb den Tatort am Nordpark, erzählte so viel von dem Mord wie nötig.

»Hört sich nach nichts Großem an«, sagte Dastmalchian. »Die Gegend ist uninteressant für professionelle Dealer. Schrebergärten zwischen Wohnblöcken, da gibt es zu viele frustrierte Bürger, die ihre Augen überall haben. Pensionierte Bullen sind da sicher auch dabei.«

»Um Mitternacht schlafen die leider den Schlaf der Gerechten.«

»Muss was Persönliches gewesen sein.«

»Ist das alles, was dir zu den beiden einfällt?«

»Wenn es dich glücklich macht, ziehe ich ein paar Erkundigungen ein«, schlug Dastmalchian vor.

»Ich wäre dir sehr verbunden.« Raupach verbarg seine Enttäuschung.

»Du hörst dann von mir.« Er wies mit den Augen zur Tür und fügte mit fester Stimme hinzu: »Kein Grund, sich noch mal herzubemühen.«

Der Security-Mann räusperte sich. Der Polizist konnte gehen.

NICOLAS ZÄHLTE VIER FEUERWEHRAUTOS, das war ein ganzer Löschzug. Einsatzleitwagen, Löschgruppenfahrzeug, Tanklöschfahrzeug und ein Hubrettungsfahrzeug mit einer Drehleiter für den Fall, dass sich noch Menschen in dem brennenden Gebäude befanden.

Von weitem sah es aus wie ein Playmobil. Gut, es war mehr Bewegung in der Sache, die Feuerwehrleute liefen aufgeregt umher und machten einen Heidenlärm. Löschschaum bedeckte nach und nach das Dach und die Mauern, wie bei einer Sahnetorte. Die Flammen, anfangs noch haushoch, waren unter Kontrolle.

Neben Nicolas standen weitere Schaulustige. Bei einem Unglück war das oft so. Die Leute standen einzeln herum, blieben lieber für sich, es war, als hoben sie den Kopf zu einem fernen Gott. Manchmal umarmte sich ein Pärchen angesichts der Katastrophe. Hast du die Herdplatte ausgeschaltet, Schatz?

In Köln reihten sich unvorhergesehene Zwischenfälle in letzter Zeit immer häufiger aneinander: überall Brände, Wasserrohrbrüche, Gasexplosionen, einstürzende Altbauten, entgleisende Straßenbahnen. Das Weltende schien kurz bevorzustehen, die Stadt zog es regelrecht an. Zumindest bis im November die Karnevalsession eröffnet wurde. Dann taten die Leute so, als nähme die Apokalypse eine Auszeit.

Nicolas verkleidete sich gern. Dieses Jahr würde er als Sträfling gehen. Das passte. Schließlich hatte er etwas Verbotenes getan.

Was er nicht bedacht hatte: Sein Werk zu zerstören, machte ihn wütend. Es war unwiderruflich dahin, mit all den Mühen, die er darauf verwendet hatte. Ende, aus. Ein Verlust, schmerzlicher, als er ihn sich vorgestellt hatte.

Irgendjemand musste dafür bezahlen.

Nicolas löste sich aus der Menge und ging entlang seiner Route zurück. Von der wich er niemals ab.

Nachdem er zweimal abgebogen war, kam ihm kurz vor der Neusser Straße ein junger Mann entgegen, auf Höhe eines aufgegebenen Teppichladens.

Tarnjacke aus einem Army-Shop, Stoppelhaare, relativ schmächtig, allein. Er hatte genau das richtige Alter, niemand sonst war in Sicht. Vom Feuerschein angelockt, schien er sich Unterhaltung für den angebrochenen Abend zu versprechen.

Nicolas schlug ihm ins Gesicht, so kräftig er konnte. Seine Knöchel spürte er dabei nicht.

Der Mann ging zu Boden, Nicolas trat ihm in den Bauch. Als er sich zusammenkrümmte, hieb er mit den Fäusten weiter auf ihn ein, nahm die Ellbogen zu Hilfe. Der Mann hob abwehrend die Arme, die Augen geschlossen.

Das war gut, fiel Nicolas ein, auf diese Weise blieb er unerkannt. Aber diese Polizisten würden ihn sowieso nicht kriegen. Wo waren sie jetzt?

Ein letzter Schlag auf die Nase, Nicolas spürte etwas Feuchtes, Blut, ja, das musste fließen.

Auf der anderen Straßenseite gaffte jemand, eine Frau. Sie trat rasch zurück in den Hauseingang, aus dem sie gekommen war.

Nicolas ließ den Mann liegen und ging mit zielstrebigen Schritten weiter, bog um die nächste Ecke, überquerte die Neusser Straße. Sein Heimweg.

Vorsichtshalber steckte er die Hände in die Hosentaschen. Damit man nicht sah, was er damit angestellt hatte.

Schade. Gern würde er es jetzt betrachten, echtes Blut, wie es in all die kleinen Furchen und Falten seines Handrückens kroch. Fremdes Blut. Frisches Blut. Er konnte es aus den Menschen herausprügeln, er war nicht mehr schutzlos, er hatte den ersten Schritt getan.

Warum hatte er sich das nicht früher getraut? Tränen liefen ihm über die Wangen.

Seine linke Hand fand das Schnitzmesser. An das hatte er gar nicht mehr gedacht.

WIEDER IM AUTO, wieder auf der belebten Neusser Straße, unterwegs zur nächsten Befragung. Bewerben Sie sich für den gehobenen Polizeivollzugsdienst des Landes Nordrhein-Westfalen. Gefahrenabwehr, Kriminalitätskontrolle, Opferschutz, ein krisensicherer Beruf, in dem man immer Gesellschaft hat. Irgendwann meinen Sie, jede arme Seele in der ganzen Stadt zu kennen. Jede Geschichte, die Ihnen aufgetischt wird, haben Sie schon hundertmal gehört. Sie fragen sich trotzdem weiter durch und haben die Hoffnung, dass irgendwann mal was Neues dabei ist. Was ganz anderes. Und manchmal haben Sie Glück, aber es ist nicht gesagt, dass Ihnen dieses Glück auch gefällt.

Raupach war nach dem Besuch bei Dastmalchian um keinen Deut schlauer. Doch bei einer Todesermittlung gehörten solche kleinen Rückschläge dazu. Es war, als wand er sich durch eine Menschenmenge, trat Leuten auf die Füße oder streifte sie, spürte dabei fremden Atem, einen Ellbogen in den Rippen, Haare im Gesicht, hörte im Vorübergehen Gesprächsfetzen, viel Hass, viel Skepsis, wenig Vertrauen.

Raupach mochte das. Irgendwann fand er die Antworten. Was trieb ihn sonst durch die Nacht?

Nach ein paar hundert Metern sah er die Dreadlocks am Straßenrand.

Er ließ die Scheibe auf der Beifahrerseite herunter und rollte langsam an Joe Kenter vorbei. Drehte die Radiomusik auf. Eine spanische Rockband sang davon, wie es ist, zwischen zwei Welten zu schweben, *Entre dos tierras*, dort gab es wenig Luft zum Atmen. Ansteckende Beats drangen vom Wagen nach draußen und mischten sich mit den Geräuschen eines Freitagabends in Köln.

Ein kurzer Blickkontakt, Kenter hatte ihn gesehen. Raupach gab Gas und bog an der nächsten Seitenstraße rechts ab. Noch eine Abzweigung, dann blieb er in einer schlecht beleuchteten Parkbucht stehen und wartete auf den Mann mit der lädierten Nase.

Sein Gewaltausbruch an dem Pokertisch hatte sich gut angefühlt, befreiend, vereinfachend. Es gab Verdächtige, die legten es in bestimmten Situationen darauf an, dass man die Beherrschung verlor. Raupach hatte diese Grenze nie überschritten, normalerweise legte er großen Wert darauf, dass eine Befragung gerichtsfest vonstatten ging, dass alles seine Ordnung hatte und jemand, den er als Täter überführt hatte, keine Möglichkeit bekam, sich auf juristischem Wege herauszuwinden. Doch seit sein Freund Felix an Leukämie gestorben war, standen seine Überzeugungen auf immer wackligeren Beinen. Die Grauzone war riesengroß, defekte Videokameras im Vernehmungsraum, eine verschwiegene Gasse nach der Festnahme, allerlei »Zwangsmittel«, die keine nachweisbaren Spuren hinterließen. Polizisten kannten viele Wege, um dem Steuerzahler Gerechtigkeit zu verschaffen.

Kenter stieg in den Wagen. Raupach machte sich auf einen Faustschlag gefasst.

Doch Joe kramte in seinen Taschen und zündete sich in aller Ruhe einen Joint an. Er inhalierte, dünne Rauchfäden sickerten aus seinen Mundwinkeln. Es schien ihm gutzugehen, abgesehen von der feuerroten Riesenerdbeere mitten in seinem Gesicht.

»Hundert«, sagte er. »Als Trostpflaster. Und dabei kommst du noch billig weg.«

»Dieser Fall macht mich arm.« Raupach gab ihm zwei Fünfziger und fuhr wieder los, Richtung Kempener Straße, da gab es weniger Passanten und Eckensteher. Kenter durfte nicht mit ihm zusammen gesehen werden. »Irgendwas gebrochen?«

»Überschätz dich mal nicht. Meine Nase hält mehr aus als zwei kleine Stupser.«

»Sicher?«

»Das war 'ne echt gute Show. Hat mir geholfen, mich wieder mal wie der letzte Dreck zu fühlen.«

»Ich konnte ja nicht wissen, dass die Drogenfahndung einen verdeckten Ermittler bei Dastmalchian eingeschleust hat«, verteidigte sich Raupach. »Warum eigentlich?«

»Aus demselben Grund, aus dem du wahrscheinlich bei ihm warst. Wir möchten mitkriegen, was hinter den Kulissen läuft.« Kenter nahm einen weiteren Zug, anerkennend betrachtete er den Joint. »Hättest dich in der Zentrale ja vorab informieren können.«

»Leider lässt die Kommunikation zwischen den Dezernaten zu wünschen übrig.«

»Und warum machst du wieder Fußarbeit?«

»Damit ich nicht einroste.«

»Fein, dann können wir ja tauschen. Du gibst mir deinen Chefsessel, und ich überlass dir die Straße. Tob dich mal richtig aus. Wellness-Wochenende für unausgelastete Bullen.«

»Verlockendes Angebot. Irgendwann komme ich drauf zurück.«

»Bist du auf einem Scheißselbstfindungstrip?«

»Immer.«

Raupach fuhr auf den Gürtel und stellte Kenter die gleichen Fragen wie Dastmalchian. Über Otto Wintrich konnte ihm Joe auch nichts sagen, möglich, dass er den Mann irgendwann in Nippes gesehen hatte oder ihm begegnet war, doch namentlich war ihm das Mordopfer nicht bekannt.

Über Milan Plavotic wusste er mehr.

»Der Junge vertickt kleinere Mengen Dope für den Hausgebrauch, ein Zubrot zu seiner Taxifahrerei, das machen viele. Für uns ist das vollkommen uninteressant. Wir haben ein Auge auf ihm für den Fall, dass er zu gierig wird. Aber das habt ihr wohl auch, wenn ich an das Überwachungsteam denke, das seit heute Mittag an seinem Wagen klebt.«

»Wer hat dir denn das gesteckt?«

»Bei uns funktioniert die Kommunikation ausgezeichnet. Und eins kann ich dir sagen: Plavotic braucht nicht mal 'ne Ampel, um eure traurigen Gestalten abzuhängen. Am Steuer ist der ein Ass.«

»Hast du selbst mal was bei ihm gekauft?«

»Spinnst du? Ich rauche nur beschlagnahmtes Zeug, von Onkel Osterloh aus der Asservatenkammer. Man muss aufs Geld schauen.«

Raupach stutzte und fixierte den Joint, von dem nur noch ein Stummel zwischen nikotingebräunten Fingerkuppen übrig war.

»Erwischt!«, rief Kenter und schlug sich auf den Schenkel. »Ich hab den Leiter der Mordkommission drangekriegt!«

»Keine Sekunde hab ich das geglaubt!«

»Blicke lügen nicht. Das verrate ich den Kollegen für die Weihnachtsfeier.«

»Falls wir den Fall bis dahin aufgeklärt haben«, gab Raupach zu bedenken.

»Tut mir leid, dass ich dir nicht weiterhelfen kann. Der Mord an Wintrich ist im Viertel kein Thema, zumindest nicht bei der Klientel, mit der ich so zu tun habe. Und Plavotic traue ich das einfach nicht zu, so was macht der nicht, dafür ist der viel zu brav.«

»Auch nicht im Affekt?«

Kenter legte den Kopf zur Seite. »Im Affekt könnte ich alle möglichen Leute umbringen, bevorzugt Bullen, die meine Nase auf Tischplatten donnern. Normalerweise wärst du jetzt ein toter Mann.«

Raupach überging Kenters Versuch, seine verletzte Männlichkeit wiederherzustellen. »Wenn Plavotic wirklich so brav ist, wie du sagst, warum dealt er dann?«

»Keine Ahnung, vielleicht hat er Schulden.« Kenter überlegte. »Merkwürdig ist das schon. Irgendwie passt es nicht zu ihm. Ich meine, nach außen gibt er den Lederjackenmacho, aber im Grunde ist er nicht der Typ, der jede x-beliebige Gelegenheit ergreift, nur weil ein bisschen Kohle dabei rausschaut. Kommt mir so vor, als hätte Plavotic einen Plan, wenn du verstehst, was ich meine, nichts Illegales, mehr was Privates. Der weiß genau, was er tut.«

»Bei der Befragung im Präsidium heute Morgen wirkte er nervös.«

»Er hat ja auch was zu verbergen.«

»Zumindest haben wir jetzt einen Verdächtigen.«

KENTER STIEG an der nächsten U-Bahn-Station aus. Inzwischen war es kurz nach neun, höchste Zeit für den noch ausstehenden Besuch bei Corinne Bahling. Über Funk erfuhr Raupach von einem Brand in der Merheimer Straße. Der übliche Wochenendwahnsinn.

Auf dem Weg nach Mülheim machte er an einem Kiosk halt und holte sich eine Cola. Er trank das Gesöff in seinem Wagen, nahm kleine Schlucke und dachte dabei über diese Drogengeschichte nach, über das Haschisch am Tatort. Viel zu wenig, um dafür jemanden mit einem Spaten zu töten. Aggressiv machte das Zeug auch nicht, was war bloß mit den Menschen los? Gingen die sich demnächst wegen eines Fässchens Kölsch ans Leder?

Er rief Photini an, schlug einen versöhnlichen Ton an. »Hast du meine Stimme vermisst, Fofó?«

Photini gähnte. »Klemens?«

»Nickerchen gemacht?«

Sie schälte sich aus ihrem Kissen und stützte sich auf dem Ellbogen ab. »War ein anstrengender Tag.«

»Bist du bei dir zu Hause?«

»Ja. Für heute hab ich Schluss gemacht.«

Er erzählte ihr von seiner Absicht, an dem Fall nonstop dranzubleiben, und fasste zusammen, was er über Plavotic in Erfahrung gebracht hatte.

Dann war Photini an der Reihe. Sie berichtete von Klaus Bahlings fadenscheinigem Alibi, von seinem Verhältnis zu Otto Wintrich und dessen angeblicher Tablettensucht.

»Das nächste Fragezeichen«, kommentierte Raupach und knetete am Lenkrad herum. »Bahling gehört zur Familie, er hat ein Motiv. Das ist natürlich auch eine heiße Spur.«

»Hör auf!«, sagte Photini widerstrebend, aber leicht belustigt.

»Was?«

»Ich hab nicht dich gemeint.« Sie schob Patricks Hand weg, die sich an ihrer Pobacke zu schaffen gemacht hatte.

»Wen denn dann?«

»Meine Katze.«

»Seit wann hast du eine Katze?«

»Seit ... ist doch egal. Seit kurzem.«

»Du und Haustiere?«, fragte Raupach ungläubig.

»Ist mir zugelaufen.« Als sie Patricks verdutztes Gesicht neben sich sah, unterdrückte sie ein Kichern. »Das arme Ding braucht Zuwendung, Und ich auch, ab und zu. Wir ergänzen uns, könnte man sagen.«

Nach der Vernehmung im »Brabanter Hof« hatte sie mit Patrick telefoniert. Sie waren spontan in eine Kneipe bei ihr um die Ecke gegangen. Eigentlich wollte sie auf den

Busch klopfen: Was er sich von einer Beziehung mit ihr verspreche, wie er sich das so vorstelle zwischen ihnen, wie sein Leben überhaupt aussähe als Modefotograf – immerhin wusste sie inzwischen, dass er für große Versandhäuser arbeitete und gerade die nächste Frühjahrskollektion ablichtete.

Aber der Begrüßungskuss hatte sich in die Länge gezogen und nach ein paar quälend belanglosen Floskeln, »Wie geht's?«, »Viel zu tun?«, war Photini nicht einmal dazugekommen, ihren Cabernet leerzutrinken, so Hals über Kopf waren sie aufgebrochen und unter hastigem Geknutsche in ihre Wohnung gestolpert.

Verdammte Unterwäsche! Sie musste sich etwas zulegen, was sich leichter vom Körper pflücken ließ, und es durfte nicht zu teuer sein, am Ende ging es ja doch in Fetzen. Am besten was Schwarzes, durchsichtig, aus Tüll, mit verspielten Stickereien. Ihre alten Baumwollpantys hatten ausgedient.

Eine halbe Stunde Ekstase. Danach hatte sie fix und fertig auf ihrem viel zu schmalen Bett gelegen und inständig gehofft, dass es nach einer kleinen Atempause weiterging. Patrick verstand sein Handwerk, daran gab es nicht den Hauch eines Zweifels. Er hatte es ihr überall gemacht, der glorreiche Mistkerl, war immer ein bisschen schneller gewesen als sie, hatte die Stellungen gewechselt, kurz bevor sie selber auf den Gedanken kam, wie beim Igel und dem Hasen. Was einem beim Sex so durch den Kopf geht … Zum Ausgleich zierten Kratzspuren seinen gebräunten Rücken, Markierungen, die besagten: »Meins!«

Beim Klingeln des Telefons hatte sie sich gefragt, ob sie noch in der Lage war, einen normalen Ton hervorzubringen.

Keine Ahnung, warum ihr die Ausrede mit der Katze eingefallen war. Aus Rücksicht auf Klemens' Gefühle? Was in ihrem Schlafzimmer passierte, ging jedenfalls niemanden etwas an.

»Zeig mal ein bisschen Initiative, Fofó!«, ließ sich Raupach vernehmen.

O ja, das hatte sie vor, Patrick sollte zu spüren bekommen, dass er nicht im Mädchenpensionat gelandet war. Inzwischen war sie wieder voll da. Ihre Finger gingen auf die Reise, sie hatten jede Menge Kraft vom Schießen. Zeit, dass Prince Charming nach ihrer Pfeife tanzte.

»Bist du noch da?« Raupach hörte das Rascheln des Bettzeugs.

»Ja-a.«

»Lass doch endlich die verdammte Katze!«

»Sie braucht Futter.«

»Dann stell ihr eine Schale Milch hin und schwing dich aus dem Bett!«

»Jetzt?«

»Knöpf dir Plavotic noch mal vor, in seinem Taxi. Ruf Reintgen und Hilgers an, die wissen, wo er steckt. Steig in seinen Wagen, auf den Rücksitz, damit er dich nicht gleich erkennt. Dann bringst du seine Dealerei zur Sprache. Überrumpelungstaktik.«

Photini ließ Patrick los. »Manchmal hast du ziemlich gute Einfälle.«

»Nachts sind die Menschen verletzlich. Sie verraten sich. Das nutzen wir aus.«

»Ich weiß, was du meinst. Aber jetzt hab ich frei. Du musst lernen, mein Privatleben zu respektieren.«

»Hey, ich bin dein Partner.«

»Hast du nicht gesagt, du seist der Falsche?«

Raupach schwieg, sortierte seine Worte. Es kam nichts Sinnvolles dabei heraus. Also legte er einfach los. »Ich brauche dich, okay?«

»Wirklich?« Photini wollte mehr hören. »Wie sehr?«

»Der Altersunterschied, und dass ich dein Vorgesetzter bin – das macht es schwierig.«

Photini hatte genug von seinen ewigen Vorbehalten. »Das sind doch Konventionen aus der Mottenkiste.«

»Erwarte nicht zu viel von mir, das ist alles.«

»Nicht denken, handeln.« Sie streichelte Patricks behaarte Schenkel, blond, fest. »Stammt das nicht von dir?«

»Gut, ich mach dir einen Vorschlag. Wenn wir diesen Fall abgeschlossen haben, reden wir, in aller Ausführlichkeit. Über alles, was dir auf dem Herzen liegt. Keine Tabus.«

»Und was ist, wenn das niemals eintritt? Wenn wir den Mörder nicht finden?«

»Das Risiko musst du eingehen.« Er lachte, wollte es wie einen Scherz klingen lassen.

»Einverstanden.« Sie setzte sich auf, mehr wegen ihres Berufs als wegen Raupach, wie sie sich einredete. »Ich springe kurz unter die Dusche und ziehe noch mal los.«

»Nimm deine Waffe mit. Reintgen und Hilgers sollen bei der geringsten Unstimmigkeit einschreiten. Vereinbare mit den beiden ein Zeichen für den Notfall.«

»Ich schaff das schon.«

»Dann kannst du mich auch deiner Katze vorstellen«, meinte er.

»Die ist selten da.«

VOR DEM MIETSHAUS IN MÜLHEIM blieb er noch eine Weile im Wagen sitzen. Wozu hatte er sich da wieder hinreißen lassen? Eine große Aussprache mit Fofó – lieber ging er zu einem Gerichtstermin, bei dem er als einziger Zeuge vorgeladen war. Wohin sollte das führen?

Je mehr ein Fall Photini in Anspruch nahm, desto wichtiger wurden ihr Beziehungsfragen. Als erinnerte sie ein

Mord daran, wie schnell das Leben zu Ende gehen konnte und was davor noch unbedingt zu erledigen war. Manche Leute machten dann ihr Testament, andere verspürten vehementen Redebedarf. Verbrechen, vor allem blutige, erzeugten starke Emotionen, bei Photini war das noch so. Ob dieser Patrick wohl ein guter Zuhörer war?

Raupach hatte in seiner Laufbahn genug Leichen gesehen. Bei aller Betroffenheit, die ihn hin und wieder angesichts der Opfer ergriff, hütete er sich davor, die Toten Einfluss auf sein ruhig und erschütterungsfrei vor sich hin plätscherndes Singledasein nehmen zu lassen. Gelegentlich passierten ihm Ausrutscher wie mit Sharon Springman, einer Journalistin, die zur Aufklärung seines letzten großen Falls beigetragen hatte und eines Nachts in seinem Bett gelandet war. Gut fürs Ego, aber folgenlos, Sharon war wieder in New York, hatte sich noch ein paarmal per E-Mail gemeldet, und das war's. Keine Verpflichtungen.

Schade, eigentlich. Solche Erschütterungen hatten auch etwas Gutes.

Das Haus in der Dünnwalder Straße besaß vier Stockwerke. Eine gräuliche Schachtel, eingeklemmt zwischen Kästen, die sich nur im Verschmutzungsgrad unterschieden, so weit das im Laternenlicht zu erkennen war. Raupachs erste Wohnung in Köln-Porz hatte ähnlich reizvoll gelegen.

Er stieg aus. In dieser Stadt stieß man dauernd auf ausrangierte Erinnerungen. Köln, der sympathischste Schrottplatz Deutschlands.

Drei Teenager mit Baggy Trousers und weißen Basecaps hingen am Eingang herum.

»Guck nicht so dämlich, Alter!«

Raupach schob einen der Jungs mit ausgestrecktem Arm beiseite. »Wohnt hier Corinne Bahling?« Er schaute auf die Klingelschilder, fand den Knopf. Keine Sprechanlage. Dabei wandte er dem Jungen absichtlich den Rücken seines dunkelblauen Anzugs zu.

»Schon mal was von Respekt gehört?« Der Teenager baute sich hinter ihm auf.

»Kennst du sie?« Raupach sah nicht zur Seite, drehte sich nicht um, betrachtete bloß die Tür. Das Drahtglas hatte einen Haufen Sprünge. »Irgendjemand von euch?«

»Corinne?«

»Soll ich's an die Wand malen, damit der Groschen fällt?«

»Hier in der Straße wohnen viele Leute.« Der Junge lachte.

»Dann lasst mich meine Arbeit machen.« Raupach klingelte. »Aber geht nicht weg, wir sprechen uns später.«

»Bist du ein Bulle oder was?«

»Seh ich so aus?«

»Und wie!« Die drei wechselten Blicke und lächelten. Ein »Später« würde es nicht geben.

»Dann ist ja alles klar.« Der Kommissar ließ ein paar Sekunden verstreichen, bevor er die Klingel erneut drückte. Er fixierte immer noch die Tür.

»Warum schaust du mich nicht an, wenn du was wissen willst?«, fragte Junge Nummer eins, der mutigste des Trios.

»Weil mir sonst deine ausgebeulten Hosentaschen ins Auge fallen würden«, sagte Raupach auf Verdacht. »Weil ich dich dann bitten müsste, sie auszuleeren. Weil du Gegenwehr leisten würdest, mir aber der Nerv fehlt, dich jetzt an den Haaren zu meinem Wagen zu zerren und auf der Wache in eine Arrestzelle zu befördern. Deswegen schau ich dich nicht an.« Er tat so, als wollte er den Kopf drehen. »Oder?«

»Daneben«, meinte einer der anderen. »Aber nicht uncool.«

»Mit einer Wumme unter der Jacke wär ich das auch«, sagte der Erste.

»Hab keine dabei, kann Waffen nicht leiden.« Raupach behielt die Tonart bei. Er klingelte wieder, mehrmals. »Das ist eine Privatvorstellung, extra für euch. Ich hoffe, ihr wisst das zu schätzen.«

»Ich glaub das nicht.«

»Probier's aus. Bei Serienmördern funktioniert der Trick mit dem Wegschauen allerdings nicht, da hätte ich schon ein Messer zwischen den Rippen. Seid ihr Serienmörder?«

»Häh?«

»Ihr wollt doch auch mal ins Fernsehen. Ein lumpiger Polizistenmord reicht dafür aber nicht. Ihr müsst höher einsteigen, euch irgendein durchgeknalltes Muster überlegen. Zum Beispiel Bullen umnieten, die in ihrer Freizeit Jugendliche schikanieren, da hätte ich ein paar Vorschläge.«

Kurze Denkpause, dann Gelächter, entspannt.

»Gelegenheitskriminelle, da hab ich ja noch mal Glück gehabt.« Raupach wandte sich den Jungs jetzt doch zu. »Bestimmt kennt ihr euch hier aus. Ist Corinne zu Hause?«

»Sie redet nicht mit jedem«, sagte Nummer eins. »Ist ein bisschen schüchtern, man sieht sie kaum. Aber wir wohnen gar nicht in dem Haus, sondern weiter vorn.«

»Berliner Straße«, ergänzte ein anderer und zog sich strafende Blicke seiner Kumpels zu.

Raupach versuchte es ein letztes Mal und wollte schon gehen, als der Türöffner summte.

»Ausweiskontrolle«, sagte er zum Abschied. Doch die Jungs hatten inzwischen kapiert, dass er Wichtigeres zu tun hatte.

»Fick dich!«, riefen sie, nicht ganz synchron.

»*Das* wollte ich hören. Bewerbt euch bei der Polizei, da braucht man Sinn für Humor.« Er hoffte sehr, dass ihm keiner der Jungs mal im Präsidium gegenübersitzen würde. Dann wäre Schluss mit lustig.

»EINS ACHT FEHLT.«

»Wie?« Heides Augenbrauen bekamen etwas Eckiges. Das verhieß nichts Gutes.

»Spül mal gründlich«, sagte Doktor Baiat und fuhr fort, seiner Zahnarzthelferin zu diktieren. »Fissur auf Zwo Vier. Nach Reinigung versiegeln.«

»Was hast du gesagt?« Heide richtete sich auf.

»Bleib sitzen. Wir sind noch nicht fertig.«

»Eins acht fehlt«, wiederholte sie.

»Ja, dein Backenzahn. Oben links.« Der Doktor hielt inne. Heide war seine letzte Patientin an diesem Abend. Er hatte seine Praxis bis 22 Uhr geöffnet und behandelte vor allem Berufstätige, die sich tagsüber schlecht freinehmen konnten. Es wurden immer mehr, Bürosklaven ohne Aussicht, einen Ausfall von zwei Stunden zu rechtfertigen, nicht vor ihrem Chef und schon gar nicht vor sich selbst. Baiat könnte locker bis Mitternacht arbeiten.

»Weißt du, seit wann ich mir bei dir hier die Zeit vertreibe?«, sagte Heide mit einer Stimme, die Glas schneiden konnte. »Seit knapp zwanzig Jahren. Und jedes Mal, ich betone, *jedes Mal*, erzählst du was von ›Eins acht fehlt‹.«

»Das ist dein Status. Der Backenzahn –«

»Den hast du mir selbst gezogen! Vor einer halben Ewigkeit!« Die Kommissarin wurde laut. »Weil das Scheißding eine kariöse Ruine war. Hat geblutet wie 'ne Schusswunde, ich wär fast umgekippt.«

»Warum regst du dich so auf?«, wunderte sich Baiat.

Die Zahnarzthelferin witterte einen kleinen Eklat. Gesprächsstoff für später in der Kneipe.

»Ich hör mir das nicht länger an.« Heide riss sich das Spritztuch vom Hals. »Wahrscheinlich müssen auch mal wieder Röntgenbilder von meinem Kiefer gemacht werden?«

»Wäre an der Zeit.«

»Das bringt Geld, wenn dein Maschinchen in Betrieb ist.«

»Na ja ...«

»Ich hab eine Waffe dabei, Tarek.« Heide tat so, als griffe sie nach ihrer neuen 10-mm-Glock. Nicht leicht zu handhaben, doch das glich die hohe Durchschlagskraft wieder aus. Seit sie von einem Mörder in einem Badezimmer eingesperrt worden war, bevorzugte sie schweres Gerät.

Der Zahnarzt versuchte es mit einem Witz. »Ich hab doch noch gar nicht gebohrt.«

»Schluss für heute.« Sie stieß die Lampe über dem Behandlungsstuhl beiseite und stand auf. »Mach dir selber 'ne Füllung.« Wutentbrannt stürmte sie aus dem Behandlungszimmer.

»Da hat jemand wohl einen schlechten Tag«, meinte die Zahnarzthelferin.

»Nur einen?« Baiat schaute Heide hinterher und wusste, dass er ihre Probleme nicht für alle Privatpatienten dieser Welt haben wollte.

Heide ging zu ihrem BMW und schaltete das Funkgerät ein. Hilgers gab ihr den Stand der Ermittlung durch, sie verlangte in regelmäßigen Abständen Bericht.

Wie erwartet nichts Neues. Also fuhr sie nach Hause, das lag nur ein paar Straßen weiter, der Zahnarzt hatte seine Praxis in Sülz. Heide stellte den Wagen ab und ging direkt in ihr Absackerlokal.

Ein Kölsch. Ein kleiner Tisch in der Nähe des Ausgangs. Die Geräuschkulisse des bunt gemischten Publikums im Hintergrund. Mehr brauchte sie nicht, um die Zeit zu füllen. Der Vortrag in Düsseldorf konnte warten. Zur Not hielt sie ihn aus dem Stegreif.

So wie Raupach und Photini sich derzeit belauerten, kam wenig dabei heraus. Die beiden machten sich das Leben schwer mit ihrem platonischen Geturtel. Da sollten sie eigentlich drüberstehen. Jedem seine Freiheiten zugestehen und fertig.

Oder sie ließen es einfach drauf ankommen. Im Delphi ein paar Ouzo mehr als üblich kippen und ab in die Kiste. Wie sich das beruflich auswirkte, würde sich zeigen, manchmal funktionierte es, wenn Kollegen ein Paar wurden. Die beiden waren mit Leib und Seele Polizisten, das passte doch.

Heide hatte ihr Feuer verloren. Der Innendienst kotzte sie ganz besonders an. Vielleicht sollte sie aussteigen? Mit ihrem toxikologischen Fachwissen konnte sie in der Fortbildung tätig werden. Gifte hatten derzeit wieder Hochkonjunktur. Sie waren chemisch leicht nachweisbar, doch schwer zurückzuverfolgen.

»Waffen hinterlassen jede Menge Spuren, nachdem sie abgefeuert wurden«, sagte sie zu ihrem Bierglas. »Man muss sie sofort nach der Tat entsorgen, um nicht damit in Verbindung gebracht zu werden, am besten im Rhein. Aber Gift bekommt man in jedem Baumarkt. Das Zeug lässt sich auch eigenhändig zusammenmischen, Rezepte stehen im Internet.«

Ein Gesprächspartner hatte sich zu Heide gesellt und ihre letzten Worte gehört. »Es gibt so viele Krankheiten, an denen die Leute krepieren«, meinte der Mann, Mitte dreißig, mit einem enganliegenden schwarzen T-Shirt.

Seine Piercings reichten für einen ganzen Satz Kugellager. Allerdings hatte er eine passable Figur.

»Leberzirrhose?«, fragte Heide.

»Genau. Da fällt so ein bisschen Gift doch gar nicht auf. Ist nur schwierig, es dem Opfer unterzujubeln.«

»Suchst du Anschluss?«

»Red weiter. Ich hör gern zu. Wir quatschen mit uns selbst und schauen mal, ob das jemanden interessiert, so läuft das doch?«

»Ich könnte auch zu einer Spezialeinheit wechseln«, murmelte Heide. »Beim BKA brauchen sie immer Lebensmüde.«

»Bist du bei den Bullen?«

Sie ignorierte ihn. »Oder ich nehme meinen Abschied. Die Marke abgeben, der letzte Schnitt. Ernährungsberaterin werden, oder ein Heilberuf, irgendwas ganz anderes.«

»Große Sinnkrise?«, fragte der Piercing-Mann. Er hatte den Verdacht, dass Leute, die Therapeuten werden wollten, eine Behandlung selber am meisten nötig hatten.

»Nein.«

»Geldsorgen?«

»Auch nicht.« Geld war Heide gleichgültig. Sie war aus ihren beiden gescheiterten Ehen gut herausgekommen und hatte genug auf der hohen Kante. Sie gab wenig aus, es fehlte an der Gelegenheit.

»Was ist es dann?«

Sie würde einiges drum geben, jünger zu sein. Aber das konnte sie diesem Kerl nicht erzählen. Keine Experimente heute Nacht, kein Frustsex. Lieber die alten Gefühle herauskitzeln, dichter dran sein am Geschäft mit dem Tod. Das war es, wonach sie sich sehnte. Etwas in die Hand nehmen, vor dem die meisten Menschen zurückschreckten, es von allen Seiten betrachten. Unangenehme Schlüsse ziehen. Gewalt anwenden, wenn jemand ihr in die Quere kam.

Heide zahlte.

»Du gehst schon?«, fragte ihr Gesprächspartner.

»Willst du mich nach Hause begleiten?«

Er lachte, ein bisschen zu selbstgefällig. »Warum nicht?«

»Ich geh aber nicht nach Hause.«

»Wohin dann?«

»Zu einem Ort, an dem was Schlimmes passiert ist.«

Er machte Anstalten, ihr zu folgen. »Auf so was steh ich.«

Sie zog zärtlich an seinem Lippenring. »Nicht übermütig werden, ja? Trink lieber noch ein Kölsch.«

Der Mann fluchte und drehte sich weg. Heide machte eine Geste zum Wirt, damit er ein neues Bier auf ihre Rechnung brachte. Dann ging sie nach draußen und nahm die nächste Bahn.

Von wegen Innendienst. Scheiß auf Klemens.

VIERTER STOCK UNTER DEM DACH. Die Tür stand einen Spalt offen, bei vorgelegter Kette. Wenig Licht in der Wohnung. Die Silhouette einer jungen, kräftigen Frau.

»Ja?«

Raupach entschuldigte sich für die späte Störung. Stellte sich vor, zeigte seine Marke. Verscheuchte das Geschwätz, mit dem er die Straßenkids unterhalten hatte, aus seinem Kopf.

Stille. Er setzte hinzu, dass er von der Mordkommission sei und bereits mit Vera Bahling, Thorben und Nicolas gesprochen habe. Ein paar Fragen, dann sei er wieder weg.

Corinne Bahling ließ ihn ein und machte die Tür hinter ihm schnell wieder zu.

Ängstlich. Das waren sie oft.

»Sie wissen, warum ich hier bin?«

»Wegen Otto«, sagte sie leise und trat einen weiteren Schritt zurück. Wollte wohl nicht, dass er ihr zu nahe kam. An Polizisten haftete der Schmutz der Straße, der Geruch unzähliger Verbrechen.

Was zu sehen war: Garderobe, Kleiderschrank, eine schmale Toilettentür, alles sehr beengt, ein Durchgang zum einzigen Zimmer der Wohnung.

»Setzen wir uns?«

»Drinnen.« Sie ging voran und nahm auf einem Stoffsofa Platz, das man zu einem Bett ausziehen konnte. Neben ihr lagen eine Flasche Mineralwasser, ein Laptop und eine zusammengefaltete Decke.

Raupach blieb stehen. Ein abgewetzter alter Ledersessel. Kein Fernseher. Der Raum war überheizt, die trockene Luft reizte seine Kehle. Es roch nach Reinigungsmittel, in der Kochnische stand ein Eimer mit Putzmittel, offenbar hatte Corinne sauber gemacht. Über der Spüle hing ein offenes Regal, mit Töpfen, Tellern, Tassen, Gläsern und einem Gerät, das wie ein zu groß geratener Eierkocher wirkte.

Für die erste eigene Bude eines neunzehnjährigen Mädchens sah es erbärmlich aus. Es gab zwei Tierposter an der Wand, sie zeigten Delphine im Sprung und einen grinsenden Schimpansen – nicht gerade altersgemäß. Mehrere Stapel Taschenbücher in Reichweite des Sofas besagten, dass Corinne eine eifrige Leserin war, Historienromane, wie aus den verschnörkelten Titelbildern hervorging, bevorzugt Mittelalter. Raupach wunderte sich, wie beliebt dieses Zeitalter war. Frauen hatten damals wenig zu lachen gehabt, nicht mal im Kloster.

»Haben Sie mich erwartet?«, fragte er.

»Um diese Uhrzeit nicht mehr.«

»Manchmal müssen wir Überstunden machen. Heute ist so ein Tag.«

»Ja.«

Raupach setzte sich in den Sessel. »Ein langer Tag. Will einfach kein Ende nehmen.«

Sie sagte nichts und nahm einen Schluck aus der Wasserflasche. Gebremste Bewegungen, als hätte er sie aus dem Schlaf gerissen, schwere Lider, das Gesicht ungeschminkt, die blonden Haare zu einem nachlässigen Pferdeschwanz gebunden. Corinne hatte eine hübsche Stupsnase, mit Sommersprossen, die ihr kindliches Aussehen noch betonten. Doch ein weites graues T-Shirt konnte ihre Rundungen nicht verbergen. Deutlich zeichneten sich ihre Brüste ab.

Teenager. Entweder taten sie alles, um ihre Reize zur Schau zu stellen, zwängten sich in Push-up-BHs, dass einem angst und bange wurde. Mädchen wie Corinne verhielten sich dagegen so, als gehörte ihr Busen irgendwie nicht zu ihnen, ein Fremdkörper, der ihnen über Nacht gewachsen war, mit dem sie nichts anzufangen wussten, für den sie sich schämten.

Corinne war barfuß. Ihre Beine steckten in Capri-Tights, der dehnbare Stoff spannte sich über der Haut. Große, ein wenig unproportionierte Füße stemmten sich in den Teppichboden.

»Wann sind Sie hier eingezogen?«, fragte Raupach.

»Vor zwei Jahren.«

»Damals waren Sie siebzehn, oder?«

»Ja.«

»Da geht man nicht so einfach von Zuhause weg.«

»Ich hab einen Ausbildungsplatz gekriegt.« Es klang wie eine Entschuldigung.

»Wo?«

»Im Städtischen Kinderkrankenhaus.«

»Dann müssten Sie bald fertig sein«, meinte Raupach.

»Ja. Dauert nicht mehr lang.«

»Wie ist denn der Lohn?«

»Das Letzte.«

Er nickte. Dem war nichts hinzuzufügen. Was man als Pflegekraft bekam, war der reinste Hohn, ohne einen Streik würde sich daran nichts ändern. Bei Polizisten war es das Gleiche, die ließen sich auch jede Nullrunde gefallen.

»Kommen wir zu Otto Wintrich.«

»Ich weiß, wie er gestorben ist«, sagte Corinne tonlos. »Vera hat mir alles erzählt.«

Vera, registrierte der Kommissar. Nicht Mama oder Mutter. Da wollte sich wohl jemand abnabeln. »Was für ein Verhältnis hatten Sie zu Otto?«

»Keines.«

»Sie kannten ihn doch?«

»Kaum. Ich habe wenig Kontakt zu meiner Familie.«

»Aus einem besonderen Grund?«, fragte Raupach weiter. »Gab es Streit?«

»Nein.« Die Antwort kam widerwillig.

»Hat es Sie gestört, dass Wintrich bei Ihnen zu Hause einzog?«

»Nein! Otto war schon in Ordnung.«

»Brachte er nicht Ihre Eltern auseinander? Vor zehn Jahren?«

Ein überraschter Blick, Corinnes Gedanken wanderten in der Zeit zurück. »Seh ich nicht so. Aber was geht Sie das an?«

»Wir müssen alles wissen.« Raupach kam es so vor, als redete er mit einem frühreifen Kind. »Alles, was wichtig sein könnte.«

»Ach so.«

»Ihr Vater war sicher nicht gut auf Wintrich zu sprechen.«

»Was hat denn Papa damit zu tun?« Corinnes Ablehnung wuchs. Zugleich wirkte sie erschöpft, als würde sie jede Frage ermüden.

»Wie verstehen Sie sich denn mit Ihrem Vater?«

»Wir haben uns schon seit längerem nicht gesehen.«

»Um Nicolas kümmert er sich aber.«

»Hoffentlich.«

»Sie bleiben lieber für sich, wie? Endlich eine eigene Wohnung, raus aus dem alten Jugendzimmer.« Raupachs Blick fiel wieder auf die Tierposter.

»Ich bin gern allein.« Corinne hielt inne. »Ich mag das.«

»Ihr kleiner Bruder ist ausgerastet, als er von dem Mord erfahren hat. Er wurde aggressiv.«

»Wirklich?«, fragte Corinne, für einen Augenblick besorgt.

»Er hing wohl sehr an Otto.«

»Nicolas ist ... Wenn er jemanden mag, dann richtig.«

»Thorben war da. Er hat sich um ihn gekümmert.«

Staunen. Dann, mechanisch: »Wir waren gestern im Kino, Thorben und ich.«

»Der neue Film mit Brad Pitt?«, half Raupach und nahm die Antwort absichtlich vorweg.

»Genau.«

»Welcher Film?«

»Irgendwas mit einem englischen Titel.«

»Gehen Sie oft ins Kino?«

»Wann kommt man schon dazu? Hat sich so ergeben.«

Nichtssagend, fand Raupach, bloß kein Wort zu viel. Corinne machte es sich zu einfach. Damit er sie möglichst schnell in Ruhe ließ und wieder verschwand.

Es wurde Zeit, dem Mädchen auf den Zahn zu fühlen. »Haben Sie Beruhigungsmittel genommen?«

Große Augen. »Und wenn schon?«

»Die Sache nimmt Sie mit. Mehr, als Sie zugeben wollen.«

»Warum sind Sie hier? Um mir zu sagen, dass alles nicht so tragisch ist?«

»Was denn?«

»Na, der Tod. Bestimmt haben Sie eine ganze Sammlung von klugen Sprüchen auf Lager, für die Hinterbliebenen.« Corinne gab ihre Zurückhaltung auf. Als habe sie ihre Lethargie abgestreift wie einen Schlafanzug, der beim Waschen eingelaufen war. »Legen Sie mal los! Schrecklicher Schicksalsschlag – wie wär's damit?«

»Stimmt.«

»Unerklärlich, das kommt noch dazu. Sonst würden Sie mich nicht mit Fragen bombardieren.«

»Das ist mein Job.«

»Und der Täter? Muss ein Monster sein, oder? Der Spatenkiller. Ein Irrer. Stellt die Polizei vor ein Rätsel. Schlägt vermutlich bald wieder zu.« Sie blickte zur Tür. »Deswegen sollte ich besser aufpassen, wen ich zu mir in die Wohnung lasse.«

»Sie lesen zu viele Romane«, wandte Raupach ein.

»Von Büchern haben Sie doch keinen blassen Schimmer.«

»Na ja …«

Corinne nahm einen ihrer Historienschinken in die Hand. »Was da drin steht, ist alles logisch aufeinander aufgebaut. Darauf kann man sich verlassen. Wenn da jemand stirbt, hat das einen guten Grund. Es muss einen haben, sonst liest man nicht weiter.«

»Diese Geschichten leben von der Vergangenheit. Einer Vergangenheit, wie die Autoren sie uns ausmalen.«

»Gut, dass sich wenigstens ein paar Leute Gedanken darüber machen.«

Raupach war es gewohnt, dass man sich an ihm abreagierte. Manchmal fühlte er sich wie ein Crashtest-Dummy. Doch Corinnes plötzliche Renitenz hatte große Ähnlichkeit mit Nicolas' Verhalten. Und mit Thorben teilte sie ihre Skepsis gegenüber der Polizei. »Dafür, dass Sie zu Otto Wintrich angeblich kein nennenswertes Verhältnis hatten, sind Sie ganz schön neben der Spur.«

»Schon mal was von Mitleid gehört? Oder meinen Sie, es geschah Otto ganz recht, einfach so totgeschlagen zu werden?«

Auf diese Weise kamen sie nicht weiter. Raupach versuchte es anders. »Erinnern Sie sich an den weißen Stoffbären, den Sie früher mal hatten?«

Sie starrte den Kommissar an, als hätte er ihr eine Ohrfeige verpasst, Corinne, dem kleinen Mädchen, das sich eingeschüchtert und voller Unverständnis wunderte, warum seine Backe brannte wie Feuer.

»Numi?«, brachte sie schließlich hervor. »Wie kommen Sie denn auf den?«

»Ist das sein Name? Numi, der Eisbär?«

»Ja, der gehört mir! Wo ist er?«

»Otto Wintrich hat ihn beim Trödler eingetauscht. Gegen ein Schachspiel für Nicolas.«

»Otto?« Corinne schien gar nichts mehr zu verstehen. »Otto hat Numi weggegeben? Wie konnte er das tun?«

»Vielleicht wusste er nicht, wie viel Ihnen Numi bedeutet«, schlug Raupach vor.

»Kann sein«, sagte sie entgeistert. »Ja, das wusste er nicht.«

»Wenn Sie ihn wiederhaben möchten, gebe ich Ihnen die Adresse.«

Plötzlich schlang Corinne die Arme um ihren Oberkörper und kippte zur Seite. Sie begann, stumm in die Polsterung des Sofas zu weinen.

»Was ist los? Alles in Ordnung?«

Sie zog die Beine an und krümmte sich zusammen.

Raupach war ratlos. »Hängen so viele Erinnerungen an dem Stofftier?« Er legte die Hand auf ihre Schulter und sprach wie mit einem Kind. »Keine Sorge. Eisbären legen manchmal weite Strecken zurück. Irgendwann tauchen sie wieder auf.«

»Gehen Sie weg«, kam es mit erstickter Stimme zurück. Dann, schärfer: »Und fassen Sie mich nicht an!«

»Schon gut.«

Schweigen. Wieder Weinen.

Raupach beobachtete sie noch eine Weile und fragte sich, ob dieser Heulkrampf echt oder nur gespielt war. Er kam zu keinem Schluss.

Schließlich stand er auf und verließ die Wohnung, vermied es, dabei unnötige Geräusche zu machen. Vielleicht hatte er Corinne zu viel zugemutet?

Warum war er nicht zusammen mit Photini hergekommen? Das wäre besser gewesen, zwei Frauen. Stattdessen war er mit all seiner Bullenautorität hier anmarschiert und hatte keinen Zugang zu dem jungen Ding gefunden. War ihm sein Einfühlungsvermögen abhanden gekommen? Woran lag es, dass die Leute bei ihm in letzter Zeit so schnell in die Defensive gingen?

Unten auf der Straße waren die Jugendlichen verschwunden. Raupach warf noch einen Blick hinauf zu Corinnes Wohnung. Der Lichtschein war in Bewegung, eine Gestalt huschte am Fenster vorbei. Anscheinend hatte sie sich wieder gefangen.

Ein bisschen Ablenkung konnte ihr jetzt nicht schaden, fand er. In Corinnes Alter war er mit seinen Kumpels dauernd um die Häuser gezogen. Was sie jetzt wohl machte?

Jedenfalls war es kein Wunder, dass sie in diesem tristen Zimmer Depressionen bekam. Mit neunzehn Sedativa einwerfen und Todesgedanken wälzen, da reichte schon ein verlorengegangenes Stofftier, um das Fass zum Überlaufen zu bringen. Dabei schien Corinne recht intelligent. Wären ihm doch ein paar aufmunternde Worte eingefallen.

Raupach stieg in den Wagen und fuhr los. Was für eine Sorte Bulle war er eigentlich? Die Frage der alten Havemann hatte ihre Berechtigung. Ein netter? Ein ekliger?

PATRICK PROTESTIERTE LAUTSTARK. Photini beschwichtigte ihn mit ein paar Zärtlichkeiten, halbherzig, die Luft war raus aus dem Schäferstündchen.

»Ich muss noch mal weg. Echt. Tut mir leid.«

»Um diese Zeit?« Es klang wie Miauen, Patrick versuchte sich als Photinis imaginäre Katze.

Sie hüpfte aus dem Bett und klaubte ihre Pantys vom Boden. Der Gummizug war gerissen. »In deinem Job ist das doch sicher auch so. Dringender Termin für ein Fotoshooting, die Models warten schon …«

»Kein Vergleich.«

»Häh?«

»Neben dir sehen die wie überzüchtete Hühner aus. Die haben einfach nicht deine Klasse.«

Das ging runter wie Öl. Photini stellte ein Bein nach vorn und sah an sich herab. Bemerkte, dass sie völlig nackt war. Sie holte ein Badetuch aus dem Wäscheschrank und schlang es sich um den Körper.

»Models sind sterbenslangweilig. Mit denen kann man kein vernünftiges Wort wechseln.«

»Zum Reden sind wir bisher auch kaum gekommen.« Sie lächelte hintergründig.

Patrick schwang sich auf die Bettkante. Im Sitzen war er genauso groß wie Photini. Die Höckerlandschaft an seinem Bauch erinnerte an einen Saurierpanzer. Ansonsten war der Oberkörper nicht auftrainiert. Ein bisschen schlaksig, wie Photini es mochte.

Er dimmte das Licht hoch, fühlte sich wie zu Hause.

»Wie ist das wirklich als Fotograf?« Sie lehnte sich an den Schrank. »Der pure Stress oder mehr so Party?«

»Man muss im richtigen Moment abdrücken.«

»Bist du nicht am Dauerknipsen, wenn die Mädchen posieren? Damit du dir am Ende die beste Aufnahme raussuchen kannst?«

»Nein. Man muss warten. Bis alles stimmt.« Patrick ging zu seiner Jacke und nahm eine kleine Digitalkamera heraus.

Photinis Blicke folgten ihm. Er genoss es.

»Das Bild wird am besten, wenn das Motiv an gar nichts denkt.«

»Was machst du da?«, fragte sie.

Er ging in die Hocke und visierte sie durch den Sucher an. Strich sich seine rotblonden Zotteln aus dem Gesicht. »Das Tuch muss weg.«

»Und ich muss gleich los. Hast du sie noch alle?«

»Nur eine Aufnahme. Eine einzige.« Ein bittender Blick – dem sie einfach nicht widerstehen konnte.

»Ich soll an *gar nichts* denken, während du hier splitternackt … rumhängst?«

Patrick schnappte sich ihr weißes T-Shirt und stopfte es sich zwischen die Beine. »Besser so?«

In ihrer neuen Beziehung gab es noch einiges zu klären, fand Photini.

Na dann, warum nicht? Sie schüttelte das Handtuch ab.

»Wow!« Er stellte die Kamera ein.

»Was soll ich tun?« Sie drehte sich leicht und blickte über die Schulter, stolz auf ihren makellosen olivenfarbenen Teint.

»Hast du eine Dienstwaffe?«

»Klar.«

»Her damit!«

Photini nahm ihre Walther P99 aus der Nachttischschublade. Klickte das Magazin heraus.

»James Bond hat die gleiche, oder?«, meinte Patrick.

Sie stellte sich seitlich hin und hielt die Pistole neben ihr Gesicht, der Lauf zeigte nach oben. Mit der anderen Hand stützte sie den Ellbogen ab.

»Heilige Scheiße!« Er pfiff durch die Zähne. »Nimm sie noch ein paar Zentimeter runter.«

»So?«

Die Kamera machte allerhand Geräusche.

»Das war's.« Photini legte die Pistole weg und hüllte sich wieder in ihr Badetuch. »Zeig mal.«

Viel war auf dem winzigen Display der Kamera nicht zu erkennen. Die Aufnahme sah trotzdem verteufelt gut aus. Photini und ihre Walther, zwei zum Verlieben.

»Ich benutze das Ding nur für unterwegs. Hat 'ne super Bildauflösung.« Patrick nahm seine Freundin in den Arm und küsste sie.

Ein bisschen zu lang. »Schluss für heute.«

ALS SIE AUS DER DUSCHE KAM, war ihr Lover verschwunden. Taktvoller Rückzug oder eingeschnappter Abgang?

Anziehen, Waffe überprüfen, und los. Um ihr Aussehen

leicht zu verfremden, setzte sie eine Military Cap à la Fidel Castro und eine leicht getönte Brille auf. Zog sie Mörder Liebhabern vor? Gut möglich.

Während sie die Treppe hinunterging, rief sie über Handy Reintgen an und erkundigte sich nach Plavotic und seinem Taxi.

Stille in der Leitung.

»Hören Sie mich?«, fragte sie.

»Ähm ..., wir haben ihn verloren«, sagte Reintgen kleinlaut. Man konnte förmlich spüren, wie er sich auf seinem Sitz zusammenkauerte.

»Verloren.« Photini blieb stehen.

»Vor einer halben Stunde, am Zoo. Er hat plötzlich Gas gegeben, ist scharf abgebogen, und weg war er.«

»Wo haben Sie eigentlich Autofahren gelernt?«

»Hilgers saß am Steuer. Der hat's verbockt.«

Im Hintergrund hörte man lautstarken Protest. Hilgers war anderer Meinung.

»War das schlicht und einfach Unfähigkeit?«, fragte Photini. »Oder hat Plavotic bemerkt, dass er beschattet wird?«

»Schwer zu sagen.«

»Schlechte Antwort, Reintgen. ›Schwer zu sagen‹, das heißt so viel wie: ›Keine Ahnung. Bin überfordert. Kann das nicht ein anderer machen?‹«

»Vielleicht hat er einen neuen Fahrauftrag bekommen und musste sich beeilen.«

»Vielleicht gewinne ich morgen im Lotto. Dann muss ich mir nie mehr Ihre Kaffeesatzleserei anhören.« Photini ging durch den Hausflur nach draußen und knallte die Tür ins Schloss. »Sind Sie noch dran?«

»Seit Stunden schleichen wir jetzt diesem Taxi hinterher, oder wir parken irgendwo in der Nähe, damit es nicht auffällt. Der Typ fährt einen Mercedes Kombi, C-Klasse, der Stern auf der Heckklappe und das verfluchte Nummernschild verschwimmen mir schon vor den Augen. Außerdem hat er so einen Köln-Aufkleber mit der Skyline hintendrauf, davon werd ich die ganze Nacht träumen. Dann passen wir einmal nicht richtig auf, ein einziges Mal, und Sie blöde Kuh scheißen uns zusammen wie zwei Chorknaben.« Reintgen machte seinem Ärger Luft. Das kam selten vor. Normalerweise fraß er die kleinen und großen Demütigungen des Tages in sich hinein und reagierte sie mit vollem Einsatz beim Fußball ab, Kreisliga B, Innenverteidigung. Seine Ex-Freundinnen hielten ihn für ein Kind, das immer schon schwierig gewesen war.

»Fertig?«, fragte Photini.

»Na los! Hängen Sie mir wegen der Kuh 'ne Dienstaufsichtsbeschwerde an.«

»War es nicht blöde Kuh?«

»Ich hab mich noch zurückgehalten.«

Bisschen einfallslos, fand Photini, Reintgens Beschimpfungen wiesen gewisse Reifedefizite auf.

Doch ihre Enttäuschung über die vermasselte Observation legte sich, je mehr sie sich darüber aufregte. Photini war ein Gewitter, das schnell vorüberzog. »Ich hab auch einen langen Tag hinter mir«, lenkte sie schließlich ein. »Regen Sie sich ab. Das kann jedem passieren.«

Pause. Reintgen verdeckte die Sprechöffnung des Handys und bekam Hilgers' geballten Unmut zu spüren. Was ihm einfalle, in ihrer beider Namen zu sprechen. Warum er sich so leicht reizen lasse.

Im Grunde hatte Hilgers nichts dagegen, dauernd mit Reintgen zusammengespannt zu werden. Es gab anstrengendere, weniger berechenbare Kollegen. Manche hatten alle möglichen Krankheiten, Rücken, Blutdruck, Magen, andere pflegten ihre diversen Süchte. Reintgen war erfreulich robust, ein Wind-und-Wetter-Typ. Als Beifahrer führte er sich aber schlimmer auf als Hilgers' Frau, wenn sie samstags zum Großeinkauf in den Hürth-Park fuhren.

Die beiden stritten eine Weile. Dann: »Was sollen wir jetzt machen?«

»Ich kümmere mich um Plavotic«, sagte Photini. »Und Sie beide legen jetzt eine Pause ein. Gehen Sie was essen. Schlagen Sie sich den Bauch voll, damit Sie nicht mit einem Burn-out-Syndrom zu Jakub rennen.«

»Zu dem Seelenklempner?«

»Was sind das für Geisterwörter, Reintgen? Aus welcher Zeit stammen die?«

»Okay, wir sind schon weg. CPM.« Das hieß so viel wie Curry-Pommes-Majo. Bullenabkürzung.

Die Verbindung brach ab. Na dann, selbst ist die Frau.

Photini ging einen Block weiter zur Escher Straße, setzte sich auf einen demolierten Streukasten und rief die Taxizentrale an, bei der Plavotic arbeitete.

Sie wolle zum Bahnhof gebracht werden, aber nur von dem freundlichen Fahrer, der sie kürzlich befördert hatte, sagte sie geziert, Vorname Milan, auf den jungen Mann sei Verlass.

Es könne eine Weile dauern, bis Herr Plavotic verfügbar sei.

Sie habe es nicht eilig. Photini hinterließ ihre Nummer und die Adresse des Mietshauses, vor dem sie auf den Rückruf wartete.

Dann übte sie sich in Geduld.

Was war denn mit Reintgen los? Sie verlangte nur ein gewisses Maß an Effizienz, kein Grund, sofort an die Decke zu gehen. Manchmal kam es ihr so vor, als seien Polizisten nervöser als Kriminelle. Kaputter. Gestörter. Kriminelle konnten es sich aussuchen, wann sie ein Verbrechen begingen, vielleicht nicht immer, aber meistens, sie hatten einen Spielraum, sofern sie nicht im Affekt oder zwanghaft handelten. Polizisten mussten dagegen ständig auf der Hut sein. Aufpassen. Wachsam bleiben. Vorne und hinten Augen haben. Das machte müde. Mürbe. Dünnhäutig.

Kein Gedanke daran, wenn sie mit Patrick im Bett war. Da fühlte sie sich lebendig, voll auf Empfang, wie bei einer Art Energietransfer, neonweiß, um dem Ganzen eine Farbe zuzuordnen. Heide hatte sicher eine Erklärung dafür, koitale Sinnesvernebelung oder dergleichen.

Es war Viertel nach zehn, ein Bus der KVB glitt vorbei, von fern hörte man das Rauschen der A 57. Keine Leute auf der Straße, jede Menge dunkler Flecke zwischen den Straßenlaternen. Aus einer Erdgeschosswohnung quoll der Geräuschebrei eines zu laut gestellten Fernsehers.

Photini betrachtete eine beleuchtete Plakatwand auf der anderen Straßenseite. Ein Mann, der aussah wie der Klon eines prominenten Tagesschausprechers, pries irgendwelche Geldanlageformen an. Mit solchen Typen hatte sie sich getroffen, bevor Patrick aufgetaucht war. Sie waren zehn Jahre älter als auf den Fotos gewesen und durchschaubar wie eine Frischhaltefolie. Alibi-Manieren, kein Trinkgeld für den Barmann, die Druckstelle des Eherings am Ringfinger. Photini hatte ihren Mojito oder Long Island Ice Tea – warum eigentlich immer Cocktails? – nach ein, zwei Schlucken stehenlassen und war wortlos gegangen.

Sie rief das Gute von vorhin herbei, das Kribbeln am ganzen Körper, bestimmte Berührungen. Miniwellen, die sich nach und nach aufschaukelten, zu einer unaufhaltsamen Woge wurden. Und dann diese seltsame Orgasmusphantasie: die Veranda eines Holzhauses an der Küste,

Gischtspritzer fegten über die ausgebleichten Planken. Zuvor hatte sie bei solchen Gelegenheiten nur Farben im Kopf gehabt, rot und schwarz. Diesmal waren es konkrete Bilder. Ein Sehnsuchtsort? Wo sie mit Patrick, dem Surfer, allein sein konnte? Sie wurde daraus nicht schlau.

Ihr Handy klingelte. Das Taxi sei gleich da.

Na bitte. Manchmal war dieser Beruf so einfach wie das Brötchenbacken. Sie holte eine Packung Kaugummis aus ihrer Jacke und steckte sich einen in den Mund.

Hoffentlich hatte Klemens am Telefon nicht gemerkt, dass sie mit Patrick zusammen gewesen war. Sie wollte ihn nicht noch zusätzlich vor den Kopf stoßen. Oder waren das Schuldgefühle, weil sie sich mit einem anderen Mann vergnügt hatte? Verdammte Psyche.

Und Patrick? Sich ihm nach der Fotosession abrupt zu entziehen, war nicht besonders sensibel gewesen. Na ja, daran würde er sich gewöhnen müssen. Es war auch eine kleine Machtdemonstration.

Photini sah das Mercedes-Kombi-Taxi von weitem und winkte. Der Wagen hielt genau vor ihr.

Sie stieg hinten ein.

PHOTINI ZOG DEN MÜTZENSCHIRM tiefer ins Gesicht, damit Plavotic sie nicht sofort erkannte. Ihre getönte Brille vervollständigte die Tarnung.

»Zum Bahnhof?«

»Ja.«

»Tut mir leid, dass es ein bisschen länger gedauert hat.« Milan legte einen Gang ein und fuhr los. »Ich war noch auf einen Sprung bei meiner Freundin.«

»Weit von hier?«

»Geht so.«

»Hab ich dich bei was Wichtigem gestört? Das wär mir

aber peinlich.« Photini versuchte, anders als bei der Vernehmung im Präsidium zu klingen, lässig, ungezwungen, wegen Heide hatte sie ohnehin kaum etwas sagen dürfen. Der Kaugummi tat ein Übriges.

»Ist ja mein Beruf«, brummte er. »Muss ja Kohle reinkommen.«

»Du nimmst deinen Job ganz schön ernst.«

»Hab ich eine Wahl? Ich tu, was ich kann, mehr als das. Und wofür?« Er machte eine wegwerfende Handbewegung. »Irgendwie ist es nie genug, irgendwas passt immer nicht. Das versteh mal einer.«

Offenbar hatte seine Freundin nichts von einer kleinen Pause während der Nachtschicht gehalten und ihn wieder arbeiten geschickt.

»Man muss auch mal entspannen können.« Photini gab absichtlich Plattheiten von sich, um ein wenig Vertrautheit herzustellen. »Die meisten Leute sind einfach nur zu verkrampft.«

»Viel gibt's da nicht zu entspannen. Aber ich mache niemandem einen Vorwurf. Die Zeiten sind düster. Da kann man schon mal rotsehen.«

Sie hielten vor einer Ampel, das passte.

»Gibt's irgendeine Möglichkeit, dich aufzuheitern?«

Milan reagierte nicht auf die Anmache und schaute in den Rückspiegel. »Kenn ich dich von irgendwoher?«

Breites Lächeln. »Rate mal.«

»Die Zentrale hat durchgegeben, dass du ausdrücklich mich verlangt hast. Haben wir uns schon mal gesehen?«

Photini beschloss, einen auf Filmfrau zu machen. »Nach einem Drehtag gehen wir oft ins Drum Beats, im Belgischen Viertel.« Das Drum Beats war einer der Clubs, den Milan am Nachmittag erwähnt hatte.

»Das kenn ich. Bist du beim Film?«, fragte Milan.

»Fernsehen.«

Er drehte sich halb um. »Hab ich's doch gewusst!«

Sie formte mit Daumen und Zeigefingern einen Rahmen, als würde sie kontrollieren, was sie beim Drehen in den Kasten bekam. »Zurzeit arbeite ich als Kameraassistentin. Das ist nichts Besonderes.«

»Dann kennst du sicher jede Menge Schauspieler.«

»Lässt sich nicht vermeiden.«

»Alles überbezahlte Wichtigtuer. Das kannst du denen von mir ausrichten.«

»Aber sicher, die werden sich freuen.«

»'tschuldige. Ich bin schlecht drauf.«

Was für ein Herzchen, dachte Photini. Wie sollte sie die Unterhaltung jetzt unauffällig auf ein Stückchen Shit lenken?

Das Radio lief. Gerade wurde etwas Neues vom Brand in der Merheimer Straße durchgegeben.

»Stellst du das mal lauter?«, bat Photini.

»Klar.« Milan drehte am Volume-Knopf. »Immer was los in Köln, wie?«

Es war eine Entwarnung. Bei dem Brand sei niemand verletzt worden. Die Feuerwehr war anfangs vom Schlimmsten ausgegangen, doch in dem leerstehenden Haus hatten sich nur alte Schaufensterpuppen befunden. Im Keller gab es ein ganzes Lager davon, anscheinend hatten Kinder damit gespielt. Die Puppen stammten von einem alten Modegeschäft, das vor Jahren schließen musste. Dennoch handelte es sich um einen Fall von Brandstiftung. Für sachdienliche Hinweise sei die Polizei dankbar.

»Jetzt zünden schon Kinder Häuser an«, sagte Milan. »Wer kann's den kleinen Scheißern verdenken?«

Die Meldung ging noch weiter. In der Nähe der Brandstätte wurde ein 21-jähriger Kölner grundlos zusammengeschlagen, möglicherweise von dem flüchtigen Brandstifter. Leider sei der Mann nicht in der Lage, der Polizei eine Personenbeschreibung zu geben. Man hoffe wie bei dem Heckenrosen-Mord vom Vortag auf Zeugen.

»Na, dann hofft mal, ihr Pfeifen! Von allein kommt ihr auf nichts. Was seid ihr bloß für – «

»Wichtigtuer?«, schlug Photini vor.

»Genau.«

»Taxifahrer mögen keine Bullen, hab ich gehört. Da scheint was dran zu sein.«

»Die Wichser haben mich heute Morgen richtig in die Mangel genommen. Dachten, sie könnten mir was anhängen. Ich heiße Milan Plavotic, das bedeutet so viel wie: Dem ist alles zuzutrauen.«

»Die Typen stehen mir auch bis hier«, sagte Photini und meinte es auch so. Heide, Raupach, Reintgen, die hatten alle einen an der Klatsche.

»So? Hast du was angestellt?«

»Nicht, dass ich wüsste. Hin und wieder rauch ich was, das ist alles. Und weil die Bullen alle Filmleute für Junkies halten, platzen sie regelmäßig bei uns rein und führen sich auf, als wären wir Schwerverbrecher.«

Das war nicht wahr. Das Drogendezernat drückte bei den Kreativen alle Augen zu, schließlich stand Kölns Image als Medienstadt auf dem Spiel, und so mancher Bulle wollte sich mal als Statist in einem »Tatort« sehen.

»Wann musst du denn am Bahnhof sein?«, fragte Milan.

»Ich hab noch Zeit. Zur Not nehm ich den letzten Zug nach Frankfurt um kurz vor zwölf.« Sich Fahrpläne einzuprägen, das hatte sie von Raupach. Immer an die Fluchtwege von Verdächtigen denken.

»Brauchst du Shit?«

Volltreffer. »Hast du was?«

»Du stellst Fragen.«

»Das ist das erste vernünftige Wort, das ich heute höre. Du bist ein Engel.«

Sie waren kurz vor dem Ebertplatz. Milan nahm die Abzweigung zum Eigelstein und fuhr rechts ran.

»Wie viel?«

»Für hundert Euro?«

»Lohnt sich ja kaum.«

»Dann eben hundertfünfzig«, sagte Photini. »Mehr hab ich gerad nicht.«

»Geh zu dem Dönerladen da drüben. Ich komm gleich nach.«

»Du machst es aber spannend.«

»Na los, beweg dich! Ich bin kein fahrender Coffeeshop.«

Sie stieg aus, ging ein paar Schritte, warf einen Blick über die Schulter. Milan bückte sich und griff unter den Fahrersitz.

Weiter, zum Dönermann. Das Shit-Päckchen am Tatort stammte also von Milan. Hatte er sich mit Otto Wintrich wegen eines Deals gestritten und ihm dann von hinten den Schädel eingeschlagen? Warum? Wurde er provoziert, weil er aus Kroatien stammte? War es einfach nur wegen des Geldes? Oder ging es um mehr, Konkurrenten ausschalten, eine persönliche Feindschaft?

Gleich würde Milan mit dem Haschisch rüberkommen, dann wäre er überführt. Sie tastete nach den Handschellen. Ein Anruf, um Verstärkung anzufordern. Eigentlich hätte sie von Reintgen ein Funkgerät bekommen sollen, aber das hatte sie vergessen, abgelenkt von ihrer Endlich-Sex-Euphorie und dem darauffolgenden Jungpolizistinnenfrust.

Pech. Dann eben das Handy rausholen, sich zur Seite

drehen und den Aufsteller mit Döner-Falafel-Lasagne als Deckung benutzen. Sie nahm die Brille ab, wählte Raupachs Nummer und wartete auf die Verbindung. Scheißsatellit. Das dauerte wieder eine Ewigkeit.

Einen Blitz sehen. Schmerzen sehen, das waren glühend weiße Keile auf dunklem Grund, wie bei einem Filmnegativ.

Er hatte seinen Ellbogen benutzt. Photini sank zu Boden.

Sie sah gerade noch, wie Milan davonrannte, zum Ebertplatz.

Das Auge tat verflucht weh. Wo war das Handy? Schrott, sie hatte es fallenlassen, war auch noch draufgetreten: der Klang von Kunststoffsplittern auf Asphalt.

Milans Taxi stand noch da. Wenn er damit geflüchtet wäre, würden sie ihn ganz schnell kriegen. Wenn Photini die Zentrale kontaktieren könnte. Wenn sie sich nicht wie die letzte Anfängerin angestellt hätte.

War es nicht Raupach, der immer zu viele Gedanken an die Wenns verschwendete?

Sie biss die Zähne zusammen und nahm die Verfolgung auf.

EIN FOLTERKNECHT, mit Zahnruinen in einem vernarbten Gesicht, haut dir aufs Auge. Wieder und wieder.

Photinis Körpergefühl, als sie Milan hinterherrannte. Unter Stress überschlug sich ihre Phantasie.

Die ersten Meter waren schwer. Nur nicht das Bewusstsein verlieren, umkippen, der Länge nach hinschlagen. Ihr Schädel brummte gewaltig, doch mit dem linken Auge sah sie immer noch scharf. Und sie war gut in Form. Wozu joggte sie alle paar Tage?

Weiter vorn Milans Gesicht. Er hatte sich umgedreht,

suchte nach ihr, in der Hoffnung, sie außer Gefecht gesetzt zu haben. Entdeckte sie in einigem Abstand hinter sich, duckte sich unwillkürlich. Dann verschwand sein Rücken nach unten zum U-Bahnhof Ebertplatz.

Wo sich mehrere Linien trafen. Die Bahnen fuhren im Minutentakt ein und wieder ab, teilweise gleichzeitig. Leicht, dort jemanden abzuschütteln.

Schon das Zwischengeschoss war riesig. Photini näherte sich den Rolltreppen, die zu den Bahnsteigen hinunterführten. Immer mehr Menschen kamen ihr entgegen. Es musste jetzt halb elf sein, da war an einem Freitagabend noch jede Menge los. Ihre Pistole zu ziehen, wäre jetzt das Dümmste, was sie tun konnte.

Milan trug die gleiche Lederjacke wie am Nachmittag. Er blieb etwa fünfzig Meter vor ihr stehen und schaute sich erneut um.

Sie drehte sich aus der Sichtachse und schlüpfte hinter einen Pfeiler. Verharrte ein, zwei Sekunden. Spähte an der Kante vorbei.

Die Leute gingen schneller, anscheinend fuhr gerade eine Bahn ein. Milan konnte Photini nirgends sehen. Sollte er sich unter die Fahrgäste mischen? Das war riskant. Die Bullen veranlassten die U-Bahnen möglicherweise zu einem Nothalt mitten auf der Strecke, gaben seine Personenbeschreibung über Lautsprecher durch und warteten dann an der nächsten Haltestelle, um ihn dort in Empfang zu nehmen. Er säße in der Falle.

Also weiter auf dem Zwischengeschoss.

Kameraassistentin. Hin und wieder rauch ich was. Er wurde unvorsichtig, ärgerte sich darüber, dass er auf so eine billige Nummer hereingefallen war.

Vorsicht? Vielleicht war keine Zeit mehr für langes Nachdenken und Taktieren. Besser auf und davon, raus aus der Stadt. Diese furchtbare Tragödie hinter sich lassen und irgendwo neu anfangen. Taxi konnte er überall fahren, in Dortmund, Antwerpen, Amsterdam, dort gab es immer Fuhrunternehmen, die es mit dem Vorleben ihrer Mitarbeiter nicht so genau nahmen. Zur Not heuerte er bei einer Spedition an und karrte Import-/Exportware durch die Gegend. Auf eigenen Beinen stand er schon lange.

Er musste jetzt Entscheidungen treffen und den Sturm der Gefühle, der vor noch nicht einmal 24 Stunden mit voller Wucht über ihn hereingebrochen war, abwehren. Auf keinen Fall durfte er die Nerven verlieren.

Milan nahm einen Aufgang, der hoch in die Grünanlagen führte. Beschleunigte seine Schritte, schaute sich nicht um.

Er lief weg, das wurde ihm jetzt klar. Und wer weglief, besaß Schwachstellen, ließ es so aussehen, als wäre er auf irgendeine Weise schuldig. Von wegen Neuanfang in einer anderen Stadt. Das würde nie klappen, nicht mit diesem Mühlstein um seinen Hals. Er musste reden, es immer wieder probieren, auch wenn es schwerfiel. Einfach Losrennen war keine Lösung, obwohl er momentan keine andere Wahl hatte. Reden oder rennen, man konnte beides schlecht gleichzeitig machen.

Der Fuß, der von der Seite auf ihn zuschnellte, steckte in Schuhen, wie man sie beim Nordic Walking benutzte.

Wie jeder Jogger verachtete Photini Walker. Aus Hundefreunden wurden ja auch keine Katzenliebhaber und umgekehrt. Doch Walkingschuhe eigneten sich für Polizeieinsätze besser als weiche Laufschuhe, die Sohle war fester, die Verarbeitung solider. Damit konnte man einem flüchtigen Verdächtigen, dem man nach einem kurzen, bogenförmigen Spurt den Weg abgeschnitten hatte, schon mal den Kiefer eintreten.

Milan brach zusammen. Photini untersuchte ihn, um festzustellen, wie stark er verletzt war. Es hielt sich in Grenzen. Dann suchte sie in seiner Jacke nach einem funktionierenden Handy und rief Hilfe herbei.

NICOLAS GING in ein Internet-Café. Die Aufsicht wies ihm auf seine knappe Bitte ein Terminal zu. Er setzte sich und startete ein Navigationsprogramm.

Nachrichten. Lokales. Stand schon irgendwas von dem Brand im Netz?

Er fand eine winzige DPA-Meldung und zwei Aufnahmen auf Youtube, jemand hatte das Feuer mit dem Handy aufgenommen. Die Filme waren jeweils nur dreißig Sekunden lang, aber Nicolas ließ sie wieder und wieder ablaufen, sprang vor und zurück. Er wollte nur die Flammen sehen, den hellen Schein und das Dunkle im Inneren.

Er fühlte sich stark. Und starke Männer brauchten Frauen. Die Frage war nur: welche Frauen?

Nacheinander rief er verschiedene Erotikseiten auf. Die Auswahl sprengte jeden Rahmen: alle Hautfarben, alle Altersgruppen, alle sexuellen Praktiken waren im Internet abrufbar, wenn man die richtigen Tasten drückte.

Nicolas wollte es möglichst echt. Also mussten es Kölnerinnen sein, Amateure, wobei das meiste gar nicht amateurhaft aussah, sondern kalkuliert und in bester Bildauflösung. Er war ihnen längst auf die Schliche gekommen. Die taten nur so, als machten die das in ihrer Freizeit und hätten Spaß daran. In Wirklichkeit wollten sie nur ein paar schnelle Euros verdienen.

Vielleicht sollte er mal einen Live-Chat mit Webcam ausprobieren. Das hatte er noch nie gemacht, immer nur Fotos und Filme angeklickt. Er fand eine Website, über die er sich kostenlos in www.koelsche-girls.de einloggen konnte. Betrachtete die Mini-Bildchen von Yvonne, Sidonie, Lara und Wendy, alles ziemlich harmlos, sie trugen Bikinis, oder der Zipfel eines Lakens bedeckte die interessanten Stellen.

Nicolas entschied sich für Lara, die wirkte am jüngsten, unverbraucht. Sie hatte tolle Brüste. Das Gesicht konnte er auf dem Bildschirm kaum erkennen, war auch nicht so wichtig. Die schwarzen Haare, die helle Haut, der unschuldige Blick zogen ihn an. Irgendwie kam ihm Lara bekannt vor. Ein Mädchen aus der Nachbarschaft, aufgestylt fürs Internet?

»Wenn du Lara kennenlernen willst, klicke hier für den Live-Video-Chat«, hieß es auf dem Bildschirm.

Er bestätigte und gelangte über einen Gastzugang in Laras »Schlafzimmer«. Es dauerte eine Weile, dann erschien ihr Gesicht, in Echtzeit. Sie war stark geschminkt und trug ein dünnes Trägerhemdchen. Lara saß auf einem Sofa, im Hintergrund hing ein rotes Seidentuch an der Wand. Sie guckte an der Kamera vorbei auf einen Monitor. Der war nicht im Bild, nur der Rand einer Tastatur direkt vor ihr.

Das Dialogfenster unter der Live-Cam-Anzeige wies noch keine Einträge auf. Lara wartete also auf Internet-Besucher, ausdruckslos, gelangweilt, schläfrig, als sei sie gerade erst aufgestanden und machte sich auf eine lange Nacht gefasst.

Nicolas konnte Lara sehen, aber nicht umgekehrt. Wie bei diesen Scheiben, die nur in einer Richtung durchsichtig waren, Einwegglas. Bei der Polizei gab es so etwas, bei Gegenüberstellungen, damit verdächtige Personen nicht merkten, von wem sie identifiziert werden sollten.

Plötzlich verriet ihr Blick, dass auf ihrem Bildschirm eine Meldung hereingekommen war. Jetzt sah er es auch: »Gast 159 angemeldet«.

Das war er. Toll. Da saß dieses Mädchen, angeblich irgendwo in Köln, und wusste, dass sie über irgendeinen Computer beobachtet wurde. Begutachtet. Ob sie hübsch war und irgendwie den Vorlieben von Gast 159 entsprach. Dem Unsichtbaren.

Nicolas musste jetzt etwas eingeben.

»Hallo, du siehst gut aus«, fing er an.

Kurz darauf konnte sie seinen Eintrag in dem Dialogfenster lesen.

Lara zeigte kein Lächeln oder so etwas. Fühlte sie sich nicht geschmeichelt? Sie beugte sich vor und tippte.

»Was magst du am liebsten?«, schrieb sie.

Erkundigte sie sich nach seinen Hobbys? Wohl kaum, Lara kam sofort zur Sache. Sie wollte wissen, was für eine Art Geschlechtsverkehr er bevorzugte.

Nicolas kannte Sexdarstellungen nur aus dem Netz. Ein ziemlicher Hammer, wie die sich da verrenkten und ihre Körper auf eine Weise verbogen, die zwar nicht unnatürlich wirkte, aber fremd, wie eine Sportart für Außerirdische.

Was reizte ihn besonders? Er hatte keine Ahnung. Hauptsache, es machte Spaß.

Und was machte Spaß, ohne dass ihm jemand, den er überhaupt nicht kannte, zu nahe kam?

Das ging ihm zu schnell. Wie sollte er die Frage beantworten? Er beschloss, so zu tun, als führte er eine ganz normale Unterhaltung.

»Spielen«, gab er ein.

Jetzt schaute Lara ein bisschen genervt. »Okay.«

Sie lehnte sich zurück und strich über ihre Beine, die in einer enganliegenden kurzen Hose steckten. Fuhr über die Innenseite ihrer Oberschenkel. Schloss die Augen, als würde sie es genießen.

Lara spielte mit sich selbst, mit ihrem Körper.

Stopp! So hatte Nicolas das nicht gemeint, als Aufforderung, mit einer Peep-Show loszulegen.

Andererseits konnte es via Internet wohl nur so funktionieren. Er befahl ihr, was sie zu tun hatte, und sie gehorchte, wie eine Sklavin.

Nicolas fühlte sich nicht gut dabei. Aber jetzt konnte er nicht mehr zurück. Und wenn Lara herausfand, dass er kein richtiger Kunde, sondern nur ein neugieriger Junge war, würde sie den Kontakt sofort abbrechen.

Seine Finger verharrten über der Tastatur. Was war der nächste Schritt? »Du machst mich an«? »Zieh dich aus«?

Bloß nichts Falsches schreiben.

Lara hörte auf, sich zu befummeln, und beugte sich wieder vor zu ihrem Computer. Gast 159 hatte noch nicht reagiert.

»Gefällt dir das?«, half sie nach.

Ein schelmisches Grinsen schlich sich auf ihr Gesicht, das allerdings gar nicht zu ihr passte. Es wirkte gezwungen, schlecht einstudiert.

»Mehr!«, tippte Nicolas, schickte die Antwort aber noch nicht ab. Er sah genauer hin.

Lara hatte gerötete Augen.

Woher kannte er sie bloß? Eine Verkäuferin vom Supermarkt?

Das wollte er jetzt genau wissen. Es würde die Spannung erhöhen, wenn die Aussicht bestand, Lara demnächst beim Einkaufen über den Weg zu laufen und sie nicht wusste, dass er Gast 159 gewesen war.

Außerdem interessierte ihn, was in ihr vorging. Er war kein Spanner, der auf Knopfdruck geil wurde und mit offener Hose am PC saß.

Nicolas löschte seine Eingabe und schrieb stattdessen: »Hast du geweint?«

Ungläubig glotzte sie auf den Bildschirm. Wurde misstrauisch. Wollte Gast 159 nur ein bisschen plaudern oder das Ganze unnötig in die Länge ziehen? Das wäre Zeitverschwendung.

Dann schien sie zu begreifen. Wieder dieses einstudierte Grinsen. Viel zu reif, als wüsste sie über alles Bescheid, was Männer erregt. Wie durch Zufall löste sich ein Träger des Hemdchens und fiel an ihrer Schulter herab.

Eine neue Textzeile: »Ich war ungezogen.«

»Hat dir jemand weh getan?«, fragte Nicolas prompt.

Lara senkte den Blick und griff sich an den Kopf. Es war, als wollte sie etwas abschütteln, das ihr Kummer bereitete. Im Gegensatz zu dem Grinsen wirkte es echt.

Dann, wie nach einem spontanen Entschluss: »Kommt dauernd vor.«

Mochte sie es etwa, wenn man ihr weh tat, fragte sich Nicolas. Oder ging sie nur auf sein Geschreibsel ein?

»Schlag zurück«, erwiderte er.

Diesmal kam die Antwort sofort. »Geht nicht.«

»Warum?«

»Will niemanden verletzen.« Laras Wangen wurden schmal, ihr Gesicht sackte nach unten. »Ist eh schon alles kaputt.«

In Nicolas kroch ein seltsames Gefühl hoch. Lara kam ihm auf eine Weise vertraut vor, die er nicht einordnen konnte. Irgendetwas stimmte hier nicht. Ganz und gar nicht.

Sie verschränkte die Arme hinter dem Kopf und bog die Ellbogen nach vorn, als wollte sie sich vor dem Kameraauge verstecken. Dann nahm sie die Arme wieder herunter. Der andere Hemdchenträger rutschte nach unten und ein Teil der Brust wurde sichtbar.

Da war ein Leberfleck, ungefähr so groß wie der Nagel seines kleinen Fingers. Dicht neben der Brustwarze.

Nicolas erstarrte.

War das möglich?

Als sie noch Kinder gewesen waren, hatten sie sich nichts daraus gemacht, ihre Körper zu vergleichen, im Schwimmbad, nach dem Duschen im Badezimmer, morgens beim Anziehen. Trotzdem hatte sie sich immer geschämt, dass sich der Fleck gerade an dieser Stelle befand.

Corinne.

Er musste blind gewesen sein. Wie hatte er seine eigene Schwester nicht erkennen können? Die schwarzen Haare und die Schminke hatten ihn getäuscht. Und seine Lust, nacktes Fleisch zu sehen.

Der Schweiß brach ihm aus. Verstohlen blickte er sich in dem Internet-Café um. Die anderen Gäste beachteten ihn nicht. Wussten nicht, was für ein Schwein unter ihnen saß.

Aber war »Lara« wirklich Corinne? Vielleicht bildete er sich das nur ein? Immerhin war es ein unglaublicher Zufall, ausgerechnet auf sie gestoßen zu sein, ohne böse Absicht. Bestimmt gab es viele junge Frauen in Köln, die sich für einen Live-Video-Chat hergaben.

Hatte er es irgendwie geahnt, etwas in ihm? Hatte er sich deswegen beim Anblick des Mini-Bildchens zu ihr durchgeklickt?

»Sind deine Haare gefärbt?«, schrieb er. »Oder trägst du eine Perücke?«

Sie drehte die Augen zur Decke. »Wie hättest du's denn gern?«

Jetzt wirkte sie enttäuscht. Vermutlich dachte sie, dass er doch so war wie alle anderen. Dass es ihm gleichgültig war, wie es in ihr aussah, und ihm Äußerlichkeiten wie die Haarfarbe wichtiger waren.

Nicolas zögerte. Er schämte sich in Grund und Boden.

Konnte er Corinne schreiben, dass er sie quasi enttarnt hatte? Das würde ihr verraten, dass er im Internet nach Mädchen suchte, die sich für ihn auszogen.

»Klasse Titten. Wann geht's weiter?« Der neue Eintrag stammte von Gast 060, einem weiteren Besucher von www.koelsche-girls.de.

Corinne runzelte die Stirn. Eine Hautfalte mit einem scharfen Zacken. Mit jeder kleinen Bewegung, jeder Geste war sich Nicolas eine Spur sicherer, seine große Schwester vor sich zu haben.

Gast 060 wurde ungeduldig. »Zeig, was du hast.«

Endlich bemerkte sie ihr verrutschtes Hemdchen. Sie zog die Träger wieder hoch.

»Weg mit dem Teil!«, schrieb Gast 060. »Ich komm richtig in Fahrt.«

So schien das üblicherweise abzulaufen, dachte Nicolas. Plumpes Anfeuern wie bei einem Striptease.

»Warum machst du das?«, tippte er ein.

Corinne las seine Mitteilung. Ihr Blick wurde glasig, dann drückte sie eine Taste und drehte sich weg.

In dem Live-Cam-Fenster erschien ein Dialogfenster. »Wenn du mehr von Lara sehen willst, musst du dich per Kreditkarte anmelden.«

Ein Formular folgte, in dem man seine persönlichen Daten eintragen konnte. Ende der Vorstellung.

»BIST DU GEGEN DEN KÜHLSCHRANK gelaufen?«, fragte Raupach, als er Photinis zugeschwollenes Auge sah.

Sie brauchte eine Sekunde, um den dummen Scherz zu begreifen, eine Sekunde, in die Reintgen ein völlig überflüssiges Prusten hineinquetschte.

»Sollen wir Ihnen auch eine verpassen, Reintgen? Kleiner Muntermacher unter Kollegen«, schlug Raupach vor.

»Was kann ich denn dafür, wenn sie ohne Funkgerät loszieht?«

»Sie haben Photini da ganz bewusst reinrasseln lassen.«

»Halt die Klappe, Klemens. Das war allein meine Schuld.« Die junge Kommissarin presste das Coldpack wieder auf ihr Auge und öffnete die Datei über Plavotic, die das Drogendezernat vor wenigen Minuten per Intranet geschickt hatte.

»Das wird ein hübsches Veilchen. Morgen siehst du damit wie dieser Hund aus, der vor dem Grammophon sitzt und in den Trichter schaut, als wäre da was zum Fressen drin.«

»Welcher Hund?« Reintgen kapierte nicht.

Wenn seine Anspielungen sogar in der Mordkommission nicht verstanden wurden, fühlte Raupach sich leer, ein bisschen so, wie wenn man in einem Aufzug schnell abwärts fährt, hinein in den tiefen, nach Schmieröl und rostigen Stahlseilen riechenden Schacht des Hirntods.

»Dann will ich mal nicht weiter stören«, sagte er und gab seinen Mitarbeitern Gelegenheit, bis spät in die Nacht an ihren Berichten zu sitzen. Auch Photini. Mit ihrem schlimmen Auge und all dem Adrenalin, das noch durch ihre Adern schoss, konnte sie ohnehin nicht heimgehen und einschlummern.

»Sie lassen uns hier schmoren?«, fragte Reintgen.

»Immerhin haben Sie das Taxi sofort sichergestellt. Aber für ein Fleißbildchen reicht das noch nicht.«

»Wollen Sie uns beim Nachsitzen nicht beaufsichtigen?«

Raupach nahm einen kurzen schwarzen Mantel vom Haken. »Nichts lieber als das, Reintgen, ich bin sehr für betreutes Lernen. Aber ich sehe mir jetzt mit einem Kollegen vom Drogendezernat Plavotics Wohnung an. Vernehmung dann morgen früh. Bis dahin dürfte er wieder wohlauf sein. Fofó hat ihn nicht allzu sehr beschädigt.«

»Das war große Klasse«, sagte Hilgers und sprach damit aus, was alle dachten. Nur Reintgen schaute genervt weg und schmollte.

»Ja, ganz ordentlich.« Raupach beließ es dabei. Lob hatte Photini nicht verdient für ihre überstürzte Aktion ohne Rückendeckung. Er hätte nie gedacht, dass ihr nächtliche Tête-à-Tête mit Milan so enden würde, mit Gewalt, einer Räuber-und-Gendarm-Posse und überraschend klaren Indizien.

Doch Indizien wofür? Gut, Plavotic dealte, aber was bewies das, wohin führte es? Dass er sich vielleicht am Tatort aufgehalten hat, zu einem beliebigen Zeitpunkt, das war alles. In seiner Arrestzelle konnte er sich über Nacht eine passende Geschichte ausdenken.

Es wäre Raupach lieber gewesen, wenn Photini den Druck nur ein wenig erhöht hätte, um dem Jungen Gelegenheit zu geben, einen nützlicheren Fehler zu begehen als eine Polizistin zu verletzen – was allerdings schwerwiegend und folgenreich genug war. Diese Festnahme kam zu früh.

In der Halle, in der konfiszierte Kraftfahrzeuge untersucht wurden, befand sich das Taxi schon auf der Hebebühne. Reintgen schien die Spurensicherung wohl für verkappte Zollfahnder zu halten und Plavotic für einen Großdealer, der seinen Wagen mit einer Drogenkollektion ausgestopft hatte, weil unter dem Fahrersitz ein Beutel mit hundert Gramm Haschisch versteckt gewesen war. Von einer genaueren Untersuchung des Wageninneren versprach er sich DNA-Spuren von Otto Wintrich, dann konnten sie Plavotic festnageln, wie er meinte.

Zu dieser späten Stunde war niemand aus Effies Team im Dienst. Nur Hattebier saß in seinem Büro, der Chef der Putzerfische, wie er seine Leute selbst bezeichnete. Er nutzte die Nachtstunden für ballistische Studien am Polizeicomputer und erfreute sich an der Ästhetik von Projektilbahnen, Einschuss- und Austrittswinkeln. Manchmal fügte er Vektoren ein in der Annahme, seiner freien Zeit damit eine Richtung zu geben. Leute, die mit ihrer Eisenbahn spielten, hatten ein ähnliches Innenleben. Abfahrt: Sig Sauer P220. Ankunft: linker Lungenflügel.

Bei Nacht war Hattebier halbwegs erträglich. Also schaute Raupach auf einen Tee bei ihm herein, einen pechschwarzen Assam. Trotz seiner Spleens war Hattebier ein Mann mit Geschmack.

Es gab keinen Zucker, was Raupach nichts ausmachte. Hattebier klickte seine Lieblingsvektoren weg und holte Wintrichs Spatenwunde auf den Bildschirm. Seine randlose Brille ließ ihn gnadenloser wirken, als er eigentlich war.

Raupach erkundigte sich nach Hattebiers an Alzheimer leidender Ehefrau. Kein Grund zur Klage, meinte der kleine Mann, über dessen Schreibtisch die gesamte Forensik der Kölner Mordkommission lief. Mit 67 Jahren war Roswitha Hattebier deutlich älter als ihr Gatte, untergebracht in einem sündhaft teuren Pflegeheim, mit Blick auf den Rhein. Jedes vorüberfahrende Schiff war für sie neu, doch das ging den meisten Menschen ähnlich.

Eine enorme Aggression und/oder ein starker Arm habe diesen Hieb geführt, sagte Hattebier und wies auf die tiefen Rillen im Schädeldach. Der Täter habe mehrmals zugeschlagen. Erst der dritte Versuch habe die gewünschte Wirkung gezeigt und das Schädeldach wie einen Kürbis in der Mitte gespalten, an einer empfindlichen Stelle, wo die

Knochennähte von Stirnbein, rechtem und linkem Scheitelbein aufeinandertreffen. Die beiden anderen Hiebe, bei denen das Spatenblatt abgeglitten war, lagen in auffälliger Nähe zur tödlichen Wunde. Laut Obduktionsbericht trug Wintrichs Leiche keine Spuren einer vorangegangenen Körperverletzung, keine Blutergüsse, nichts dergleichen. Eine Schlägerbande schiede also aus.

Vielleicht habe der Täter vorher geübt, schlug Raupach vor. Grausamkeit bedürfe eines gewissen Vorlaufs.

Hattebier schloss das Bildschirmfenster und wandte sich wieder einem Auftragsmord aus dem Jahre 1985 zu, längst aufgeklärt, doch virtuos durchgeführt, die Kugel war von einer Edelstahlverkleidung abgeprallt und hatte das Schädeldach über Bande durchschlagen, Billardeffekt. Die neuralgische Stelle war exakt die gleiche wie bei Otto Wintrich. Sie zu kennen, gehöre zum kleinen Einmaleins eines Scharfschützen.

Der Kommissar wartete auf den Zusammenhang.

Bei drei dicht nebeneinanderliegenden Schlägen könne man Zufall und Affekt ausschließen, schloss Hattebier. Wintrichs Mörder war entweder mit dem Bewegungsablauf vertraut, wie ein Handwerker oder jemand, der häufig Holz spaltet. Oder er besaß genaue anatomische Kenntnisse.

Er vergrößerte das deformierte Projektil von 1985 und versah die Computerdarstellung mit Markierungen. Hattebiers Interesse an Verbrechen der Gegenwart hielt immer nur so lange vor, wie es der Beruf erforderte.

Wie lange er noch machen wolle, fragte Raupach. Die Anzeige auf dem Bildschirm zeigte 0.05 Uhr.

Bis er müde werde, gab Hattebier zurück und wies auf das zusammengeklappte Feldbett, das in seinem Büro für solche Fälle bereitstand. Seit Roswitha krank geworden war, flüchtete er aus seinem schicken 60er-Jahre-Bungalow in Raderthal und verbrachte die Nächte gelegentlich im Präsidium. Regeneration sei ein Mythos, meinte er und hielt es mit Napoleon: vier Stunden schlafe der Mann, fünf die Frau und sechs ein Idiot.

Raupach nahm sich vor, eine Liste anzulegen, welche seiner Mitarbeiter bei Tag und welche bei Nacht zu gebrauchen waren. Warum hatte er nicht früher daran gedacht? Photini zum Beispiel tickte tagsüber mit der Beharrlichkeit eines Sekundenzeigers, ebenso Höttges und Effie. Heide war nützlich im Dunkeln, dann dominierte ihr Feingefühl über ihre Besessenheit. Reintgen war zu jeder Tageszeit beschränkt und in den Abendstunden sogar eine Gefahr für die Menschheit.

Er borgte sich von Hattebier ein frisches Oberhemd. Der Leiter der Spurensicherung besaß einen entsprechenden Vorrat an Herrengarderobe, um seinen einsamen Posten nicht verlassen zu müssen. Es war dunkelrot-weiß gestreift, mit Monogramm. In Verbindung mit seinem dunkelblauen Anzug sah Raupach damit aus wie ein verarmter Antiquitätenhändler. Er zog seinen Mantel über, begab sich zum nächsten Taxistand und ließ sich nach Holweide bringen, dem Viertel, in dem Plavotic wohnte.

Der Fahrer kannte den jungen Kollegen nur vom Hörensagen. Plavotic sei nicht besonders kontaktfreudig gewesen, habe allein in seinem Wagen Pause gemacht, sich abgesondert. Der Konkurrenzkampf unter den Taxifahrern sei schärfer geworden. Um Geld zu sparen, nähmen immer mehr Leute die Bahn oder das Rad.

Draußen zog die rechte Rheinseite vorbei, die »Schäl Sick«, wie sie abwertend hieß. In Köln pflegte man solche Vorurteile ausdauernder als die wenigen, nach dem letzten Weltkrieg verbliebenen Sehenswürdigkeiten. Wenn der

Dom von Terroristen in die Luft gejagt würde, konnte man immer noch auf die »Schäl Sick« oder gleich auf Düsseldorf schimpfen. Das beruhigte.

In der Dunkelheit war kein Unterschied festzustellen zwischen den Rheinseiten. Durch das Fenster des Taxis sah die Stadt aus wie immer, zusammengewürfelte Blocks, unmotivierte Brachen und ab und zu Eckkneipen, die so gründlich verrammelt wirkten, als drohte Hochwasser. Ein paar Schummerlichter verrieten, dass da noch menschliches Leben war. Keine Spur von Grandezza, kein Savoir-vivre-Charme, kein sichtbares stadtplanerisches Konzept. Raupach mochte es so, und er mochte die Nacht.

Schon als Kind war er bei Dämmerung nur schwer ins Haus zu kriegen gewesen, in Oberfranken, wo die Welt an der Wäscheleine oder spätestens am nächsten Hügel aufhört. Wann immer es sich ergeben hatte, war er mit einer Taschenlampe losgezogen und hatte die Grundstücke am Stadtrand und den nahegelegenen Wald ausgekundschaftet. Dunkelheit war für ihn nichts gewesen, wovor man sich fürchten musste. In der Nacht kam die Welt zu sich, sie war still, unergründlich und dennoch voller Leben, wo auch immer es sich abspielte, vor oder hinter erleuchteten Fenstern.

Zugleich hatte er bemerkt, dass es immer Stellen gab, die um einiges schwärzer waren als die Dunkelheit. Und dass es ihm leicht fiel, sie auszumachen. Baumkronen vor einem sternenlosen Himmel. Löcher im torfigen Boden. Ein totes Stück Vieh neben einem schlafenden.

Die Nacht war wie ein Gemälde mit unterschiedlich grundierten schwarzen Flächen, hatte er als Teenager gedacht.

Der Tag war genauso. Das stellte er später fest, nachdem er Polizist geworden war. Selbst bei schönstem Sonnenschein stieß man auf dunkle, dunklere und dunkelste Stellen und musste sie auseinanderhalten. Eine Frauenleiche in der Tiefgarage, Opfer eines Messerangriffs. Unter einem Auto versteckt ihr schockstarres Kind. Mit Blut an den Händen, das keinem von beiden gehörte.

Inseln der Finsternis, Schatten rund um die Uhr.

Deswegen kam ihm der Tag wie ein Betrüger vor. In der Nacht fühlte er sich besser aufgehoben.

Sehnsucht nach dem mütterlichen Uterus, würde Jakub sagen. Wer hatte die nicht?

AUCH PLAVOTICS WOHNUNG hatte etwas von einem inneren Organ, das noch in Funktion war. Souterrain, mit drei verschiedenen Türschlössern gesichert. Die einzigen Ablageflächen waren die Spüle und ein viereckiger Couchtisch. Zu wenig Platz für all die Pizzakartons mit Speiseresten, Schachteln diverser Schnellimbisse, H-Milchtüten, Kaffeetassen, Zeitungen, DVDs und Haufen gebrauchter Wäsche, die den Boden besiedelten wie Tumore.

»Ein Drecksloch, aber sauber«, meinte Uphoff vom Drogendezernat. »Wir haben keinen Stoff gefunden, nicht einen Krümel. Der Junge ist entweder der kleine Fisch, für den wir ihn halten. Oder er hat irgendwo ein Depot, vielleicht ein Schließfach. Dann wäre er ganz schön clever.«

Raupach trat über die Schwelle und bedankte sich, dass der Kollege sich zu dieser späten beziehungsweise frühen Stunde Zeit genommen habe.

»Keine Ursache, bin gerade erst zum Dienst angetreten. Bei uns gehen die Uhren anders, Eure Heiligkeit.«

In Wahrheit war Uphoff schon seit zwölf Stunden auf den Beinen, seinen Schlaf holte er sich am Vormittag. Aber das brauchte er diesem Mister-Überall-Bullen, der anscheinend zu geizig für einen neuen Anzug war, nicht auf den Bauch binden.

Uphoff trug Mishumo, schwarz, neuester Schnitt, sonst würde er gar nicht in die Clubs reinkommen, in denen er sich hin und wieder sehen ließ, damit der Drogenumsatz nicht das übliche Maß sprengte. Raupach hatte ihm gerade noch gefehlt, er konnte Understatement-Typen nicht leiden. In seinem Ressort zeigte man, was man hatte, und Dealerwohnungen waren definitiv sein Ressort, Mord hin oder her.

»Meiner Meinung nach ist das hier Zeitverschwendung«, fuhr Uphoff fort. »Sie haben den Falschen. Aber Plavotic ist ein dankbares Opfer, eine Strohpuppe, die Sie öffentlich verbrennen können. Was suchen Sie hier? Ein 10-Kilo-Paket Shit mit einem Spaten daneben, damit es selbst der dümmste Richter kapiert?«

»Es ist manchmal richtig, Kompetenzen zu überschreiten«, erwiderte Raupach. »Das predige ich meinen Mitarbeitern immer wieder, Eigenverantwortlichkeit. Nur so kommen wir auf lange Sicht weiter.«

Uphoff trat näher an ihn heran. »Wie ich höre, haben Sie Joe Kenter die Fresse poliert. Der verträgt das, aber dafür bin ich zuständig.«

»Ich würde es begrüßen, wenn Sie mich eine Weile allein ließen. Nur für ein paar Minuten, dann dürfen sie sich wieder als Herr im Haus fühlen.«

»Aus Milan hätte mal ein guter Informant werden können. Das haben Sie versaut. Und wenn er in Ossendorf einfährt, haben Sie den Jungen auch noch als Menschen in die Tonne getreten. Der will doch nur ein normales Leben führen und seiner Freundin was bieten.«

Raupach lachte müde über Uphoffs Wortwahl, die Formulierungen mit der Strohpuppe und der Tonne. Je komplizierter sich Polizisten ausdrückten, desto simpler waren sie manchmal gestrickt. Er nahm sich da nicht aus.

Uphoff ging nach draußen und deutete zuvor noch auf ein Foto, das an der Wand pinnte. Es zeigte Plavotic mit einem Mädchen in einem Pippi-Langstrumpf-Kostüm, offenbar war es im Karneval aufgenommen worden. Die beiden sahen aus, als hätte der Kamerablitz sie überrascht. Dadurch wirkte der Schnappschuss lebhaft und natürlich.

Raupach stöberte eine Weile in dem Chaos des jungen Mannes, fand aber nichts, was ihm unmittelbar half, keine weiteren Beweismittel, keine dezidiert persönlichen Gegenstände. Mit 23 trug man seine Individualität wohl noch dicht am Körper.

Blieb der überall verstreute Single-Müll. Jedes Chaos hatte einen Ursprung.

Manchmal, wenn Raupach konzentriert an einem Fall arbeitete und nicht zum Aufräumen kam, sah es bei ihm zu Hause ähnlich aus. Auch Plavotic schien sich selten in seiner Wohnung aufzuhalten. Aber er war kein Schlamper wie Raupach, der von einer Sekunde auf die andere vergaß, was er gerade in der Hand gehabt hatte, eine Mordakte oder die Gebrauchsanweisung der Waschmaschine.

Plavotic gehörte zu den Liegenlassern. Er aß etwas, legte eine DVD ein – und brach plötzlich auf, um Taxi zu fahren oder sonstwie Geld zu verdienen. Dauernd auf Achse, das schien die Antriebswelle dieses Chaos zu sein.

Als sich der Krieg durch Ex-Jugoslawien gefressen hatte, war Milan ein Kind gewesen, überlegte Raupach. Verlust der Eltern, auf der Flucht mit wenig Gepäck. Onkel und Tante nahmen ihn mit nach Deutschland, bauten ihre Firma auf. Keine Zeit für den Neffen, der so bald wie möglich eigene Wege ging, dabei vielleicht in die falschen Kreise geriet und bereits vertraut war mit Gewalt und der Notwendigkeit, Werkzeug als Waffe zu benutzen.

So könnte es gewesen sein. So wurde man ein Liegenlasser. Immer auf dem Sprung.

Wohin trieb es Milan? An welchen Punkt und darüber hinaus?

UPHOFF BESTÄTIGTE Plavotics Biographie. Sie stimmte weitgehend, in Deutschland lebten viele Kinder des Krieges. Er nahm den Jungen weiter in Schutz, versuchte, einen verbindlicheren Tonfall anzuschlagen. Doch als er an Photinis Vorgehensweise bei der Festnahme herummeckerte, über die er inzwischen im Bilde war, ließ Raupach ihn stehen und nahm die letzte Bahn der Linie 13 um 0.52 Uhr.

Die U-Bahn konnte einem um diese Zeit das Fürchten lehren. Erst vor kurzem wäre eine Straßensängerin von zwei halbstarken Deutschen beinahe zusammengetreten worden. Ein Gewichtheber, der vom Training auf dem Weg nach Hause gewesen war, hatte gerade noch eingreifen können. Er sah aus wie Höttges, die Halbstarken hatten ihn unterschätzt. In den Zeitungen wurde er als Held gefeiert. Der Ruf nach einer Bürgerwehr nach Pariser Vorbild wurde in Köln immer lauter.

Raupach beobachtete die anderen Fahrgäste in seinem Wagen. Keine Gruppe junger Männer mit Bierflaschen in der Hand, nur ein paar Einzelgänger, von denen schwer zu sagen war, ob sie Streit suchten oder einfach nur in Ruhe gelassen werden wollten. Es wurde immer schwieriger, die Gefahrenherde rechtzeitig zu erkennen, Aussehen, Kleidung, Benehmen waren kaum mehr zu deuten. Ein Mann mit Totenkopf-T-Shirt und großflächigen Tattoos konnte sich als Versicherungskaufmann entpuppen, der auf dem Weg zum Yogakurs war.

Die Begegnung mit den Jugendlichen vor Corinne Bahlings Wohnung war glimpflich abgegangen, da hatte Raupachs Erfahrung ihm geholfen. Doch wenn er vorhatte, öfter die Stadt zu durchstreifen, sollte er sich von Jakub besser zum Konfliktschlichter schulen lassen oder gleich seine Nahkampfausbildung auffrischen.

An der Haltestelle Amsterdamer Straße/Gürtel stieg er aus und ging die paar Meter zum Nordpark. Gelangte zu den Kleingärten und Parzelle Nummer 88.

Den Tatort bei Nacht erleben, ungefähr zur Tatzeit, deshalb war er hier. Aufsaugen, welche äußeren Umstände das Verbrechen ermöglicht oder sogar befördert haben mochten. Bei seinem Funkgerät stellte er den Empfang ab, außer ihm war niemand mehr vom Team unterwegs. Das Handy schaltete er auf Vibrationsalarm.

Der Weg war nur schwach erleuchtet. Keine Lebenszeichen auf den anderen Grundstücken. Die umliegenden Mietshäuser besaßen kaum Balkone. Helle Fenster, aber niemand, der zum Luftschnappen oder Rauchen draußen stand.

Die Leute starrten entweder die Farbe aus der Glotze oder sie machten Videospiele, dritter Weltkrieg im Wohnzimmer. Die Polizeishow hatte tagsüber für Abwechslung gesorgt. Nachdem die Bullerei abgezogen war, kehrte sich der Blick wieder in die eigenen vier Wände. Auf kinotauglichen Plasmabildschirmen schien die Bandbreite menschlicher Abscheulichkeiten greifbarer zu sein. Richtiges Leben und Sterben trug sich gedämpft, gleichsam im Nebenzimmer zu, dachte Raupach. Früher hatten die Leute den Fernseher abgeschaltet, wenn die Polizei bei ihnen vor der Tür stand. Inzwischen drehten sie ihn lauter.

Er löste die Absperrungen und näherte sich dem Gartenhaus. Der große Kirschbaum hob sich als dunkle Masse ab. Am Himmel stand ein Halbmond, die akkurat geschnittene Scheibe sah unnatürlich aus, wie ein Symbol auf einer Computertastatur.

Was der Mörder jetzt wohl machte? Schlafen? Träumen, dass seine Tat gar nicht geschehen war? Vielleicht sah er einfach nur fern wie all die anderen.

Effies Team hatte die Beete umgegraben und die Gehweg- und Terrassenplatten aufgestemmt, auf der Suche nach einem möglichen Versteck. Raupach ließ sich auf den Stufen nieder, die zur Terrasse hochführten. Er genoss die Nachtluft, trank sie regelrecht. Manche Gewächse entfalten ihren Duft erst nach Sonnenuntergang. Irgendwo zersetzten sich Pilze.

Besinnlich wie auf dem Friedhof, fand er, dort war auch nichts zu hören vom Spätprogramm, und die Nachbarn verhielten sich in der Regel unauffällig. All die Pflanzen, was für ein Luxus mitten in der Stadt. Man fühlte sich der Erde näher und zugleich ein kleines Stück von den Menschen entfernt – um seinen Trieben freien Lauf zu lassen?

Der Mörder hatte keine eigens mitgebrachte Waffe benutzt. Er hatte genommen, was gerade zur Hand gewesen war. Nicht unbedingt im Affekt, wie Hattebier meinte, möglicherweise hatte er genau gewusst, wo der Spaten hing. Jeder Freiraum, und sei es nur diese Parzelle, barg alles, um der Freiheit eines anderen für immer ein Ende zu setzen, seinem Wissen, seinen Bindungen, seinen Plänen. Mit drei Spatenhieben war hier Lebenszeit gelöscht worden, Zeit, in der das Opfer irgendetwas getan oder gedacht hatte, was dem Täter missfallen war.

Raupach kannte nur einen winzigen Ausschnitt von Otto Wintrichs Leben, und selbst den nur in Bruchstücken.

Was verband ihn mit Milan? Alles war denkbar, lange zurückreichende Verletzungen oder eine Zufallsbekanntschaft. Vielleicht hatte der Junge bei dem Mord nur zugesehen, billigend als Mittäter, oder unwillentlich, als Zeuge von Handgreiflichkeiten, die gar nicht ihn betrafen. Und wegen seiner Dealerei hatte er der Polizei gegenüber dichtgehalten.

Der Kommissar war an einem Punkt angelangt, an dem es ihm schwerfiel, den Stein weiterzurollen. Vielleicht sollte er auf Papierkugeln umsteigen. Oder Laub zusammenrechen, davon gab es hier jede Menge.

Ein Arm schlang sich von hinten um seine Brust.

Der Mündungsring einer schweren Pistole bohrte sich in seine Schläfe.

Er kannte den Geruch. Gealterte Ängste, viel Stahl, zwei bis drei Kölsch und immer etwas Süßes in der Tasche. Aber da war noch etwas anderes.

»Was ist das für ein Parfüm?«

»Grüntee«, sagte Heide, ohne ihn loszulassen.

»Neu?«

»Scheiße, bist du das, Klemens?«

»Hast du den Mörder erwartet?«

DIE GLOCK WURDE ENTSICHERT und verschwand. Der Arm blieb liegen.

»Ich warte immer auf irgendetwas, Heide. Das weißt du doch.«

Sie tastete ihn ab, blieb hinter ihm in der Hocke sitzen. »Du hast nichts zum Schießen dabei? Um diese Zeit?«

»Brauch ich das?«

»Hast du's immer noch nicht kapiert? Das ist ein Dschungel, schau dich doch um!« Weit davon entfernt, sich zu entspannen, wies sie auf das im Dunkeln liegende

Pflanzenwerk. »Die ganze Stadt ist so. Die wuchert immer mehr zu, in Köln gibt's tausend Ecken wie diese. Von wegen Betonwüste, das wäre ideal, so was könnten wir mit gepanzerten Mannschaftswagen überwachen. Das Problem sind diese kleinen grünen Flecken, verkehrsberuhigt, autofrei. Sieht alles harmlos aus, aber wenn ich ein Psychopath wäre, würde ich hier meine Entführungsopfer einsperren, ich würde sie hier verstecken und zu Tode quälen oder jahrelang misshandeln, ich würde sie hier vor eine Webcam setzen und langsam verhungern lassen. Weil es keinem auffällt! Wir befinden uns in No-Go-Areas und wissen es nicht, Klemens! Das gehört alles plattgemacht.«

Er ließ Heide wieder zu Atem kommen. Ausbrüche wie dieser häuften sich bei ihr in letzter Zeit. Sie wurde immer radikaler und auf eine Art paranoid, mit der sie Verbrechen regelrecht heraufbeschwor. Andererseits kam dabei etwas Ungefiltertes zum Vorschein, von dem sich Raupach angezogen fühlte.

Im Laufe der vergangenen zwölf Jahre war Heide durch die Polizeiarbeit berechenbarer und ein bisschen nachgiebiger geworden. Eine Affäre mit einem Kollegen, der in Wahrheit ein Serienkiller gewesen war, hatte sie vollends aus der Bahn geworfen. Aber jetzt besaß sie wieder Kraft für zwei, wie damals, als sie 36 und er 30 gewesen war.

»Die Nacht ist wunderschön.« Raupach drehte sich zu ihr um. Er hatte etwas übrig für Nostalgie. »Warum genießen wir sie nicht?«

»Du denkst, ich mein es nicht ernst.«

»Du hast einen Lagerkoller. Der Innendienst bekommt dir nicht, zumindest was deine Ansichten zu Grünanlagen betrifft.«

Sie lachte schallend und machte sich dadurch Mut für den nächsten, entscheidenden Schritt. »Genau. Ich halte es nicht mehr aus. Irgendwas muss sich grundlegend ändern.«

»Und deswegen bist du heute Nacht hergekommen?«

»Eigentlich will ich gar kein Bulle mehr sein. Ich will noch einen letzten Fall lösen, dann nehme ich meinen Abschied.« Sie hielt inne. »Ich kündige.«

Jetzt war es raus. Warum jetzt? Weiß der Teufel, was sie dazu gebracht hatte, Raupachs aufreizende Gelassenheit? Eigentlich hatte sie gehofft, den Mörder zu stellen, wie er an den Tatort zurückkehrte. Oder irgendwelche anderen Kriminellen, die sich in der Heckenrose herumtrieben.

Sie kauerte sich hinter ihn auf die oberste Stufe und legte ihm die Hand auf die Schulter zum Zeichen, dass er vor ihr sitzen bleiben sollte. Er schaute nach vorn und sagte nichts.

»Na, keine Reaktion?«, fragte sie. »Hältst du es bloß für eine Laune?«

»Um ehrlich zu sein, habe ich so was geahnt. Dich im Innendienst an die Kette zu legen, hat das Ganze nur beschleunigt, stimmt's?«

»Man darf sich nichts vormachen.«

»Ich kann nicht beurteilen, was gut für dich ist, Heide.«

»Ist das alles?«

»Du wirst schwer zu ersetzen sein.«

»Keine Anbiederei! Jede Lücke lässt sich füllen.«

»Es eröffnen sich auch neue Möglichkeiten«, sagte Raupach gedehnt.

»Bittest du mich nicht, noch mal drüber nachzudenken?«

»Von mir aus, denk nach, solange du willst. Ich könnte dir auch eine Versetzung anbieten, Übergangslösungen, eine Auszeit, Rückkehroptionen, du kennst die Palette. Lürrip wird dich noch lange genug bequatschen.«

»Du hast die Dinge immer erstmal hingenommen und sie später bedauert.« Heide sah es bildlich vor sich, wie sie dem jungen Raupach einst klargemacht hatte, dass noch andere Erfahrungen auf sie warteten. Natürlich war sie es gewesen, die ihre Beziehung nach drei Monaten beendet hatte. Er war nicht der Typ für Schlussstriche. »Tja, im Brücken verbrennen war ich wohl schon immer gut«, setzte sie hinzu.

»Nennen wir es lieber eine Erschütterung. Manches wird dadurch einfacher. Zwischen uns zum Beispiel.«

Sie schwiegen eine Weile und saßen immer noch hintereinander auf den Stufen. Eine löchrige Wolkendecke schob sich vor den Halbmond. Seltsamerweise verstärkte sich dadurch das Licht, es überzog alles mit einem milchigen Film.

Heide war irritiert, weil Raupach ihre Kündigung nicht als Überspanntheit abtat oder mit einem provozierenden Witz beantwortete. Stattdessen gab er sich verständnisvoll. »Findest du die Nacht immer noch schön?«

»Sie wird immer besser.«

Was sollte das nun wieder heißen? Klang ja geradezu heiter, als ginge er davon aus, dass *sie* einen Witz machte. »Denkst du, ich bin betrunken?«, argwöhnte sie.

»Seit wann trübt Alkohol deine Entschlussfähigkeit?«

»Ich hab nur ein paar Kölsch intus, die übliche Freitagabenddosis. Keine harten Sachen.«

»Ich würde dir ja gern was anbieten, zur Feier des Tages«, sagte Raupach. »Aber ich hab nichts dabei. Bin schlecht ausgestattet für die Wechselfälle des Lebens.«

»Willst du auf meine Kündigung anstoßen? Dass du mich endlich los bist?«

»Wenn man den gleichen Gedanken hat, soll man zusammen drauf trinken, das bringt Glück. Also bitte, ich habe heute ebenfalls über eine berufliche Veränderung nachgedacht.«

»Du willst die Brocken hinschmeißen?« Heide konnte es nicht fassen.

»Nicht ganz. Ich könnte nie allein arbeiten, nicht auf Dauer. Nur permanent den Chef zu markieren, darauf kann ich verzichten.«

»Möchtest du die Führung abgeben?«

»Eine Versetzung würde mir schon reichen. Andere Aufgaben, ein neues Team.«

»Jetzt bin *ich* aber erschüttert.«

»Tut gut, oder? Rüttelt einen mal richtig durch.«

»Langsam, Klemens. In unserer Abteilung ist nicht alles Gold, das stimmt. Aber Leute wie Effie, Jakub, sogar Höttges, die wachsen nicht auf den Bäumen.«

»Du hast Photini vergessen.«

»Tatsächlich?«

»Wie auch immer, jede Lücke lässt sich füllen. Deine Worte.«

Immer noch kein Witz, dachte Heide. Was braute sich hier zusammen? »Gut, dass ich für Notfälle was dabei hab.« Sie zog einen Flachmann aus der Tasche und reichte ihn Raupach. »Mein Alkoholiker-Fallschirm.«

»Was ist das?«

»Wirst du schon merken.«

Wacholder, so stark, dass sich die Magenwände zusammenzogen.

Heide nahm auch einen Schluck. »*Be prepared.* Alte Pfadfinderregel.« Sie rückte näher an ihn heran und streckte ihre Beine links und rechts von ihm aus. »Wie hast du mich vorhin eigentlich erkannt? Doch nicht am Parfüm?«

»Ich kann dich fühlen.« Raupach lehnte sich zurück. Heide trug eine kevlarverstärkte Sondereinsatzjacke. Sie öffnete den Klettverschluss. Die Glock drückte durchs Holster gegen seine Rippen.

»Vorsicht, die ist schussbereit. Ich halte mich nicht mehr an die Vorschriften.«

»Könnte es nicht immer so sein?«, fuhr er fort. »Gibt mir ein Gefühl der Sicherheit, du in meinem Rücken.«

»Mit einer Waffe zwischen uns? Macht dich das an?«

»Inzwischen kenne ich deine Macken. Ich wüsste nicht, dass mir eine davon unsympathisch wäre.«

»Ist das die Stunde der aufgesparten Nettigkeiten?«

»Wenn wir alt und grau sind, kannst du die Knarre auf den Nachtkasten legen, neben das Glas mit dem Gebiss.«

Da war er endlich, der Witz. Heide brachte ihren Mund neben sein Ohr. »Planst du längerfristig?«

»Mehr so von Augenblick zu Augenblick, das kann man wohl kaum planen nennen.« Er stieß die Luft aus, ein Atemwölkchen löste sich von seinem Mund. »Ich weiß, wen ich mag.«

Aha. Sie überlegte. »Und was ist mit Photini?«

»Die kommt ohne uns klar.«

»Uns?«

»So kann man es doch sehen.«

»Wie? Dich vergöttert sie, und mir zeigt sie die kalte Schulter.«

»Sie will *uns* etwas beweisen, ob's dir gefällt oder nicht. Wir sind ihre Bezugspersonen. Mum und Dad.«

»Aber ich schau sie nicht so an wie du. Mit diesem Schafsblick.«

»Das sind Beschützerallüren. Ich arbeite dran.« Er strich über ihr Hosenbein.

Heide wunderte sich, warum es so brannte in ihr. »Was hast du vor?«

Er drehte sich um und küsste sie.

ES FÜHLTE SICH AUF ANHIEB GUT AN – was Heide und Raupach gleichermaßen erstaunte. Er hielt inne und wartete auf einen Einwand. Doch sie lächelte nur ungläubig und grub die Finger fester in seine Schulter.

Die kleine Pause hatte eine durchschlagende Wirkung. Wie auf Kommando fielen sie übereinander her.

Sie befanden sich an einem Tatort, umringt von den Spuren eines Mords. Vielleicht war es ein Trotzreflex. Aber wo, wenn nicht hier, konnten sie sich gehenlassen? Mit jedem Kuss merkten sie, wie rätselhaft ihnen die Liebe geworden war.

Schließlich nahmen sie eine bequemere Haltung ein. In den Augen des anderen sahen sie die vergangenen zwölf Jahre: reichlich Annäherungsversuche, ohne ernsthafte Absichten, wie ein Running Gag. Erst jetzt, ohne den sicheren Boden der Ironie, waren sie sich in die Arme gestürzt.

»Was ist los mit uns, Klemens?«

»Wir sind gegen ein paar Steine getreten. Sie geraten in Bewegung. Gerölllawine. Erschütterung.«

»Das hätten wir längst schon machen sollen.« Heide suchte wieder seinen Mund, spielerisch diesmal. »Oder musste ich erst kündigen?«

»Keine Konjunktive.« Kuss. »Und keine Fragen. Wir nehmen es, wie es kommt.«

»Dann will ich auch keine Metaphern mehr hören.«

Heides Dienstwagen war am Ende der Duisburger Straße geparkt, unter einer Bahn-Brücke. Sie mussten nur den Nordpark durchqueren, Standheizung und Liegesitze warteten.

In Parzelle Nummer 85 brannte kein Licht. Der Tütentünn war entweder unterwegs, oder er lag wieder im Trinkerkoma.

Eng umschlungen gingen sie durch die Nacht. Unter dem Pavillonpilz, wo Höttges Frau Leins vernommen hatte, saugten sie sich aneinander fest, wie zwei verknallte Teenager, die nicht genug voneinander kriegen konnten. Lachten wegen des sonderbaren Ortes, der aus einem Disneyland für Punks zu stammen schien. Gingen weiter.

Dann ein Flüstern an Raupachs Hals.

»Wir sind nicht allein.«

»Was?«

»Jemand beobachtet uns«, sagte Heide leise.

Raupach vermied es sich umzusehen. »Wo?«

»Kann ich nicht genau sagen.« Sie griff nach ihrer Pistole. »Im Gebüsch. Hinter einem Baum.«

Es war fast vollkommen still im Nordpark. Entfernte Verkehrsgeräusche, das Brausen eines Düsenflugzeugs am Himmel. Keine Schritte auf dem Weg oder dem Rasen, keine knackenden Zweige oder raschelndes Laub. Der Halbmond spendete noch immer ein sanftes Licht. Lampen gab es nicht. Die Jogger forderten von der Stadtverwaltung schon seit langem eine Beleuchtung.

»Bist du sicher?«, fragte er und presste sie an sich.

»Ja.«

»Gut, wir drehen uns langsam um die eigene Achse, wie ein Liebespaar. Achte auf ein Gesicht. Oder auf Augen.«

Die Glock ruhte schussbereit an seiner Brust. An der Wange spürte er Heides Haar.

Sie starrten in die Nacht und vollführten dabei eine unbeholfene Pirouette. Im Umkreis von zehn, zwanzig Metern war niemand zu sehen, auch nicht in der Vegetation. Eine Baumgruppe blieb ein unbeweglicher, gleichmäßig dunkler Fleck.

»Wir bieten ein leichtes Ziel«, zischte Heide. »Zwei Bullen auf dem Präsentierteller.«

»Da ist nichts. Oder kannst du was erkennen?«

»Ich spüre es.«

»Das bildest du dir nur ein.«

»Meine Instinkte sind besser als GPS.«

»Sollen wir den ganzen Park absuchen?« Raupach holte Luft. Er wollte »Ist da wer?« oder so etwas rufen, doch Heide hielt ihm den Mund zu.

Sie holte einen Schalldämpfer aus ihrer Einsatzjacke und schraubte ihn auf die mattschwarz brünierte Pistole. Dabei stand sie immer noch dicht vor ihm und spähte über seine Schulter. »Schrecken wir die Bevölkerung nicht auf.«

»Was wird das, wenn's fertig ist?«

Sie sprang zur Seite, brachte die Waffe in Anschlag und feuerte auf die Baumgruppe. Dreimal, Raupach zählte mit. Plop-plop-plop, es klang wie Reinigungsstäbchen aus Watte, wenn man sie aus dem Ohr herauszieht.

Splitterndes Holz. Sonst war nichts zu hören.

»Entweder hast du vorbeigeschossen. Oder es tut ihm nicht weh«, spottete Raupach, obwohl ihm gar nicht danach zumute war. Einfach so rumzuballern! Heide sah Gespenster, langsam schien sie den Verstand zu verlieren. Ihr Verfolgungswahn war schlimmer, als er vermutet hatte.

»Ich gehe nachsehen.« Sie begann geduckt vorzurücken.

»Du tust nichts dergleichen.« Er machte ein paar schnelle Schritte und griff ihr in den Arm. »Ist dein Schalldämpfer überhaupt registriert?«

»Genauso wenig wie die Glock. Privatbesitz.«

»Verdammt!« Polizisten mussten jede aus der Dienstwaffe verschossene Kugel genau dokumentieren. Sie konnten alle möglichen Pistolen oder Revolver zu ihrer Dienstwaffe erklären, Reintgen hatte zum Beispiel einen Smith & Wesson. Über jedes Projektil wurde genau Buch geführt, schon allein, um Schießereien zu rekonstruieren. Aber es war strengstens verboten, nicht deklarierte Waffen mit sich zu führen oder gar zu benutzen. Die Glock war Glück im Unglück: Heide brauchte nicht nachzuweisen, wo ihre Kugeln gelandet waren, weil es sie offiziell gar nicht gab.

»Schluss jetzt!« Raupach machte dem Spuk ein Ende. »Wir verschwinden hier.«

Heide kniete auf dem Boden. Ihre Pistole suchte immer noch nach einem Schemen in der Baumgruppe. Klemens hatte nichts kapiert, rein gar nichts.

»Komm schon! Du hast dich geirrt.« Er drängte. »Willst du dich mit Gewalt in die Scheiße reiten?«

»Gleich nachher kriegst du meine Kündigung. Schriftlich, damit alles seine Ordnung hat.« Mit einer federnden Bewegung richtete sie sich auf.

Raupach hob die Hände. »Ich hab nichts gesehen. Hier ist überhaupt nichts passiert.«

»Stimmt«, sagte sie bitter und steckte die Pistole wieder ins Holster. Sie sah sich herausfordernd um, als wolle sie absichtlich ein Ziel abgeben. »War alles nur Einbildung.«

Sie gingen weiter. Er wollte Heide in den Arm nehmen, aber sie schüttelte ihn ab. Stand wohl noch unter Strom, dachte Raupach und ließ sie in Ruhe.

Als sie sich dem Wagen näherten, war das Funkgerät an der Mittelkonsole schon durch die geschlossene Tür zu hören.

»Ist das deine Interpretation von Innendienst?«, meinte Raupach und nahm auf der Beifahrerseite Platz.

Heide ignorierte ihn und forderte die Zentrale auf, die letzte Meldung zu wiederholen.

Am Niederländer Ufer, in den Wiesen am Rhein, war ein totes Kind gefunden worden.

»Da hast du deine Erschütterung.« Heide trat aufs Gas.

DAS BLAULICHT DER POLIZEIAUTOS, die hintereinander auf der erhöhten Molenstraße standen, war schon von weitem zu sehen, ebenso Höttges. Ausgenüchtert nach dem Tütentünn-Auftrag, aber mit leerem Magen, weil er sich beim Anblick der Leiche wieder mal übergeben hatte, nahm er Heide und Raupach in Empfang und führte sie die Böschung des Dammes hinunter. Halogenscheinwerfer beleuchteten den Fundort, ein Rumpfteam der Spurensicherung wies den Ermittlern einen markierten Zugang an.

Die Kollegen von der Nachtschicht sahen mitgenommen aus, auch Dresen, der Einsatzleiter. Er winkte gleich ab und betrachtete schweigend das gegenüberliegende Rheinufer. Die Mordkommission sollte sich selbst ein Bild machen.

Es war kurz vor zwei. Heide stapfte durchs Gras, als müsse sie jeden Halm einzeln zertreten. Eine absurde Nacht. Daran war Raupach schuld. Für ein paar Minuten hatte sie tatsächlich geglaubt, es könne noch etwas werden mit ihnen beiden. Dass er sie mit all ihren Fehlern mochte und mehr als das, dass er ihr bedingungslos vertraute.

Falsch gedacht.

Zugelabert hatte er sie, einen auf Heideversteher gemacht, den Rost abgekratzt, die älteste Tour der Welt. Und warum? Weil Photini endlich erwachsen wurde und sich ihm entzog. Raupach hatte das getan, was alle Männer bei Bedarf machten: im Ersatzteillager gekramt und was Passendes eingesetzt.

Der Anblick des toten Kindes löschte diese Gedanken.

Heide hatte mit vielem gerechnet, die Menschen waren Bestien, von außen und von innen. Aber ein Baby, nein, ein Säugling in einer Sporttasche, liegengelassen wie ein lästig gewordenes Gepäckstück, das war so schlicht und so kalt, dagegen half nichts, keine Glock, kein Kevlar, nicht mal Worte.

Der Fluss war etwa dreißig Meter entfernt. Das Murmeln der unsichtbaren Wellen hatte schon manchen verzweifeln und merkwürdige Dinge sehen lassen. Tatsächlich wirkte es so, als sei das Kind in der Tasche wie in einer Wiege zum Schlaf gebettet worden, die Augen fest geschlossen, die Haut faltig und an einigen Stellen noch rosig. Es war in eine Decke gewickelt, sorgfältig, kein Stoffzipfel schaute aus dem kompakten Bündel heraus.

Heide nickte dem Gerichtsmediziner zu. Clausing trat hinter einem wärmenden Scheinwerfer hervor und machte sich an die Arbeit. Nachts war er fast immer zum Dienst abrufbar. Seine Frau trank mit ihren Freundinnen den Weinkeller leer, seine Tochter studierte Tiermedizin in Gießen, gegen seinen Rat. Er war ein Fatalist, der seine Bestimmung darin sah, den Tod auf ein erklärbares Maß zurechtzustutzen.

»Spaziergänger haben die Tasche vor einer guten Stunde gefunden«, erklärte Höttges. Er wies auf die Blaulichter, wo zwei unter Schock stehende Männer von dem Psychologen Jakub Skočdopole betreut wurden. »Der junge lebt in Nippes, der ältere stammt aus Speyer. Er ist zu Besuch bei Freunden. Köln hat er sich anders vorgestellt.«

»Wer geht denn um diese Zeit spazieren?«, fragte Heide. »Hier?«

»Leute, die es einsam mögen.«

»Kommen Ihnen die zwei verdächtig vor?«

»Nein, die sind fix und fertig«, fuhr der Kommissarsanwärter fort. »Als sie die Tasche gefunden haben, war sie noch zu. Sie haben den Reißverschluss aufgemacht und mit einem Feuerzeug reingeleuchtet, ohne sich viel dabei zu denken.«

»So entstehen Psychosen.«

»Wenigstens kamen die Ratten nicht ran.« Höttges schluckte den säuerlichen Geschmack in seinem Mund hinunter. »Aber dadurch hat das Baby keine Luft gekriegt.«

»Ich bezweifle, ob das eine Rolle spielte«, warf Clausing ein, »diese Taschen sind nie ganz luftdicht, und das Kind hat sich nicht freigestrampelt. Vermutlich war es schon tot, als es hineingelegt wurde.«

»So fest, wie es eingepackt war, konnte es sich doch gar nicht rühren«, meinte Heide.

»Säuglinge sind kräftiger, als man denkt. Bei einer schweren Verletzung, sagen wir einem Schütteltrauma, sieht die Sache allerdings anders aus.«

Sie sah sich prüfend um und versuchte, sich auf dem langgezogenen Uferstreifen zu orientieren.

»Ich kenne diese Gegend«, sagte Raupach. »Der Fundort liegt mitten im hohen Gras. Der nächste Trampelpfad verläuft da drüben, das sind sechs, sieben Meter, von dort aus kann man die Tasche kaum sehen, auch nicht bei Tageslicht. Wenn jemand das Kind lebend aussetzen wollte mit der Absicht, dass es gefunden wurde, hätte er einen anderen Ort gewählt.«

»Am besten eine Babyklappe«, ergänzte Höttges.

»Und wenn jemand es bloß loswerden wollte?«, fragte Heide. »Nachdem es gestorben war?«

»Dann hätte er die Tasche mit der Leiche gleich in den Rhein geworfen.« Raupach deutete zum Fluss.

»Vielleicht wurde er dabei gestört. Oder er hat es sich im letzten Moment anders überlegt. Das psychoreaktive Verhalten ist in solchen Situationen komplex.« Sie schaute dem Gerichtsmediziner über die Schulter, verfolgte, wie er den kleinen Körper abtastete und trotz seiner Erfahrung nicht so recht wusste, wie er ihn anpacken sollte.

Heide war alles andere als kinderlieb. Immer, wenn sie diese Menschenminiaturen sah, rätselte sie über deren tieferen Sinn. Warum halsten sich die Leute Reproduktionen ihrer selbst auf? Was fanden die Leute so toll an sich, dass sie kleine Kopien davon anfertigten? Zugegeben, Kinder waren nicht für die Eitelkeit ihrer Eltern verantwortlich zu machen. Nach der Geburt konnte man sie im Grunde nur bedauern. Wer mochte schon zwei überforderten, hormonell ferngesteuerten Erzeugern, die sich früher oder später ohnehin trennten, auf Jahre hinaus hilflos ausgeliefert sein? Jedes tote Baby, das die Polizei in Köln fand, war ein Beweis mehr, dass Homo sapiens seit geraumer Zeit in einer Sackgasse gelandet war. Aber das hieß nicht, dass er straffrei ausging. Wenn Homo sapiens neben seinen gattungsüblichen Entgleisungen auch noch unschuldige Kinder umbrachte, knöpfte Heide sich ihn vor.

Am widerwärtigsten war die Tasche. Sie sah relativ neu aus, an Tankstellen bekam man solche Dinger als Dreingabe. Immerhin war sie für die DNA-Analyse nützlicher als eine Plastiktüte oder ein Schuhkarton, das hatte es auch schon gegeben.

Clausing schob seinen Mundschutz hoch. »Es ist ein Junge. Keine Krankheiten, soweit ich das beurteilen kann. Circa zwei Wochen alt, normal entwickelt. Der Zeitpunkt des Exitus lässt sich schwer bestimmen. Wegen der noch schwach ausgeprägten Skelettmuskelmasse verzögert sich der Rigor mortis für gewöhnlich.«

»Die Totenstarre«, ergänzte Heide, um es für Höttges festzuhalten.

»Auch der Verwesungsprozess vollzieht sich langsamer, aufgrund der geringen Bakterienbesiedlung bei Säuglingen.«

Für Heide waren das genug Pathologendetails. »Also, wann ist er gestorben?«

»Vor ein oder zwei Tagen. Eher vor zwei.«

»Und woran?«

»Das kann ich erst nach der Autopsie sagen. Äußerlich sind keine Hinweise auf Gewalt zu finden. Vielleicht ist er erstickt.«

»Sie meinen wohl, er wurde erstickt. Mit einem Kissen, da denken die meisten Täter, es verursache keine Spuren.«

»Mikrofasern in den Atemwegen und in der Lunge.« Clausing richtete sich auf. »Ich schaue mir das noch genau an. Eine Infektion wäre ebenso denkbar oder toxische Einflüsse. Auf den ersten Blick ist jedoch keine Todesursache festzustellen.«

»Wir kennen mehr als genug Wege, es wie einen Zufall aussehen zu lassen.«

Heide betrachtete noch einmal das Kind. Es hatte erstaunlich viele Haare auf dem Kopf. Die Fingernägel waren auch schon vollständig ausgebildet. Nur wer ein Herz aus Stein besaß, empfand da kein Mitleid.

»Höttges, Sie stellen eine Liste aller Babys zusammen, die in den vergangenen vier Wochen in Köln entbunden wurden. Frauenärzte, Krankenhäuser, das Einwohnermeldeamt, Sozialstationen. Klemmen Sie sich in aller Frühe hinters Telefon.«

»In Ordnung.«

»Bis dahin besorgen Sie sich was zu essen. Und geben es nicht gleich wieder von sich.«

»Ich spreche mit den beiden Männern.« Raupach schickte sich zum Gehen an. »Möchte mal wissen, was die hier verloren hatten.«

»Nichts da, das mache ich.«

»Aber –«

»Geh nach Hause, Klemens. Das ist mein Fall.«

Heide war sprunghaft, das wusste er. Offenbar ärgerte sie sich noch über ihn, weil sie annahm, dass er sie im Nordpark nicht für voll genommen hatte. Doch um eine Babyleiche, die im Nirgendwo abgelegt worden war, riss sich kein Polizist. Das bedeutete: hungrige Medien, Aufklärung zweifelhaft.

»Bist du sicher?«, fragte er.

»Ja.«

»Und der Brief, den du mir schreiben wolltest?«

»Kann warten.«

Raupach zögerte. Nach allem, was zwischen ihnen in der Heckenrose geschehen war, meinte er, etwas Persönliches hinzufügen zu müssen, aber nicht vor Höttges und Clausing. »Danke für das gute Gespräch vorhin«, sagte er und berührte sie an der Hand. »Müssen wir unbedingt wiederholen.«

Wie lahm und gönnerhaft klang das denn? »Verschwinde endlich«, blaffte Heide. »Nicht dass du mir noch den Fundort kontaminierst.«

Widerstrebend trat er den Rückzug an. »Brauchst du irgendwas?«

»Personensuchhunde, eine ganze Staffel, möglichst schnell.«

»Kriegst du.«

»Und klingle Effie aus dem Bett. Für das Gelände haben wir viel zu wenig Leute.«

»Effie hat am Morgen noch in den Kleingärten zu tun.«

»Dann fährt die Spurensicherung eben Doppelschichten. Außerdem brauche ich einen Zug Bereitschaftspolizei, nein, besser zwei. Die sollen weiträumig absperren, sonst schmeiße ich die erste Fernsehkamera, die hier auftaucht, eigenhändig in den Rhein.«

»Alles, was du willst.«

NICOLAS PULTE DEN METALLBATZEN mit der Spitze seines Messers aus dem Stamm. Er war kaum verformt. Die Frau hatte dreimal geschossen. Zwei Kugeln waren hinter ihm ins Dickicht gezischt, eine hatte den Baum getroffen, seine Deckung. Wenn er sich nicht blitzschnell zu Boden geworfen hätte, wie die Soldaten im Film, hätte er bestimmt was abgekriegt. Es war ein gutes bewährtes Versteck.

Nach einer Weile entfernten sich die Stimmen und die Luft war wieder rein. Als er ein Auto davonfahren hörte, richtete er sich auf und setzte seinen Nachhauseweg fort. Die Bahn-Brücke war der nächste Orientierungspunkt auf seiner Route.

Er hatte das Liebespaar lange beobachtet, angelockt von dem seltsamen Wortwechsel der beiden. Polizisten, die keine Polizisten sein wollten. Sie redeten und redeten, offenbar kannten sie sich gut. Und plötzlich, ohne Ankündigung, knutschten sie sich ab, obwohl die Polizistin mit der Pistole das gar nicht vorgehabt hatte.

Den Kommissar kannte Nicolas, von dem Besuch am Nachmittag. Wahrscheinlich lief es genau so: Die Frau erzählte, was sie gerade bedrückte, und der Mann hörte geduldig zu. Wenn die Frau genug erzählt hatte – Nicolas schätzte das Gespräch auf zehn Minuten –, durfte der Mann sie küssen.

Wenn Corinne sich im Internet entsprechend präsentierte, musste man bezahlen. Dann durfte man sie nackt sehen und sich das Küssen vorstellen. Das Reden wurde über die Dialogfenster abgewickelt.

Nicolas hatte das zuerst nicht fassen können. Seine Schwester da auf dem Bildschirm, für jeden verfügbar, anklickbar. Doch jetzt wusste er nicht mehr so genau, was daran falsch sein sollte. Und ob Corinne deswegen traurig war oder aus einem ganz anderen Grund.

Offenbar gab es Regeln für die Liebe, er hatte sie nur noch nicht ganz begriffen. Vielleicht hatte er sich früher unnötig Sorgen gemacht. In Wirklichkeit war das ganz normal, zehn Minuten Blabla, dann umarmte man sich und tat, was sich mit den Körpern so ergab.

Zu Hause stand Corinnes Mülheimer Adresse irgendwo im Kalender. Aber er brauchte eine Wegbeschreibung, eine, die er verstand. Mit einem Stadtplan konnte er nichts anfangen, zu viele Linien, Farben, Beschriftungen, das machte ihn ganz wuschig.

Wenn er vom Weg abwich, zum Beispiel um jemandem zu folgen, würden wieder schlimme Sachen passieren und es fiele ihm schwer zurückzufinden. Nein, das würde er nicht mehr riskieren.

Als Nicolas heimkam, war niemand da. Er musste sich bis zum nächsten Morgen gedulden. Mama war dann bestimmt von der Arbeit zurück, und er konnte sie fragen, wie er am besten zu Corinne fand. Vom Internet würde er ihr nichts erzählen, das behielt er lieber für sich. Corinne wollte sicher nicht, dass Mama etwas von www.koelschegirls.de erfuhr.

Wie oft hatte sie ihn gebeten, zu schweigen und kein Sterbenswort zu verraten? Sie waren sich ähnlich, sie beide, hielten ihr Leben unter Verschluss, damit ihnen niemand hineinredete und mehr Schaden anrichtete, als sie ertragen konnten.

Er spielte noch eine Partie Schach gegen sich selbst. Diesmal versuchte er, sich an die offiziellen Regeln zu halten, wie Otto sie ihm beigebracht hatte. Auf diese Weise konnte Bauer Nummer 3 jedoch kaum Einfluss auf den Spielverlauf nehmen, er war langsam und leicht zu schlagen. Das war schlecht.

Nicolas fegte die Figuren mit dem Unterarm vom Brett.

RAUPACH BENUTZTE DEN FERNSEHER nur zur Betäubung. Auf den zehn Sendern, die Photini vor einiger Zeit einprogrammiert hatte, lief der übliche nächtliche Müll.

Der Sportkanal zeigte Kickboxen. Manchmal kam Field Bowling, das war eine Mischung aus Boule und Curling und wurde auf Rasen gespielt. Ein paar scheintote Briten hatten es Raupach in Yorkshire beigebracht, der Lauf der Kugeln war bogenförmig. Man musste sie so nah wie möglich an eine kleinere Zielkugel rollen, den »Jack«. Die perfekte Einschlafhilfe. Kickboxen war dafür weniger geeignet.

Also legte er eine DVD mit seinem geliebten Fernsehmaler ein. Heide hatte sie ihm zum Geburtstag geschenkt. Wenn der Mann auf Englisch erklärte, wie man einen Baum mit ein paar Pinseltupfern hinbekam, war Raupach glücklich und zufrieden. »These things live in your fan brush, you only have to shake them out.« Die Zuversicht, die der Maler vermittelte, seine entspannte Selbstsicherheit trotz einer hoffnungslos veralteten Afrofrisur, hatte dem Kommissar schon über manche Krise hinweggeholfen.

Der DVD-Spieler arbeitete sich durch die Kopierwarnung und suchte nach dem Hauptmenü. Raupach streckte sich auf seiner Schlafcouch aus. Er war froh, dass Heide die Babyleiche übernahm. Dadurch konnte er sich ganz dem Fall Wintrich widmen. Und es zögerte ihre Kündigung hinaus. Wenn Heide den Schuldigen fand, hörte sie vielleicht auf, sich selbst unter Druck zu setzen und dachte noch einmal in Ruhe über ihren Entschluss nach.

Momentan war sie völlig durch den Wind. Sie stellte alles in Frage, an eine feste Beziehung war unter diesen Umständen nicht zu denken. Nach der Schmusenummer in der Heckenrose hatte sie sofort wieder die Krallen ausgefahren. So machte sie es häufig mit den Männern. Erst öffnete sie sich, dann ging sie in Abwehrhaltung, um sich ja keine Blöße zu geben.

Raupach hoffte, dass die paar Küsse sie wenigstens auf andere Gedanken brachten. Ihm persönlich hatte es gutgetan, einfach mal loszulassen und die üblichen Bedenken in den Wind zu schlagen. Er fühlte sich erleichtert und hatte den Eindruck, dass es ihr ähnlich gegangen war. Positive Energie. Warum nahm sie nicht ein wenig davon mit, als stille Reserve, um gegen Belastungen besser gewappnet zu sein? Sie konnten sich beide eine Menge geben, und sei es nur zum Selbstschutz, Pistolen waren dafür ungeeignet.

Mit der Babyleiche hatte sich Heide eine ganz spezielle Last auf die schwielige Seele geladen. Die Leute stumpften zwar mehr und mehr ab, doch Kindsmord – falls es einer war – galt nach wie vor als Schandtat, als unbegreifliche Abnormität. Fast immer fehlte ein plausibles Motiv. Irgendeine »Überreaktion« wurde zur Begründung herangezogen, und genau davor hatten die Menschen Angst. Wenn es schon schuldlose Kinder traf, dann konnte jeder zum Opfer werden. Die Medien sprachen nur aus, was alle dachten. Kollektive Bedrohungen waren ein zuverlässig wirkendes Gift.

Das Ganze enthielt noch eine Steigerung: War man denn selber vor Überreaktionen gefeit? Wer neigte nicht zu gelegentlichen Unbeherrschtheiten, unter Stress, akuter Erschöpfung – Raupach brauchte sich ja nur Heide anzusehen. Ein Kindsmord rief in Erinnerung, welche Dramen sich tagtäglich mit Kindern abspielten, Gewaltausbrüche, Misshandlung, Vernachlässigung. Und er stellte eine Gelegenheit dar, sich davon zu distanzieren und die dunklen Triebe entrüstet anderen zuzuschreiben.

In gewissem Sinne fiel der Mord in der Heckenrose in eine ähnliche Kategorie. Es hieß doch, Betrunkene und Kinder hätten einen Schutzengel. Der hatte bei Otto Wintrich offenbar versagt. War der Mann seinem Mörder nur auf die Nerven gefallen wie ein schreiendes Baby? Es brauchte nicht immer die großen, spektakulären Klammern. Tote zogen sich gegenseitig an.

Raupach gähnte. Er durfte seine Gedanken nicht ins Endlose weiterrattern lassen, sonst würde ihm nach dem Aufwachen der Schädel brummen. Und er brauchte etwas Schlaf, um sich nicht in Spekulationen zu verlieren. Also startete er eine Folge von »The Joy of Painting«.

Vor Beginn der Sendung hatte der Fernsehmaler Kontaktpapier auf die Leinwand geklebt. Es ließ einen großen ovalen Ausschnitt frei, in dem bereits eine weiße Grundierung aufgebracht worden war. Nach Fertigstellung des Gemäldes wurde das Kontaktpapier wie eine Folie abgezogen. Dadurch erhielt man ein ovales Bild mit sauberen Rändern.

Vielleicht lag es an diesem billigen Trick, dass Raupach plötzlich maßlos enttäuscht war. Seine Sympathie für den Fernsehmaler schlug in Unmut um. Schon wieder eine Gebirgsszene. Melodramatischer Himmel, schneebedeckte Bergkette, ein See mit Grünzeug außenrum. Fiel dem Kerl nichts anderes ein?

Die Bilder kamen Raupach nicht mehr drollig oder verschroben vor. Er sah sie als das, was sie im Grunde waren, anspruchsloser, am Fließband fabrizierter Kitsch, keine Kunst. Die Sendung diente einzig der Unterhaltung. Sie suggerierte den Leuten, einen Ausschnitt der Welt in einer überschaubaren Zeit unter Kontrolle zu bekommen. Wie bei diesen Kochshows, da war es Hausmannskost, die zu Gourmetgerichten aufgepeppt wurde und von jedem Trottel in einer halben Stunde zubereitet werden konnte.

»Maybe in our little world there lives a cloud«, sagte der Maler und setzte dunkelbraune Kleckse auf einen orangeroten Himmel, die er dann zu Wolken ausarbeitete.

Raupach wusste von seiner Schottlandreise, dass diese Farben gar nicht so realitätsfern waren. Sie kamen tatsächlich in der Natur vor und waren mindestens genauso grell und intensiv, wie sie auf der Leinwand erschienen. Erfunden war nur die Leichtigkeit, mit der sie der Fernsehmaler entstehen ließ. Um die zu erreichen, hatte er schon zig Bilder in der gleichen Machart gemalt. Er hatte für die Kamera vermutlich geübt und mehrere Versuche gebraucht, damit es in der Show locker wirkte.

Kurz vor Schluss kam noch der unvermeidliche Baum hinzu, im Vordergrund wegen der Tiefenwirkung. Und nicht nur einer, es waren immer zwei. »Everyone needs a friend«, sagte der Maler jedes Mal.

Im Wegdämmern dachte Raupach an Corinne Bahling, die ihr Stofftier so sehr vermisste, den Eisbären. Wie nannte sie ihn? Numi?

Man musste wählerisch sein, auch bei seinen Freunden.

EIN ANRUF VON PHOTINI weckte ihn um halb acht. Wo er denn bliebe? Wann sie endlich mit Plavotics Vernehmung beginnen konnten.

Ihr Eifer brachte Raupach zum Staunen. »Wie geht es deinem Auge?«, fragte er und hievte sich von der Couch.

»Gut genug.« Sie legte auf.

Was für ein Start in den Tag.

Er duschte, streifte ein neues Hemd über und schlüpfte

in seinen Anzug. Auf dem Weg zum Präsidium schaute er in der »Zweiten Hand« vorbei. Die Havemann hatte ihren Laden noch nicht geöffnet, war aber schon mit Klamottenkartons aus einer Haushaltsauflösung zugange und machte Raupach auf.

»Sie sind aber früh dran. Möchten Sie einen Kaffee?«

»Da sag ich nicht nein.«

Sie reichte dem Kommissar eine Tasse frisch gebrühten Filterkaffee und wollte ihn in dem Sessel mit den Spitzendeckchen Platz nehmen lassen.

Er wehrte ab. »Danke, ich muss gleich ins Präsidium.«

»Sind Sie schon weitergekommen mit Ihrem Fall?«

»Otto Wintrich hatte ein großes Umfeld. Inzwischen wissen wir eine Menge mehr, setzen einen Stein auf den anderen.«

»Nur der Mörtel fehlt, wie?«

»Es gibt sogar einen Verdächtigen.«

»Doch nicht den Tütentünn?«

»Einen jungen Taxifahrer. Milan Plavotic.«

»Kenn ich nicht.«

Raupach nahm einen Schluck Kaffee, er war genau richtig, das Koffein schien ihm direkt in die Glieder zu fahren. Ohne allzu deutlich zu werden, skizzierte er das Szenario konkurrierender Dealer.

»Klingt nicht gerade überzeugend«, meinte die Havemann. »Otto ist nicht rumgelaufen und hat den Leuten irgendwelche Mittelchen verkauft. Er hat mir mal was für die Galle gegeben. War natürlich viel wirkungsvoller als das Zeug auf Kassenrezept.«

»Vielleicht hat ihn seine Freigebigkeit ja in Schwierigkeiten gebracht.«

»Wenn Sie glauben, ich wäre so eine Krimitante, die nebenher Agatha Christie liest und ihnen beim Mörderscrabble hilft, dann sind Sie schief gewickelt. Otto war ein armes Schwein mit einem großen Herz, es tut mir wahnsinnig leid für ihn, Ende der Durchsage.«

Raupach trank seinen Kaffee aus. »*Das* ist jedenfalls guter Stoff.«

»Für Verlegenheitswitze bin ich unempfänglich.«

Er nickte. »Also schön, was soll der Eisbär kosten, den Wintrich bei Ihnen eingetauscht hat?«

Die Havemann seufzte. »Hab mir schon gedacht, dass Sie den noch brauchen.« Sie griff unter die Registrierkasse und legte das abgeliebte Stofftier mit dem verfärbten Fell auf den Verkaufstresen. »Beste Qualität. Müsste höchstens mal in die Waschmaschine.«

»Wie viel?«

»Sie kriegen ihn gratis. Aber eine kleine Spende für die Obdachlosen dürfen Sie dalassen.« Sie wies auf ein grinsendes Sparschwein. »Fünfzig Euro.«

»Das ist Wucher.«

»Warum haben Sie den Bären gestern nicht gleich beschlagnahmt?«

»Er ist kein Beweismittel. Nur ein Erinnerungsstück.« Raupach gab ihr einen Schein. »Übrigens heißt er Numi.«

»Es gab mal einen finnischen Läufer namens Nurmi, in den zwanziger Jahren.«

»Das war leicht vor meiner Zeit.«

»Auch ein armes Schwein. Wurde lebenslänglich gesperrt, weil er den Amateurstatus verletzt hat.«

»Der Eisbär gehört der Tochter von Wintrichs Lebensgefährtin, Corinne Bahling. Sie hängt an ihm. Ich möchte ihn ihr zurückgeben.«

Die Miene der Havemann verdüsterte sich. »Warum meinte Otto dann, er brächte Unglück?«

»Das würde ich gern herausfinden. Hat er mit Ihnen über Corinne geredet?«

Die Frau überlegte. »Ja. Die Kleine ist mit 17 ausgezogen. Davon war er stark beeindruckt.«

»Wie stark?«

»Er hat ein paarmal erwähnt, wie mutig das sei in diesem Alter. Soweit ich weiß, wohnte er in ihrem alten Zimmer.«

»Das stimmt.«

»Ich glaube, er machte sich Sorgen, ob sie allein zurechtkam. Ein bisschen fühlte er sich wohl verantwortlich für sie. Bedauerte das Zerwürfnis zwischen Mutter und Tochter. Er nahm seine neuen Familienpflichten, sehr ernst.«

»Hat er Corinne in Mülheim besucht?«, fragte Raupach.

»Kann sein. Einmal haben sie sich ganz in der Nähe in einem Weinlokal getroffen, das fällt mir gerade wieder ein. Vor ein paar Wochen war das.«

»Wirklich? Kein Zweifel möglich?«

»Ja. Er wollte von mir wissen, was man einer jungen Frau so mitbringt, als kleine Aufmerksamkeit.« Die Havemann steckte das Stofftier in eine Plastiktüte und gab sie dem Kommissar. »Ich hab ihm ein Paar Strickhandschuhe vorgeschlagen, jetzt, wo es auf den Winter zugeht.«

»War das, bevor er Ihnen den Eisbär gebracht hat?«

»Ich denke schon.« Sie betrachtete den leeren Bullenstuhl und hob tadelnd den Zeigefinger. »Jetzt bin ich doch noch ins Plaudern gekommen. Sie horchen eine alte Frau ja regelrecht aus.«

»Muss an meinem Aszendenten liegen.«

»Und der wäre?«

»Irgendein Tier, dem man gut zuredet.«

»Dackel?«

MILAN SASS BEREITS IM VERNEHMUNGSRAUM. Er unterhielt sich mit seinem Pflichtverteidiger.

»Wahrscheinlich rät er ihm, ein bisschen Drogenbesitz zuzugeben«, mutmaßte Photini. Sie hielten in Raupachs Büro eine Dienstbesprechung ab. »Der Versuch des Drogenhandels war freundschaftliches Entgegenkommen. Und mich hat er im Affekt geschlagen. Plavotic ist nicht vorbestraft, vielleicht kommt er mit einem Jährchen davon.«

»Naheliegende Strategie.«

Sie stieß sich von seinem Schreibtisch ab und klopfte auf ihr Notizbuch. »Der Anwalt weiß noch nicht, was wir wissen.«

»Du meinst, er ist auf einem Auge blind«, sagte Reintgen. »Sollen wir klarmachen zum Entern?«

Hilgers schaute aus dem Fenster und betrachtete eine Wolkenformation, um sich das Lachen zu verkneifen.

Raupach verzichtete auf einen Kommentar und wartete ab, was geschah.

Photini trug eine Augenklappe, nicht aus medizinischen Gründen, sondern um ihr Veilchen zu verdecken. Eigentlich sah es gar nicht so schlecht aus, hart und verwegen.

Schon Mülder, mit dem sie im Aufzug hochgefahren war, hatte ihr »Alle Mann an Deck!« hinterhergerufen. Bullen waren bescheuert.

»Nimm, was du kriegen kannst! Und gib nichts wieder zurück!«, sagte sie zu Reintgen.

»Wie?«

»Alte Piratenregel.«

Raupach fand es in Ordnung, die Arbeitsatmosphäre hin und wieder aufzulockern. Doch an diesem Morgen gingen ihm diese Albernheiten gehörig auf den Wecker. Pennäler-Pingpong war das, und Photini machte auch noch mit.

»Danke, dass Sie alle erschienen sind, damit wir mit vereinten Kräften Otto Wintrichs Mörder finden. Ich weiß, wir haben Wochenende, aber wer hier nicht bei der Sache ist, kann gleich wieder gehen. Hab ich mich deutlich ausgedrückt?«

Verdutzte Blicke. Reintgen murmelte eine Entschuldigung.

Raupach forderte Photini auf, mit ihrem Bericht fortzufahren.

Sie räusperte sich. Zu spät kommen und auch noch herumpoltern, dachte sie. Aber ihr war nicht nach einer Kraftprobe. Also legte sie die jüngsten Ermittlungsergebnisse dar.

In Plavotics Taxi waren Erdreste aus dem Kleingarten in der Heckenrose gefunden worden, unten im Fußraum, wo sich auch sein Drogenversteck befand. Die Entdeckung war Hattebier zu verdanken. Er hatte sich in der Nacht von seinen Ballistikdateien losgerissen und eine Reihe von Versuchen angestellt. Eine Bodenprobe, die Effie Bongartz von dem umgegrabenen Beet aus Parzelle Nummer 88 mitgebracht hatte, diente ihm als Vergleich. Der Gehalt an Phosphor, Kalium, Magnesium und Kalk stimmte mit dem des Bröckchens aus dem Taxi überein.

Mit dem Haschisch vom Tatort verhielt es sich genauso. Es war die gleiche Sorte wie aus Plavotics Vorrat, »Charas« aus Indien, relativ weit verbreitet. Leider hatten sich auf dem Beutelchen keine Fingerabdrücke gefunden, so dumm stellte sich nicht mal ein Amateur an.

Das waren keine schlagenden Beweise, dass Plavotic etwas mit dem Mord zu tun hatte. Aber die Indizien mehrten sich, zumal von dem Taxiunternehmen endlich die Auskunft eingegangen war, dass Milan seinen Dienst in der Tatnacht verfrüht beendet hatte, um kurz nach elf. Demnach besaß er kein Alibi mehr.

So viel zum Hauptverdächtigen. Die Befragungsteams, welche die Häuser und Parzellen in der Umgebung nach Zeugen abgeklappert hatten, waren ohne Hinweise zurückgekommen. Das Labor hatte Wintrichs Arzneimittelkoffer überprüft. Er enthielt ausschließlich legale Präparate gegen alle möglichen Krankheiten, eine kleine Apotheke. Allerdings schienen zahlreiche Medikamente zu fehlen. Falls Stimmungsaufheller, Antidepressiva oder härteres Zeug in dem Koffer gewesen waren, hatte Wintrich sie aufgebraucht.

Auch Effie war mit ihren Leuten nicht fündig geworden. Sie hatte Raupachs Anordnung befolgt und das Grundstück nach weiteren Grabungsspuren und Hinweisen auf Verstecke in der Erde abgesucht. Am Morgen hatte sie noch einige Stichproben unter dem Kirschbaum gemacht, dann wurde sie von Heide am Niederländer Ufer gebraucht.

Im Gartenhäuschen war Effie jedoch auf etwas Interessantes gestoßen: eine Schachtel für ein Skatblatt, in dem sich anstelle der Spielkarten eine Packung Kondome befand. An und für sich war das harmlos. Aber da es in der Parzelle offenbar Streit gegeben hatte, machten solche Kleinigkeiten stutzig.

Photini klappte ihr Notizbuch zu. »Nutzte Plavotic das Häuschen für ein gelegentliches Rendezvous? Oder stellte er es jemandem zur Verfügung, zum Beispiel Otto Wintrich? Das würde dessen Anwesenheit auf dem Grundstück erklären.«

»Kannten sich die beiden also doch?«, fragte Hilgers weiter.

»Dann gibt es reichlich Erklärungsbedarf.« Raupach schob seine Unterlagen zu einem Stapel zusammen. »Gute Arbeit, Photini. Ich mache die Vernehmung gemeinsam mit Jakub.«

»Was?«

»Du gehst mit Hilgers zu Corinne Bahling. Falls sie nicht freigenommen hat, trefft Ihr sie im Kinderkrankenhaus an.« Er bückte sich, holte den Eisbären aus der Plastiktüte und legte ihn auf den Tisch. »Ich möchte wissen, was es damit auf sich hat.«

Sie starrte auf das Stofftier, als sei es verseucht. »Das ist nicht dein Ernst?«

»Sein Name ist Numi.«

»Warum nicht Bert der Bär?«

»Könnte sein, dass Corinne ein Problem mit Männern hat. Einer Frau gegenüber ist sie vielleicht aufgeschlossener. Hilgers, Sie halten sich nach Möglichkeit im Hintergrund. Bleiben Sie vor der Tür stehen oder so etwas.«

»*Ich* hab Plavotic verhaftet. *Ich* hab mir das hier eingefangen.« Sie wies auf ihre Augenklappe. »Den nimmst du mir nicht weg.«

»Immer noch auf hundertachtzig«, stellte er fest. »Überlass ihn erstmal mir. Mit unterschwelliger Aggression kommen wir bei dem Jungen nicht weiter.«

»Aber auf die weiche Tour, ja? Dass ich nicht lache.«

»Ich hab mir heute Nacht seine Wohnung angesehen und mit Uphoff vom Drogendezernat geredet. In dem Jungen steckt mehr, als man auf den ersten Blick meint, und das müssen wir aus ihm rauskriegen. Wenn er dich sieht, blockt er sofort ab.«

»Und als guter Bulle nimmst du Rücksicht auf seine Gefühle. Besser auf seine, als auf meine, wie?«

Reintgen schnaufte genervt, doch er und Hilgers hielten sich raus.

»Sieh mal, mit Corinne Bahling ist es ein bisschen wie mit Plavotic. Auch sie bestreitet, Wintrich näher gekannt zu haben, aber das glaube ich nicht. Dieses Stofftier ist eine

Art Bindeglied.« Raupach schilderte kurz das angespannte Gespräch, das er am Vorabend mit Corinne geführt hatte, ihre Verunsicherung am Ende, erwähnte auch seine Unterhaltung mit Hattebier über die Unwahrscheinlichkeit eines Verbrechens im Affekt. Wie genau die Spatenhiebe plaziert waren. »Vergiss nicht, außer dem Ermordeten waren drei Personen am Tatort.«

»Möglicherweise zu verschiedenen Zeiten.« Photini wurde nachdenklich. »Hintereinander. Haben wir das schon einkalkuliert?«

»Langsam tickst du wieder richtig.«

»Plavotic war auf jeden Fall dabei.«

»Also gut«, sagte Raupach, »setzen wir ihn auf Platz eins. Und die anderen? Irgendwelche Drogenfreunde? Angeblich meidet er die Szene.«

»Dieser Obdachlose, Kotissek. Vielleicht hat er dich auch angelogen.«

»Nicht auszuschließen. Er trank Wodka, als ich ihn mit Höttges vernommen habe. Am Tatort lag ja eine Wodkaflasche, obwohl –«

»Das verträgt man am besten, und es ballert voll rein.« Endlich konnte Reintgen etwas beitragen. »Bei Pennern ist Wodka der Standard. Und Wintrich war ja wohl ein Penner, zumindest ein halber.«

Raupach hatte keine Lust, ihn zurechtzuweisen. »Das wäre dann Platz zwei. Außerdem gibt es ja noch Klaus Bahling.« Er blätterte in Photinis Bericht. »An dem bist du schon dran, Fofó. Wackliges Alibi und der Einzige mit einem erkennbaren Motiv.«

»Einem offensichtlichen. Mit dem er auch noch kokettiert.«

»Frechheit siegt, alles schon da gewesen. Nehmt ihn euch nach seiner Tochter vor.«

Es klopfte. Mülders Kopf erschien im Türspalt. Er war eine Art Mädchen für alles, Laufbursche, Wachmann, wandelnder Terminkalender.

»Ich komme.« Raupach stand auf. »Noch Fragen?«

»Was ist mit mir?«, wollte Reintgen wissen.

Darauf konnte nur Jakub eine Antwort geben, fand Raupach. Was war mit Reintgen? Im Psychologenkauderwelsch war sein Charakter bestimmt leicht auf den Punkt zu bringen. »Heide Thum hat Sie angefordert«, log er. »Sie braucht mehr Leute.«

»Die Babyleiche am Rhein?«

»Hässliche Sache. Die Hundestaffel ist sicher schon im Einsatz. Suchen, jagen, zur Strecke bringen, das kommt Ihnen bestimmt entgegen.«

»Wenn er nicht den Anschluss verliert«, sagte Photini.

Reintgen schüttelte den Kopf. »Ich sag lieber diesem Kotissek hallo.«

»Tütentünn. Das ist sein Spitzname.«

»Ich treib ihn schon auf.«

Raupach überlegte kurz. Viel Schaden konnte Reintgen wohl nicht anrichten. »Dann sind wir uns einig. Jeder weiß, was er zu tun hat.«

»Behandeln Sie mich bitte nicht wie den letzten Arsch.« Reintgen schnappte sich ein Telefon, um von Höttges mehr Informationen über Kotissek einzuholen.

»Verstehen Sie keinen Spaß?«, fragte Photini.

Spaß? Den hätte er, wenn er dieser Zicke mal eine Abreibung verpassen könnte. Manche Wünsche gingen leider nie in Erfüllung.

DER PFLICHTVERTEIDIGER drängelte sich an Mülders Uniform vorbei. »Fertig?«, fragte er in die Polizistenrunde.

»Was ist denn?« Raupach hielt wenig von Verallgemeinerungen. Doch Juristen unterteilte er in drei Gruppen: Bosse, Amphibien und Kümmerer. Es zog sich durch alle Stufen der Hierarchie, vom Bundesgerichtshof bis in die Amtsstuben der Verwaltung.

»Herr Plavotic wünscht keinen Anwalt«, erklärte der Anwalt. »Das hat er mir gesagt, nachdem ich eine geschlagene Stunde auf ihn eingeredet habe.«

»Tut mir leid für Sie«, sagte Photini.

»Wer nicht will, der hat schon. Ich muss jetzt zu meinem nächsten Termin. Lassen Sie noch was übrig, wenn Sie ihn auseinandernehmen.«

»Keine Unterstellungen, bitte. Wir gehen ganz zart vor.«

»Das sieht man. Gute Besserung, Verehrteste.« Er nickte Photinis gesundem Auge zu.

Raupach brachte den Mann selbst zum Aufzug. Eine Amphibie. Kam in jedem Gelände zurecht und schlängelte sich so durch. Spätestens in der Gerichtsverhandlung würde er ihn wiedersehen. Bei einer Mordanklage durfte Milan sich nicht selbst verteidigen.

Er tätigte noch einen Anruf. Kurz darauf traf Jakub ein, wie immer zu spät. Nachdem er in der Nacht am Niederländer Ufer geholfen hatte, war er seit halb sieben damit beschäftigt gewesen, seine Sprösslinge für die Schule fertig zu machen und ein weiteres fruchtloses Beziehungsgespräch mit Franziska zu führen, weil er angeblich zu wenig Zeit mit seiner Familie verbrachte. Das Rauchen sollte er auch endlich aufgeben.

Raupach brachte ihn auf den neuesten Stand. Jakub zog zwei schnelle Zigaretten durch. Dann betraten sie den Vernehmungsraum.

Plavotic trug eine Halsmanschette, der Medizinaldirektor hatte ihn am Morgen für haftfähig erklärt. Inzwischen wartete er schon seit über zwei Stunden. Unruhig lief er an der Fensterfront auf und ab und warf immer wieder einen Blick nach draußen, über die Dächer der Stadt. Er wirkte wie jemand, der in der Rushhour aufgehalten wurde und darauf wartete, dass es an der Ampel endlich weiterging. Weil es Dinge zu erledigen gab, die keinen Aufschub duldeten.

Die Nacht in der Zelle und die Schmerzen in seinem Kiefer hatten ihm mehr zugesetzt, als er sich anmerken ließ. Das mit dem Shit hatte er vergeigt, das wusste er, und jetzt steckte er in der Klemme. Die erzwungene Untätigkeit war zermürbend. Hier bei den Bullen konnte er nichts tun, um in Ordnung zu bringen, was schiefgelaufen war, nicht das Geringste.

Oder?

»Hinsetzen«, sagte Raupach knapp und ließ sich mit Jakub an dem nackten Tisch nieder.

»Ich bleib lieber stehen.«

»Du hast deinen Anwalt gerade gefeuert, Junge. Jetzt bist du mutterseelenallein. Mach's dir nicht noch schwerer.«

»Scheiß drauf.«

Jakub übernahm zunächst das Reden. Er stellte sich und Raupach vor. Dann zählte er nacheinander auf, was gegen Plavotic vorlag, ohne aufzutrumpfen oder ihn mit Anschuldigungen zu überhäufen, fast ein wenig zerstreut, als müsse er sich selbst erst einen Überblick verschaffen, und das stimmte ja auch. Zur Veranschaulichung legte er Fotos von der Leiche sowie einen Grundriss des Kleingartens auf den Tisch.

Milan schaute aus dem Fenster. Das kannte er schon alles. Er hatte Abitur, das trauten ihm diese Kommissare bestimmt nicht zu.

»Die Taxizentrale hat dein Alibi platzen lassen«, fuhr Jakub fort. »Du stehst unter Mordverdacht.«

»Und sonst niemand«, fügte Raupach hinzu.

Keine Antwort.

»Wolltest du meine Partnerin am Ebertplatz auch umbringen? Hattest bloß keinen Spaten dabei.«

Milan dachte nach. Verhedderte sich. Fing noch mal von vorne an. Jetzt saßen sie vor ihm, die Bullen. Aber wenn man nicht mehr weiterwusste, wenn sie wirklich gebraucht wurden, wo waren sie dann?

»Da fällt das bisschen Hasch umso stärker ins Gewicht.« Jakub zeigte Plavotic das Beutelchen vom Tatort. »Das gehört doch dir.«

»Nein. Und was ich im Taxi hatte, fällt unter Eigenbedarf. Ihre Kollegin wollte unbedingt was abhaben. Als ich gemerkt hab, dass sie mich irgendwie reinlegen will, bin ich durchgedreht. Ich hab nicht gewusst, dass sie bei der Polizei ist.«

»Warum bist du dann zu Fuß geflohen und nicht mit dem Auto?«, fragte Jakub.

»Damit mich niemand einsteigen sieht und sich die Nummer merkt.« Milan verschränkte die Arme und lehnte sich mit der Schulter gegen die Scheibe. »So viel dazu. Und wegen dem Alibi … Kann schon sein, dass ich vorgestern früher Schluss gemacht hab auf der Arbeit. Danach bin ich heimgefahren. Ab und zu irrt man sich eben. Übermüdung.«

Keine schlechte Verteidigung, fand Jakub. Im Grunde seines Herzens war er Therapeut. Wenn er Anwalt geworden wäre, würde Raupach ihn zu den Kümmerern zählen, das waren diejenigen, denen es noch nicht total egal war, was mit ihren Mandanten und dem Rest der Menschheit passierte. Bei der Befragung eines Verdächtigen bestand seine Aufgabe meistens darin, mehr über das Innenleben von Verdächtigen herauszufinden, psychotische Störungen zu erkennen und sie mit einem Verbrechen in Verbindung zu bringen.

Allerdings hatte er auch eine Reihe von Psychotricks drauf, und er scheute sich nicht sie anzuwenden, wenn er es für zielführend hielt. Plavotic hatte einen Polizisten verletzt. Photini steckte es zwar ganz gut weg, aber mit etwas Pech konnte so ein Schlag gegen den Kopf übel ausgehen.

»Vielleicht triffst du im Knast ja Freunde von Otto Wintrich«, sagte Raupach. »Die werden scharf darauf sein, dich kennenzulernen.«

»Mit solchen Drohungen hab ich schon gerechnet. Ich hab vor niemandem Angst.«

»Du bist 23. Mord gibt lebenslänglich, mindestens 15 Jahre. Zählen wir noch Körperverletzung mit Tötungsabsicht und dein Drogentaxi dazu, lassen sie dich raus mit … 40?«

Raupach ließ Milan Zeit zum Nachrechnen. Er nahm den Angriff auf Photini persönlich. Das hatte er ihr verschwiegen, damit die Emotionen nicht hochkochten. Gut, dass Fofó unterwegs war. Sonst würde hier Blut fließen.

»Ein Jahr«, sagte Plavotic und hielt einen Daumen hoch. »Mit Glück auf Bewährung. Ihr könnt mir gar nichts.«

»Ich bin jetzt 42«, fuhr Raupach fort. »In deinem Alter hab ich angefangen, mir ein Leben aufzubauen. Was hast *du* vor? Eine Familie gründen?«

»Geht euch einen Dreck an.« Milan senkte trotzig den Kopf. »Ich hab noch alle Zeit der Welt.«

»Im Knast brauchst du auch nicht die Kondome aus dem Gartenhäuschen«, legte Raupach nach.

»Wie?«

»Deine eiserne Gummireserve. Oder glaubst du, dass du auf Freigang rauskommst, um in der Heckenrose eine Nummer zu schieben? Träum weiter. Bis dahin dauert es noch ein ganzes Weilchen, und dann sind die Dinger abgelaufen.«

Milans Halsmuskeln schwollen an. Er unterdrückte den Impuls, zum Tisch zu gehen und diesem Scheißkerl eins zu verpassen. »Ihr Bullen habt keinen Dunst, was da draußen abgeht. Traut ihr euch überhaupt vor die Tür?«

»Warst du mit deiner Freundin in der Laube?«, fragte Raupach.

»Hab keine.«

»Was ist mit Pippi Langstrumpf? Im Karneval kommt man leichter zum Zug, nicht wahr?«

Keine Antwort.

»Was ist los? Hat sie dich sitzen lassen?«

»Und wenn schon!«, schrie Milan.

Ein skeptischer Seitenblick von Jakub. Das waren keine Psychotricks, sondern gezielte Nadelstiche. Es sollte weh tun, ganz gegen Raupachs Art.

Und es tat weh. Milan verlor die Beherrschung. Er hämmerte ein paarmal mit voller Kraft gegen die Scheibe, das Sicherheitsglas vibrierte. Schwer atmend sah er auf seine Fäuste herab. »Treiben Sie's nicht zu weit!«

Sein wunder Punkt, dachte Jakub. »Vorsicht, Junge, sonst brichst du dir noch was.«

»Mir egal.«

»Wir hatten gehofft, ohne Handschellen und Fußfesseln auszukommen.«

»Dann soll er aufhören, mich zu reizen.« Milan deutete auf Raupach.

»Das ist erst der Anfang«, sagte Jakub. »Wir haben den ganzen Tag vor uns. Wenn du dich kooperativer verhalten würdest, wenn du nicht all das kategorisch abstreiten würdest, was ohnehin schon erwiesen ist, könnten wir uns vernünftig unterhalten.«

»Ach ja?«

»Ich glaube, du willst gar nicht vernünftig sein. Stattdessen machst du hier einen auf harter Brocken. Mir musst du nichts beweisen, nur damit das klar ist.« Jakub ließ das Haschischbeutelchen in seiner Jacke verschwinden. »Vergessen wir das mal.«

»Eigenbedarf, hab ich doch schon gesagt.«

»Es ist mir gleichgültig, ob du mit Shit dealst. Ich wundere mich zwar, ein gewisses Risiko ist ja dabei. Aber wir sind hier bei der Mordkommission, da geht es um Menschenleben, um die wirklich gemeinen Geschichten. Nicht um eine Tüte für Zwischendurch.« Er lachte.

»Das entspannt.«

»Sicher.«

»Mildert alles ein bisschen ab«, präzisierte Milan. »Mit einem Joint kann man sich eine Weile ausklinken.«

»Ausklinken wovon?«

»Von allem, was einen belastet. Von der Zukunft. Von der Vergangenheit.«

»Was ist belastender?«

»Die Vergangenheit kann man zur Not abhaken. Aber mit der Zukunft klappt das nicht. Die rollt auf dich zu und macht dich platt.«

»Zigarette?« Jakub schob seine Packung über den Tisch und wies auf den Stuhl, der ihm gegenüberstand.

Widerstrebend nahm Milan Platz und zündete sich eine an. »Ich weiß schon, wie das hier läuft. Sie soßen mich zu, bis ich Ihnen ein Stück weit über den Weg traue. Dann ist Ihr Kollege wieder dran, mit seinen Unterstellungen und Beleidigungen, mit diesen höhnischen Bemerkungen. Und wenn das nichts bringt, nehmen Sie mich zu zweit in die Zange.«

»Wir sind nicht deine Feinde. Mein Kollege ist nur schlecht gelaunt, weil du seine Partnerin gestern geschlagen hast.«

»Ich hab's mit der Angst gekriegt.«

»Die hätte ich an deiner Stelle auch«, sagte Jakub. »Aber wenn du denkst, nur Opfer hätten Angst, liegst du falsch. Angst macht nicht frei von Schuld, sie lässt dich nicht automatisch auf der richtigen Seite stehen. Auch Täter haben Angst. Und Mörder am meisten.«

»Beim ersten Mal vielleicht«, erwiderte Milan. »Dann gibt sich das. Nehm ich an.«

»Was soll das bedeuten?«

»Schauen Sie mal auf meinen Ausweis. Was da unter Geburtsort steht.«

Jakub öffnete die Schachtel mit Plavotics persönlichen Gegenständen, die ihm nach der Festnahme abgenommen worden waren.

Milan kürzte das Gekrame ab. »Vukovar«, sagte er. »Meine Eltern haben mich vor der Bombardierung zu Onkel Tihomir nach Dubrovnik geschickt.«

»Willst du darüber reden?«

»Nicht mit Ihnen.« Er betrachtete seine Zigarette. »Machen wir lieber weiter. Ich bin auf alles gefasst. Und wehren kann ich mich auch.«

Raupach stand auf. »Ich hole einen Aschenbecher.«

VOM VIELEN KLINGELN wurde Photini der Daumen taub. Dünnwalder Straße, kurz vor zehn. Anscheinend war Corinne Bahling nicht zu Hause.

Schließlich ertönte doch noch der Summer. Hilgers ging mit nach oben und hatte vor, neben der Wohnungstür zu warten. Doch auf der dritten Etage war Schluss.

»Diese Klingelei hält ja kein Mensch aus. Sie können Ihr Paket bei mir abgeben.« Die Frau wartete, bis Photini die Treppe hochgestiegen war. »Muss ich was unterschreiben?«

»Wir sind nicht von der Post. Dirou und Hilgers. Kriminalpolizei.«

»Ach du lieber Gott.« Sie machte Anstalten, wieder in der Wohnung zu verschwinden. Photinis Augenklappe wirkte abschreckend.

»Nur einen Moment, bitte.«

»Was ist denn?«

»Wir wollen zu Corinne Bahling.«

»Hab schon kapiert, dass da oben keiner aufmacht.« Die Frau blieb stehen und zog ihren Satin-Bademantel enger um die Schultern. Sie war Mitte vierzig und hatte noch keine Zeit für die Morgentoilette gefunden, Augenringe, keine Schminke, strähniges Haar. Allerdings sah sie so aus, als würde eine Stunde vor dem Spiegel bei ihr Wunder bewirken. Die Füße steckten in Samtpantoletten.

»Wahrscheinlich ist Corinne auf der Arbeit, da fahren wir gleich hin.« Photini gab Hilgers die Plastiktüte mit dem Stoffbären und stellte einige Routinefragen. »Kennen Sie das Mädchen? Hat sie feste Gewohnheiten?«

»Wollen Sie ihr Ärger machen?«

»Vielleicht kann Corinne uns bei einem schwierigen Fall helfen, das ist alles, Frau …«

»Drove. Na ja, eigentlich geht sie selten weg. Und ruhig ist es bei ihr auch. In ihrem Alter hab ich keine Party ausgelassen. Was ist bloß los mit den jungen Leuten?«

»Hat sie einen Freund?«

»Hab nichts davon mitgekriegt.«

»Wir ziehen Erkundigungen über einen fünfundvierzigjährigen Mann ein, den Lebensgefährten von Corinnes Mutter.« Photini beschrieb Otto Wintrich.

»So einen hab ich mal hier gesehen. Kam mir im Treppenhaus entgegen.« Frau Drove nickte bestätigend. »Bisschen ungepflegt, aber höflich. Besorgt. War zumindest mein Eindruck.«

»Dieser Mann war bei Corinne Bahling? Wann?«

»Das ist 'ne Weile her, vor ein paar Monaten im Sommer. Viel Besuch hat sie ja nicht, deshalb ist er mir aufgefallen. Tagsüber gehe ich höchstens mal zum Einkaufen raus, oder zum Friseur.«

»Hausfrau?«

»Auf Wunsch auch das.« Ein abschätziger Blick, der wie von selbst zu Hilgers wanderte und dessen billige Outdoor-Jacke und die Fusseln an den Klettverschlüssen registrierte. »Wollen Sie's genauer wissen?«

»Ist schon in Ordnung.« Photini zeigte ihr das Foto von Wintrichs Leiche und legte eine Kurzfassung des Mordfalls dar.

Frau Drove hatte längst vermutet, dass es um ein Gewaltverbrechen ging. Mit Polizisten kannte sie sich aus, noch besser als mit Männern, eine ganze Reihe ihrer Kunden waren beides. »Das ist er, ganz bestimmt. Er war sogar mehrmals da. Hab schon geahnt, dass er zur Familie gehört, weil er so selbstverständlich zu Corinne hochging.«

»Meinen Sie, zwischen den beiden ist was gelaufen?«

»Stiefvater, sagen Sie.« Sie überlegte und lehnte sich gegen den Türstock. »Missbrauch ist das Erste, was mir dazu einfällt. Ihre Statistiken sind sicher voll davon.«

»O ja.« Photini erinnerte sich an ihre Zeit im Polizeiarchiv. Für Stiefväter und deren Ausraster existierte eine gesonderte Abteilung. »Vielleicht hat es schon früher angefangen. Bevor Corinne bei ihrer Mutter auszog. Aber egal, warum ließ ihn das Mädchen überhaupt in ihre Wohnung?«

»Missbrauch führt oft zu sexueller Abhängigkeit, und die geht immer seltsame Wege. Außerdem kennen solche Typen viele Druckmittel.«

»Und wie wär's mit Liebe?«, schlug Photini vor.

»In Konkurrenz zur leiblichen Mutter. Schau mal, Mama, wie leicht dein Macker rumzukriegen ist. So was?«

»Oder Vaterkomplex. Der hebt jeden Altersunterschied auf.«

»Kennt man ja, junge Dinger, alte Herren. Irgendwelche Gefühle werden da schon dabei sein.«

Sie standen immer noch vor Frau Droves Tür im Treppenhaus. Hilgers hielt das Gespräch auf seinem Schreibblock fest und sagte keinen Ton.

»Eigentlich müsste ich Sie reinbitten, aber das mache ich nur gegen Barzahlung.«

»Nicht nötig«, sagte Photini. »Sie haben uns sehr geholfen.«

»Geben Sie mir Ihre Karte. Wenn mir noch was einfällt.«

Die Kommissarin tastete überrascht nach ihrer Geldbörse. »Freut mich, dass Sie so gut mitarbeiten.«

»Ein bisschen Solidarität tut keinem weh.«

»Wir gehen der Sache auf den Grund.«

Frau Drove hob die Hand und betrachtete die abblätternde Deckenfarbe, dann die halbhohen Fliesen an der Wand. Schließlich fiel es ihr ein. »Keine Ahnung, ob das wichtig ist, aber da gab es noch jemanden. Einen Taxifahrer. Jung, vielleicht Ausländer. Der war vor diesem Wintrich da, im Frühjahr. Attraktiv, das sind sie ja fast alle Anfang zwanzig. Sah wie die große Romanze aus, wenn er

Corinne unten absetzte. In dieser Gegend kommt das selten vor.«

Plavotics Foto befand sich ebenfalls in Photinis kleinem Album. »Er ist 23 und hat mir das hier verpasst.« Sie ließ das Band ihrer Augenklappe schnalzen. »Auch eine Art Romanze.«

RAUPACH STELLTE DEN ASCHENBECHER auf den Tisch. Er hatte sich Zeit gelassen. Im Internet das aktuelle Kinoprogramm aufgerufen. Und einen Anruf von seiner Partnerin erhalten.

»Ich hab Ihnen doch schon gesagt, dass es vorbei ist.« Milan drückte seine Zigarette aus, die Asche war auf dem Boden verstreut.

»Weil deine Freundin einen anderen hatte?«, fragte Jakub.

»Ist das von Belang?«

»Ich versuche nur zu rekonstruieren, wie –«

»Aus dieser Sache kommst du nicht mehr raus«, unterbrach ihn Raupach und setzte sich. »Was ist vorgestern Nacht passiert?«

»Weiß ich nicht. Sagen Sie's mir.«

Der Kommissar legte eine Klarsichtfolie über den Grundriss des Tatorts. Die verschiedenen Schuhspuren wurden in jeweils anderen Farben sichtbar. »Das hier ist unsere Mörderlandkarte. Da kann man wunderbar nachvollziehen, dass vorgestern in Parzelle Nummer 88 jede Menge los war. Ein Paar dieser Abdrücke stammen von dir, wahrscheinlich die blauen, die haben wir an der Stelle gefunden, wo das Drogenbeutelchen lag. Dummerweise kreuzen sich die blauen Abdrücke aber mit den roten, und die gehören zu dem Toten.« Raupach lehnte sich zurück. »Das ist gar nicht gut.«

Milan betrachtete die Karte. Diese Spuren konnten alles und nichts bedeuten, fand er und lehnte sich zurück. »Und?«

»Also, Wintrich und sein Freund Kotissek gießen sich auf dem Grundstück deines Onkels Tihomir gepflegt einen hinter die Binde. Sie machen das öfters, du weißt Bescheid, kennst die beiden, hast es Kotissek sogar angeboten.«

»Kotissek? Wer soll das sein?«

»Der Tütentünn, ein Obdachloser.« Raupach deutete auf die Karte. »Die braunen Abdrücke.«

»Kenn ich nicht.«

»Irgendwann kriegen die zwei Lust auf was zu Rauchen, gegen die Depressionen, gegen die Hoffnungslosigkeit, damit sie sich nach dem Wodka-High nicht völlig im Arsch fühlen. Dann tauchst du auf, Helfer in der Not, und wedelst mit dem Beutelchen. Kotissek tut so, als sei ihm schon schlecht, und macht die Biege. Er schuldet dir was, ihr habt das abgesprochen, Kotissek serviert dir Wintrich und kriegt dafür, keine Ahnung, ein Hasch-Abo oder einfach nur eine Flasche Schnaps?«

Milan lachte und schüttelte den Kopf. »Wie kommen Sie auf so einen Scheiß?«

»Wegen der vierten Person, die dabei war. Deine frühere Freundin, Corinne Bahling.«

Die Augen verrieten den Jungen. Dunkel und starr, als hätte Mord, der böse Bruder des Todes, sie zum Stillstand gebracht.

»Die grünen Spuren.« Raupach zeigte mit einem Folienstift darauf. »Corinne hat ziemlich große Füße. Anfangs dachten wir, die Sohlenabdrücke stammen von einem Mann. Aber in jede Ermittlung schleichen sich Fehler ein. Die Realität macht, was sie will.«

»Ihre Phantasie, die macht, was sie will. Von der Realität haben Sie keine Ahnung.«

»Ich seh sie ganz klar vor mir, in Großbuchstaben. Kotissek verschwindet, du holst das Mädchen aus dem Taxi. Dann stellst du Wintrich zur Rede. Weil er mit Corinne etwas hatte, weil sich die beiden bei ihr zu Hause getroffen haben, weil er sie missbraucht hat. Denkst du.«

Die Schwärze in Milans Augen nahm zu.

»Für Corinne ist das Ganze eine einzige Tortur. Aber die Wahrheit muss auf den Tisch. Wintrich leugnet, du treibst ihn in die Enge. Es läuft ein bisschen so wie zwischen uns beiden, hier und jetzt. Tja, und mit Missbrauch ist das so eine Sache. Vielleicht war nur ein bisschen Zwang dabei, halb zog er sie, halb sank sie hin. Sagt zumindest Wintrich, er reizt dich, Corinne habe es doch Spaß gemacht, warum ließ sie ihn auch freiwillig in ihre Wohnung? Dort haben sie es wieder und wieder getan, der verständnisvolle Penner und das leicht zu überredende Mädchen, dem der Junge aus Vukovar nicht gut genug war. Sie ist noch ein wenig kindlich, hängt an ihrem alten Stofftier. Zugleich hat sie Brüste, die einen um den Verstand bringen, für manche Männer ist das eine verlockende Kombination. Auch Wintrich war kein Heiliger. Er dreht sich um und hat genug von dieser lächerlichen Inquisition. Betrunken ist er auch, das macht ihn unvorsichtig. Und dann kommst du mit dem Spaten und schlägst zu. Drei Hiebe. Da steckt alles drin, was dich ankotzt. Du weißt, wo du hinschlagen musst. Das bisschen, was du als Kind vom Krieg gesehen hast, war eine gute Schule.«

Milan atmete tief durch. Mit demonstrativer Lässigkeit steckte er sich eine neue Zigarette an. Konnte nicht verhindern, dass seine Hand zitterte. »Sind Sie fertig? Ist *das* Ihre Geschichte?«

»Warte auf den Nachklapp. Du lässt den Beutel am Tatort zurück, damit es wie ein Streit unter Junkies aussieht.

Corinne deckt dich, aus alter Verbundenheit, oder weil du ihr versprichst, ihrer Mutter nichts von dem Verhältnis mit Wintrich zu erzählen. Sie erfindet ein Alibi. Ihr Bruder Thorben hilft ihr, angeblich waren sie zur Tatzeit im Kino, Spätvorstellung, der neue Film mit Brad Pitt. Schade, dass es momentan keinen neuen Film mit Brad Pitt gibt. Der dreht zwar dauernd irgendwas, aber in diesem Herbst ist sein Gesicht garantiert nicht auf der Leinwand zu sehen. Auch Mittäter machen Fehler.«

Schweigen. Milan brütete vor sich hin.

Jakub konnte sich nicht erinnern, Raupach jemals so konfrontativ erlebt zu haben. Er zog alle Register, ohne Rücksicht auf Verluste, drückte Plavotic förmlich an die Wand. Irgendwann würde der Junge auspacken, daran bestand kein Zweifel. Aber war es nicht besser, erst mehr über ihn zu erfahren und zumindest den Anschein von Hilfsbereitschaft zu erwecken? Dann gewänne das, was er zu sagen hatte, an Wert.

»Ich brauche eine Pause«, sagte Milan schließlich. »So viel Bullshit auf einem Haufen hält ja kein Mensch aus.«

»Gut, versteh ich. Wenn man das komplette Bild vor sich sieht, muss man das erstmal verdauen.« Raupach ging zur Tür und öffnete sie einen Spalt. Er winkte Mülder herbei, gab ihm eine Anweisung und kam zurück an den Tisch. »Du hast Besuch. Wir bleiben hier, wenn du nichts dagegen hast.«

Mülder führte Tihomir und Ivanka Plavotic herein. Sie wussten bereits, was ihrem Neffen zur Last gelegt wurde. Zuerst kamen sie auf die Drogen zu sprechen, dann auf den Mordverdacht. Sie verteidigten Milan, sahen das wohl als ihre Pflicht an. Offenbar dachten sie, es würde reichen, wenn sie ein gutes Wort für ihn einlegten, um ihn mit nach Hause zu nehmen. Aber der Schreck saß ihnen in den Gliedern, und ihre stummen Vorwürfe hingen in der Luft wie Kellergeruch. Sie fragten sogar nach der Höhe der Kaution, worauf Jakub ihnen erklärte, dass der Staatsanwalt einen entsprechenden Antrag mit großer Wahrscheinlichkeit verwerfen würde, der Verdacht gegen ihren Neffen wöge zu schwer.

Milan schwieg zu allem und wusste nicht, wo er hinsehen sollte. Alles an ihm, die Körpersprache und die wenigen Blicke, mit denen er seine Ersatzeltern streifte, verriet schiere Verzweiflung. Schließlich vergrub er das Gesicht in den Händen und zog sich an einen Ort zurück, den nur er selbst kannte.

Es wurde eine lange Pause.

HEIDE DREHTE DEM PRESSEFOTOGRAFEN den Arm auf den Rücken und beförderte ihn mit einem leichten Schubser auf den Rasen. Er krümmte sich theatralisch, schaffte es aber, seine Kamera mit der freien Hand festzuhalten.

»Das war Widerstand gegen die Staatsgewalt und vorsätzliche Behinderung der Polizeiarbeit. Ich will Sie hier nicht mehr sehen, sonst zahlen Sie ein Zwangsgeld oder Sie landen gleich in der Zelle.«

Höttges wollte dem Mann aufhelfen.

»Finger weg! Sehen Sie zu, dass er uns nicht noch einmal in die Quere kommt. Und schärfen Sie Dresen ein, dass ich ihn mir zur Brust nehme, wenn der nächste Aasgeier durch die Absperrungen schlüpft.«

»Wird gemacht.« Höttges führte den Fotografen ab.

Heide schickte einen erbosten Blick gen Himmel, wo der Hubschrauber eines Privatsenders Position hielt, um Live-Bilder von der »Hatz auf den Babykiller« einzufangen. Eigentlich hatte sie nichts gegen die Medien. Sie verstand auch das öffentliche Interesse an dem Fall. Sie hasste nur jede Form von Störung.

Dann wandte sie sich wieder dem Führer der Hundestaffel zu. »Ganz sicher?«

»Die Jungs sind gut in Form heute Morgen. Der Tau hat sich lange gehalten, wie eine Schutzschicht. Und jetzt wird's wärmer. Ideale Bedingungen.«

Er tätschelte seinem Liebling, einem Labrador Retriever, den Kopf und gab ihm ein geschmacksneutrales Beißspielzeug. »Hast du fein gemacht, Balu.«

Balu stürzte sich auf den Polyesterknoten und kaute darauf herum. Weitere Hunde kamen hinzu, die leere Sporttasche wurde herumgereicht.

Ein Gebüsch in einer schattigen Ecke des Botanischen Gartens, dahinter ein Zaun, an den Wohnhäuser angrenzten. Hier hatte die Tasche mit dem toten Kind angeblich gelegen, etwa zwei Kilometer vom Fundort am Niederländer Ufer entfernt. Die Hunde waren kaum zu halten gewesen. Heide staunte stets aufs Neue, wie zielstrebig die Viecher ihrer Nase folgten. Fußgängerampeln über sechs Fahrspuren, schmale Gehwege, gesäumt von allen nur denkbaren Exkrementen – alles kein Thema für sogenannte Mantrailer, das waren Hunde, die nach den Duftmolekülen einer Zielperson suchten. Sie orientierten sich an individuellen Geruchsmerkmalen, die an der Tasche und vor allem im Gras zurückgeblieben waren.

Balu verlor das Interesse an seinem Kauknoten und zog erneut an der Leine. »Es geht weiter«, sagte der Hundeführer. »Das war nur eine Zwischenstation.«

»Gleich.« Heide prägte sich die Stelle ein. »Sie kennen ja das Programm, Effie. Textilfasern, Schuhspuren, vielleicht sogar DNA. Kommen Sie so schnell wie möglich nach.« Ihr fiel noch etwas ein. »Ach ja, alles Gute zum Geburtstag.«

»Danke.« Ausgerechnet Heide dachte daran, ihr zu gratulieren. Effie staunte nicht schlecht.

»An die Arbeit. Blumen gibt's später.«

»Wie es aussieht, hat jemand die Tasche hier in die Sträucher geworfen.« Die Kriminaltechnikerin versuchte, die umgeknickten Zweige zu deuten. »Die Bruchstellen sind relativ frisch, stammen aber nicht von der vergangenen Nacht. Schon leicht angetrocknet.«

Der Hundeführer ging mit Balu weiter. Höttges kam zurück. »Chinesische Winterblüte«, sagte er und wies auf eine Erläuterungstafel. »Chimonanthus praecox. Ein paar Knospen haben sich schon geöffnet. Das machen die immer zu dieser Jahreszeit.«

»Praecox? Klingt nach einem Männerproblem.«

Er kannte Heides Planierraupenhumor, wurde aber trotzdem rot.

»Sie müssen schlagfertiger werden, Höttges. Sagen Sie einfach: Ich komm immer zu spät. So läuft das bei der Polizei.«

»Kann ich nicht, wenn ich nachdenke.«

»Es denkt?«

Höttges ging in die Hocke und starrte in das Gewirr der Zweige. »Der Täter hat sich Mühe gegeben. Ist extra in den Botanischen Garten gegangen, in die hinterste Ecke. Aber am Ende wollte er die Tasche einfach nur loswerden und schmiss sie auf gut Glück hier rein. Warum hat er sie nicht in den erstbesten Müllcontainer geworfen?«

»Weil er nicht wusste, wann die nächste Leerung ist?«, schlug Heide vor.

»Weil er einen persönlichen Bezug zu dem Kind hat. Er oder sie, Mutter, Vater, jemand, der einen letzten Rest Skrupel besaß.«

»Weiter.«

»Hat er es sich sofort anders überlegt? Oder ist er erst nach einer Weile zurückgekommen und trug die Tasche dann vom Botanischen Garten zum Rhein? Zu Fuß, kilometerweit. Wieso? Um sie kurz vor dem Wasser in einer Wiese liegen zu lassen?«

»Macht alles keinen Sinn.«

Höttges nickte. »Deshalb waren es verschiedene Personen. Jemand hat die Tasche hierhergebracht. Schnelle Entsorgung, unter Schuldgefühlen, voller Zweifel oder Bedenken, vielleicht weil er mit dem Tod des Babys gar nichts zu tun hatte.« Der Kommissarsanwärter richtete sich auf. »Ein anderer hat die Tasche dann aus dem Strauch gepflückt und ist damit zum Niederländer Ufer gegangen. Wenn man eine Leiche in den Fluss wirft, ist das so ähnlich wie eine Seebestattung. Es verleiht dem Ganzen ein wenig Würde. Der Zweite hatte also noch mehr Skrupel als der Erste. Vielleicht hat er alles beobachtet und gemeint, ein Gebüsch sei nicht gut genug für so ein armes Würmchen.«

Heide strahlte. »Ziemlich gut, Partner.«

»Könnte natürlich sein, dass …«

»… Kindsmörder unter Stress jeden Unfug anstellen, der ihnen gerade einfällt, und Ihre Theorie zu ausgefeilt ist. Trotzdem spricht einiges dafür, zwei Ablageplätze, zwei Verdächtige.«

»Mit Schuhspuren sieht es leider schlecht aus«, sagte Effie. »Der Weg ist geteert, unter den Sträuchern liegt überall Rindenmulch. Und die Tasche wurde sorgfältig abgewischt. Meine Leute haben auf dem glatten Stoff keinen einzigen Fingerabdruck gefunden.«

»Für die Hunde reicht's. Nicht nachlassen.« Heide gab einen Funkspruch durch und schlug die Richtung ein, die der Hundeführer genommen hatte. »Bewegung, Höttges! Balu ist uns schon wieder ein gutes Stück voraus. Oder wollen Sie auch was zum Kauen als Belohnung?«

Sie verließen den Botanischen Garten durch den nördlichen Ausgang und kreuzten die Johannes-Müller-Straße, eine Querstraße der Amsterdamer. Wegen der Medien musste es schnell gehen, jede Verzögerung rief mehr Gaffer und selbsternannte Detektive auf den Plan. Das Viertel war für jeglichen Verkehr gesperrt.

Bereitschaftspolizisten begleiteten die Ermittler und den Tross der Kriminaltechniker. Sie bildeten einen beweglichen Korridor und machten an der Spitze weiträumig Platz. Manchmal geriet der Zug ins Stocken oder hielt an, bevor es im Schlendertempo weiterging. Uniformschultern schoben sich vor kritische, verhärtete Gesichter. Hofften die Leute, eine Festnahme zu sehen, fragte sich Höttges. Oder wollten sie nur live bei diesem Wochenend-Event dabei sein, hautnah am Verbrechen?

Das Spektakel glich einer öffentlichen Schnitzeljagd. Die Menschenschlange wand sich durch die Häuserzeilen, vorneweg die Mantrailer. Laien hielten es vermutlich für die effektivste Methode, einen Tatverdächtigen zu finden. Als folgte man einem unsichtbaren Faden. Die Stadt wurde plötzlich zu einem Labyrinth, das zum Versteck des großen Unbekannten führte, dem Ungeheuer in seinem Bau. Nichts war spannender als Teil dieser Suche zu sein, sie war greifbar, erlebbar im Gegensatz zur üblichen Polizeiarbeit. Wenn die Hunde irgendwann vor einem bestimmten Haus verharrten – bellen würden sie nicht, dafür waren sie zu gut abgerichtet –, stände die Suche kurz vor dem Abschluss.

Auch Heide setzte darauf. Die Vernehmung der beiden Männer, die das Baby gefunden hatten, war ohne Ergebnis verlaufen. Der ältere der beiden hatte seine Homosexualität zunächst verheimlicht, dann aber zugegeben, dass der nächtliche Ausflug andere Gründe gehabt hatte als »mal

Luft zu schnappen«. Die Entdeckung der Tasche im Mondlicht sei reiner Zufall gewesen. Früher oder später wäre sie jedoch jemandem aufgefallen, das Niederländer Ufer war bei Joggern und Spaziergängern beliebt.

Höttges' Liste der Babys, die in den letzten Wochen das Licht der Welt erblickt hatten, war ellenlang. Köln verzeichnete etwa 30 Geburten am Tag. Es würde lange dauern, alle Eltern zu überprüfen. Doch mit Hilfe der Hunde ließ sich dieser Kreis vielleicht erheblich einengen.

An der Einmündung zur Xantener Straße schlossen sie zu Balu und seinem Herrchen auf. Der Retriever beschnüffelte gerade eine Bordsteinkante.

»Wen sucht er jetzt eigentlich?«, wollte Heide wissen.

»Immer noch denjenigen, der die Tasche am Niederländer Ufer abgelegt hat.« Der Hundeführer wies auf die Gehwegplatten. »Vermutlich ist er in der Mitte des Bürgersteigs gegangen, wir nennen das die ›gelaufene Spur‹.«

»Die Fährte.«

»Sohlenabdrücke, Abrieb und dergleichen, davon ist jetzt natürlich nichts mehr übrig. Aber parallel zur Fährte hat der Täter Hautschuppen verloren. Das ist bei jedem Menschen so, winzige Partikel lösen sich und driften von der gelaufenen Spur je nach Windrichtung ab. Das ist sein Individualgeruch, den hat Balu in der Nase.«

»Vielleicht gibt es eine zweite Zielperson«, sagte Heide. »Die im Botanischen Garten die Tasche ins Gebüsch geworfen hat.«

»Hab ich mir auch schon überlegt. Das Problem ist nur, dass sich von dieser Person keine Geruchsspur isolieren lässt, mit der die Hunde etwas anfangen können. Den Weg im Botanischen Garten benutzen viele Leute. Und an der Tasche finden die Hunde nichts, was zu einem zweiten Individualgeruch auf dem Boden passt.«

»Im Klartext?«

»Ich bin schon froh, dass wir *eine* Spur haben, sogar eine relativ deutliche. So eine Duftspur hält sich etwa 36 Stunden. Mehr können wir nicht erwarten.«

»Dann machen wir das Beste daraus.«

Sie erreichten einen Fußgängerüberweg an der Amsterdamer Straße. Ein Linienbus stand verlassen an einer Haltestelle, der Verkehr wurde weiträumig umgeleitet. Es wirkte so, als fände irgendwo in Köln eine Großdemonstration statt.

Balu überquerte zügig die Fahrspuren und hielt nur an den Stellen inne, wo die Reifen der Autos jeden menschlichen Geruch getilgt hatten.

»Wir kommen den Kleingärten am Nordpark immer näher«, sagte Höttges. »Ist Ihnen das schon aufgefallen?«

»Das Kind starb ungefähr vor zwei Tagen. Wie Otto Wintrich.« Heide ging mit gesenktem Kopf weiter.

»Seltsame Übereinstimmung.«

»Jeder Mord ist seltsam.«

»Und wenn es einen Zusammenhang gibt?«

»Das würde erklären, warum Raupach mit seinem Fall nicht weiterkommt.«

Erklärungen. Die waren Mangelware, als Balu tatsächlich in den Nordpark einbog und auf den Eingang zur Heckenrose zusteuerte. Bis zur Parzelle Nummer 88 waren es noch gut zweihundert Meter.

Heide wies die Kollegen von der Bereitschaftspolizei an, das Gelände abzuriegeln, und forderte Verstärkung an, zur Sicherheit auch ein paar Krankenwagen. Die Schaulustigen protestierten lautstark, wie ein Lynchmob, dem man den Zutritt zum Richtplatz verweigerte. Die BePos hatten alle Hände voll zu tun, zückten ihre Gummiknüppel und setzten sie auch ein, als ein paar junge Männer den Kordon durchbrachen, hungrig nach einer Keilerei. Erste Schmerzensschreie. Dresen drohte per Megaphon mit verschärften Maßnahmen.

»Vielleicht ging es bei dem Streit in der Gartenlaube gar nicht um Drogen oder irgendwelche Feindschaften, sondern um die Tasche mit dem Baby.« Höttges sprach aus, was immer wahrscheinlicher wurde.

»Um die Verschleierung eines Kindesmords«, ergänzte seine Vorgesetzte.

Der Pavillonpilz lag direkt vor ihnen. Was für ein hässliches Ding, dachte Heide. Bei Tageslicht würde sie hier mit niemandem Liebespaar spielen. Mit Raupach schon gar nicht.

Balu schnüffelte im Halbkreis. Dann zog er sein Herrchen mit aller Kraft ins Gestrüpp.

»Was ist los?«, wunderte sich Heide. »Zur Heckenrose geht's da lang.«

»Wenn er so drauf ist, liegt er todsicher richtig«, sagte der Hundeführer. »An windgeschützten Stellen hält sich die Duftspur länger.«

Hinter einem ausladenden Rhododendron blieb Balu stehen, hob den Vorderlauf und winkelte ihn an. So hatte er es gelernt. Abstand halten zum Fundort, mit der Schnauze stumm anschlagen. Eine junge Buche stand nahebei.

Der Hundeführer war Fährtenleser genug, um die niedergedrückten Grashalme zu deuten. »Hier hat sich die Zielperson hingekniet, über längere Zeit. Scheint so, als habe unser Mann hier gewartet.«

Heide schaute aus einer Entfernung von mehreren Metern zu und tastete unwillkürlich nach ihrer Pistole. »Wann war das?« Genau in diese Richtung hatte sie vor zwölf, nein, vor zehn Stunden Schüsse abgegeben.

»Ist ziemlich frisch. Könnte erst vergangene Nacht gewesen sein.« Er untersuchte die Stelle eingehend, die Farbe des Rasens. Ging ein paar Schritte weiter. Ließ Balu erneut schnüffeln. »Hier sind die Abdrücke ein bisschen älter. Vielleicht kommt jemand öfter her. Um sich zu verstecken.«

»Klassisches Schema«, sagte Höttges. »Die Zielperson war in der Tatnacht hier. Und gestern kehrte sie an den Ort des Verbrechens zurück.«

»In die Nähe des Tatorts«, berichtigte ihn Heide. »Die Heckenrose ist ein paar Steinwürfe weit weg.«

»Und was hatte der Kerl dann hier verloren?«

Einsame Kommissare beim Schmusen stören, dachte Heide. »Ist da irgendwo Blut?«

»Nein, das hätte Balu sofort gefunden«, erwiderte der Hundeführer.

Effie stieß auf einen brauchbaren Abdruck eines Trekkingstiefels, den sie als unvollständiges Fragment schon vom Niederländer Ufer kannte. Mit den Schuhspuren in der Heckenrose stimme er nicht überein, erklärte sie Heide, das könne sie mit Sicherheit sagen. Außerdem zeigten alle Abdrücke das gleiche Profilmuster, die frischen wie die etwas älteren.

Währenddessen ließen die Hundeführer ihre Tiere erneut an der Sporttasche schnuppern. Die BePos schwärmten aus, weil sich der Nordpark schwer sichern ließ und einige Störer versuchten, den Kordon zu umgehen.

»Was jetzt?«, fragte Heide. »Hier ist doch nicht Endstation. Wo kam die Zielperson her?«

Balu nahm die Spur wieder auf. Er führte die Ermittler am Pavillonpilz vorbei, unter die Bäume, die den Nordpark von den Kleingärten trennten, und dann geradewegs zur Parzelle Nummer 88. Am Zaun des Grundstücks machte er Sitz und wollte partout nicht weitergehen.

»*Hier* ist Endstation«, sagte der Hundeführer. »Frau Bongartz hat recht. Die Zielperson hat die Laube nicht betreten.«

Sondern beobachtet, was sich darin zutrug, vermutete Heide, über den Zaun hinweg, vielleicht auch gestern, als sie mit Raupach die Erschütterungen des Daseins durchgegangen war.

Die anderen Hunde drängten vorbei und schnüffelten sich systematisch zum Kürbisbeet durch. Nach kurzer Diskussion kamen alle Spurenexperten überein, dass die Sporttasche mit hoher Wahrscheinlichkeit in der Gartenerde gelegen und danach gereinigt worden war. Jemand hatte vorgehabt, die Tasche zu vergraben, in der Nacht, als Wintrich umgebracht wurde. Es musste einen Zusammenhang geben, so überraschend er auch erschien. Unklar blieb, ob das Baby zu diesem Zeitpunkt noch gelebt hatte. Heide gab Raupach alles per Handy durch.

Auf Anordnung seiner Vorgesetzten ging Höttges zurück zum Pavillonpilz, um sich ein Bild von dem immer geräuschvolleren Tumult zu machen. Im Nordpark war inzwischen der Teufel los. Eine Gruppe von Randalierern hatte begonnen, die Polizisten mit leeren Bierflaschen und Pflastersteinen zu bewerfen. Unmöglich zu sagen, was sie antrieb, fand Höttges. Schiere Aggression? Empörung über den Kindsmord, dessen Aufklärung ihnen vorenthalten wurde? Oder eine Reaktion auf die Gewalt, welche die Staatsmacht ohne viel Federlesens anwandte, ein dumpfes Dagegenstemmen, wie es bei Menschenmengen häufig zu beobachten war?

Dresen verlor die Nerven. Er ließ Tränengas abfeuern.

»Sind Sie verrückt?«, schrie Heide in ihr Funkgerät, als sie den hohlen Klang explodierender Patronen hörte. Die Hundeführer fluchten und stülpten ihren Tieren spezielle

Maulkörbe über, um die sensiblen Schnauzen vor dem Reizstoff zu schützen.

Zu spät. Es knallte und rauchte wie an Silvester. Ein Gasschleier legte sich über den Nordpark und neutralisierte jede Geruchsspur.

FLOSSENSCHLÄGE. AUF der Stelle schweben. Maul auf, Maul zu. Aufs Futter starren. Automatisch eingestreut sank es wie in Zeitlupe zu Boden.

Der Architekt der Klinik hatte angenommen, ein raumhohes Aquarium in der Eingangshalle übe eine beruhigende Wirkung auf Patienten und Besucher aus. Bei Photini funktionierte das nicht. Auch Hilgers konnte mit Fischen wenig anfangen, weder hinter einer Glasscheibe noch auf einem Teller.

Die Ungeduld der beiden Polizisten wuchs. Wegen der Verkehrssperrung waren sie das letzte Stück zum Krankenhaus gelaufen. Photini hatte die Durchfahrt nicht erzwingen wollen.

»Geht das nicht schneller?«, fragte sie.

Keine Reaktion. Die Frau am Empfang sollte nachschauen, in welcher Abteilung Corinne Bahling arbeitete. Sie brauchte eine Ewigkeit. Ohne erkennbare Regung starrte sie auf den Bildschirm und drückte hin und wieder eine Taste. Hatte sich wohl schon den Fischen angepasst.

Laut Übersichtstafel stand einiges zur Auswahl: Kinderchirurgie, Kinderanästhesie, Kinderradiologie, Kinder- und Jugendpsychiatrie, Kreißsaal, Säuglingsstation, Neuropädiatrie, Frühgeborenen-Intensivstation.

»Was wird das?« Photini beugte sich über die Theke. »Klicken Sie jeden Angestellten einzeln durch?«

Der Empfangsdame kam Photinis Augenklappe mehr als suspekt vor. Mit ungeduldigen Besuchern hatte sie Erfahrung. Das Beste war, wenn man solche Leute ignorierte, völlig egal, wer sie waren oder vorgaben zu sein.

Eine weitere Minute verstrich, bis sie sich von dem Computer löste und mit einem unergründlichen Lächeln sagte: »Eine Corinne Bahling arbeitet nicht bei uns.«

»Was? Aber laut unseren Informationen –«

»Die sind veraltet.« Eine Andeutung billigen Triumphes. »Fräulein Bahling hat ihre Ausbildung vorzeitig beendet. Vor etwas mehr als einem halben Jahr.«

»Sicher?«

Ein Blick aus der Tiefkühltruhe. »Ja.«

Photini versuchte ruhig zu bleiben und überlegte zugleich, was das hieß. Die Ämter hatten wieder mal geschlampt und ihre Daten nicht zeitnah aktualisiert, daher dieser Irrtum. Doch es hieß auch: Corinne hatte Raupach belogen. Und vielleicht nicht nur Raupach, sondern auch ihre eigene Familie, ihre Mutter, die sogar Hebamme war.

»Otto Wintrich wusste Bescheid.« Auch Hilgers dachte mit. »Er war eingeweiht, in ein Geheimnis, das die beiden teilten. Mit dem er das Mädchen möglicherweise erpresste.«

»Sein Sparbuch, die regelmäßigen Abbuchungen. Er hat sie finanziell unterstützt.«

»Bezahlt, für allerlei Dienste. Und obendrauf gab's ein paar freundliche Pillen aus seinem Musterkoffer.«

»Plavotic ist im Frühjahr zuletzt bei Corinne gesehen worden«, rief sich Photini in Erinnerung. »Vor einem halben Jahr. Da wird sie ihn abserviert und ihre Stelle gekündigt haben. Wintrich war der neue Drogenonkel – und der neue Mann in ihrem Bett. Das hat Plavotic gar nicht gefallen. Er wollte sich rächen.«

Damit stand die Theorie der jungen Kollegin in groben

Zügen. Doch Hilgers reichte das nicht. »Wo ist Corinne jetzt?«

»Hat sich aus dem Staub gemacht, aus Angst vor Plavotic. Und weil sie jede Menge vor uns zu verbergen hat. Vielleicht ist sie in Holland und kifft sich den Kopf zu, um über alles wegzukommen. Gelingt ihr wahrscheinlich nicht.«

»Wir wissen zu wenig über sie. Was ist das für eine Kalaschnikow-Logik?«

»Häh?«

»Einmal kurz draufhalten und den Fall abhaken.«

»Fängst du auch noch an? Gelehriger Schüler der Chefs?«

Hilgers trat an die Theke. »In welcher Abteilung war Corinne zuletzt tätig?«

Die Empfangsdame hatte das Gespräch der Polizisten mit wachen Ohren verfolgt. Jetzt tat sie so, als sei sie in irgendwelche Rechnungen vertieft.

»Sie haben mich schon verstanden. Schauen Sie bitte noch mal im Computer nach, wenn's nicht zu viele Umstände macht.«

Die Frau hob den Kopf und wandte sich mit einem Stirnrunzeln, das jeden Bullen aus der Haut fahren ließ, ihrem Bildschirm zu.

Hilgers war lange genug mit Reintgen unterwegs, um zu wissen, wie man diesen Verwaltungsexistenzen die Pistole auf die Brust setzte. »Legen Sie mal einen Zahn zu. Sonst beschlagnahmen wir Ihren Rechner und schauen nach, ob hier alles mit rechten Dingen zugeht. Sie wissen schon, wer welches Zimmer bekommt, Kasse, privat, der Fluss des Geldes.«

»Ich glaube kaum, dass Sie dafür die Befugnis haben.«

»Ich tu's einfach, wenn Sie sich weiter querstellen.«

Ein unwilliger Tastengriff und die Auskunft kam.

»Fräulein Bahling war von Januar bis Mai in der Säuglingsstation. Doktor Fründt leitet diese Abteilung. Wenn es sein muss, rufe ich sie in die Halle herunter.«

»Bemühen Sie sich nicht.« Hilgers gab Photini einen Wink. Sie folgten den Wegweisern.

NOCH EIN TRITT, der juckte durch die Stahlkappen bis in die Zehen.

Wieder keine Antwort. Dabei ging Reintgen noch relativ vorsichtig mit dem Kerl um. Wie hieß er nochmal? Kotissek, Tütentünn? Egal, er hielt dicht, und das war einfach nicht akzeptabel.

Einen auf Delirium machen und sich so den unangenehmen Fragen entziehen. Das ist nicht fair, Tütendünn, irgendwas weißt du, irgendwas hast du mitgekriegt von diesem schmutzigen kleinen Mord. Erzähl keine Märchen. Nur drei Grundstücke von deiner Winterbleibe entfernt. Mach dich nicht unglücklich!

Reintgen hatte seine Kontakte in die Viertel. Meistens ging es um Geld, wer wem wie viel schuldete, und wann wer aufkreuzte, um seine Schulden zu begleichen und womit. Hartz IV, Auszahlungstermin war der Erste jeden Monats. Kotissek hatte längst alles ausgegeben und vor einem Discounter-Markt darauf gewartet, das Pfand für zusammengeklaute Flaschen einzulösen. Dort hatte Reintgen ihn erwischt, all die Tüten mit dem Leergut weggekickt und den übelriechenden Knaben an seinem Trainingsanzug hinter ein paar Müllcontainer gezerrt.

Ein Ort zum Plaudern, reserviert für Beichten aller Art. Wusste jeder in Ehrenfeld. Bleib fern, o Wanderer, wenn du mit Nachdruck gestellte Fragen, feuchte Schläge und Würggeräusche hörst.

Kotissek brabbelte irgendwas von Raupach, dem er das alles erzählen würde. Aber da hatte er sich den falschen Schutzengel ausgesucht. Deshalb platzten seine Lippen auf. Zwei Schläge mit Handschuh und Schlagring. Selber schuld, wenn er sich auf einen Klugscheißer wie den Chef berief. Ein paar Zähne waren wohl auch dabei, Gerechtigkeit hatte ihren Preis. In schlechten Zeiten stieg er ständig.

Kotissek war nicht vollständig blöd. Endlich murmelte er etwas von seinem Freund Wintrich. Familie, Probleme – die Worte kamen nur in Bruchstücken heraus. Dann flüchtete er sich ins Reich der Träume.

Geschichten waren nicht Reintgens Ressort. Er war ein Mann fürs Handfeste. Aber das spuckte Kotissek nicht aus, nur versoffenes Blabla und Blut, vielleicht hatte Reintgen doch die Milz oder ein anderes irgendwie wichtiges Organ erwischt. Kismet, hieß das wohl bei den Islamisten auf der Neusser Straße. Die konnten auch hart zuschlagen, wenn sie mal loslegten. Aber dann kam gleich das BKA. Bei Typen wie Kotissek kam nur Reintgen, und er kam gern.

Bevor ihm der Haufen Unrat noch wegstarb, rief Reintgen den Rettungsdienst, einen Notarzt hielt er für übertrieben. Im Hospital würden sie Kotissek halbwegs zusammenflicken. Was er nicht wusste: Sein Lieblingspolizeiobermeister würde die zweite Runde einläuten, wenn er aufwachte. Mit diesen Schläuchen, die sie in Unfallopfer steckten, konnte man vieles anstellen.

»Es erwischt immer dieselben.« Die Sanitäter waren nicht besonders überrascht, als sie eintrafen. »Ein Glück, dass die Polizei diesmal rechtzeitig da war«, sagte einer zu Kotissek, der fast weg war, aber einigermaßen normal atmete.

»Zahlt alles Vater Staat«, erwiderte Reintgen auf die Frage nach der Krankenversicherung des Penners. »Wir kümmern uns um die Schwachen. Irgendeiner muss es ja tun, oder?«

»Kann einige Zeit dauern, bis wir in der Notaufnahme ankommen. Wegen dieser Verkehrssperrung sind die Straßen dicht.«

Reintgen sah zu, wie Kotissek auf die Trage gelegt und in den Rettungswagen verfrachtet wurde. Der pure Luxus. Er klopfte auf die Seitenwand, die Sanis fuhren los.

ES WAREN NUR ZWEI STOCKWERKE bis zur Säuglingsstation. Bevor sie die sterile Schleuse erreichten, kam ihnen Dr. Brigitte Fründt entgegen und lotste Photini und Hilgers in den Aufenthaltsraum.

»Man hat mich bereits informiert. Also, dass Corinne etwas mit Drogen zu tun haben soll, finde ich jammerschade.« Doktor Fründt nutzte die Anwesenheit der Polizisten, um eine Ruhepause einzulegen. Sie holte sich Kaffee aus dem Automaten. »Aber an dem Mädchen war mir so einiges ein Rätsel.«

»Zum Beispiel?«, fragte Photini.

Sie standen um einen Tisch herum, an dem schon viele Väter auf die Geburt ihres Nachwuchses gewartet hatten. Wenn sich eine Entbindung in die Länge zog oder ein Kaiserschnitt vorgenommen werden musste, störten die Herren der Schöpfung meistens. Widerstrebend packten sie dann ihre Camcorder ein und räumten das Feld.

»Anfangs machte sie sich wirklich gut als Kinderkrankenpflegerin. Sie war mit Leib und Seele dabei. Hat sich rührend um die Säuglinge gekümmert.«

Die Ärztin, kleiner als Photini, mit kurzen roten Haaren und einem Gesicht, das nach permanentem Schlafentzug aussah, wollte Corinne nicht in die Pfanne hauen und zuerst etwas Gutes über sie erzählen.

»Das ist nicht selbstverständlich, müssen Sie wissen. Bei vielen jungen Frauen lässt die Begeisterung schnell nach. Zwanzig Neugeborene in einem Raum machen gehörig Lärm, wenn sie nicht schlafen oder bei ihren Müttern sind. Das kann einen ganz schön fertigmachen. Aber Corinne machte das nichts aus, es prallte regelrecht an ihr ab. Sie lebte ein bisschen in ihrer eigenen Babywelt. Da war jedes Kind einfach nur süß und knuddelig und pflegebedürftig.«

»Was hat sich verändert?«

»Sie war mit ihrer Ausbildung ungefähr zur Hälfte fertig, da bekam sie plötzlich diese seltsamen Stimmungsschwankungen. Ich konnte mir das nicht erklären, niemand auf der Station. Corinne war immer so ausgeglichen, ließ sich durch nichts aus der Ruhe bringen. Manchmal wirkte sie geradezu lethargisch. Und dann fuhr sie bei dem geringsten Anlass aus der Haut und maulte jeden an, der ihr über den Weg lief.«

»Das soll ja vorkommen.« Photini dachte an Heide Thum. Auch kein Sonnenschein.

»Wenn eine Patientin einmal zu oft nach der Schwester klingelte, wenn ihr Dienst etwas länger dauerte, weil sich eine Kollegin verspätete, dauernd war sie schlecht gelaunt, es wurde zu einer richtigen Belastung. Ich meine, ich erwarte von den Mädchen nicht, dass sie hier mit einem Dauergrinsen herumlaufen, Sie wissen schon, so ein aufgesetzter Optimismus, als würde es darum gehen, Trinkgelder zu kassieren, schrecklich. Aber ich muss wissen, woran ich bei meinen Mitarbeiterinnen bin, wie belastbar sie sind. Bei Corinne war das irgendwann nicht mehr möglich.«

»Haben Sie mit ihr darüber geredet?«, fragte Hilgers. Er hörte aufmerksam zu.

»Ich hab's versucht, unter vier Augen, versteht sich. Sie ging gar nicht darauf ein. Im Gegenteil, sie nahm das Gespräch zum Anlass, ihre Ausbildung abzubrechen, von jetzt auf gleich, ohne jede Begründung. Es wirkte fast so, als sei sie eingeschnappt, na ja, eher, als würde sie sich hinter ihrem Eingeschnapptsein verstecken.«

»Was wissen Sie über Corinne Bahlings Privatleben?« Hilgers nickte Photini, die schon auf die Uhr sah, beschwichtigend zu. »Gab es einen Freund?«

»An Beziehungsprobleme haben wir hier auf der Station natürlich auch gedacht. Aber sie hat nie etwas in dieser Richtung erzählt, wurde auch nie mit jemandem zusammen gesehen. Sie hat sich abgesondert.«

»Corinnes Mutter ist Hebamme. Wie hat sie reagiert, als ihre Tochter das Handtuch warf?«

»Ich kenne Frau Bahling. Sie arbeitet nicht für unsere Klinik. Das war Corinne wichtig, sie wollte nicht das Gefühl haben, unter Aufsicht zu stehen. Nachvollziehbar, trotzdem schade, wenn sich Mutter und Tochter nicht vertragen. Frau Bahling durfte auch nicht erfahren, dass Corinne bei uns aufgehört hat, das verlangte sie von mir. Sie ist volljährig, also hielt ich mich dran, obwohl sie mir noch wie ein Teenager vorkam.«

»Manche Teenager haben's faustdick hinter den Ohren«, sagte Photini.

»Anzeichen von Drogenkonsum konnte ich bei ihr jedenfalls nicht bemerken«, sagte Doktor Fründt. »Darauf achte ich, wir hatten hier schon den einen oder anderen Fall.« Sie überlegte. »Nein, Corinne strotzte am Ende sogar vor Gesundheit.«

»Wir glauben, sie ist an den falschen Mann geraten.«

Photini gab eine Kurzbeschreibung von Wintrich und Plavotic und deutete die Verwicklung in ein Verbrechen an.

»Gleich zwei?« Die Ärztin zeigte sich überrascht. »Meiner Ansicht nach macht sie sich gar nichts aus Männern. Ich habe Corinne als Teenager bezeichnet. Das war das falsche Wort. Für mich ist sie eher ein großes Kind.«

»Ein Kind?«

»Es tut brav, was man ihm sagt. Bis es irgendwann bockig wird und streikt und nicht realisiert, wie sehr es sich damit selber schadet.«

Photini nahm Numi aus der Plastiktüte. »Corinnes Schmusetier, sie hängt daran, noch immer. Was halten Sie davon?«

Doktor Fründt betrachtete den Eisbären, als erinnere er sie an etwas, woran sie mit Unbehagen zurückdachte. Sie schüttelte den Kopf. »Kennen Sie das Gefühl, wenn man eine Eigenart an jemandem bemerkt, die einem irgendwie ungut vorkommt? So ging es mir mit Corinne. Sie hatte diesen seltsamen Tick. Unter Stress, etwa, wenn ein Baby nicht aufhören wollte zu schreien und sich immer weiter hineinsteigerte, dass es kaum mehr Luft bekam, in schwierigen Situationen eben, da schnappte sie sich irgendein Spielzeug – nicht um das Baby zu beruhigen, sondern sich selbst. Sie drückte es an sich, probierte die Funktionen aus, machte Geräusche dazu. Wir haben hier eine ganze Sammlung, für Säuglinge, auch für ältere Kinder, die zu Besuch kommen. Fingerpuppen, Rasseln, Stoffbücher, Spieluhren. Corinne konnte sich endlos damit beschäftigen.«

»Haben wir nicht alle unsere Rituale, um den kleinen Krisen des Alltags zu entfliehen?«, fragte Hilgers.

»Bei Corinne nahm das bedenkliche Ausmaße an. Sie tauchte regelrecht ab, dann war sie gar nicht mehr ansprechbar.« Das Telefon der Ärztin klingelte. Sie nahm ab, gab ein paar Instruktionen und sagte, dass sie gleich zur Visite komme.

»Das dürfte dann alles sein, vielen Dank.« Photini konnte sich keinen Reim auf diese Beobachtungen machen. Als Nächstes wollte sie sich mit Vera Bahling unterhalten und sie über Corinnes Ausbildungsabbruch informieren. Die Mutter hatte ein Anrecht darauf, ebenso Klaus Bahling. Vielleicht hatte sich das Mädchen ihrem Vater sogar anvertraut.

»Ich wünschte, sie wäre zugänglicher gewesen«, setzte Doktor Fründt hinzu. »Wir haben hier leider nicht die Zeit, auf die Probleme der Auszubildenden einzugehen. Wenn Corinne meine Tochter wäre, hätte ich ihr eine Psychotherapie vorgeschlagen. Irgendetwas stimmt nicht mit dem Mädchen, etwas Grundsätzliches. Ab und zu bricht es durch und macht aus ihr einen komplett anderen Menschen.«

»Hat sie so etwas wie eine gespaltene Persönlichkeit?«, fragte Hilgers.

»Ich würde eher von einer dissoziativen Störung sprechen, schwach ausgeprägt.«

»Was ist das?«

»Corinne zeigt manchmal ein Verhalten, über das sie wahrscheinlich keine bewusste Kontrolle hat. Wenn sie uns zum Beispiel jetzt Gesellschaft leisten würde und sich all die unangenehmen Fragen anhören müsste … Ich bin mir sicher, sie würde einfach ihr Stofftier nehmen und sich damit ans andere Ende des Raumes verziehen. Später, wenn die Krise nach Corinnes Empfinden ausgestanden wäre, würde sie wieder ganz normal an die Arbeit gehen. Ohne sich daran zu erinnern, worüber wir geredet haben.«

»Sie blendet aus, was ihr Angst macht.«

»Man muss sich das mehr wie einen Riss vorstellen. Aber ich bin kein Psychologe. Jemand sollte sich die Mühe machen, genauer nachzuforschen.«

»Wir tun, was wir können«, erwiderte Hilgers.

SIE VERLIESSEN DEN AUFENTHALTSRAUM, die Ärztin kehrte zu ihrem Dienst zurück, die Polizisten nahmen die Treppe. Photini hatte mitten in der Befragung einen Anruf auf ihrem stumm geschalteten Handy erhalten. Raupach. Mal sehen, was es Neues gab.

Es dauerte eine Weile, den Stand der Dinge abzugleichen. Die Suche nach Corinne, Plavotics Vernehmung im Präsidium, der Hundestaffeleinsatz im Nordpark und im Kürbisbeet der Heckenrose.

Photini wurde immer angespannter. Die konnte nur eins bedeuten. Verdammt!

»Ich denke nicht, dass Corinne abgehauen ist«, fasste Raupach ihre Befürchtungen zusammen.

»Sie hat sich eingeigelt.«

»Der Abbruch ihrer Ausbildung vor einem halben Jahr würde zeitlich passen. Das Mädchen war schwanger.«

Er klang wie ein Rechenmeister des Todes. »Die Babyleiche«, sagte Photini. »Es war ihres.«

»Sie hielt es geheim.«

»Zumindest vor ihrer Mutter.«

»Psychisch labil, bei Belastung überfordert. Sie könnte nachgeholfen haben.«

»Postnatale Depression.«

»Corinne war am Tatort in der Heckenrose. Sie hat ziemlich große Füße, ich habe das nicht bedacht bei den Schuhspuren. Corinne, Milan, Wintrich. Fehlt noch Nummer vier. Kotissek? Klaus Bahling?«

»Das ist momentan meine geringste Sorge«, sagte Photini. »Als wir vorhin bei ihr geklingelt haben ... Was, wenn sie einfach nicht aufgemacht hat?«

»Wart ihr bei ihr oben? Habt ihr an die Tür geklopft, aufmachen, Polizei?«

»Ich dachte, das sei nicht nötig.« Photinis Stimme war so dünn wie ein alter Nähfaden.

Raupach fluchte im Stillen. Was, wenn Corinne nicht mehr in der Lage gewesen war aufzumachen? Er spürte Photinis Beklemmung durch das Handy. Sie hatte die Sorte Fehler gemacht, die einen Bullen lebenslang verfolgten.

»Beeilt euch! Ich schicke ein Sonderkommando nach Mülheim – falls noch ein paar Leute verfügbar sind, im Nordpark herrscht der Ausnahmezustand.«

»Und einen Krankenwagen.«

Photini legte auf und rannte mit großen Sprüngen die Treppe hinunter. Hilgers war dicht hinter ihr. Er hatte genug mitgekriegt, wusste, was auf dem Spiel stand. Suizidgefahr.

Entgegenkommende Besucher drückten sich an die Wand, wurden hart angerempelt, protestierten.

Die Empfangshalle. Sie hatten das Auto ein paar hundert Meter weiter weg geparkt. Schlecht.

»Zum Parkhaus!«, schlug Hilgers vor.

»Schnell!«

Flügeltüren aufstoßen.

Einer Frau in den Wehen und einem Krankenpfleger ausweichen.

Schwestern den Ausweis fast ins Gesicht rammen, damit sie den Weg freigaben.

Weiter. Nicht daran denken, wie viel Zeit mit den Befragungen vergangen war. Ob überhaupt noch Zeit blieb.

Bringt man sich nachts um, wenn im Dunkeln alles aussichtslos erscheint? Oder bei Tagesanbruch, im Licht einer unbeschreitbaren Zukunft?

Aufs erste Parkdeck taumeln, sich orientieren.

Autos.

Ein Mann stieg in seinen Porsche Cayenne. Teurer Anzug, gesunder Teint, vermutlich ein Chefarzt.

»Ihr Wagen ist beschlagnahmt.«

Photini packte ihn an der Krawatte und zerrte ihn aus seiner fetten Kiste. Der Zündschlüssel steckte. Sie schnippte eine Visitenkarte nach draußen und knallte die Tür zu. Hilgers konnte gerade noch hinter ihr einsteigen, bevor sie zurückstieß.

Dann drückte sie drauf, die Ausfahrt lag gleich um die Ecke.

Reifenquietschen. Photini hielt sich nicht damit auf, die Parkkarte des Cayenne-Mannes aus der Mittelkonsole zu fummeln. Ein lauter Aufprall, splitternde Scheinwerfer. Die gelb-schwarze Schranke brach glatt durch.

Sie schossen auf die Straße.

NICOLAS LAG sonst immer auf dem Rücken, eingewickelt wie eine Mumie, damit nur sein Kopf herausschaute. Ein Bergsteiger im Schneesturm, Biwak, Wärme speichern, um auf dem Felsvorsprung nicht zu erfrieren. Keine falsche Bewegung, sonst stürzte man ab.

Früher hatte er sich das oft vorgestellt, beim Camping in den Alpen. Da waren sie noch Kinder gewesen, er und seine Schwester, vor vielen Jahren. Bis vor kurzem war diese Zeit für ihn greifbar gewesen, er konnte die Hand danach ausstrecken und sie berühren, sie hatte Formen, Konturen, Farben besessen. Jetzt erschien sie ihm durchsichtig und ohne Gestalt.

Als er an diesem Morgen erwachte, hatte er die Bettdecke weggestrampelt. Er schlotterte vor Kälte. Und wusste gleich, dass dieser Tag anders werden würde. Ganz anders als die beiden vorangegangenen, obwohl am Donnerstag und am Freitag schon unglaublich viele ungewöhnliche Dinge passiert waren. Die Felder des Spielbretts, so wie er es bisher gekannt hatte, vervielfachten sich.

Seltsamerweise beunruhigte ihn das nicht. Er hatte den Eindruck, längst auf neuen Spielfeldern zu stehen. Die Figuren waren nicht mehr in ihren Bewegungen eingeschränkt, Dame und Läufer konnten beliebig weit ziehen. Als kleiner Bauer musste man sehen, dass man da hinterherkam.

Nicolas setzte sich auf und rieb sich den Schlaf aus den Augen. Die Alpen. Ein Schachbrett. Alles zu seiner Zeit. Die Wirklichkeit wartete auf ihn.

Corinne. Jetzt, wo er herausgefunden hatte, wie das zwischen Mann und Frau vonstatten ging, wie das mit dem Reden und dem Küssen funktionierte, so dass beide Seiten einverstanden waren und Freude daran hatten, konnte er ihr helfen. Oder besser noch: Er würde zu ihr ziehen und an Ort und Stelle auf sie achtgeben. Als Erstes würde er ihren Computer aus dem Verkehr ziehen, damit niemand sie mehr auf www.koelsche-girls.de begaffen konnte. Auf Dauer war das nicht gut für sie.

Waschen, Zähneputzen, dann Frühstück mit Mama. Nach ihrer Spätschicht hatte sie länger geschlafen. Jetzt telefonierte sie, beruflich, wie immer. Dachte nur an die Babys anderer Leute. An diesem Morgen hasste er sie dafür. Als ob Babys die Einzigen waren, die Hilfe brauchten.

Er schlug Corinnes Adresse im Kalender nach. Er musste sie finden, unbedingt. Und er würde das allein hinkriegen.

Da stand auch eine Handynummer. Die nutzte ihm nichts, am Telefon brachte er immer keinen Ton heraus.

Thorben war schon unterwegs, obwohl er an Samstagen meistens frei hatte. Sein Beschützer beschützte ihn nicht. Besser so.

Anziehen, die Reihenfolge war egal, jetzt, wo er ein klares Ziel hatte und nur noch daran dachte, wie es zu erreichen war.

Wohin er ginge, fragte Mama. Zum Supermarkt, log er, worauf sie ihr Telefonat beendete und eine Einkaufsliste schrieb mit leicht zu findenden Produkten, Milch, Butter, Hackfleisch. Sie freute sich, wie selbständig er inzwischen war.

»Bist du noch traurig wegen Otto?«, fragte er.

Sie griff nach ihrer Tasse. Der Tee war kalt. »Ja, sehr«, sagte sie schließlich. »Ich hab die ganze Nacht geweint.«

Das stimmte, er hatte es durch die Wand gehört. Mama war offen mit ihm, sagte immer die Wahrheit. Doch sie sah immer nur das, wovon sie annahm, dass es sie und ihre Familie unmittelbar betraf. Dabei entging ihr so viel.

»Er fehlt dir, oder?«, fragte Nicolas.

»Ja.«

»Mir auch. Mit wem soll ich jetzt Schach spielen?«

Sie lachte gequält. »Vielleicht bringst du es mir bei?«

»Aber wann sollen wir spielen? Du bist doch nie da.«

»Das wird sich ändern, mein Schatz. Ich spreche mit deinem Vater, wir brauchen mehr Geld, damit ich nicht so viel arbeiten muss. Es gibt keinen Grund mehr für seine Eifersucht, Otto ist tot. Da kann er tiefer in die Tasche greifen.«

»Ich gehe jetzt.« Nicolas missfiel es, wenn Mama über Papa redete, als säße er auf einer Schatztruhe, deren Inhalt er mit niemandem teilen wollte.

Er steuerte das Internet-Café an und gab Corinnes Adresse in eine Suchmaschine ein, so wie er es geplant hatte. Warum war ihm das nicht früher eingefallen?

Die Suchmaschine zeigte einen Stadtplan an und, was viel nützlicher war, eine genaue Wegbeschreibung. Wann man wo abbiegen musste, mit den genauen Entfernungen, nach 300 Metern rechts, dann 100 Meter geradeaus, und so weiter. Er druckte alles aus.

Jetzt war es einfach, nach Mülheim zu finden, ohne dauernd befürchten zu müssen, dass er sich verirrte. Er kam sogar an Orten vorbei, die er bereits kannte, an denen er kürzlich erst gewesen war. Bei Tage sahen sie ganz anders aus. Ungewöhnlich viel Polizei war auf den Straßen. Suchten die noch nach Ottos Mörder?

Dünnwalder Straße. Die richtige Hausnummer. Ein Klingelschild mit dem richtigen Namen.

Er drückte auf den Knopf.

Nichts.

Er probierte es erneut.

Noch einmal.

Die Tür öffnete sich, ein Mann kam mit einem Fahrrad heraus. Nicolas schlüpfte ins Haus.

Er arbeitete sich Stockwerk für Stockwerk vor, bis unters Dach.

»C. Bahling« stand handgeschrieben auf einem Aufkleber an der letzten Tür.

Er klopfte, ganz laut. »Corinne! Bist du da?«

Der Nachhall verlor sich in den Gängen des Mietshauses.

Nicolas presste seine Stirn gegen die Tür. Sie war da, er konnte es deutlich spüren. Corinne befand sich irgendwo hinter dieser lackierten Holzplatte.

Vielleicht durfte sie kein Geräusch machen. Vielleicht

konnte sie sich nicht rühren. Vielleicht war sie wieder krank und starrte an die Decke wie früher. Er hatte ihren Erklärungen immer Glauben geschenkt, Mama auch, doch langsam begann er daran zu zweifeln. Wie war es möglich, gesund einzuschlafen und mit Kopfschmerzen und Übelkeit aufzuwachen?

Er hämmerte ein paarmal gegen das Namensschild.

Wartete wieder.

Bis er ein Geräusch hörte. Was war das? Stöhnen? Ein Hilferuf?

Nicolas nahm Anlauf und warf sich gegen die Tür.

Das Schloss hielt. Aber eine Angel gab nach.

Noch mehr Gewalt, er hieb sich durch, Holzsplitter bohrten sich in seine Fäuste.

Er war drin.

Corinne lag auf dem Sofa, in Form einer Mumie. So krank wie noch nie, er rüttelte an ihr, schüttelte sie, ihre Augen blieben geschlossen.

Nicolas kämpfte gegen den Schock. Er musste etwas tun.

»EINE ÜBERDOSIS Beruhigungsmittel.« Clausing hielt eine Schachtel mit dem Aufdruck »Muster« hoch. »Der Junge hat ihr den Finger in den Hals gesteckt, damit sie sich übergibt. Dann brachte er sie in eine stabile Seitenlage. Besser geht's nicht.«

»Wird sie's überleben?«, fragte Photini.

»Wir stabilisieren sie und pumpen ihr den Magen aus. Physisch müsste sie's packen. Aber für den Kopf bin ich nicht zuständig.«

»Gehirnschäden?«

»Das glaube ich nicht. Atmung war noch da.«

Corinne wurde zum Abtransport ins Krankenhaus

Köln-Kalk fertig gemacht, dort landeten alle Fälle der Polizei. Nicolas wollte mitgehen, doch Hilgers hielt ihn zurück. »Du kannst jetzt nichts mehr tun. Wir brauchen dich hier.«

»Nein!« Er wehrte sich mit allem, was er hatte.

Hilgers hielt ihn auf Abstand und wich seinen erstaunlich gut gezielten Schlägen aus.

»Sie können mir nichts befehlen! Ich bleib bei meiner Schwester!«

Nicolas trat dem Bullen gegen das Schienbein, Hilgers knickte ein und sah eine Faust auf sich zufliegen.

Photini hielt Nicolas' Arm fest, drückte ihn zu Boden und nahm ihn in den Kreuzfesselgriff, so dass er sich nicht mehr rühren konnte. »Schluss jetzt!«

»Ich lass sie nicht allein«, stieß er hervor. »Was haben die Sanitäter mit ihr vor?«

»So, wie du dich hier aufführst, landest du noch im Knast. Was wolltest du bei Corinne?«

»Sie besuchen.«

»Trittst du dafür immer die Tür ein?«

»Ich bin zum ersten Mal hier. Ich hatte Angst, dass ihr was passiert ist.«

»Wie bist du darauf gekommen, dass sie in Lebensgefahr schwebt? Hat sie bei euch angerufen?«

»Ich hatte eben Angst!«, wiederholte er.

»Woher wusstest du überhaupt, dass Corinne zu Hause ist? Wart ihr verabredet?«

»Nein, aber ich muss jetzt bei ihr sein!«, krächzte er. »Ich bin ihr Bruder!«

Photini überlegte. Vielleicht half Nicolas' Anwesenheit dem Mädchen. »Also gut. Aber du hörst auf das, was man dir sagt, verstanden?«

»Ja.«

»Ehrenwort? Sonst schicken wir dich heim.«

»Ehrenwort.«

Sie ließ ihn los. »Fahren Sie mit ihm hinterher«, wies sie Hilgers an. »Schließlich hat er Corinne gerettet, so wie es aussieht.«

Nicolas erhob sich. »Na endlich«, sagte er und folgte den Rettungshelfern. Thorben war nicht dabei.

Photini nahm Hilgers beiseite. »Passen Sie auf ihn auf. Wenn zu viele Reize auf ihn einprasseln, wird er rabiat, dafür kann er nichts.« Sie erklärte ihm auf die Schnelle das Asperger-Syndrom. »Ich will wissen, was er so quasselt«, setzte sie hinzu. »Auch wenn es klingt wie dummes Zeug. Der Junge ist nicht dumm.«

Sie waren gerade noch rechtzeitig eingetroffen, im Gegensatz zu Raupachs Sonderkommando, das sich erheblich verspätet hatte und unverrichteter Dinge abgezogen war.

Frau Drove, aufgeschreckt durch den von Nicolas verursachten Lärm, war an Corinnes Tür stehen geblieben und hatte ihrerseits die Polizei verständigt. Die Situation war ihr definitiv nicht geheuer gewesen. Kurz darauf waren schon Photini und Hilgers die Treppe hochgestürmt.

Als Corinne an ihr vorbeigetragen wurde und die Sanitäter ihr bedeuteten, dass sie noch am Leben war, ging Frau Drove in ihre Wohnung zurück und setzte sich mit einer Flasche Brandy auf die Couch. Sie hatte oft genug Mädchen in einem solchen Zustand gesehen. Es war eine verdammte Schande.

ALLEIN, OHNE UNLIEBSAME STÖRUNGEN, suchte Photini nach Hinweisen, die auf eine Hausgeburt hindeuteten. Die Heizung war voll aufgedreht, als stürbe es sich leichter, wenn man nicht fror.

Im Kleiderschrank befanden sich jede Menge Handtü-

Jakub brachte ihm gerade die Nachricht von Corinnes Selbstmordversuch bei, zum Auftakt der nächsten Sitzung. Das tote Baby verschwieg der Psychologe fürs Erste.

Onkel und Tante waren wieder gegangen, nicht ohne die Methoden des Kommissars zu kritisieren. Milan müsse einen Anwalt bekommen, ob er wolle oder nicht. Wegen seiner Verletzung dürfe man nicht so hart mit ihm umspringen.

Raupach hatte die Einwände zur Kenntnis genommen und den Plavotics gesagt, ihr Neffe könne sich am besten selber helfen, die Ermittlung gehe weiter ihren Gang. Verständnis zu heucheln war nicht seine Art. Und falsche Hoffnungen wollte er den Leuten nicht machen.

Es stimmte, Raupach hatte Milan heftig beharkt. Zwischen Unnachgiebigkeit und Sadismus verlief ein schmaler Grat. Manchmal überschritt man ihn, unwillkürlich, das war kaum zu vermeiden. Schwierige Vernehmungen brachten selten etwas Gutes hervor. Sie wurden zu einem Schlagabtausch, bei dem jede Seite fintierte, verheimlichte, in die Irre führte, log und betrog. Wichtig war, trotz allem wieder zu Wahrheit und Integrität zurückzukehren, zum rechten Maß. Und das Gleichgewicht nicht zu verlieren.

Milan geriet außer Balance, das war deutlich zu sehen. Er rutschte und schwankte auf seinem Stuhl umher und wiederholte andauernd, was Jakub sagte, wollte nicht wahrhaben, dass Corinne sich etwas angetan hatte, wie er sich ausdrückte. Lehre abgebrochen? Beruhigungsmittel? Ihr kleiner Bruder hat sie gefunden? Kein Abschiedsbrief? Wird sie's wirklich überstehen?

Dann blieb er eine Weile still. Er blickte von Raupach zu Jakub und schien sich zu fragen, ob das ein neuer Trick war, ein Einschüchterungsversuch.

War es nicht, las er aus den versteinerten Mienen der Polizisten.

Jakub fing von der Sporttasche an, in dem Kürbisbeet. Ob sie der Grund für den Streit gewesen sei in der Nacht, als Wintrich starb.

Milan runzelte die Stirn. »Was für eine Sporttasche? Was soll das jetzt?«

»Sag du es uns.«

Er schüttelte den Kopf, fühlte sich offenbar gestört in seinen Überlegungen. Schließlich nahm er die Halsmanschette ab, als befreie er sich von einer Fessel. Begann zu reden.

»Ich habe Otto umgebracht.«

»Aha.«

»Wollen Sie das nicht irgendwie festhalten, auf Band oder so?«

»Später«, sagte Raupach. »Was genau ist passiert?«

»Das meiste haben Sie schon erraten. Corinne hat mich angerufen, ich sollte in die Heckenrose kommen. Sie hatte vor, mit Wintrich Schluss zu machen und bat mich, ihr beizustehen. Sie dachte, dass sie es allein nicht schaffen würde. Also fuhr ich hin.«

»Warum in die Kleingärten?« Jakub fing an, sich Notizen zu machen.

»Dort hatten sie sich verabredet. Corinne kannte das Gartenhäuschen. Als wir noch zusammen gewesen waren, haben wir uns ein paarmal dort getroffen.«

»Deswegen die Kondome.«

»Es war nicht so, dass wir andauernd Sex gehabt hätten. Corinne war in dieser Beziehung ziemlich zurückhaltend. Mir machte das nichts aus, ehrlich, ich hab sie zu nichts gedrängt. Hab gewartet, bis sie so weit war.« Er lächelte dünn. »Als sie dann ja gesagt hat, waren uns die Gummis herzlich egal, die haben wir erst später benutzt.«

»Wann habt ihr miteinander geschlafen?«, fragte Jakub.

»Ist das wichtig?«

»Ich denke schon.«

Milan zuckte mit den Schultern. »Im Karneval, wenn Sie's unbedingt wissen wollen. Wir zogen durch die Kneipen und landeten irgendwann in der Heckenrose. Es war saukalt, ich hab Feuer gemacht. Dann fühlt man sich wie in den Ferien, weit weg von allem. Unerreichbar.«

»Mit einem Joint zur Entspannung«, warf Raupach ein.

»Gut, wir haben was geraucht. Corinne wusste ja, dass ich immer was dabeihabe. Mit Taxifahren allein ist einfach nicht genug verdient. Wenn man ein bisschen was auf die hohe Kante legen will, für eine gemeinsame Wohnung zum Beispiel, mit einem richtigen Schlafzimmer und einem sauberen Bad, da braucht man noch andere Einkünfte. Ich verkaufe nur leichtes Zeug, aus Indien, keine Sputniks, die einen auf den Mond schießen. Damit lassen sich zwei- oder dreihundert Euro im Monat machen. Ist nicht die Welt, aber immerhin.«

Die meisten Richter würden sich von solchen Details nicht beeindrucken lassen, dachte Raupach. Drogendealer blieb Drogendealer. Und von Hasch zu Heroin, Crack und anderen Segnungen der Zivilisation war es nur ein kleiner Schritt. Doch er schwieg, um Milan nicht zu bremsen.

»Jedenfalls hat Corinne das mit dem Joint selber vorgeschlagen. Es funktionierte auch, sie wurde locker und ein wenig schläfrig, auf so eine wohlige Art. Sie sagte, wo ich sie anfassen soll und wie. Dabei zog sie sich ganz langsam aus, als hätte sie alles genau geplant, und das lief dann ganz feierlich ab, ohne Gekicher. Es gab ihr Sicherheit. Mir auch. Das werde ich nie vergessen.«

Milan schloss die Augen und schien in Erinnerungen zu schwelgen. Raupach und Jakub tauschten Blicke – das mit dem Mädchen hörte sich wahr an.

»Danach hatten wir eine Wahnsinnszeit. Es klingt bescheuert, aber bei Corinne war der Knoten geplatzt, nach unserem ersten Mal. Sie blühte richtig auf. Zuvor war sie still und abwartend gewesen, das hatte auch seinen Reiz, diese langen Blicke. Die neue Corinne hatte alle möglichen Einfälle. Sie wollte dauernd Ausflüge machen mit dem Taxi, ins Siebengebirge oder in die Eifel. Das gefiel mir noch besser. Vielleicht lag es daran, dass wir uns so viel Zeit gelassen hatten. Ich meine, wenn man vorhat, mit einem Mädchen länger zusammenzubleiben, keine Ahnung, vielleicht für immer, dann respektiert man ihre Wünsche, das fühlt sich richtig an.«

»Aber es ging auseinander«, stellte Raupach fest.

»Ich hab's nicht kapiert. Bis heute krieg ich das nicht in meinen Kopf. Wir sahen uns fast jeden Tag. Und plötzlich sagte sie, es sei aus, am Telefon, ohne Vorwarnung, ohne triftigen Grund, einfach so. Es könnte nicht gutgehen zwischen uns, das war alles. Sie wollte mich nicht mehr sehen, ich sollte sie in Ruhe lassen.«

»Ganz schön hart«, meinte Jakub.

»Grausam war das, ein Tritt in die Magengrube, du kippst nach hinten weg und fällst einen Abhang runter, fällst immer weiter, kommst nie unten an, obwohl du dauernd irgendwo dagegen knallst.«

»Was hast du getan?«

»Ich hab einiges probiert, vor ihrer Haustür gewartet, sie am Kinderkrankenhaus abgepasst. Das machte sie stinkwütend, und als ich sie dann mal mit Wintrich sah, ließ ich's bleiben. Die Enttäuschung war einfach zu groß. Was wollte sie mit diesem alten Knacker?«

»Das fragen wir uns auch«, sagte Jakub. »Hast du dir Wintrich vorgeknöpft?«

»Einmal hab ich ihn auf der Straße gesehen und ihm mit dem Taxi den Weg abgeschnitten. Hab ihm auf den Kopf zugesagt, was ich von ihm halte. Er hat mich zum Teufel geschickt und mir mit den Bullen gedroht, wenn ich mich nicht von Corinne fernhielt. Jetzt weiß ich, dass es andersrum hätte laufen müssen. *Ich* hätte *ihn* anzeigen müssen, und sei's anonym.« Milan betrachtete seine Hände, als seien sie nutzlos. »Wintrich hat sich an Corinne rangemacht und sie missbraucht, mit welchen Versprechungen auch immer.«

Raupach ging zum Tisch zurück und setzte sich auf die Kante. »Hast du das von Corinne erfahren?«

»Ja. Ich kam in der Heckenrose an, und alles war schlagartig sonnenklar. Wir stritten uns, und dann hab ich mir den Spaten geschnappt und zugeschlagen.«

Jakub wies auf die Skizze des Kleingartens. »Wir brauchen den exakten Tathergang. Wann bist du – «

»Das kann er nachher zu Protokoll geben«, unterbrach ihn Raupach.

»Ich sag das nicht gern«, Milan schaute zu dem Kommissar hoch, »aber Ihr Chef hat eine Art Röntgenblick. Es war genau so, wie er's mir vorhin um die Ohren gehauen hat, als ob er dabei gewesen wäre. Das mit dem Shitbeutel stimmt auch, den hab ich liegen lassen, zur Irreführung. Wintrichs Geldbörse hab ich mitgenommen und weggeschmissen. Hat doch keinen Sinn mehr, euch Lügengeschichten aufzutischen. Früher oder später kriegt ihr's sowieso raus.«

Das Tatwerkzeug war nach wie vor verschwunden, das bereitete Raupach noch Sorgen. »Was hast du mit dem Spaten gemacht?«

»Auf einen Kieslaster geschmissen, am Morgen danach.«

Das Ding war also weg, sehr praktisch. »Wie hat Corinne reagiert, als Wintrich tot am Boden lag? Gab's eine Belohnung für den großen Retter?«

Jakub konnte es nicht fassen. Der Junge gestand, da musste Raupach nicht auch noch seinen Sarkasmus an ihm auslassen.

»Ich hab sie heimgebracht, nach Mülheim. Sie hat am ganzen Leib gezittert, das war alles zu viel für sie.« Milan verschränkte die Arme. »Nach dem halben Jahr Funkstille ist mir nichts Tröstendes eingefallen. Wintrich war zwar tot, aber ich lass mich nicht für dumm verkaufen, zu so einer Kiste gehören immer zwei. Ich hab sie in der Dünnwalder abgesetzt und gesagt, Otto hätte ein böses Ende verdient, und alles würde wieder in Ordnung kommen.«

»Da war sie anscheinend anderer Ansicht«, sagte Raupach. »Selbstmord begeht man nicht, wenn man seinen Peiniger endlich los ist.«

»Die Beruhigungsmittel hatte sie bestimmt von Wintrich.«

»Möglich.«

»Ich weiß auch nicht, was sie dazu getrieben hat. Gestern Abend war ich noch mal bei ihr. Als Sie mit ihr gesprochen haben.«

Raupach, der gerade nach einer Zigarette aus Jakubs Packung angelte, hielt inne. »Gestern?«

»Ich hab mich auf der Toilette versteckt, bevor Sie reinkamen. Davon haben Sie gar nichts mitgekriegt, oder?«

Jakub betrachtete die beiden verdutzt und lachte in sich hinein. Wie tragisch dieser Fall auch war – ein Bulle, der vergaß, auf dem Klo nachzusehen, brauchte für den Spott nicht zu sorgen.

»Dann habe ich Sie und Corinne ja gestört, tut mir sehr leid.« Raupachs Interesse an dieser Vernehmung wuchs wieder. »Was geschah, als ich weg war?«

»Corinne blockte ab. Ich hab sie gefragt, ob nicht alles so sein könnte wie früher. Aber sie saß nur da und heulte.«

»Wegen Otto? Oder wegen ihres Schmusetiers?«

»Was?«

»Numi, der Eisbär?«

»Nie gehört.« Milan schaute weg. »Sie ließ sich nicht mal anfassen.«

»Ging mir genauso«, sagte Raupach. »Heißt das, du warst der Letzte, der Corinne gesehen hat, bevor sie die Tabletten nahm?«

»Scheint so.«

»Und bist wieder abgezogen?«

»Notgedrungen, sie wollte niemanden mehr sehen.« Milans Kiefermuskeln traten hervor. »Ich hätte einfach bei ihr bleiben sollen.«

Raupach stieß sich vom Tisch ab und drehte eine Runde durch den Raum. »Sonst noch was?«

»Reicht Ihnen das nicht?«

»Das war ein hübsches Geständnis. Bis auf ein paar Kleinigkeiten.«

»Was?«

»Der vierte Mann. Der mit den braunen Spuren.«

Jakub deutete auf die Tatortskizze.

»Da war sonst niemand«, sagte Milan. »Ich hab keinen gesehen.«

»Vielleicht ist er früher da gewesen.« Raupach beugte sich vor und stützte die Ellbogen auf den Tisch.

»Möglich. Spielt das eine Rolle?«

»Ist dir eine Sporttasche aufgefallen? In dem Kürbisbeet?«

»Nein, das haben Sie mich schon mal gefragt.«

»Richtig.«

»Was soll denn da drin gewesen sein?«

Raupach sah Milan in die Augen. Die Schwärze war daraus gewichen. Stattdessen Erleichterung.

»Einige Punkte sind noch unklar«, sagte der Kommissar schließlich und wandte sich zur Tür. »Wir sind bald wieder da. Ich lasse dir so lange was zu essen bringen. Ach ja, eine Speichelprobe brauchen wir auch noch.«

»Darf ich Corinne besuchen?«

»Nein.«

Raupach nahm Jakub mit nach draußen. In seinem Büro zogen sie Zwischenbilanz.

»Du glaubst ihm nicht, wie?«, fragte Jakub. »Kommt dir alles zu glatt und zu eingeübt vor, nachdem er am Anfang so bockig war.«

»Das meiste stimmt, so viel hat er wahrscheinlich gar nicht erfunden. Der Junge war in der Heckenrose dabei. Oder er kam hinzu. Aber den Mord hat er nie im Leben begangen.«

»Und von der Babyleiche scheint er auch keine Ahnung zu haben. Die hat er gar nicht auf der Rechnung.«

»Ein falsches Geständnis ist manchmal besser als ein wahres«, meinte Raupach. »Das wahre kann vor Gericht widerrufen werden. Das falsche führt einen auf die richtige Spur.«

»Diese Sache mit den Kondomen. Milan könnte der Vater des Kindes sein.«

»Er weiß es bloß noch nicht.«

RAUPACHS HANDY KLINGELTE. »Was ist denn, Reintgen?«

»Schlechte Nachrichten, Chef. Kotissek ist hinüber.«

»Was?«

»Mausetot. Ich hab ihn hinter einem Supermarkt in der Osterather Straße gefunden.«

»Gefunden?«

»Gefunden.«

»Und weiter?«

»Die Leergutannahme ist ein Pennertreffpunkt«, erklärte Reintgen. »War nicht schwer, ihn aufzuspüren. Na ja, und da lag er, vor den Müllcontainern, bewusstlos. Irgend jemand hat ihn übel zusammengeschlagen.«

»Nein!«

»Ich hab natürlich sofort einen Krankenwagen gerufen. Auf dem Weg in die Klinik in Köln-Kalk muss er dann gestorben sein. Innere Verletzungen, nehm ich an.«

»Kotissek war unser vierter Mann am Tatort«, sagte Raupach. »Auf den waren wir angewiesen!«

»Sie haben sich doch schon mit ihm unterhalten und nichts aus ihm rausgekriegt.«

»Da war er verkatert und misstrauisch. Ich wollte ihm noch ein wenig Zeit geben.«

»Was du heute kannst besorgen ...«

»Keine blöden Sprüche, Reintgen. So läuft das nun mal bei einer komplexen Ermittlung, wir können nicht überall sein.«

»So komplex ist das gar nicht. Wenn ich nicht zusammen mit Hilgers diesen Plavotic hätte beschatten müssen, was rein gar nichts gebracht hat, wäre uns Kotissek nicht durch die Lappen gegangen.«

»Sie haben Plavotic verloren, wenn ich Sie daran erinnern darf. Deshalb musste Photini ja überhaupt erst in Aktion treten.«

»Auf eigene Faust, das möchte *ich* mal festhalten.«

»Ich werde mich nicht mit Ihnen rumstreiten. Sind Sie in dem Krankenwagen mitgefahren?«

»Nein, und deswegen mache ich mir Vorwürfe. Die Sanitäter sagen, Kotissek hätte im Koma gelegen. Aber wenn ich ihm die Hand gehalten hätte, wäre er möglicherweise aufgewacht und hätte ein paar letzte Worte gesprochen.«

Raupach überging die Ironie. Oder war es Hohn? »Irgendeine Ahnung, wer ihn so zugerichtet haben könnte?«

»Der Gleiche, der Wintrich auf dem Gewissen hat, da möchte ich wetten.«

»Beseitigung eines Mitwissers oder Zeugen.«

»Oder ein Penner, der Kotissek seine Pfandflaschen abknöpfen wollte. Suchen Sie sich's aus.«

»Clausing soll sich um die Leiche kümmern«, sagte Raupach.

»Die ist schon auf dem Weg in die Gerichtsmedizin.«

»Und Sie sind noch im Krankenhaus in Köln-Kalk?«

»Ja.«

»Bleiben Sie dort. Vielleicht schicke ich Ihnen noch die Spurensicherung, falls ich jemanden finde, die sind im Dauereinsatz.«

»War das dann alles?«

Raupach legte auf.

Reintgen wischte sich den Schweiß von der Stirn. Der Telefonhörer fühlte sich klebrig an. Warum war der Kerl bloß so schnell abgekratzt? Eine Rippe, die sich in die Lunge gebohrt hatte? Herzinfarkt?

Was soll's, er war ja noch mal aus der Sache rausgekommen.

HEIDE VERLIESS DIE PARZELLE der Plavotics. Dort war nichts mehr zu holen. Nach der ersten Aufregung über den Tränengaseinsatz hatten die Hunde das Grundstück noch nach Drogen und etwaigen Verstecken im Boden oder im Haus abgesucht, aber nichts gefunden. Heide bedankte sich und schickte die Staffel weg. Die Tiere hatten mehr als genug geleistet.

Anders sah es hinter dem Rhododendron im Nordpark aus. Das Gas verzog sich, Randalierer und Schaulustige verschwanden, Bereitschaftspolizisten sicherten das Gelände. Überall lagen Flaschen und Steine und Müll herum. Eine Katastrophenlandschaft.

Effie setzte ihre Untersuchungen fort. Zuerst fiel ihr der Stamm der jungen Buche auf. »Hier wurde scharf geschossen. Eine Kugel schlug in dem Baumstamm ein, auf Brusthöhe. Das Projektil blieb in einer knorrigen Stelle stecken und wurde mit einem Messer entfernt. Pistole, großes Kaliber. Keine Polizeiwaffe.«

Heides Glock fühlte sich schwer an in dem Schulterholster. Sie hatte dreimal abgedrückt, überreizt, aus einem Reflex heraus. Es gab keine Blutspuren, doch das hatte wenig zu bedeuten. Bei einem Steckschuss konnte es eine Weile dauern, bis der rote Saft dicke Winterkleidung durchdrang.

»Gibt's noch mehr Kugeln?«

»Der Schütze müsste da drüben gestanden haben.« Effie wies in Richtung des Pavillons. »Ausgehend von dem Schusswinkel … Das haben wir gleich.«

Sie machte kehrt und entfernte sich in gerader Linie, gebückt, damit ihr nicht das Geringste entging. Der Himmel war eine einzige Wolkendecke, sie fing nirgendwo an und hörte nirgendwo auf, als läge die Stadt unter einem angelaufenen Glassturz.

»Fassen wir mal zusammen«, sagte Heide. »In der Tatnacht hat unsere Zielperson die Tasche mit der Babyleiche vom Botanischen Garten zum Niederländer Ufer getragen.«

»Richtig«, assistierte Höttges.

»Zuvor hat er sich hier versteckt und ist der Tasche gefolgt. Nachdem sich – wer auch immer – in der Heckenrose gestritten hat und Wintrich ermordet wurde.«

»Und gestern kam die Zielperson zurück. Sie ging zum Zaun des Gartengrundstücks und von dort zur selben Stelle hinter dem Gebüsch im Nordpark. Warum?«

»Ich hab hier was«, rief Effie und bohrte mit einem Stichel im Boden herum. »Zwei Kugeln, dicht nebeneinander, unter der Grasnarbe.«

Heide fiel ein Stein vom Herzen.

»Ganz schöne Kaventsmänner.« Effie begutachtete die kaum deformierten Geschosse. »Die bringen einen Güterzug zum Stehen.«

»Jeden, der einem zu dicht auf die Pelle rückt«, meinte Höttges. »Zehn Millimeter, würde ich sagen.«

»Haben aber keinen Schaden angerichtet.« Heide ging in die Hocke und visierte den Betonpilz an. »Bescheuert. Wer setzt sich hier in die Pampa und spielt Sherlock Holmes?«

»Jemand, der sich nicht in die Heckenrose reintraut«, antwortete Höttges. »Unbekanntes Terrain. Gestern hat er sich allerdings weiter vorgewagt, bis zum Zaun.«

Heide gab ihm ein Zeichen, ihr zu folgen. Sie ließen Effie weitersuchen und blieben unter dem Pavillonpilz stehen.

»Was sagt Ihnen Ihr Gefühl, Gerd?«

»Dass Sie Mist gebaut haben.«

Heide setzte sich auf die Bank und kickte eine leere Tränengaspatrone ins Dickicht. »Wenigstens sind Sie offen.«

»Das hab ich bei Ihnen gelernt.«

»Wirklich?«

»Man muss immer Vorbild sein, oder?«

»Frech werden Sie auch noch«, wunderte sie sich. »Wohin soll das noch führen?«

»Liegt ganz bei Ihnen.«

Heide hätte jetzt einiges für einen doppelten Schnaps gegeben. Aber harte Sachen rührte sie nicht mehr an.

»Seit wir hier im Nordpark sind, sitzt Ihnen das Herz in der Hose«, fing Höttges an. »Die ganze Zeit über. Was ist los?«

»Ich weiß nicht, ob ich mit Ihnen darüber sprechen will.«

»Ich schweige wie ein Grab.«

»Kann ich mich darauf verlassen?«, fragte Heide.

Er schaute sie an, als hätte sie ihm eine reingehauen.

»Dumme Frage. Tut mir leid, Höttges.«

»Schon gut.«

»Na dann ...«

Heide erzählte dem Anwärter alles von letzter Nacht. Das Gespräch mit Raupach, die Intimitäten am völlig unpassenden Ort.

»Unterm Strich: Ich habe mich alles andere als professionell verhalten.«

»Ist das der Grund, weshalb Sie kündigen?«, fragte Höttges.

»Nein! Woher wissen Sie das?«

»Wenn Sie gehen, gehe ich auch.«

»Haben Sie was getrunken?«

»Sollte ich vielleicht. Ich vertrag's nur nicht besonders gut.«

»Bald sind Sie Kommissar, Junge. Ich bin nur das erste Kapitel in Ihrem beruflichen Werdegang. Eine Zeile auf dem Papier.«

»Wenn Sie das sagen.«

»Schauen Sie mich nicht so an! Wir sind keine Freunde, nicht mal Partner. Nur Kollegen. Und ich kann tun, was ich will. Da brauchen Sie mir kein schlechtes Gewissen zu machen.«

Höttges ignorierte Heides notorische Aufsässigkeit. »Was ist denn groß passiert?«, versuchte er sie zu beruhigen. »Sie beide kennen sich näher seit wie vielen Jahren?«

»Zwölf.«

»Na das sollte doch reichen, um ein paar Zärtlichkeiten nicht gleich auf die Goldwaage zu legen. Raupach war allein und müde, Sie waren in einer verletzlichen Stimmung.«

»War ich das?«

»Sie fühlten sich bedroht, und deswegen haben Sie ein bisschen rumgeballert. Ganz normale Reaktion, wir sind hier in Köln und nicht bei den Barmherzigen Schwestern. Ende der Geschichte. Ich spreche mit Effie, sage ihr, dass es keinen Sinn hat, die Sache mit den Kugeln weiterzuverfolgen. Ohne Namen zu nennen, das kapiert sie schon.«

»Warum sind Sie so nett, Höttges? So wie ich immer mit Ihnen umspringe …«

»Ich pass nur auf meine Leute auf, wenn's Ihnen nichts ausmacht.«

»Ihre Leute?«

»Nur so eine Redensart. Ich meine, Menschen aus meinem Umfeld.«

Heide schüttelte den Kopf, Höttges war ein unbelehrbarer Idealist. »Dicke Männer mit mütterlichen Anwandlungen sind bei der Polizei so beliebt wie Herpes. Peinlich, wenn man's hat, und schwer loszuwerden. Ihre Aufstiegschancen liegen mit so einer Einstellung unter null.«

»Ich weiß. Behalten Sie's bitte für sich.«

»Worauf Sie sich verlassen können. Sonst müsste ich mir ja einen neuen Anwärter suchen.«

»Heißt das, Sie kündigen nicht?«, fragte Höttges.

»Wie kriegen wir bloß ein bisschen Testosteron in Sie rein?«

Mitteilungen von Raupach und Photini trafen über Funk ein. Es gab eine neue Zielperson: Klaus Bahling. Sie zogen wieder los.

PHOTINI STELLTE DAS LAPTOP auf Raupachs Schreibtisch. Sie besprachen, was sie im Laufe des Tages in Erfahrung gebracht hatten. Die Fäden der Ermittlung liefen jetzt bei Corinne zusammen. Clausing meldete aus dem Krankenhaus, dass sie das Gröbste überstanden habe und in ein künstliches Koma versetzt worden sei, um den entgifteten Organismus zu entlasten. Man habe die Überdosis durch eine kontrollierte, relativ schwache Betäubung ersetzt, wie bei einem Entzug. Vernehmungsfähig sei sie noch lange nicht. Und es stimmte, sie habe vor kurzem ein Kind zur Welt gebracht.

Dann loggte sich Photini in www.koelsche-girls.de ein und rief eine Fotoserie von Lara/Corinne auf. Viele kleine Bilder, sie ließen sich mit einem Mausklick vergrößern. Das Mädchen hatte die Fotos für den Fall, dass sie offline war, eingestellt, zum Anreiz für Kunden, die sich einen ersten Eindruck von ihr verschaffen wollten. Photini war inzwischen Kundin und hatte per Kreditkarte eine Jahresmitgliedschaft erworben. Wahrscheinlich war sie nicht der einzige Bulle, der sich auf Pornowebsites herumtrieb. In ihrem Fall hatte es rein berufliche Gründe.

Auf dem Bildschirm erschien Corinne in eindeutigen Posen. Von vorne und von hinten, immer mit Perücke und stark geschminkt. Die Qualität der Fotos war amateurhaft, und sie wirkten so, als seien sie vor der Schwangerschaft aufgenommen worden, vermutlich mit Selbstauslöser. Der Kamerawinkel war immer der gleiche.

»Sie spielt den sexhungrigen, naiven Teenager, der unbedingt neue Erfahrungen machen will«, sagte Raupach. »Das kommt sicher gut an.«

»Standard.« Jakub verglich die Lara-Bilder mit Fotografien aus Corinnes Geldbörse, die Photini mitgebracht hatte, dem Personalausweis und dergleichen. »Allerdings gibt sie sich als Lara betont künstlich. Ihre Haut ist auffällig hell, strukturlos, eine gleichmäßige Fläche, die Frisur kantig wie in einem Comic. Bestimmt hat sie Körper-Make-up benutzt, um Unreinheiten zu beseitigen.«

»Aber sie hat sich nicht älter gemacht«, wandte Raupach ein.

»Das nicht. Nur glatter, fehlerfrei.«

Photini erinnerte an das, was Doktor Fründt über eine mögliche dissoziative Störung gemutmaßt hatte. »War Corinne in der Lage, strikt zwischen sich und Lara zu trennen? Wie eine Schauspielerin?«

»Den meisten Menschen fällt das sehr schwer, egal, wie viele erfundene Persönlichkeiten sie im Internet annehmen«, sagte Jakub. »Sogar Schauspieler können ihre Rollen nicht so einfach ablegen, wenn sie sich voll eingearbeitet haben, die Übergänge sind fließend. Aber bei Corinne … Ich glaube, sie hatte ein zutiefst gestörtes Verhältnis zu ihrer Sexualität.«

»Plavotic gibt an, dass sie ihm gegenüber zurückhaltend war, zumindest am Anfang.« Raupach klickte ein Bild an, auf dem Lara unter ihre Brüste griff und sie dem Betrachter entgegenschob, als sei sie überrascht, was sie da zufälligerweise in ihren Händen hielt. Dazu lächelte sie so offen und püppchenhaft, dass es schmerzte.

»Nimm dir, was du willst, soll das heißen.« Photini wies auf das Bild. »Fass mich an. Gehört alles dir. Bedien dich.«

Sie sah an sich herab. »Das würde ich mir bei so einer Tittenshow denken.«

»Und würdest du's auch so meinen?«, fragte Raupach. »Rein hypothetisch?«

»Ich mach so was nicht, mich in Positur werfen und irgendwelche Männerphantasien nachkaspern. Im Bett geht's mir nur um Sex.«

»Na dann.«

»Ohne falsche Versprechungen.« Sie dachte an die Aufnahme, die Patrick von ihr gemacht hatte. Das war was anderes. Privat.

»Habt ihr schon den Leberfleck gesehen?« Jakub deutete auf das Muttermal neben der Brustwarze. »Den hätte sie doch überschminken können, oder entfernen, mit einem Bildbearbeitungsprogramm. Warum hat sie das nicht getan?«

»Leberflecken sind unveränderliche Kennzeichen«, überlegte Raupach. »Könnte ein versteckter Hinweis von ihr sein, dass immer noch Corinne in Laras Körper steckt und niemand sonst.«

»Ein ziemlich ernster Hinweis.« Jakub betrachtete weitere Fotos, auf denen der Leberfleck zu sehen war, und kehrte zu dem Brustbild zurück. »Also ich seh das folgendermaßen«, fing er an. »Auf den Fotos oder im Video-Chat verkörpert Corinne nicht nur irgendeine Rolle, von der sie meint, Männer würden darauf stehen und dafür bezahlen. Denkt mal an Missbrauch. Was könnte dieses Bild einem Vergewaltiger signalisieren?«

»Das ist eine Einladung. Ich mach's mit jedem«, meinte Raupach. »Und weil ich jeden ranlasse, macht mich das vielleicht nicht mehr so interessant für jemand Speziellen?«

»Stimmt, aber nur zum Teil. Die Bilder sind nicht frech

oder bewusst provokant. Sie macht keine obszönen Gesten oder so etwas, es gibt keine vielsagenden Blicke, keine ekstatischen Grimassen, kein Porno-Gehabe.«

Photini starrte unentwegt auf den Bildschirm und begriff. »Du kriegst mich«, sagte sie langsam. »Alles von mir. Aber du brauchst mir nicht weh zu tun. Keine Schläge, kein gewaltsames Eindringen.«

»Genau, sie liefert sich förmlich aus«, stimmte Jakub zu. »Viele Frauen tun das, wenn sie bei einer Vergewaltigung keinen anderen Ausweg sehen. Sie möchten mit heiler Haut davonkommen und lassen aus Angst oder vor Schreck alles über sich ergehen.«

»Wenn sie sich nicht wehren, haben sie es schwer vor Gericht«, wandte Raupach ein.

»Die Rechtsprechung ist in dieser Hinsicht völlig realitätsfern.« Photini kannte genug Fälle, bei denen den Frauen stillschweigendes Einverständnis unterstellt wurde. »Ein labiler Typ wie Corinne wählt den Weg des geringsten Widerstands.«

»Und im Internet kann sie das durchspielen«, fuhr Jakub fort, »gefahrlos, ohne körperlichen Kontakt. Sie ist jederzeit Herrin der Situation. Die Fotos etablieren zunächst eine Grundsituation. Corinne führt ihren Körper vor, ohne Scham, aber auch ohne kalkulierte Schweinereien. Sie deckt nichts ab oder dreht sich zur Seite, tut so, als sei das ganz normal. Sie zeigt sich Stück für Stück, wie bei einer anatomischen Studie.«

»Oder einer Fleischbeschau«, ergänzte Photini.

»Und dann geht sie in den Chat. Den kann sie steuern, mit Erwartungen jonglieren, sich entblößen oder verhüllen, wie es ihr passt.«

»Aus sicherer Entfernung. Das Einzige, was sie von den Internetbenutzern mitkriegt, sind die Kommentare in dem

Dialogfenster.« Photini öffnete zur Demonstration die Profilseite eines Mädchens namens Liliana, das laut Anzeige online war. Liliana unterhielt sich gerade mit einem Gast und wollte wissen, ob sie ihm gefalle. Sie trug eine durchsichtige weiße Leinenbluse, die offen stand. »Geht so«, gab der Gast ein.

»Wenn es Corinne zu viel wird, bricht sie den Chat einfach ab«, sagte Jakub. »Das gibt ihr die Macht zurück, die sie bei einem Missbrauch verloren hat, wahrscheinlich sogar bei fortgesetztem Missbrauch, davon müssen wir ausgehen. Im Internet kann sie endlich nein sagen, sich verweigern, die Kunden beschimpfen oder verhöhnen.«

Liliana schlüpfte aus einem Blusenärmel und ließ ihn über die Schulter nach hinten fallen.

Jakub fuhr über ein paar Bartstoppeln am Kinn und setzte seinen Vortrag fort. »Oder sie geht auf Wünsche ein wie Liliana hier, das ist genauso möglich. Sie macht mit, bis zu einem bestimmten Punkt oder sogar darüber hinaus, egal. Wichtig ist nur, dass *sie* die bestimmende Instanz ist, dass *sie* handelt, zu ihren eigenen Konditionen. Was die Kerle da draußen an ihren Monitoren tun, ob die sich einen runterholen oder ein anderes Mädchen anklicken, ist für Corinne zweitrangig. Da steht sie drüber, das erreicht sie nicht. Auf diese Weise spielt sie ihre sexuellen Traumata immer wieder durch.«

»Funktioniert das?«, fragte Photini.

»Bestenfalls gelingt es ihr, das Erlebte zu rationalisieren und ein wenig zu relativieren. Ich bin gespannt auf die Chat-Protokolle, der Betreiber der Website muss sie uns als Beweismaterial zur Verfügung stellen.«

Raupach verfolgte weiter den Video-Chat. Striptease mit Wortbeiträgen, mitten am Nachmittag. Lilianas Bluse war verschwunden. Sie pustete in ihr Höschen, das sie wie einen Mundschutz vors Gesicht gespannt hatte. »Wenn sie einen Gast als Kunden wirbt, springt dann eine Prämie heraus?«

»Genau so wird abgerechnet«, sagte Photini.

»Woher weißt du das?«

»Ich hab Liliana gefragt, online, als nichts bei ihr los war. Sie bekommt Prozente von jeder neuen Mitgliedschaft. Das Geschäft läuft ziemlich gut.«

Das Mädchen pustete immer noch, dem Gast schien's zu gefallen. Raupach schloss das zusätzliche Fenster. »Für Corinne war es also eine Art Selbsttherapie?«

»Ja«, erwiderte Jakub. »Prinzipiell ist das nicht verkehrt. Aber es ist gefährlich. Wer sagt ihr, wann es genug ist? Wer leitet einen Ablösungsprozess ein? Das geht nur mit professioneller Hilfe, glaubt mir, sonst gerät sie in einen Suchtkreislauf. Sie möchte das Gefühl totaler Kontrolle immer wieder reproduzieren und findet kein Ende.«

»Der letzte Chat-Eintrag stammt von gestern«, sagte Photini. »Meinst du, dass sie auch während der Schwangerschaft auf der Website aktiv war?«

»Ich denke nicht. Wenn es stimmt, dass Wintrich sie finanziell unterstützt hat, brauchte sie das Geld nicht so dringend – obwohl es ihr eine gewisse Freiheit verschafft hat, das mag bei dem Ganzen auch eine Rolle spielen. Aber sich als Schwangere nackt zu zeigen, da gehört schon einiges an Selbstverleugnung dazu, willentliche Prostitution, das passt nicht.«

»Gehen wir davon aus, dass Corinne an Dissoziation litt.« Raupach übernahm den Part des Advocatus Diaboli. »Ist ihr dann nicht alles zuzutrauen?«

»Der Reihe nach«, bremste Jakub. »Ich rekonstruiere mal den Krankheitsverlauf, von seinen Anfängen, über die wir nur spekulieren können, bis zu Corinnes Selbstmordversuch. Bei einer dissoziativen Störung sind bestimmte mentale Funktionen, die auf die Persönlichkeit integrierend wirken, vom Bewusstsein abgespalten: das Gedächtnis, die Wahrnehmung der Umwelt, unter Umständen sogar die Identität. Ursache oder Auslöser sind schwere psychische Belastungen – Missbrauch, Vergewaltigung, Folter.«

»Die Frage ist, von wem Corinne missbraucht wurde«, sagte Raupach. »Und wann das geschah.«

Jakub nahm ein Blatt Papier und zog einen langen Strich, der eine Zeitleiste darstellen sollte. »Alles deutet auf Wintrich hin.«

»Tote können sich nicht wehren. Plavotic betrachtete Wintrich als Konkurrenten, und umgekehrt war das offenbar genauso. Aber vielleicht wollte Wintrich Corinne nur helfen, das wäre doch möglich.«

»Dass sie ihm ihr Herz ausgeschüttet hat?«, zweifelte Photini. »Verschlossen und misstrauisch, wie sie war?«

»Zumindest nach und nach.« Raupach verschränkte die Hände hinter dem Kopf. »Wintrich verstand es, auf die Menschen einzugehen, sie für sich zu gewinnen, trotz seiner Trinkerei. Das hat mir Frau Havemann heute Morgen bestätigt. Anscheinend wollte er den Familienfrieden wiederherstellen und Corinne dazu bewegen, sich mit ihrer Mutter auszusöhnen.«

»Wintrich als eine Art neutraler Schlichter.« Photini dachte darüber nach. »Dem Corinne unter dem Siegel der Verschwiegenheit alles erzählte, was sie bedrückte.«

»Bei jedem Gespräch bekam er ein bisschen mehr aus ihr heraus. Allmählich ging ihm das wahre Ausmaß der Geschichte auf. Wovon er Vera allerdings nichts verraten durfte.«

»Ein Ersatzvater in der Zwickmühle.«

»Im Konflikt seiner Loyalitäten. Und Plavotic hat das

falsch aufgefasst. Er und Wintrich haben sich gegenseitig verdächtigt.«

»In Wirklichkeit hat also ein Dritter Corinnes Leben versaut«, folgerte Photini. »Klaus Bahling?«

»Heide und Höttges sind gerade auf dem Weg zu ihm«, sagte Raupach. »Es kann natürlich auch jemand gewesen sein, den wir gar nicht kennen, oder eine ganze Gruppe. Teenagern passiert eine Menge Mist, schon auf dem Schulweg, oder abends, nach der Disko.«

»Eine diesbezügliche Anzeige wurde nie erstattet, Nieskien hat das vorhin für mich überprüft. Das Mädchen ist nicht in der Opferkartei.«

»Hätte mich auch gewundert, wenn sie aktenkundig gewesen wäre. Sie hat das mit sich selbst abgemacht, genauso wie ihre Schwangerschaft.« Jakub holte ein weiteres Foto auf den Laptopbildschirm. Corinne mit weit ausgebreiteten Armen, Finger in der Sofalehne verkrallt, Füße an der Tischkante abgestützt, Schenkel fest geschlossen. Zwischen den Beinen sah man trotzdem alles.

Es war, als schaute das Mädchen den Polizisten bei der Recherche zu, den Erklärungsversuchen am lebenden Objekt. Bemüht euch nicht, schienen ihre Augen zu sagen. Es gibt keine schlüssigen Antworten auf das, was mein Körper hier macht. Seht euch satt. Härchen, Poren, Hautfalten. Nichts soll euch entgehen, alles unauslöschlich sichtbar sein. Kein Wunsch verwehrt, jede Vorstellung erfüllt, jede Deutung erlaubt.

PHOTINI KONNTE SICH jetzt besser in Corinne einfühlen. Als sie selbst in die Pubertät gekommen war, hatte sie Belästigungen und Zudringlichkeiten unterschätzt. Mit vierzehn war sie nach einer Party von zwei älteren Jungs übel betatscht worden, die hatten ihre Finger überall gehabt.

Die Bilder auf dem Laptop brachten all das zurück. Den heißen Atem im Ohr, das Zerren am Arm, die plumpen Umarmungen. Ihrem Vater hatte sie nie etwas davon erzählt, keiner wusste es.

Der Entschluss, dem einen den Ellbogen ins Gesicht zu rammen und den anderen mit Bissen und Tritten und viel Gebrüll zu vertreiben, hatte sie große Überwindung gekostet. Schlafende Gewalt in sich zu entdecken und explosionsartig freizusetzen, das stellte einen Schritt dar, der nicht mehr rückgängig zu machen war. Die beiden Jungs hatten ihn ihr aufgezwungen, und Photini hasste das, schon immer.

Damals hatte sie sich schmutzig gefühlt, beraubt und betrogen. Hatte sie Stärke oder Schwäche gezeigt? Manchmal, in den dunkelsten Stunden der Nacht, fragte sie sich, was anders gelaufen wäre, wenn sie die Jungs hätte gewähren lassen. Die beiden waren auf der Party noch sehr nett gewesen, hatten passabel ausgesehen, Komplimente gemacht. Was, wenn sie sich für einen entschieden hätte und mitgegangen wäre? Schlimmer als bei ihrem überstürzten, unbequemen ersten Mal im Zeltlager des Bonner Jugendrings hätte es rückblickend wohl kaum werden können.

»Alles in Ordnung?«, sorgte sich Raupach. »Du siehst aus, als wolltest du gleich jemanden auffressen.«

»Fürs Erste ist mir der Appetit vergangen.« Photini trat neben Jakub und betrachtete seine begonnene Skizze. Das Leben – ein hastig gezogener Strich. »Mach weiter.«

»Corinne zog vor zwei Jahren aus, das ist gesichert.« Der Psychologe versah die Zeitleiste mit einer Markierung. »Von Milan wissen wir, und diesen Teil seiner Aussage nehme ich ihm ab, dass sie in Bezug auf Sex schüchtern war. Parallel dazu stellte sie Nacktfotos von sich ins Netz – erster Hinweis auf Dissoziation. Das war im Karneval.« Er fügte einen Markierungsstrich hinzu. »Vor einem halben Jahr traf Corinne dann die Erkenntnis der Schwangerschaft. Ein schwerer Schock, die Dissoziation vertiefte sich. Sie gab Milan den Laufpass und brach ihre Lehre ab.« Jakub machte ein weiteres Kreuz auf der Linie. »Ein Kind zu erwarten, musste für sie der reine Horror gewesen sein. Als Opfer einer Vergewaltigung hatte sie bestimmt Angst, ungewollt schwanger zu werden.«

»Warum hat sie nicht abgetrieben?«, wollte Photini wissen.

»Falls Milan tatsächlich der Vater ist und sie ihn geliebt hat, befand sie sich in einem Dilemma. Das konnte sie alleine nicht lösen, deswegen hat sie vielleicht Rat bei Wintrich gesucht. Vergesst nicht, im Grunde ihres Herzens mochte Corinne Babys. Schließlich war sie Kinderkrankenpflegerin.«

»Darin war sie sogar gut.«

»Das hätte sie jetzt unter Beweis stellen können, an ihrem eigenen Sohn.« Jakub machte das vierte Kreuz auf seiner Zeitleiste. »Das geheime Kind, in Hausgeburt, ohne ihre Hebammenmutter ins Vertrauen zu ziehen. Ich kann mir das nur so erklären, dass Vera Bahling von dem früheren Missbrauch wusste – oder wegsah.«

»Jedenfalls war ihr Verhältnis zu Corinne in irgendeiner Form belastet. Kann tausend Gründe haben. Alleinerziehende Mutter, eigenwillige Tochter.« Raupach stand auf. Der Anblick dieser Nacktfotos stieß ihn mehr ab als Bilder einer Leiche, jetzt, da er wusste, aus welchen Beweggründen sie vermutlich entstanden waren.

»Corinne hat das Kind erst vor ungefähr zwei Wochen bekommen«, fuhr Jakub fort. »Bei ihrer Vorgeschichte und ihrer wackligen psychischen Verfassung verfiel sie mit hoher Wahrscheinlichkeit in eine postnatale Depression. Und das ist die Hölle, schlimmer als ein paar Heultage nach der Geburt wegen der hormonellen Umstellung, Babyblues, so etwas gibt sich wieder. Eine PND dagegen, die zieht der jungen Mutter buchstäblich den Boden unter den Füßen weg. Dort ist dann nichts mehr, nur ein großes schwarzes Loch, mit scharfen Rändern.«

»Beschreib das bitte genauer«, sagte Photini. »Was ging in Corinne vor, nachdem sie zu Hause ihr Kind gekriegt hat?«

»Bei manchen Frauen dauert es eine Weile, bis die PND einsetzt, manchmal Wochen oder Monate. Corinne, allein in ihrer Wohnung … Da war es wohl schon nach ein paar Tagen so weit.«

»Wie läuft es ab?«

Jakub hatte so seine eigenen Erfahrungen mit dem Babyblues. Seine Frau Franziska war nach der Geburt ihrer ersten Tochter völlig am Ende gewesen. Leer.

»Stellen wir uns Corinne total verwirrt vor, desorientiert. Sie wacht auf, vielleicht weil das Kind Hunger hat und schreit. Erstmal weiß sie gar nicht, wo sie sich befindet. Bei ihrer Familie in Weidenpesch? Nein, kann nicht sein. Was ist los mit mir, fragt sie sich und fühlt sich schon mies und müde und wie zerschlagen, obwohl sie gerade noch geschlafen hat. Sie kommt kaum hoch, möchte am liebsten liegen bleiben und nie mehr aufstehen. Pfeift auf die Welt und das Licht, das durchs Fenster fällt. Dann das Baby, ihr Sohn. Sie versucht ihm die Brust zu geben, aber er trinkt nicht richtig, oder es kneift. Was macht sie falsch?«

»Hört sich relativ … normal an«, bemerkte Photini.

»Wie soll ich euch schwere Verstimmungen beschreiben? Hassphantasien, Autoaggression, das steigert sich, wird böse, blutig, jedenfalls in Gedanken. In den wenigen klaren Momenten zweifelt sie an sich selbst: Bin *ich* die

Frau, die sich den Tod des kleinen Kerlchens in den brutalsten Formen ausmalt? Sie ertastet weiche, nachgiebige Stellen, alles wirkt zerbrechlich. Und in der Wohnung gibt es Heizkörper, Waschbecken. Sie stößt ja selber dagegen, unkoordiniert, wenn sie Schwindelgefühle überkommen. Dann möchte sie das runzelige Ding einfach an den Füßen packen –«

»Ist ja gut«, wehrte Raupach ab. »Weniger drastisch, Jakub.«

»Corinne schwankt wie ein Rohr im Wind, wenn dir so ein Vergleich besser gefällt. Manchmal knickt sie einfach um. Vermutlich hat Wintrich sie mit Antidepressiva versorgt. Da ist aber dieser Säugling, der sie braucht, permanent, er zehrt an ihrer Lebenskraft, an ihrem ausgelaugten Körper. Ihr wird klar, so wird das jahrelang gehen, kein Ende in Sicht. Kann sie das bewältigen? Dann kommen die Selbstvorwürfe. Warum bin ich schwanger geworden? Was soll jetzt aus mir werden, mit einer abgebrochenen Lehre und dem Kind am Bein? Welcher Mann will mich noch?«

Jakub hielt kurz inne. »So verquer es klingt, für die Opfer einer Vergewaltigung ist das eine essenzielle Frage. Bin ich noch sexuell attraktiv? Oder irgendwie beschädigt, verdorben, Ausschussware? Der schlaffe Bauch nach der Niederkunft kommt noch hinzu, verstärkt das Gefühl, unansehnlich zu sein, abstoßend. Wenn die Depression ganz übel verlief, könnte Corinne das Baby sogar einem früheren Missbrauch zugeschrieben haben.«

»Weiter.«

»Eine Wochenbettpsychose macht einen fix und fertig. Corinne schrumpft zu einem steinharten Knoten zusammen und weiß nicht mehr, wer sie davor gewesen ist. Das Kind nervt, immer mehr. Gehört es überhaupt ihr oder einer Fremden? Wie kommt es hierher, neben sie, in ihr Bett?«

»Und dann hat sie es einfach tot gemacht?«, fragte Photini.

»Eine Decke, ein Kissen, was eben zur Hand ist. Es lässt sich logisch nicht erklären. Die Sicherungen brennen durch. Es kommt über uns und zeigt, wie hässlich wir sein können. Kindsmord ist eine Warnung an die Menschheit.«

»Das heißt, Corinne war wahrscheinlich nicht zurechnungsfähig zum Zeitpunkt der Tat«, sagte Raupach. »Ist das zu hoffen?«

»Du fragst wie ein Anwalt.«

»Ich überlege mir, was ich Plavotic erzähle. Dem mutmaßlichen Vater des Kindes. Der bereit ist, für Corinne in den Knast zu gehen.«

Die Polizisten schwiegen. An diesem Fall haftete das Unglück wie eine aggressive Entzündung. Bei jeder Lage Verbandsmull, die sie lösten, kamen neue Wunden zum Vorschein.

»Gab es einen unmittelbaren Auslöser für den Kindsmord?«, fragte Photini schließlich. »PND reicht mir nicht.«

»Warum?«

»Ich glaube, Corinne ist stärker, als ihr denkt. Diese Fotos von sich zu machen, da gehört einiges an Überwindung dazu, Dissoziation hin oder her. Das ist ein Schritt nach vorn, raus aus der Passivität eines hilflosen Opfers, der Mut der Verzweiflung. Davon soll nach der Geburt nichts mehr übrig geblieben sein? Außerdem war Wintrich ja auch noch da.«

»Den hat sie vielleicht erst angerufen, nachdem sie das Kind getötet hat«, gab Jakub zu bedenken. »Aus diesem

Grund trafen sie sich im Nordpark. Sie legte die Leiche in die Sporttasche und nahm sie mit zu den Kleingärten. Wintrich sah keine andere Möglichkeit, als die Tasche in den Beeten zu vergraben.«

»Doch jemand hatte etwas dagegen«, spann Photini das Szenario weiter. »Er brachte Wintrich um und nahm die Tasche an sich. Corinne blieb konsterniert zurück. Irgendwann rang sie sich dazu durch, ihren alten Freund Milan zu verständigen, damit er sie aus diesem Alptraum herausholte und heimbrachte.«

»Und Milan hielt sie für die Täterin. Ohne je etwas von dem Kind erfahren zu haben. Die Tasche war zu diesem Zeitpunkt schon auf dem Weg zum Niederländer Ufer.« Raupach zündete sich eine von Jakubs Zigaretten an. Die Tatnacht bekam endlich Kontur. Sie hatten eine große Lücke des Falles geschlossen, da war er sich sicher. Corinne war der Schlüssel. Jakub musste mit ihr sprechen, sobald es ihr besserging. Dann würde sich der Rest klären.

»Ich frage mich, ob Wintrichs Mörder etwas von Corinnes Doppelleben wusste«, sagte Photini. »Hat sie ihn beim Video-Chat kennengelernt?«

Raupach wurde ungehalten. »Sind Nacktfotos eigentlich generell unbewusste Hilferufe?« Er fand, dass die Analyse von Corinnes Verhalten langsam ausuferte und nur noch auf reinen Hypothesen beruhte. Beweisen ließ sich das alles nicht. »Wir sollten diese Bilder nicht überbewerten. Ich meine, viele junge Frauen haben Spaß daran, sich vor der Kamera auszuziehen. Sie kokettieren mit ihrer Sexualität, wollen Tabus brechen, ein bisschen unanständig sein. Das Internet ist voll davon und die Buchhandlungen auch, Sexbeichten verkaufen sich prima. Wollt ihr mir weismachen, dass hinter jedem blanken Busen eine Missbrauchsgeschichte steckt plus seelische Störung?«

Jakub klickte ein noch freizügigeres Bild an. Corinne spreizte im Sitzen die Beine und hielt ihre Knie mit den Händen fest. Die Aufnahme war schlecht ausgeleuchtet, aber der Intimbereich war dennoch detailliert sichtbar.

»Ich sehe hier zweierlei. Totale Selbstauslieferung, ohne Wenn und Aber. Zugleich die klassische Gebärstellung. Vielleicht wusste sie zum Zeitpunkt der Aufnahmen bereits, dass sie schwanger war.« Er rückte ein wenig vom Bildschirm ab. »Wir haben hier Ohnmacht und Macht in einem, das ideale Sinnbild für Corinnes gespaltene Psyche.«

Raupach stellte sich neben ihn. »Für mich ist das einfach nur Pornographie.«

Photini beugte sich vor und kniff die Augen zusammen, damit ihr nichts entging. »Ihr müsst auf den Gesichtsausdruck achten. Sie sieht aus, als würde sie üben. Es ist ihr völlig gleichgültig, ob ihr jemand dabei zuschaut. Sie macht das ganz allein für sich.«

»Wir sind davon ausgegangen, dass die Fotos mit Selbstauslöser aufgenommen wurden«, sagte Raupach. »Kann es nicht doch sein, dass jemand sie dazu gezwungen hat?«

Jakub schüttelte bedauernd den Kopf. »Das wünschst du dir vielleicht. Damit Corinne dir weniger verkorkst vorkommt. Aber ich sehe da keinen äußeren Druck. Es wirkt eher wie eine Befreiung.«

»Emanzipation per Schmuddelbildchen?«, widersprach Raupach.

»Da steckt viel mehr drin.«

Photini klappte das Laptop zu. »Schluss jetzt! Ich glaube immer noch, dass Corinne in der Zeit zwischen der Geburt und dem Kindsmord ein einschneidendes Erlebnis hatte. Etwas, das ihr Elend noch vertieft hat. Und das finden wir nicht auf diesen Fotos. Da fehlt etwas.«

»Was denn?«

Photini stellte Numi, den Eisbär, neben das Laptop. »Ihr altes Schmusetier. Das hätte ihr vielleicht über die PND hinweggeholfen. Wie ein Talisman.«

»Ein Eisbär?«, wunderte sich Jakub.

Sie erklärte, was Doktor Fründt über Corinne und die beruhigende Wirkung von Spielzeug gesagt hatte.

»Aber sie kam gar nicht an das Ding ran«, wandte Raupach ein. »Wintrich hat es versetzt, vor zwei Wochen.« Während er den Satz aussprach, begriff er. Vor zwei Wochen.

»In Corinnes Wohnung gibt es keine Schmusetiere.« Photini drückte Numis Bauch. »Vielleicht hat sie ihren Bären gesucht, als es ihr nach der Hausgeburt immer dreckiger ging. Und dabei ist etwas passiert. Etwas, das niemals wieder passieren durfte.«

HEIDE KLOPFTE AN DIE TÜR der Juniorsuite. Höttges keuchte vom Treppensteigen und rang nach Luft.

Der Oberkellner des »Brabanter Hof« hatte ihnen den Weg gewiesen. Der distinguierte ältere Herr wirkte wie jemand, der mehr vom Leben gesehen hatte, als ihm lieb war, und müde geworden war, sich darüber zu wundern. Er zeigte sich erstaunlich auskunftsfreudig. Am späten Nachmittag mache Bahling immer seine Runde durchs Hotel. Er kontrolliere unbelegte Zimmer, obwohl das eigentlich nicht zu seinem Aufgabenbereich gehörte, weise neues Personal ein. Stockwerk, Nummer der Suite, der Restaurantchef sei nicht zu verfehlen.

»Wer ist da?«, drang es nach einer Weile durch die Tür.

»Kripo Köln. Wir möchten zu Klaus Bahling.«

»Kommen Sie in einer Stunde wieder!«

Heide betrachtete die Maserung des Holzdekors, dann

die Klinke und das Chipkarten-Schloss. Sie schaute zu Höttges. »Haben Sie das auch gehört?«, fragte sie ihn.

»Laut und deutlich.«

»Es ist dringend«, versuchte sie es nachdrücklicher. »Ein Notfall.«

»Kann das nicht warten?«

Heide hieb mehrmals mit voller Gewalt gegen die Tür. Es dröhnte wie bei einem Überfallkommando. »Polizei! Machen Sie auf, sonst kommen wir rein!«

Ein spitzer Schrei ertönte aus dem Zimmer, das Klirren eines schweren Gegenstands. Da ging wohl eine Vase zu Bruch.

Schritte auf dem Boden, ein gedämpfter Wortwechsel.

Dann wurde die Tür entriegelt und eine junge Frau schlüpfte an Heide vorbei auf den Gang, in Rock und BH, den Rest ihrer Zimmermädchenmontur presste sie an sich. Im Davoneilen verlor sie einen Strumpf. Höttges pflückte ihn von der Auslegeware und reichte ihn ihr. »Na toll«, sagte sie in einer Mischung aus Wut und Scham. »Gracias!«

»Alles in Ordnung?«, wollte Heide wissen. »Brauchen Sie Hilfe?«

Ein verständnisloser Blick.

»Wurden Sie zu irgendetwas gezwungen?«

»Habt ihr ein Rad ab?« Das Zimmermädchen drehte sich mit einem Fluch auf Spanisch weg und huschte davon. Ihre Schuhe hatte sie anscheinend in der Suite vergessen.

»Höchstens siebzehn«, schätzte Höttges. »Da steht jemand auf Frischfleisch.«

Heide hob den Zeigefinger. »Drücken Sie sich etwas gewählter aus. Wir sind hier nicht in der Männerumkleide.«

»Ich denke an Corinne.«

»Ich auch.«

Bahling stieg gerade in seine Hose – was Heide bedauerte, sie hätte ihn zu gern ohne erwischt. Braungebrannter Oberkörper, übertrieben schicke Klamotten, dazu Glatze und Stiernacken. Ein Prachtexemplar.

»Fertig?«

»Ich möchte Ihren Chef sprechen.« Bahling strich sein Hemd glatt, bevor er hineinschlüpfte. »Unverschämtheit, hier ohne Anmeldung hereinzuplatzen. Was sind das für Methoden?«

»Die Kleine könnte Ihre Tochter sein.« Sie wies mit dem Daumen nach hinten.

»Geht Sie mein Privatleben irgendwas an?«

Heide war nicht hier, um Fragen zu beantworten. »Es gibt einige Unklarheiten bezüglich Ihres Alibis im Fall Wintrich. Die Aussagen des Küchenpersonals reichen uns nicht.«

»Ihr Problem.«

»Nein, *Ihres*. Aber es lässt sich ganz einfach aus der Welt schaffen. Sie begleiten uns ins Präsidium und wir stellen gemeinsam einen Zeitplan für die Tatnacht zusammen. In unseren Vernehmungsräumen können Sie auch mit meinem Chef sprechen, der brennt darauf, Sie kennenzulernen.«

»Den Teufel werd ich tun.«

»Der Mordfall hat sich ausgeweitet, neue Verdachtsmomente, möglicherweise ein Sexualdelikt. Einen Haftbefehl für Sie zu kriegen, unter diesen Umständen ...« Heide wies auf das zerwühlte Bett und schnippte mit dem Finger. »Das kostet mich *so* viel.«

Bahling hatte sich angekleidet und dachte einen Moment scharf nach. Dann telefonierte er mit der Rezeption und bat darum, eine Kollegin von der Empfangscrew in die Juniorsuite hochzuschicken.

»Sie kriegen Ihr Scheißalibi. Aber diese Stasi-Nummer hier wird ein Nachspiel haben, das verspreche ich.«

»Ich kann's kaum erwarten.« Heide ließ sich auf einem schweren Ledersessel nieder.

»Sexualdelikt«, schnaubte Bahling. »Als ob ich so was nötig hätte.« Er ließ sich die Ausweise der beiden Polizisten zeigen, notierte die Namen auf einem Hotelblock und wandte sich an Höttges. »In meiner Welt ist es kein Verbrechen, hin und wieder ein bisschen Spaß zu haben, einvernehmlich, versteht sich. Ich bind's nur nicht jedem auf die Nase.«

»Die Reize der Jugend«, sagte Höttges unbestimmt.

»Bei uns im Haus sind alle Mädchen über sechzehn, und sie sind ordentlich angemeldet.« Bahlings Argwohn wuchs. »Was soll das überhaupt heißen? Und was hat das mit Wintrich zu tun?«

»Ihre Tochter ist in die Sache verwickelt.« Heide ließ ihn nicht aus den Augen. Stacheldrahtblick.

»Inwiefern?«, fragte er erstaunt.

»Das tragen wir gerade zusammen. Wann haben Sie Corinne zuletzt gesehen?«

»Ist schon eine Weile her. An ihrem achtzehnten Geburtstag, meine ich.«

»Sicher?«

»Wir sind ins Interconti gegangen, nur wir zwei. Am Nachmittag Wellnessprogramm und abends Menü mit allem Drum und Dran, ich hab da meine Beziehungen. Das war vor über einem Jahr.« Er kam ins Grübeln. »Wie die Zeit vergeht. Man denkt, die Kinder kommen ab einem gewissen Alter alleine klar. Aber darauf gibt's ja keine Garantie.«

Es klopfte und eine junge Frau kam herein, zweite Rezeptionistin im »Brabanter Hof«, 20, strenge Businessfrisur, seit kurzem fertig ausgebildete Hotelfachfrau, wie sich herausstellte. Heide schickte Bahling vor die Tür und ließ sich von dem Mädchen minutiös schildern, was in der fraglichen Nacht vorgefallen war. Sie könne offen sprechen, habe keine beruflichen Benachteiligungen zu befürchten.

Bahlings Alibi bestätigte sich, die Rezeptionistin nahm kein Blatt vor den Mund. Sie habe mit ihm geschlafen, um eine Empfehlung für ein Spitzenrestaurant zu bekommen. Sie seien mehrere Stunden zusammen gewesen, bis weit nach Mitternacht, hier in dieser Suite. Klaus habe sich spendabel gezeigt, Champagner, Kaviar, der Zimmerkellner könne das bezeugen. Ihr Chef sei ein guter Chef, attraktiv obendrein, und er verfüge über beste Kontakte in die Gastronomie. Wer bitte lasse sich so eine Gelegenheit entgehen?

Auf jede Frage wusste sie eine passende Antwort. Sie kannte sogar das Fernsehprogramm, das sie zwischendurch eingeschaltet hatte, als Bahling auf der Toilette gewesen war. Er sei eben nicht mehr der Jüngste.

»Schön, dass es noch wahre Liebe gibt«, sagte Heide und winkte die Frau weg. »Sie können gehen.«

Unter dem Bett hatte sie die Schuhe des Zimmermädchens entdeckt. Ballerinas. Es gab Leute, die kaum eine Wahl hatten. Und Leute, die immer ihr Ziel vor Augen sahen, egal, wie schäbig es war und was dabei auf der Strecke blieb.

»Ihre Meinung, Höttges?«

»Notfalls deckt ihn das ganze Hotel. Bahling hat seinen Harem im Griff. Aber um Wintrich zu beseitigen, hätte er jemanden angeheuert, so was macht der nicht selber, dafür ist der zu abgebrüht.«

»Manchmal machen sich sogar Schweine schmutzig«, widersprach Heide.

»An dem perlt alles ab, Lotus-Effekt. Und was Corinne betrifft: Schürzenjäger sind keine Vergewaltiger.«

»War vielleicht nicht immer so. Geschmäcker bilden sich erst nach und nach heraus. Frischfleisch, Sie hatten schon recht.«

»Er scheint relativ ahnungslos zu sein«, meinte Höttges. »Wollen Sie ihn noch weiter auf die Folter spannen?«

»Holen Sie ihn rein.«

Bahling, selbstgefällig bis unter den neu gebundenen Krawattenknoten, nahm gegenüber von Heide Platz. Er habe mit Caberidis, dem Oberstaatsanwalt, gesprochen. Ein Haftbefehl käme keinesfalls in Betracht. Die Frau Hauptkommissarin überschätze ihren Einfluss bei weitem.

Ob er nicht erfahren wolle, was mit Corinne los sei.

Natürlich, darüber mache er sich schon die ganze Zeit Gedanken. Aber er musste ja erst diese haltlosen Anschuldigungen –

Heide unterbrach ihn und legte die Fakten dar, so weit Raupach und Photini sie ihr mitgeteilt hatten. Sie sprach ganz nüchtern, Typen wie Bahling lockten sie nicht aus der Reserve.

Schwangerschaft, Hausgeburt, Kindstötung, Selbstmordversuch. Wiederholter Missbrauch als mögliche Erklärung. Das Verhältnis zu Milan Plavotic, ihrem Ex-Freund, und Otto Wintrich, ihrem Vertrauten, wie die Polizei inzwischen annahm.

Bahling verschlug es die Sprache, der kalte Schweiß trat ihm auf die Stirn. Die Enthüllungen der Kommissarin erfolgten in kurzen Abständen, trafen ihn wie Schläge, vor denen er keine Deckung fand. Ein Körpertreffer nach dem anderen brachte ihn ins Wanken. Die Miene des starken Mannes, angelernt, unerschütterlich, zerrann zu einem Wachsgesicht.

»Warum haben Sie das nicht gleich gesagt?«, fuhr er Heide an.

Sie stand auf, bückte sich und holte unter dem Bett eine Ballerina hervor. »Der könnte auch Corinne gehören, oder?«

»Blödsinn!« Er nahm ihr den Schuh ab und betrachtete ihn, als hielte er ein widerliches Beweisstück in der Hand. »Sie glauben, *ich* hätte …«

»Wir klopfen alles ab«, sagte Heide. »Dazu sind wir verpflichtet.«

»Verstehe.« Er ließ den Schuh fallen.

»In vollem Umfang?«

Bahling nickte, millimeterweise, und starrte auf den Boden. Auf Parkettstreifen, die nach teurer Eiche aussehen sollten, aber aus Laminat bestanden. Der »Brabanter Hof« tat nur noch so, als sei er edel, und sein Restaurantchef war zu alt, um noch in einem richtigen Luxushotel unterzukommen. Das war die Realität. Sie ließ sich verdrängen, indem man sich ein kleines Reich von eigenen Gnaden schuf und voraussetzte, dass jeder die Spielregeln kannte. Da draußen, jenseits der langen, nach Reinigungsmittel riechenden Hotelflure, der ewig gleichen Frühstücksbuffets, Dienstpläne, Zimmernummern, da gab es schon längst keine Regeln mehr.

Vorhin, im Pausenraum der Köche, hatte er im Fernsehen die Nachrichten verfolgt. Reißerische Bilder, eine Jagd mit Polizeihunden, aus einem Hubschrauber aufgenommen, garniert mit einer Dokumentation über Kleingartenanlagen, im schaurigsten Licht, das mit Farbfiltern und Kontrastverstärkern herzustellen war. Was für ein schlecht inszenierter Krimi, hatte er gedacht. Irgendwie passend für Wintrich.

Kein Krimi. Corinne steckte da mittendrin.

Er liebte sie. Mehr als alles auf der Welt. Sein Mädchen.

Ohne hinzusehen nahm er einen Bleistift vom Schreibtisch und brach ihn entzwei. »Ich stehe also unter Verdacht, mich an meiner eigenen Tochter vergangen zu haben.«

»Wir müssen es in Betracht ziehen.«

»Aber ich bin Corinnes Vater.«

»Ja.«

»Da war nichts. Nie im Leben. Eher würd' ich mir was abhacken.«

»Bei Missbrauch gibt es jede Menge Verletzungen.«

»Seid ihr Bullen alle krank?«

Heide schwieg und beobachtete, wie Bahling die Wahrheit weiter an sich heranließ. Kam da etwas hoch, altes Gift, eine Versuchung aus lange zurückliegenden Tagen? Oder krachten nur triviale Gewissheiten in sich zusammen?

Er ballte seine Rechte zur Faust. »Wenn ich den erwische, der Corinne das angetan hat! Ich mach ihn fertig! Ohne zu fragen warum und wieso. Ich mach ihn fix und fertig!«

»So einfach ist es nicht.«

»Bringen Sie mich zu meiner Tochter.«

VERA BAHLING HÖRTE über eine Bekannte in der Verwaltung des Krankenhauses Köln-Kalk, dass Corinne eingeliefert worden war. Sie beendete eine Schwangeren-Vorsorgeuntersuchung und kam mit ihrem alten Micra sofort zur Klinik.

Niemand, weder Ärzte noch Schwestern, hielt sich für befugt, ihr Auskunft zu erteilen. Man ließ sie auch nicht zu Corinne durch. Polizeiliche Anordnung.

Sie setzte sich in den leeren Besucherraum, sagte per

Handy ihre nächsten Termine ab und wartete voller Anspannung auf Neuigkeiten aus der Intensivstation. Zu viele Tabletten, mehr wusste sie nicht.

Dann sah sie Nicolas auf dem Gang. Was hatte er hier verloren? Wie war er überhaupt hergekommen? Ein Polizist in Zivil begleitete ihn. Stellte sich vor.

Der Junge war ein Nervenbündel. Er kaute wie verrückt an den Fingernägeln, wie immer, wenn Ungewohntes auf ihn einstürmte. Vera bekam nichts aus ihm heraus.

Hilgers bat die Krankenschwestern, den Besucherraum für den Publikumsverkehr zu sperren. Spannte rot-weiße Bänder, stellte Schilder auf.

Schließlich gab er Vera Bahling einen kurzen Bericht. Er wollte der Mutter nichts vorenthalten. Zugleich konnte er wenig tun, um die schlechten Nachrichten abzumildern. Hin und wieder stellte sie ungläubige Fragen, Corinnes Schwangerschaft und das Kind betreffend. Hilgers bestätigte, woran nach Lage der Dinge nicht mehr zu rütteln war. Gleich kämen seine Kollegen Photini Dirou und Jakub Skočdopole, sie würden sich ausführlicher mit Frau Bahling unterhalten und waren vielleicht in der Lage, eine Deutung der Ereignisse zu liefern. Er selbst kümmere sich inzwischen um Nicolas, kein Problem.

Eigentlich sollte Hilgers an Corinnes Bett Wache halten. Aber dann war Reintgen aufgetaucht und hatte ihn abgelöst. Eine gute Gelegenheit, den Jungen zu beruhigen. Seiner Schwester im künstlichen Koma war momentan ohnehin nicht zu helfen.

Sie gingen auf die Dachterrasse der Cafeteria. Ein paar Raucher scharten sich um einen Aschenbecher, als wär's der Heilige Gral. Zugeklappte Sonnenschirme, Stuhlstapel. Ein Stückchen weiter lag ein kleiner Garten, wo man sich die Beine vertreten konnte.

Nicolas machte eine Atemübung. Das hatte ihm der Schulpsychologe beigebracht. Ruhig bleiben, wenn die Welt auseinanderfiel.

Nutzte nur nichts.

In Corinnes Wohnung hatte er die vielen neuen Reize noch verhältnismäßig gut aufgenommen. Vor lauter Aufregung und Sorge war er klar im Kopf geblieben. Hatte instinktiv das Richtige getan.

Im Krankenhaus wurden ihm wieder seine Grenzen bewusst. Hier war er Zuschauer, machtlos, zum Stillsitzen verdammt. Während alle den Blick auf *ihn* richteten, etwas zu *ihm* sagten, fragend, bedauernd, bevormundend.

Eine unsichtbare Wand schob sich zwischen Nicolas und dem Rest da draußen. Nichts drang mehr durch.

Er suchte einen Ort, wo er allein sein konnte. Wo all die Eindrücke entweder verschwanden oder sich nach und nach zerstreuten. Wie eine Herde wilder Pferde. Eine Zeit lang waren die Tiere eingepfercht, gegen ihren Willen, gegen die Natur. Bei der ersten Gelegenheit brachen sie aus und flohen in die Berge. Sie galoppierten, über Stock und Stein, bis zur Erschöpfung. Erst wenn sie sich halbwegs sicher fühlten, wurden sie langsamer, fielen in den Schritt. Einige blieben stehen, andere trabten aufs Geratewohl weiter.

So war das mit Nicolas' Gedanken. Er stand auf einer Platte in einer Ecke des Gartens. Die Platte war quadratisch. Er stellte sich vor, ein Pferd zu sein. Wie beim Schach.

Auch Vera rührte sich im Besucherraum nicht vom Fleck. Es sah so aus, als würde sie schlafen. Innerlich brach sie zusammen. Das Gefühl, versagt zu haben, überspülte sie und riss alles mit.

Als Thorben in seiner Sanitäterkleidung neben ihr Platz nahm, erkannte sie ihn kaum. Hörte nicht, wie er sich weigerte, auch nur irgendetwas von dem zu glauben, was die Polizei behauptete.

Als ihr Ex-Mann hinzukam, sah Vera durch ihn hindurch. Seine Vorwürfe füllten für ein paar Minuten die Leere, die zwischen ihnen war. Dann wurden sie von der Wandverkleidung und den schweren Rollläden an den Fenstern verschluckt.

Als Jakub eintraf und Hilfe anbot, schloss sie die Augen und versuchte zu weinen.

Es kam nichts, keine Träne.

DA LAG SIE, die Kleine. Der Schlauch mit dem Sauerstoff. Infusionen. Die Züge entspannt, als würde sie einem einzigen langen Gedanken nachhängen, ohne Anfang und Ende. Die Brust. Sie hob und senkte sich unter dem Krankenhaushemd, unmerklich, man musste genau hinschauen – oder man beobachtete die Apparaturen, die ihre Körperfunktionen überwachten, all die Leuchtziffern, Blinklichter und Kurvendiagramme. Intensivbetreuung.

Corinne hatte ganz schön Pech gehabt, fand Reintgen. Manche Leute warfen wegen viel geringerer Probleme viel mehr Tabletten ein.

Andererseits, was hatte sie auch erwartet, wenn sie sich mit Pennern wie diesem Wintrich und seinem Kumpel Kotissek abgab? Plavotic nicht zu vergessen in seinem verdammten Taxi. Feine Gesellschaft. Man musste sich von Mädchen wie Corinne fernhalten, von den jungen, leicht zu beeindruckenden Dingern. Notfalls packte man die Kerle etwas rauher an. Wenn sie sich über die Sonderbehandlung beschwerten, stand ihr Wort gegen das eines Bullen. Wem glaubte man wohl?

Dass Kotissek einfach so abgekratzt war, kam Reintgen

immer noch seltsam vor. Der Kerl war doch nicht aus Zucker, der hatte sicher schon einiges einstecken müssen. Vielleicht war eine alte Verletzung wieder aufgebrochen? Einen gesunden Eindruck hatte der von Anfang an nicht gemacht.

Dumm gelaufen. Reintgens blutige Handschuhe lagen in einer Mülltonne, unter suppenden Abfallsäcken. Kunstleder, er besaß mehrere Paare, Winterschlussverkauf.

Perfekt war allerdings, dass er sich im Krankenhaus gleich nützlich machen konnte. Als Bewacher von Corinne.

Zur rechten Zeit am richtigen Ort – dafür hatte Reintgen einen Riecher. Sollten die Kripo-Genies ihre Theorien zusammendrechseln und sich die Köpfe heißreden. Reintgen war zur Stelle, wenn Manpower gefragt war. Er verkörperte Schutz, Verfolgung und Bestrafung, so sah Polizeiarbeit aus. Und vor allem: er war hier, vor Ort, am Pulsschlag dieses Falles.

Ping. Ping.

»Als ich so alt war wie du«, fing er an, »da ging's mit mir auch bergab. Das war, bevor mich die Bullen genommen haben, im zweiten Anlauf. Lehre abgebrochen und nur Scheiße im Kopf. Und im Blut. Hat 'ne Weile gedauert, bis ich für den Eignungstest clean war.«

Corinne atmete ruhig und regelmäßig. Sie war eine gute Zuhörerin. Schlafend wirkte sie älter, so Mitte zwanzig. Bisschen drall, Babyspeck. Reintgen mochte das.

»Aus Tüten leben, das kenn ich.« Er nickte bedeutungsvoll. »Den Schmutz der Straße, den kriegst du nicht so leicht ab. Da kannst du zehnmal duschen in der OASE am Deutzer Hafen, der Schmutz bleibt. Der haftet von innen.«

Er blickte selten zurück. Erinnerungen widerten ihn an. Was brachte es, den Schatten hinterherzulaufen?

»Bin nie warmgeworden mit den anderen Pennern. Hab

mir geschworen: So wirst du nicht. Krieg deinen Arsch hoch. Zieh dich da selbst wieder raus.«

Draußen brach die Dämmerung an. Das Licht, das durch die Jalousien des Einzelzimmers fiel, wurde schwächer.

»Bin stolz drauf, dass ich's ohne Hilfe geschafft hab. Reine Willenskraft. Die brauchst du jetzt auch, meine Kleine, sonst kommst du nicht mehr hoch.«

Er überlegte.

»Das ist, als würde man sich selber einen Tritt geben. Viele Tritte, immer wieder, volle Kanne. Es muss weh tun, damit man's kapiert. Man muss sich erst total kaputt fühlen, damit's wieder aufwärtsgeht.«

Er nahm ihre Hand. Achtete darauf, die mit Pflastern befestigte Kanüle nicht zu berühren. Corinnes Finger waren wärmer als vermutet.

»Dein Baby … Ich denk mal, das war deine Art, dich kaputtzumachen. Erst das Baby, das aus dir rauskam, und dann dich selber. So zieht man einen Schlussstrich.«

Immer noch keine Reaktion. Durfte er die Decke zur Seite schlagen? Nur ganz kurz, um zu sehen, was von dem dicken Bauch noch übrig war.

»Die sagen, dass jemand dich vergewaltigt hat, früher. War das wirklich so schlimm? Kommt doch andauernd vor. Kein Grund sich was anzutun. Hält man da nicht einfach still und denkt an was anderes?«

Er schaute sie an, als erwarte er allen Ernstes eine Antwort. »Nun sag schon!«

Corinnes Lider waren halb geöffnet. Schlief sie noch? Er hob die Decke leicht an. Ein fleckiger Oberschenkel, schlecht durchblutet.

»Du siehst echt beschissen aus. Musst dich mehr bewegen. Öfter in die Sonne gehen.«

Er deckte sie wieder zu, sorgfältig, an allen Seiten. »Ich

geb dir einen Rat. Wenn du wieder aufwachst, brauchst du eine gute Story. Nicht nur für die Bullen, sondern für die Medien. Ein paar Vergewaltigungen nach dem üblichen Muster reichen nicht, die Leute sind sparsam mit ihrem Mitleid. Kannst du nicht was von Folter erzählen? Missbrauch während der Schwangerschaft? Perverse Sexspielzeuge? Eine Behinderung? Lass dir was einfallen! Opfer brauchen jede Menge Phantasie.«

Corinne war nicht bei Bewusstsein. Genauso gut konnte er auf eine Gummipuppe einreden.

»Ich muss mal aufs Klo«, sagte Reintgen. »Geh nicht weg.«

Es sollte ein Witz sein.

FERTIG. REINTGEN öffnete die Toilettentür und wurde geblendet. Er riss den Arm hoch.

Blitzlicht. Ein Fotograf machte Aufnahmen von Corinne. Die Kamera summte wie ein Schwarm Killerbienen.

»Wen haben wir denn da?«

Der Mann fuhr herum.

Reintgen rieb seine Faust, als würde er ein Kätzchen streicheln. »Heute stehen die Lebensmüden ja Schlange.« Er ging um das Bett herum. Diesmal waren keine Handschuhe nötig. Gut.

Mit einem Satz war der Fotograf an der Tür und stürzte nach draußen auf den Gang.

Er sprintete los und fummelte dabei an der Kamera herum. Die Bilder der Kindsmörderin befanden sich auf dem Speicherchip, exklusiv, mindestens fünfzig Mille wert, vielleicht mehr. Er öffnete eine Klappe an der Seite und drückte auf den Schlitz. Der Chip sprang heraus.

Der Bulle war ihm dicht auf den Fersen, bekam beinahe seinen Jackenkragen zu fassen.

Er ließ die Kamera fallen und legte einen Zahn zu.

Reintgen hatte Mühe, ihm zu folgen. Er rief das Übliche. »Stehen bleiben! Polizei!«

Das Krankenhauspersonal machte den beiden Platz. Bekam einen Fluch zu hören, der selbst in Chirurgenohren derb klang.

Der Fotograf war ein trainierter Läufer. Er vergrößerte seinen Vorsprung, wischte um die Ecken, wendig wie ein junger Kater.

Reintgen schnappte sich im Laufen eine Urinflasche von einem Rollwagen. Das Ding war halb voll. Bestens, Gewicht stabilisierte.

Er holte aus und warf. Die Flasche wirbelte durch die Luft, versprengte Pisseschauer wie eine Sprinkleranlage.

Fand ihr Ziel.

Der Fotograf wurde am Hinterkopf getroffen. Er ging zu Boden, war kurz benommen, wollte sich wieder aufrichten – als Reintgen ihm schon das Knie zwischen die Schulterblätter rammte.

Der Mann stöhnte lautlos auf, die Luft entwich mit Hochdruck aus den Lungen.

Reintgen schlug ihn mit dem Knauf seiner Dienstpistole bewusstlos. Das würde hübsch weh tun, wenn er wieder zu sich kam. Schädelbasisschmerz, manchmal blieb der und wollte partout nicht mehr gehen.

Durchsuchung unter den Augen entsetzter Krankenschwestern. Reintgen hockte auf seiner Beute und genoss es.

Zuerst der Geldbeutel. ID-Card, Presseausweis. Der Mann hieß Patrick Voosen. Als Beruf war Modefotograf angegeben. Reintgen klemmte sich die Plastikkarten hinters Ohr und pulte den Speicherchip aus der schlaffen Hand.

Über Funk verständigte er seine Kollegen. Photini brauchte nicht mal eine Minute, gefolgt von Hilgers.

Reintgen merkte gleich, dass etwas nicht stimmte. »Kennen Sie den?«

AUF DEM WEG ZU MILAN sah Raupach den Polizeipräsidenten auf sich zukommen, mit steifem Schritt und gewichtiger Miene. Die setzte er eigentlich immer auf. Ehrgeiz wechselte selten das Gesicht, hinterließ Spuren. Wie die Pocken.

Lürrip fragte ihn, was er den Medien im Fall des Kindsmords mitzuteilen gedenke. Nach dem Tränengas im Nordpark und dem massiven Einsatz der Bereitschaftspolizei – der ohne Zweifel seine Berechtigung hatte – müsse man der Öffentlichkeit etwas anbieten. Auch Caberidis warte auf einen Zwischenbericht.

»Von mir kriegt niemand was«, sagte Raupach. »Laufende Ermittlung, Verdunkelungsgefahr. Caberidis kennt die Eckdaten, das muss reichen.«

»Eckdaten?«

»Ein paar Namen, die grobe Struktur. Weiter sind wir noch nicht.«

»Wie ich höre, gibt es eine Verdächtige. Die junge Mutter, die jetzt in der Klinik liegt.«

»Eine Zeugin.«

»Wollen Sie die Frau schützen, Raupach? Dafür sind die Sozialämter da.«

»Ich werfe Corinne niemandem zum Fraß vor. Ihnen schon gar nicht.«

Lürrip seufzte. Ein sportlich geschnittener Designeranzug passte sich seinen Bewegungen an, auch den ungelenken. »Warum geben Sie sich überhaupt damit ab, als Leiter der Mordkommission? Lassen Sie Heide Thum den Fall zu

Ende bringen. Kümmern Sie sich lieber um die Öffentlichkeitsarbeit.«

»Wollen Sie mich an die Leine legen?«

»Wir müssen bei dieser Sache auch an Effizienz denken. Wenn sich unsere besten Leute in Schrebergartenmorde verbeißen, steht der Aufwand in keinem Verhältnis zum Ertrag, verstehen Sie?«

»Schmeichelei mit einer Dosis Managergewäsch. Ja, das verstehe ich.«

»So läuft das eben in den oberen Etagen. Wir verwalten Kapitalverbrechen.«

»Früher haben wir die Fälle erst gelöst«, erwiderte Raupach. »Danach gaben wir ein bisschen was raus. Und am Ende bekamen die Erbsenzähler Stoff für ihre Statistiken. Man muss erst was zustande bringen, bevor man drüber quatscht.«

»Simultan denken und handeln. Das muss man.«

»Ich habe nichts gegen die Medien. Manchmal sind sie von Nutzen, manchmal nicht. Momentan eher nicht.«

»Das entscheiden nicht Sie.«

»Ich mach das auf meine Art. War noch nie ein Problem.«

»Die Leute müssen erfahren, was mit diesem Kind passiert ist«, widersprach Lürrip, »sonst spielen sie verrückt.«

»Sind wir in der Unterhaltungsbranche?«

»Wenn wir nicht zeigen, dass wir solche Vorkommnisse im Griff haben, gerät alles aus den Fugen.«

»Ist es doch schon.«

»Sie haben die falsche Einstellung, Raupach.«

»Geben Sie Heide meinen Job. Die macht ihn besser.«

»Warum nicht?« Lürrip wandte sich zum Gehen, lenkte ein. »Ich verlange nur ein wenig Kompromissbereitschaft.«

Er kannte Raupachs Abneigung gegen die Befehlskette, hatte gelernt, mit seinen Unverschämtheiten zu leben.

»Kompromisse? Dann sind Sie bei Frau Thum an der richtigen Adresse.«

MILAN WOLLTE WISSEN, wie es Corinne inzwischen ging. Er hatte im Vernehmungsraum geduldig ausgeharrt, kaum etwas gegessen, dafür jede Menge Kaffee getrunken, damit er gerüstet und hellwach war für die weitere Befragung. Die Polizisten glaubten ihm nur teilweise. Er hatte sich allerlei Argumente zurechtgelegt, um sie von seiner Schuld zu überzeugen.

Der Kommissar hörte ihm eine Weile zu. Der Junge gab sich Mühe, es klang plausibel, aus dem Leben gegriffen, besser erfunden als die meisten Falschaussagen, die Raupach im Laufe der Zeit untergekommen waren. Er beschrieb die Hiebe mit dem Spaten so anschaulich, dass man meinte, dabei gewesen zu sein, das Gefühl beim Ausholen und Zuschlagen. Authentisch, fand Raupach, ein Begriff, der ihm meist dann in den Sinn kam, wenn er kurz davorstand, eine Lüge für wahr zu halten.

»Du denkst, Corinne hätte Wintrich umgebracht«, sagte er schließlich. »Dass sie deswegen weder ein noch aus gewusst hat, als du in die Heckenrose gekommen bist. Das stimmt aber nicht.«

Raupach erzählte Milan von der Schwangerschaft und dem toten Kind im Kürbisbeet. Er ließ nichts aus, erwähnte sogar die Internet-Fotos.

Milan hatte von alledem nicht die geringste Ahnung, das war deutlich zu sehen. Er wirkte wie ein Soldat, dem eröffnet wurde, dass der Rest seiner Truppe gefallen war oder in Gefangenschaft saß. Es war alles umsonst gewesen. Und nun schlimmer als je zuvor.

Nach und nach begriff er. »Das Kind stammt von mir.«

»Höchstwahrscheinlich«, sagte Raupach. »Wir überprüfen das noch per DNA-Vergleich.«

Er nickte, als würde er sich bedanken, ohne zu wissen wofür. »Aber … warum?«

Der Kommissar sprach von einer Kurzschlusshandlung und legte die möglichen psychischen Hintergründe für die Kindstötung dar, Motive, Ursachen, Indikationen.

Milan versuchte das alles irgendwie mit Corinne in Einklang zu bringen. Missbrauch, er war also doch auf der richtigen Spur gewesen, auch wenn Raupach betonte, dass sie dafür noch Beweise brauchten. Und den Täter.

Das mit dem Kind und der postnatalen Depression konnte er trotzdem nicht fassen. »Ich versteh das nicht.«

»Da gibt's auch nichts zu verstehen. Solche Dinge passieren, immer wieder.« Ein platter Polizistenspruch. Raupach suchte nach einer besseren Erklärung. »Die Menschen stoßen an ihre Grenzen. Es heißt, daran würde man wachsen, man gehe gestärkt daraus hervor. Aber das behaupten nur die, die mit heiler Haut davongekommen sind. Die anderen quälen sich ab. Bis sie zerbrechen.«

»Wenn Corinne wieder aufwacht, kann sie doch offen reden.«

»Hoffentlich.«

»Dann braucht sie mich jetzt.«

Raupach merkte, dass Milan mehr sagen wollte, es aber bleiben ließ, um nicht aufdringlich zu erscheinen. Zeit für eine weitere Maßnahme, die Lürrip nicht schmecken würde.

»Wir haben lange genug hier gesessen.« Er griff dem Jungen unter den Arm. »Komm mit.«

Sie nahmen einen Streifenwagen mit Mülder am Steuer. Milan saß in Handschellen auf dem Rücksitz. Auf dem kurzen Weg zum Krankenhaus stellte der Kommissar klar, dass er nur noch die Wahrheit hören wollte.

Außer Corinne und Wintrichs Leiche habe er niemanden am Tatort gesehen, sagte Milan. Auf ihren Anruf sei er sofort zur Heckenrose gefahren und habe sie nach Hause gebracht. Corinne sei mit den Nerven am Ende gewesen, apathisch, jetzt wisse er ja warum. Von der Sporttasche mit dem Kind habe er nichts gesehen.

Das Reden fiel ihm schwer. Der Schock senkte sich zeitversetzt und dafür tonnenschwer auf ihn herab. »Sie hat unser Kind nicht getötet«, stieß er noch hervor, »das glaube ich nicht, egal, wie schlecht es ihr gegangen ist.«

Draußen begann es zu regnen. Die Scheibenwischer verteilten den Schmutzfilm, der sich in den vergangenen Tagen auf dem Glas niedergeschlagen hatte, gleichmäßig an die Ränder.

Raupach ließ es gut sein. Der beleuchtete Eingang der Klinik kam in Sicht. Er sah es mit gemischten Gefühlen.

Seit dem Tod seines Freundes Felix mied er Krankenhäuser. Es war nicht so, dass er keine Leichen mehr sehen konnte, das machte ihm nichts aus. Er hatte nur vom Sterben die Schnauze voll.

PATRICK MUSSTE GENÄHT WERDEN. Eine Ärztin von der Notaufnahme entfernte ein paar Glassplitter aus der Platzwunde, desinfizierte sie und setzte den ersten Stich.

»Autsch!«

Photini stand daneben. »Ist der Faden dick genug? Das muss gut halten, sonst kommt der Rest von dem bisschen Grips auch noch raus.«

Die Ärztin hatte von dem Vorfall auf der Intensiv gehört. Sie benutzte eine Nadel, die wie ein Enterhaken aussah. »Stillhalten!«, wies sie den Patienten zurecht und begann, die Kopfhaut zusammenzuflicken. Zwischendurch tupfte sie das Blut ab.

Die Kamera funktionierte noch. Photini legte den Speicherchip ein und sah sich die Bilder an. Sie wirkten wie Fahndungsfotos, obwohl Corinnes Augen geschlossen waren. Das Blitzlicht kam von unten. Dadurch erhielt das Mädchen diabolische, leicht brutale Züge. Im Computer ließ sich das noch verstärken.

»Keine Skrupel?«

»Ich hab nur meinen Job gemacht«, wehrte er sich.

»Als Modefotograf, wie?«

»So hab ich angefangen. Promischnappschüsse sind eben einträglicher, oder irgendwelche Skandalbilder. Mit uns beiden hat das nichts zu tun, Fofó.«

»Nenn mich nie wieder so, kapiert?«

»Passen Sie doch auf!« Patrick verzog das Gesicht und warf der Ärztin einen wütenden Blick zu.

»Wenn die Fotos veröffentlicht werden, kann sich das Mädchen nirgends mehr blicken lassen«, sagte Photini.

»Das hätte sie sich vorher überlegen sollen.«

»Ein Glück, dass wir dich erwischt haben.«

»Das war Körperverletzung, was dieser Bulle da abgezogen hat. Den verklag ich, dass ihm Hören und Sehen vergeht.«

»Reine Schutzmaßnahme.« Photini nahm den Chip aus der Kamera und steckte ihn ein. »Ich will eigentlich nur eins wissen: Wie hast du von ihr erfahren?«

»Berufsgeheimnis.«

Ihre Augen begegneten sich. Patrick schaute wie immer, amüsiert und mit einer Gelassenheit, als verfüge er über Informationsquellen, die niemand sonst besaß.

»Spuck's aus. Dann kann ich wenigstens wieder ruhig schlafen.«

Er lächelte, hielt es für eine Anspielung auf ihr Sexleben. »Deine Funkfrequenz. Ist leicht abzuhören, wenn man sie mal kennt.«

Sie drehte sich weg. »Du bist das Letzte.«

Die Ärztin schnitt den Faden ab und klebte ein Pflaster auf die Wundnaht. »Fertig.« Einen Eisbeutel für die Beule am Hinterkopf musste er sich selber besorgen.

Photini brachte ihren Ex-Freund zum Ausgang. Sie vergewisserte sich, dass kein Bild mehr auf der Kamera war, und gab sie ihm zurück.

»Warum trägst du eigentlich eine Augenklappe?«, wunderte er sich.

»Ich will dich nicht mehr sehen.«

»Ach komm schon, wir haben beide unsere Tricks, um beruflich zu überleben. Lass uns das trennen von all den Dingen, die uns verbinden.«

»Du stinkst nach Pisse. Hau ab, bevor hier noch ein Unfall passiert.«

»Ich hab einen Satz Erinnerungsfotos von dir. Schon vergessen?«

»Einen ganzen Satz?«

»Hab ein paar mehr gemacht. Weil's so schön war.«

»Häng sie dir übers Klo.«

Patrick zuckte mit den Schultern und ging in den Regen hinaus. Mittlerweile goss es in Strömen.

Sie wartete, bis ihn die Dunkelheit verschluckte. Dort konnte er von ihr aus bleiben.

Das war's. Niete Nummer neun oder zehn.

Photini trampelte so lange auf dem Speicherchip herum, bis er in winzige Teilchen zersplitterte. Dann fielen ihr Corinnes Nacktfotos ein. Nicht auszudenken, wenn Patrick etwas davon mitgekriegt hatte. Sie überlegte, wann sie ihr Funkgerät zuletzt benutzt hatte. Atmete auf.

Heide kam nach draußen und gesellte sich zu ihr. Die Hände in den Jackentaschen beobachteten sie, wie sich das Wasser in einer Pfütze sammelte.

»Wo hast du ihn kennengelernt?«

»Im Internet«, antwortete Photini. »Partnerschaftsbörse.«

»Besser als bei den Bullen.«

»Ich wollt's euch heute Abend sagen, bei Effies Geburtstagsfeier im Delphi.«

»Die fällt erst mal flach.«

»Ich frage mich, ob er mich von Beginn an aushorchen wollte, oder ob's sich einfach so ergeben hat.«

»Für einen Paparazzo bist du eine gute Investition, Schätzchen. Kleiner Einsatz, traumhafte Rendite.«

»Wie konnte ich bloß so naiv sein?«

»Sind wir alle hin und wieder.« Heide beugte sich vor und spuckte aus. Sie wollte die Pfütze treffen, die Ladung ging daneben. »Vergiss ihn. Wir haben zu tun.«

JETZT SASS JAKUB bei Corinne im Zimmer. Er richtete sich darauf ein, im Krankenhaus zu übernachten. Das künstliche Koma sollte noch einige Stunden andauern und dann in Schlaf übergehen. Ab den frühen Morgenstunden bestand die Möglichkeit, dass sie zu sich kam. Wer war sie dann? Corinne? Lara? Irgendwer dazwischen? Wenn sie die Augen aufschlug, hieß das noch lange nicht, dass sie auch erwachte, dass sie aus dem Niemandsland zurückkehrte. Ohne Lebenswillen blieb sie für immer dort.

Raupach brachte Milan herein. Der Junge näherte sich vorsichtig, als könne das leiseste Geräusch Corinne wecken. Er fragte, ob er die Hand des Mädchens halten durfte, wenigstens für ein paar Minuten. Jakub stimmte zu. Die

Handschellen mussten dranbleiben. Milan war nicht restlos zu trauen, trotz allem.

Reintgen hatte es sich auf dem Gang mit einer Illustrierten bequem gemacht. Raupach rang sich einige anerkennende Worte ab, wie entschlossen er gegen den Fotografen eingeschritten sei. Sie sprachen kurz über Kotissek. Die Leiche werde obduziert, sobald Clausing in der Uniklinik dafür Zeit fand. Durch die Vielzahl der Schläge und Tritte seien die Rippen erheblich verletzt worden, mehr konnte der Gerichtsmediziner nach einer ersten Untersuchung nicht sagen.

Raupach hatte nach Reintgens Anruf von den Müllcontainern ein Befragungsteam losgeschickt, vielleicht gab es Zeugen, die gesehen hatten, wie der Obdachlose zu Tode geprügelt worden war. Höttges sollte dazustoßen.

Als der Kommissar am Besucherraum vorbeiging, sah er Vera und Klaus Bahling hinter der Scheibe sitzen. In Sorge vereint, aber sichtlich getrennt. Bahling redete auf die Mutter seiner Kinder ein, sie wich zurück. Er redete weiter, sie schüttelte den Kopf und schlug die Hände vors Gesicht. Plötzlich fuhr sie hoch und sagte etwas. Bahling musterte sie eine Weile. Dann blickte er an die Decke. Sein Gesicht wurde hart, er presste seinen glatten Schädel gegen die Wand, am Hals traten die Sehnen hervor.

Sie wühlten in der Vergangenheit. Waren sich dabei selbst im Weg. Das dauerte.

Heide und Photini tranken Kaffee im Aufenthaltsraum des Pflegepersonals und rollten den Fall noch einmal auf. Raupach stimmte sich mit ihnen ab. Von nun an hieß es, Funkstille zu halten, nicht nur wegen Patrick Voosen. Der Himmel wusste, wer sonst noch mithörte. Auch über Handy wollten sie sich nur im Notfall verständigen. Corinne musste um jeden Preis abgeschottet werden. Sie war alles in einem, Täterin, Kronzeugin, Opfer.

Die Polizisten kamen überein, dass Heide im Krankenhaus das Kommando übernahm. Sie sollte Jakub unterstützen und sich wechselweise um die Bahlings kümmern, die noch nicht zu einer Aussage bereit waren. Photini sollte Raupach begleiten.

»Ich würde lieber nach Hause gehen, Klemens. Für heute reicht's mir.«

»Es ist erst kurz nach sechs.«

»Momentan geht hier eh nichts voran.«

War es wegen dem Fotografen? Er tauschte Blicke mit Heide. Klar, was dachtest du denn?

»Ich brauche deine Hilfe bei Nicolas«, sagte er.

»Hat das nicht bis morgen Zeit?«

»Wir müssen jetzt mit ihm reden. Du hast ein Verhältnis zu ihm aufgebaut, das ist Gold wert.«

»Verhältnis ist zu viel gesagt. Er spricht mit mir, mehr nicht.«

»Immerhin.«

»Nimm doch Heide mit«, versuchte es Photini. »Dann bleibe ich im Krankenhaus und halte die Stellung.« Eine Weile nichts tun, das wünschte sie sich. Die Gedanken durch den Kopf rauschen lassen, wie Regenwasser im Rinnstein.

»Stell dir mal Heide mit Nicolas vor. Soziopathen unter sich. Die gehen sich gegenseitig an die Gurgel.«

Ein halbes Lächeln. »Du übertreibst.«

»Sie ist zu dominant bei Jungs. Mit alten Säcken kann sie besser. Stimmt's?«

»Und das auch nur alle Schaltjahre.« Zweideutigkeiten auf der Arbeit. Heide hätte ihn erwürgen können.

Photini hatte ein Gespür für Zwischentöne. War da was gelaufen zwischen den beiden? Oldies but Goldies?

»Zu Nicolas dringen wir schwer durch«, sagte Raupach, »aber er ist der Unschuldigste der ganzen Familie.«

»Täusch dich da mal nicht.«

»Altersmäßig, meine ich.« Er verlor die Geduld. »Wenn du dich verkriechen willst, dann heb dir das für die Zukunft auf.«

»Wann soll das sein?«

»Wenn wir alle tot sind.«

Photini wandte sich Heide zu. »Ich kenne eine griechische Hexe in Wuppertal, die denkt sich einen netten Fluch für Klemens aus, mit allen Schikanen.« Sie erhob sich schwerfällig und ignorierte das Blei in ihren Gliedern. »Nach diesem Fall gehen wir zu ihr. Ist nur nicht ganz billig.«

Heide nickte. »Mach schon mal einen Termin.«

BULLENSPÄSSE. DAMIT die hässliche, schwere Karre namens »Ermittlung« weiterlief. »Mord« stand vorn auf dem Kühlergrill. Mit ein paar fiesen Witzchen im Tank rollte das Ding meilenweit durch die Nacht.

Raupach sparte sich weitere Kommentare. Photini dachte sich ihren Teil und hob ihn für später auf. An einem Imbissautomaten zogen sie Schokoriegel und Obst, pausierten schweigend. Gingen mit dem letzten Bissen weiter.

Am Eingang zur Intensivstation trafen sie Thorben Bahling. Er unterhielt sich mit einer Krankenschwester. Raupach nahm ihn beiseite und sprach ihn auf das falsche Alibi an, das er Corinne gegeben hatte.

»Sie hat mich angerufen, in der Nacht vor zwei Tagen«, erwiderte er. »Hat erzählt, dass sie in Schwierigkeiten steckt. Ohne irgendwas zu erklären. Ich war mit ihr im Kino, meinte sie, Brad Pitt, falls jemand danach fragt. Das fiel ihr wohl gerade so ein.«

»Warum haben Sie uns zum Narren gehalten?«, fragte Raupach.

»Corinne ist meine Schwester. Wenn ich gewusst hätte, was passiert ist …«

»Haben Sie doch. Der Mord an Otto Wintrich. Deshalb sind wir ja zu Ihnen nach Weidenpesch gekommen.«

Thorben Bahling hob die Arme. »Was sollte ich denn machen? Corinne meldet sich so selten. Von ihrer Familie will sie nichts mehr wissen. Ich war froh, dass sie mich überhaupt um Hilfe gebeten hat.«

»Ist ja auch Ihr Beruf«, stellte Photini fest. »Hilfe zu leisten.«

»Tut mir leid, wenn ich Sie in die Irre geführt habe. Das war nur Corinne zuliebe.«

»Und was haben Sie wirklich getan in der fraglichen Nacht?«

»Einen Absacker mit meinen Kollegen im Murphy's genommen. Hab aber nur bis zehn oder so durchgehalten, nach dem Dienst bin ich meistens völlig erledigt.«

»Wem sagen Sie das?« Photini hob beiläufig den Daumen. Ein Zeichen für Raupach, dass sie das Gespräch übernahm. Sie gingen zu einer Polstergruppe vor den Aufzügen und nahmen Platz. »Und weiter?«

»Als ich heimkam, war meine Mutter vor dem Fernseher eingeschlafen. Nicolas schaute Fußball, UEFA-Pokal, er verpasst kein einziges Spiel. Ich hab auf ihn aufgepasst, Otto war ja nicht da.«

Sie blätterte in ihrem Notizbuch. »Er sagte, er hätte geschlafen.«

»Ja, später«, korrigierte Thorben Bahling. »Kurz danach hat dann Corinne angerufen, so um halb eins, das hat er zum Glück nicht mehr mitgekriegt. Man kann Nico nicht allein lassen, bis er im Bett liegt.«

»Seine Raumschiffmodelle hat er doch selbst gebastelt.«

»Das sind so Phasen. Manchmal will er für sich bleiben, und manchmal sucht er Gesellschaft. Aber nur Menschen, die er kennt.«

»Anstrengend, oder?«

»Ich kenn das nur so. Er ist mein Bruder.«

Photini nickte. »Sie waren quasi der Zimmerälteste in der Familie.«

»Wir hatten immer getrennte Zimmer.«

»So?«

»Schon wegen Nico. Was der so alles brabbelt im Schlaf, da kriegt man kein Auge zu.«

»Was brabbelt er denn?«

»Kindisches Zeug. Wenn er sich ungerecht behandelt fühlt zum Beispiel, wegen irgendwelcher Lappalien. Dass er kein zweites Eis bekommen hat, etwas in der Art. Dann ackert er das im Bett endlos durch, schlägt mit dem Kopf gegen die Wand.«

»Tut das nicht weh?«

»Wir können's ihm nicht abgewöhnen. Ich hab Schaumstoff an die Wand geklebt, damit er sich nicht ernsthaft verletzt.«

»Verstehe.«

Photini dachte eine Weile nach.

Thorben Bahling wartete auf weitere Fragen.

Raupach schwieg und lauschte dem Regen.

Eine Aufzugtür öffnete sich, zwei Ärzte kamen heraus und gingen auf ihre Station. Sie unterhielten sich über die jüngste Etatkürzung, einer hatte ein paar Krücken unter dem Arm.

»Als Ihre Schwester noch bei Ihnen zu Hause wohnte«, machte Photini weiter. »Sind Ihnen da Geräusche aus ihrem Zimmer aufgefallen?«

»Bei Corinne war immer alles ruhig. Sogar tagsüber.«

»Kann schon einige Jahre zurückliegen.«

»Ich weiß, worauf Sie hinauswollen.« Er biss die Zähne zusammen, als koste es ihn Überwindung, ruhig zu bleiben. »Es heißt ja, achtzig Prozent aller Missbrauchsfälle würden in der Familie passieren.«

»Wer sagt das?«

»Der Kinderschutzbund, ich hab mich informiert. Aber ich kann mit diesen Zahlen nichts anfangen. Mein Vater hat uns vor zehn Jahren verlassen. Da war Corinne neun.«

»Wäre kein ungewöhnliches Alter«, sagte Photini.

»Mit neun?« Thorben Bahling verengte die Augen, als wolle er sie mit Blicken vernichten.

»Leider.«

»Wissen Sie noch, wie weit Sie mit neun waren? Körperlich?«

»Ungefähr.«

Photini wusste es eigentlich nicht mehr, ihre Kindheit kam ihr wie ein einziger Nebel vor. Sie wusste nur, dass ihr Vater immer wie ein Zerberus auf sie achtgegeben hatte, voller irrationaler Ängste, dass ihr etwas zustieß. Eleftherios war von dem griechischen Wort für Freiheit abgeleitet, ein Name, der nach der deutschen Besatzung wieder aufgekommen war. Seine Tochter hatte sich ihre Freiheit schwer erkämpfen müssen.

»Manche Männer tun so etwas«, sagte sie schließlich.

»Wie kommen Sie überhaupt auf diesen Bockmist? Reicht es nicht, was Corinne hinter sich hat? Warum packen Sie da noch Missbrauch obendrauf?«

»Gewisse Verhaltensmuster deuten bei ihr darauf hin.«

»Ist das alles? Für so einen schwerwiegenden Verdacht? Darf ich deswegen nicht zu ihr?«

»Es gibt eine Reihe von Anhaltspunkten, unsere Fachleute sind sich einig.« Photini beließ es dabei. »Wir haben gehofft, von Ihnen Näheres zu erfahren.«

»Von mir?«

»Ich verstehe ja, dass Sie Ihre Familie um jeden Preis schützen wollen. Es bringt uns nur nicht weiter.«

Thorben Bahling holte tief Luft. Er überlegte, wurde ruhiger, schien nach einer Erklärung zu suchen. »Wenn es so war, dann muss es von außen gekommen sein. Anders kann ich mir das nicht vorstellen.«

»Und von wem?«

»Der Typ, der sie geschwängert hat. Den müssen Sie sich greifen.«

»Schon geschehen«, schaltete sich Raupach ein. »Ein junger Mann, etwa in Ihrem Alter. Wir glauben nicht, dass er es war.«

Thorben Bahling musterte den Kommissar, begriff, dass er nicht mehr über diesen jungen Mann erfahren würde, und schaute wieder zu Photini. »Und Otto? Was ist mit dem?«

»Warum er?«

»Leute wie Otto, die möchte man gern für Friedensengel halten. Aber wenn sie sich einen Schnaps genehmigen oder zwei, wenn eine ganze Flasche draus wird, dann ist es mit dem Frieden vorbei. Endlich sind sie mal am Drücker, das bedeutet Krieg, und im Krieg kann man sich nehmen, was einem gefällt.«

»Wintrich ist doch erst vor einem Jahr bei Ihnen eingezogen«, meine Photini. »Da war Corinne schon weg.«

»Sie hat sich eine Wohnung genommen, als er mit meiner Mutter was anfing. Das war vor zwei Jahren, fast zeitgleich. Otto trat auf den Plan, und Corinne haute ab. Komischer Zufall, oder?«

»Ihre Ausbildung begann.«

»Otto hat schon vor zehn Jahren was mit meiner Mutter gehabt. Wussten Sie das?«

»Ja«, sagte Raupach. »Nachdem sich Ihre Eltern trennten. Es hat nur ein paar Monate gehalten.«

»Zeit genug, um mal die Fühler auszustrecken.« Thorben Bahling ließ die Worte wirken. »Ich war damals zwölf, wer denkt da an Missbrauch? Deswegen ist mir auch nichts aufgefallen, und Corinne hat nie was rausgelassen.« Er machte eine weitere Pause, sah zu, wie die Polizisten eine Möglichkeit in Betracht zogen, die für sie neu war. »Aus irgendeinem Grund ging sie ungern zur Schule, obwohl ihre Noten echt gut waren.«

»Mit neun«, stellte Photini fest.

»Wie haben Sie's vorhin ausgedrückt? Manche Männer tun so etwas.«

SIE SCHAUTEN NOCH EINMAL BEI CORINNE VORBEI. Ihr Zustand war unverändert. Jakub unterhielt sich leise mit Milan. Setzte ihm auseinander, wie es in dem Mädchen vermutlich aussah. Crashkurs über zerstörte Seelen.

Milan hielt das aus, fand Raupach, der Junge würde für Corinne durchs Feuer gehen. Die Bahlings durften allerdings nicht rein, alle drei. Jakub musste die Familie hübsch draußen halten. Keine schmerzensreichen Szenen, kein Chaos, das gefährdete die Ermittlung. Reintgen mit seinem Pitbullhirn war der perfekte Türsteher.

Raupach klaubte die Plastiktüte mit dem Eisbären vom Boden. Den hatte er fast vergessen. Er versprach, Numi zurückzubringen. Vielleicht half das Stofftier Corinne, wenn das Leben wieder in Sichtweite war.

Photini wartete an der Tür. Die Cafeteria befand sich in einem Nebengebäude des Krankenhauses. Es war ein gutes Stück zu gehen.

»Also doch Wintrich?«, fing sie an. »Seine Ersparnisse waren Schweigegeld für Corinne, egal wie fürsorglich er sich gab.« Das Gespräch mit Thorben Bahling hatte sie wieder auf Betriebstemperatur gebracht.

»Und wer hat ihn getötet?«

»So wie es aussieht, könnte es jeder von denen gewesen sein, alle Bahlings, einschließlich Corinne. Sogar Vera, so betroffen sie wirkt. Klaus ist eine Zeitbombe, die regelmäßig hochgeht. Thorben hat sich gerade als Mann für alle Fälle geoutet.«

»Sein Alibi ist lächerlich«, sagte Raupach.

»Die geben sich gegenseitig Alibis. Und sie haben alle ein Motiv.«

»Lass uns anders fragen: Wer hat die Sporttasche mit der Babyleiche verschwinden lassen? Und wer ist dieser Person gefolgt?«

»Kotissek? Nicolas?«

»Sonst noch irgendwelche Verdächtige?«

»Milan.«

»Läuft außer Konkurrenz, da bin ich mir sicher.«

Photini blieb stehen. Es kam ihr so vor, als verließen sie ihre Kräfte wieder, ein Strohfeuer. »Was haben wir überhaupt?«

»Viele dunkle Stellen. Ein paar dunklere seit der Babyleiche. Die dunkelste wartet noch.«

Seine üblichen Orakelsprüche. Sie nahm ihren Mut zusammen. »Das mit Patrick geschieht mir recht, oder?«

»Tut's weh?«

»Nicht so richtig. Wahrscheinlich kommt das erst später.«

Er nahm sie in den Arm. »Irgendwann heißt es wieder: Neue Fahrt, neues Glück.«

»Ich bin's leid.«

»Wenn du tüchtig aufs Gas drückst, findest du schnell raus, ob ein Wagen was taugt. Beim Bremsen übrigens auch. Das ist das Pedal in der Mitte.«

Photini lachte. »Seit wann kennst du dich mit Autos aus?«

»Das war nur ein Vergleich, darauf reitet man nicht herum.«

Sie probierte es direkter. »Du warst doch verheiratet. Bist du nach der Trennung einfach zur Tagesordnung übergegangen?«

Geteiltes Leid? Raupach verbarg seine Überraschung. »Ging mir ziemlich an die Nieren damals. Sechs Jahre Ehe steckt man nicht so leicht weg.«

»Sind noch Rechnungen offen?«

»Nein. Das Ganze war ein Irrtum. Von beiden Seiten. Ich hab nur zu lange gebraucht, um's zu kapieren.«

»Und Clarissa?« Photini kannte nur die Fakten.

»Hat's früher kapiert. Die Frau hat mehr auf dem Kasten als du und ich zusammen.« Er tippte ihr an den Kopf. »Das Dumme war, dass sie meinte, mich weiter durchschleppen zu müssen. In guten wie in schlechten Zeiten, verstehst du?«

»Was ist falsch daran?«

»Ab einem bestimmten Punkt haben sich die guten Zeiten auf Nimmerwiedersehen verabschiedet. Weil sie's mit mir nicht mehr aushielten. Das hab ich dann Clarissa angekreidet und im Geiste Strichlisten geführt.«

»Irgendwie selbstgerecht.«

»Also Vollbremsung. Ihr ist es zu verdanken, dass wir einigermaßen sauber aus der Sache rausgekommen sind. Danach hab ich mir meinen kleinen Knast gebastelt, Einzelhaft.« Er stieß die Luft aus. »Immer noch selbstgerecht, oder?«

»Da hab ich's ja ganz gut getroffen. Mit meinen guten Zeiten mit Patrick komme ich auf …«, sie überlegte, »zehn Tage?«

»Pack sie in eine Schachtel und tu sie zu den anderen.«

»Machst du das so?«

»Ich versuch's.«

»Und gelegentlich öffnest du eine. Das verbeulte alte Ding, auf dem ›Heide‹ steht.«

Er nahm den Arm von ihrer Schulter. »Wir schlafen nicht miteinander, falls dich das beruhigt.«

»Hätte auch noch gefehlt.«

»Könnte aber passieren. Wenn sie stockbesoffen ist zum Beispiel.«

»Blödmann.«

Raupach ging weiter. »Ich bin keiner von den Netten. Besser, du findest dich damit ab.«

»Hab dich nie für einen gehalten.« Es war mal wieder der falsche Zeitpunkt. Sie lernten es nie.

RAUPACH UND PHOTINI BEEILTEN SICH. Die Cafeteria hatte noch offen. Nichts zu sehen von Hilgers und Nicolas.

Die beiden waren immer noch oben auf der Dachterrasse. Saßen bei strömendem Regen unter einem Sonnenschirm und spielten Stein-Schere-Papier.

»Er wollte nicht runtergehen«, sagte Hilgers. »Vorhin bin ich mal kurz weg gewesen, als sich Reintgen den Fotografen geschnappt hat. Kein Problem für Nicolas, er blieb die ganze Zeit hier.«

Photini erzählte dem Jungen, wie es Corinne ging.

Er blickte starr auf seine Hand, schien aber zu registrieren, was sie sagte. »Eins, zwei, drei.« Er machte eine Faust für »Stein«.

Hilgers reagierte nicht.

»Warum spielst du nicht weiter?«

»Vielleicht im Trockenen?«, schlug Photini vor. »In der Cafeteria gibt's was zu trinken. Oder ein Eis?«

Nicolas schüttelte mechanisch den Kopf. »Die haben kein Schach.«

»Wir haben uns hiermit beholfen.« Hilgers hielt zwei Finger hoch für ›Schere‹. »Er gewinnt andauernd, keine Ahnung, wie er das macht.«

Unter dem Schirm war wenig Platz. Raupach und Photini wurden am Rücken nass.

»Wenn du mit reinkommst, treiben wir ein Schachspiel auf.« Der Kommissar klappte den Kragen seines Anzugjacketts hoch, ihm war kalt. »Wäre doch gelacht, das ist ein Krankenhaus.«

Nicolas ließ sich überreden. Er wirkte geduldiger als sonst.

Die Situation war ihm vertraut, er kannte die Polizisten, besonders die hübsche mit dem Lederjackett. Heute trug sie ein engeres weißes Top. Ihre Brüste zeichneten sich ab, wie eine Bodenwelle. Das war ihm in Corinnes Wohnung gar nicht aufgefallen, bei all dem Trubel.

Er setzte sich in der Cafeteria neben sie. Photini lächelte, bestellte ihm einen Schokoshake. Hob ihre Augenklappe kurz an, das war wie Zuzwinkern.

Hilgers begab sich auf die Suche nach einem Schachspiel.

Der Kommissar mit dem schäbigen Anzug nahm den Stuhl schräg gegenüber und vermied direkten Blickkontakt.

Sie saßen eine Weile wortlos da, an einem Tisch ganz am Rand. Man hatte den Raum gut im Blick. Die wenigen Gäste unterhielten sich mit gedämpften Stimmen, es ging um Krankheiten, Entlassungstermine, fehlendes Geld. Nicolas gewöhnte sich an die Situation. Schielte zu Photini.

Der Schokoshake kam. Viel zu süß, er trank ihn trotzdem halb leer, das füllte den Magen.

Raupach räusperte sich. Zuerst fragte er, ob Nicolas mit Thorben zusammen gewesen war in der Nacht vor zwei Tagen.

»Klar, von Anfang bis Ende.« Das stimmte nicht ganz, aber fast.

»Und wo wart ihr?«

»Zu Hause.« Jetzt wollen sie alles wissen, dachte Nicolas. Er kam nicht mehr davon.

Wie viel konnte er ihnen sagen?

Sie würden ihn einsperren, logisch. Für wie lange?

»Hör zu, Nicolas«, sagte Raupach. »Was Corinne getan hat, was sie in diese verzweifelte Lage brachte, dafür gibt es einen Grund.«

»Da war Gift in ihr drin. Das musste raus.«

»Ja, genau, das hast du prima gemacht.«

»Finger in den Hals. Weiß ich von Otto.«

»Dadurch hast du sie gerettet. Du bist ein Held, kannst stolz auf dich sein, okay?«

»Okay«, wiederholte Nicolas gedehnt. Was hatte der Kommissar vor?

Raupach tastete sich weiter heran. »Corinne nahm Tabletten, weil sie Angst hatte. Angst vor etwas, das jemand früher mit ihr gemacht hat.«

»Was denn?«

»Sex.«

Nicolas schaute prompt wieder zu Photini. Konnte ein Grinsen nicht unterdrücken. Sie verzog keine Miene.

»Ist dir klar, wovon ich rede?«

Der Junge formte mit der linken Hand einen Kreis und steckte seinen Zeigefinger durch, eine Pausenhofgeste.

»Ich sehe, du kennst dich aus«, fuhr Raupach fort. »Beim

Sex gibt es verschiedene Abstufungen, von Anfassen und Streicheln bis zu richtigem Geschlechtsverkehr.«

»Ja, sicher.« Nicolas dachte an schweinische Internetseiten. Dann an den Chat mit Corinne. Als sie ihn gefragt hatte, was er am liebsten mochte.

»Die Menschen können das freiwillig tun, gemeinsam, dann ist das eine schöne Sache. Es kommt aber auch vor, dass jemand zum Sex gezwungen wird, mit Gewalt. Dann ist es eine schlimme Sache.« Raupach kam zum Ende der Aufklärungsstunde. »Man nennt das Missbrauch oder Vergewaltigung.«

»In der Zeitung steht das manchmal«, sagte Nicolas.

»Wir glauben, dass Corinne missbraucht wurde. Oder vergewaltigt.«

»Wirklich?«

»Und wir wollen herausfinden, wer es getan hat.«

Nicolas betrachtete seinen Schokoshake. Rührte mit dem Strohhalm darin herum.

Raupach wartete auf ein Zeichen des Verstehens. Er hatte nicht den Eindruck, dass der Junge sich dumm stellte und ihn veralberte. Wahrscheinlich hatte er die Sexlitanei in der Schule schon hundertmal gehört, bei einem Fünfzehnjährigen sollte man davon ausgehen. Das hieß jedoch nicht, dass er es auch vollständig begriff.

Ein Blick zu Photini. Sie hatte ebenfalls Zweifel. Nicolas war entwicklungsgestört. Er mochte anzügliche Sprüche reißen, wie das Kinder eben so taten, um Sex nach und nach in ihrer Vorstellungswelt zuzulassen und die Befangenheit zu verlieren. Aber konnte er einschätzen, was bei einer Vergewaltigung passierte?

»Weißt du, was Raupach meint?«, fragte sie.

Nicolas zögerte. »Ja.«

»Hast du irgendwann mitgekriegt, dass sich jemand für

Corinne sexuell interessierte? Dass er mit ihr schlafen wollte?«

»Nein.« Es klang unwillig.

»War sie mal mit jemandem allein in ihrem Zimmer, einem Jungen oder einem Mann?«

»Keine Ahnung.«

»Aber Corinne hatte doch sicher einen Freund«, legte Photini nach.

»Hab nie einen gesehen.«

»Hast du mal gesehen, wie jemand sie ganz fest umarmt hat? Fester als normal?«

»Nein, sie mag das nicht. Ich mag das auch nicht.«

»Es kann auch jemand gewesen sein, dem du das niemals zutrauen würdest. Dein Vater. Thorben. Oder Otto.«

»Nein!«, sagte Nicolas entschieden.

Photini gab ihm keine Gelegenheit, ärgerlich zu werden. Sie zog ihr Lederjackett aus, legte ihr Schulterholster mit der Dienstpistole auf den Stuhl neben sich und straffte ihr Top. Die Nähte knackten.

Er starrte wieder auf ihre Brüste. Aus der Bodenwelle waren zwei nette Äpfel geworden. Mit Stielansatz. Zum Greifen nah.

»Das reizt dich doch schon die ganze Zeit. Du willst sie anfassen, stimmt's?«

Blöde Frage, was denn sonst? Fast hätte er geantwortet.

»Du weißt nicht, ob du das darfst. Ob mir das gefällt, oder ob ich dir eine klebe.«

Es war eine Feststellung, sie lächelte nicht. Nicolas konnte den Klang der Worte ohnehin besser deuten als den Ausdruck auf Gesichtern.

Er sah sich um. Die anderen Gäste waren mit sich selbst beschäftigt, die Bedienung las in einem Buch. Raupach drehte sich weg und wirkte, als hätte er von allem genug.

»Na los, find's raus!«

Das war eine Einladung. Na ja, eher eine Anweisung. Egal.

Seine Finger zuckten vor.

Er hielt inne, machte aus der Handfläche eine Kuhle. Legte sie auf den T-Shirt-Stoff und das, was sich darunter befand.

Weich. Sie trug keinen BH. War auch gar nicht nötig.

Photini beobachtete ihn. Schwieg. Der sanfte Druck war nicht unangenehm. Viel sanfter, als sie das kannte.

Er griff vorsichtig zu, mit den Fingerspitzen. Da war ein fester Kern, warm. Und ihr Herzschlag. Der ging superschnell. Seiner auch.

Zum ersten Mal berührte er die Brust einer Frau. Umfasste sie. War das richtig so?

Sie atmete tief durch.

Die Brust kam ihm entgegen. Ein irres Gefühl. Seine Hose spannte.

Wie ging es weiter? Fester zudrücken? Kreisende Bewegungen? In der Handfläche spürte er den Nippel. O Mann!

PHOTINI NAHM SEINE HAND WEG. Nicolas schaute so belämmert drein, als habe er eine Gehirnerschütterung. Jungfräulicher ging's nicht. Auch das war zu prüfen gewesen.

Aber der Knabe lernte verdammt schnell. Da wollte viel Liebe raus, eine Wagenladung Gefühle. Falls sich der Knoten in seinem Gehirn irgendwann löste.

»Du hast mich angefasst«, sagte sie. »Jetzt gibt es zwei Möglichkeiten. Nummer eins: Ich mag das und bitte dich weiterzumachen.« Sie grinste. »Das kann ich dir auch stumm mitteilen, mich räkeln und so.«

Er nickte eifrig. Ihre Augenklappe fand er einfach nur cool.

»Und weil das nicht jeder zu erfahren braucht, hätten wir ein süßes Geheimnis, du und ich.«

»Echt?«

»Echt.« Photini seufzte. Galt das schon als Verführung Minderjähriger, was sie hier abzog? »Zweite Möglichkeit. Ich sage: Hör auf!«

»Warum?«

»Weil's mir nicht gefällt. Weil ich keine Lust habe. Weil ich's mir anders überlege, egal. Ist nichts Persönliches, nur ein klares Nein.«

»Klares Nein. Okay.«

»Okay.« Sie zerteilte mit der Handkante die Luft. Cut. »Und jetzt stell dir vor, du machst trotzdem weiter. Du denkst dir, lass sie nur quatschen, Photini weiß nicht, was sie da redet, die will mehr, ganz bestimmt.«

»Ist das so?«

»Stell es dir nur vor, da oben!« Sie deutete auf seinen Kopf. Dann sprach sie eindringlich weiter. »Ich will nicht, aber du zwingst mich, hältst mich fest. Ich stoß dich zurück. Du haust mir eine runter, presst mir die Hand auf den Mund.«

Nicolas stellte es sich vor.

Er wich zurück.

»Und da fängt Missbrauch an. Das ist der erste Schritt.«

Er zitterte.

»Wohin das führen kann, überlasse ich deiner Phantasie.« Sie senkte die Stimme wieder, sah, wie er den Gedanken weiterspann, wohin auch immer. »Ich will dir keine Angst einjagen. Aber wir spielen das jetzt bis zum Ende durch. Sex unter Zwang ist eine Straftat. Was meinst du, kommt danach?«

Das Wort »spielen« ließ ihn aufatmen. »Du verhaftest mich?«

»Nehmen wir an, ich wäre keine Polizistin. Was dann?«

»Dann gehst du zur Polizei.«

»Ja, das würde ich. Aber vielleicht willst du das verhindern. Indem du mir Prügel androhst, mich als Lügnerin hinstellst. Und ich trau mich nicht, dich zu verraten.« Sie wartete, bis er begriff. »Dann hätten wir kein süßes Geheimnis, sondern ein böses.«

Nicolas überlegte. »Und niemand würde was merken?«

»Niemand. Vorausgesetzt, das böse Geheimnis hält.« Sie legte ihr Schulterholster wieder an und zog das Lederjackett darüber. Ende der Show.

Er trank den Rest seines Schokoshakes und leckte den Strohhalm ab, lehnte sich zurück. So lange redete er nie mit Fremden, das waren mindestens fünf Minuten am Stück gewesen. Normalerweise verlor er schon nach ein paar Sätzen die Geduld, musste aufstehen, herumlaufen, sich mit etwas anderem beschäftigen.

Bei Photini war das anders. Die Hand, mit er sie berührt hatte, glühte wie eine Herdplatte. Er schwitzte in seinen Fleecepulli hinein, sein ganzer Körper befand sich in Aufruhr, überall pochte und pulsierte es, als hätte jemand einen Schalter umgelegt und verborgene Zusatzfunktionen aktiviert. Natürlich war es ungewohnt und komplett neu und beängstigend, aber seltsamerweise … blieb es in ihm drin. Falsches Wort, er … behielt es in sich drin. Er ließ nicht zu, dass es herausdrang und einfach verflog. Dafür war es zu kostbar.

Auf Raupach wirkte der Junge so ruhig wie noch nie. Busengrapschen mit Photini, das war wie eine Übung auf dem Hochseilparcour. Trau dich, und alles ist in Butter. Wenn nicht, wirst du es ewig bereuen.

Der Kommissar würde »fortgesetzte Befragung« in seinen Bericht schreiben. Lürrip hatte sicher keinen Sinn für Erlebnispädagogik.

Er zog den Stoffeisbären aus der Plastiktüte. Fühlte sich

wie ein Hütchenspieler nach der großen Raubkatzennummer.

»Kennst du den?«

»Ja, das ist Numi«, sagte Nicolas, froh, dass er helfen konnte. »Corinne hat ihn bei uns zu Hause gesucht, vor kurzem erst.«

»Wann genau?«

»Vor drei Tagen, vormittags, als ich in der Schule war. Aber sie hat ihn nicht gefunden. Das hat sie schrecklich traurig gemacht.«

Photini setzte sich auf. »Woher weißt du das?«

»Ich kam heim, da war sie gerade am Gehen. Ich wusste auch nicht, wo Numi steckte. Sie sah aus, als wär sie hingefallen oder irgendwo dagegengeknallt, wie früher, wenn sie im Schuppen gewesen war.«

»In welchem Schuppen?«, fragte sie.

»Im Schuppen unten bei den Gemüsebeeten. Im Hinterhof. Otto hat ihn zu einer richtigen Werkstatt umgebaut. Davor sah's da aus wie Kraut und Rüben.«

»Wer war vor drei Tagen sonst noch zu Hause?«

Nach der Hitze kam die Kälte. Eisschauer. Nicolas wollte etwas sagen, doch es ging nicht.

»Niemand«, murmelte er schließlich und griff nach Numi.

Photinis Stimme bekam einen Stahlmantel, härter als Eis. »Soll ich das glauben?«

Er beachtete sie nicht. Konzentrierte sich ganz auf das Stofftier. Ließ den Eisbär über den Tisch schleichen, geduckt, bereit zum Sprung. Tat so, als seien die beiden Polizisten nicht mehr da.

Klares Nein.

DER JUNGE MACHTE DICHT. Raupach beriet sich flüsternd mit Photini. Ein erneuter Missbrauch? Das einschneidende Erlebnis, das Corinne endgültig von der Klippe gestopen hatte, als sie am verletzlichsten gewesen war? Nicolas kannte den Täter. Durfte nichts sagen. Hütete das böse Geheimnis.

Hilgers kehrte ohne Erfolg von seiner Tour zurück. Kein Schachspiel nirgends. Stattdessen die neuesten Spielkonsolen in den Zimmern der Patienten und ein Monopoly für Besucher, bei dem die Hälfte der Teile fehlte.

»Ich weiß, wo wir eins kriegen«, sagte Raupach. Vielleicht holten die Schachfiguren Nicolas in die Realität zurück. »Wir fahren zur Zweiten Hand.«

Der Junge hatte nichts dagegen, kam widerspruchslos mit, allein mit dem Eisbären und seinen Gedanken. Hilgers ließ ihn mit Photini vorausgehen.

»Eigentlich wollte ich Sie wegen einer dienstlichen Angelegenheit sprechen«, wandte er sich an Raupach.

»Worum geht's?«

»Ist ein bisschen diffizil. Könnte unangenehme Folgen haben im Kollegenkreis.«

»Hat das noch Zeit? Wir sind dicht dran, Nicolas braucht einen letzten Anstoß.«

»Wenn der will, redet er wie ein Buch«, meinte Hilgers.

»Wenn er will. Aber da gibt es eine Sperre, wie in jeder Familie, so sind wir leider programmiert.« Raupach ging weiter. »Bleiben Sie hier. Wir sind bald wieder da.«

Hilgers hob die Hand. »Lassen Sie den Jungen beim Schach nicht so einfach gewinnen. Er muss Widerstand spüren, dann wird er gesprächig.«

»Hoffen wir's.«

SIE NAHMEN DIE ZOOBRÜCKE. Der Regen hatte etwas nachgelassen, begleitete den Wagen wie ein Schwarm Nachtfalter.

Photini fuhr wie in Trance. Dachte an Corinne und den Schuppen der Bahlings, von dem sie bislang keine Ahnung gehabt hatte. Die perfekte Entsprechung zum Gartenhäuschen der Plavotics. Hier der Missbrauch, dort der Versuch, mit Milan darüber wegzukommen, zwanghaft, gnadenlos gegen sich selbst. Feuer mit Feuer bekämpfen. Das war gefährlich, schwer zu lenken, eine Gratwanderung für Corinnes ohnehin angeschlagene Psyche. Kein Wunder, dass sie immer weiter abgedriftet war. Und dann der Rückschlag vor drei Tagen, alles musste ihr umsonst vorgekommen sein, ihre Abnabelung, die Beziehung zu Milan, das Kind. Falls sie vergewaltigt worden war, hatte das Clausing nicht feststellen können wegen des gereizten Geburtskanals.

Raupach saß mit Nicolas auf dem Rücksitz. Zwischen ihnen Numi, ebenfalls angegurtet. Warum hatte Wintrich das Stofftier weggegeben? Um Corinne ihrer emotionalen Stütze zu berauben? Oder um das Ding und mit ihm all den Kummer loszuwerden, um die alten Ersatzhandlungen, Fluchtmuster aufzubrechen? Der Eisbär war etwa so groß wie ein Neugeborenes. Die Viecher fraßen manchmal ihre eigenen Jungen, wenn der Hunger übermächtig wurde. Raupach schauderte.

Nicolas blickte aus dem Fenster. Die Kälte war immer noch da, doch langsam regte sich wieder etwas. Eine Erkenntnis. Warum er so war, wie er war. Was ihn dazu gemacht hatte. Dass er sich während all der Jahre in Abwehr und Wut gehüllt hatte, als würde ihn das wärmen. In sein Biwak, um an der Kante zum Abgrund nicht zu erfrieren. Aber das brachte nichts. Er hockte immer noch da, an der Kante, und fragte sich, wie es weiterging. Aufstieg oder

Umkehr? Erst war Otto abgestürzt, dann Corinne. Die Chancen standen schlecht.

Blieb noch das Schachspiel, mit dem er sich die Zeit vertrieben hatte. Raupach wollte gegen ihn antreten. Er war schon gespannt darauf.

Zuvor gab es einiges zu klären. In der Wirklichkeit.

Er bat Photini abzubiegen.

Sie tat es ohne zu fragen. Folgte seinen Angaben. Schaute nur kurz in den Rückspiegel, um Raupachs Nicken aufzufangen.

Lange geradeaus, dann rechts.

Tolle Frau. Ein klitzekleines bisschen auch seine Frau. Freundin. Kumpel. Das mit dem Sex hob er sich für seine eigene Altersklasse auf, die Mädels waren da unkomplizierter. Er musste sich nur ein wenig Mühe geben und nicht gleich losschreien, wenn sie ihn komisch anschauten. Komisch konnte auch heißen: Sprich mich ruhig an. Und später: Fass mich ruhig an. Er musste lernen, mit dem Unerwarteten zu rechnen.

Nochmal abbiegen, die Bebauung hörte auf. Das abgebrannte Haus kam in Sicht, ehemals »Stilmoden«.

Anhalten.

»Das war ich«, sagte Nicolas und legte los. Er habe das Haus abgefackelt, mit Benzin. Um eines von Ottos Spielen zu Ende zu bringen. Mit Schaufensterpuppen nachstellen, was bei ihnen zu Hause passiert war. Otto hatte sich erst ein Bild von seiner neuen Familie machen müssen, und er, Nicolas, habe ihm dabei geholfen. Nach Ottos Tod konnte er das Ganze endlich anzünden, das sei von Anfang an so gedacht gewesen. Ob er für Brandstiftung ins Gefängnis komme?

Raupach verneinte. Das sei unwahrscheinlich, falls er nicht noch mehr verbrochen hatte.

Da *war* mehr. Zwei Straßen weiter, vor einem aufgegebenen Teppichladen.

Photini brauchte nur eine knappe Minute, obwohl sie verhalten fuhr. »Hier?«

Ein Kerl mit Armeeklamotten. Den habe er nach dem Brand vermöbelt. Einfach, weil der ihm über den Weg gelaufen sei. Um es mal auszuprobieren.

»Du hast ja einiges auf dem Kerbholz.« Der Kommissar klang beunruhigt.

»Dafür buchten Sie mich jetzt aber ein, oder?«

»Wie wär's mit Wochenendarrest?«

»Das sind doch nur zwei Tage«, sagte der Junge enttäuscht.

»Oder du leistest jede Menge Sozialstunden ab. Hängt vom Richter ab.« Dazu würde es nicht kommen, wusste Raupach, verminderte Schuldfähigkeit und was noch alles. Wenn Nicolas allerdings Pech hatte, landete er in der Jugendklapse. Und aus der kam er nicht so schnell wieder raus.

Weiter. Es gab noch etwas anderes.

Nicolas dirigierte Photini zum Botanischen Garten, wollte auch jetzt nicht aussteigen. Beschrieb die Stelle, wo er die Sporttasche mit dem leblosen Baby entdeckt hatte, ohne zu wissen, was drin war. Der Anblick würde ihn sein ganzes Leben verfolgen. Die winzigen Lippen, das Kinn, unverkennbar Züge von Corinne. Was hatte er damit anfangen sollen? In den Rhein werfen, in die Fluten, die würden es weiter weg tragen, als er dazu in der Lage war.

Dann zum Nordpark.

Das Gelände stand unter Bewachung, Bereitschaftspolizisten mit Maschinenpistolen, ein Checkpoint wie in einem Krisengebiet. Schon zweimal Alarm, berichtete der

Einsatzleiter. Was glaubten die Leute, was sie in den Kleingärten erwartete? Der Eingang zur Hölle?

Sie rollten an den Absperrungen vorbei.

Hier.

Photini brachte den Wagen zum Stehen.

Nicolas beugte sich nach vorn. »Lass das Licht an.«

Der Platz, wo ihm gestern Kugeln um die Ohren geflogen waren, hinter dem Rhododendron.

Er griff in seine Hosentasche und gab dem Kommissar das deformierte Stück Blei, das er aus dem Baumstamm gepult hatte.

Heides Geschoss. Raupach konnte es nicht fassen.

Am Tag zuvor habe er sich auch dort versteckt, in der Mordnacht, fuhr Nicolas fort. Einmal sei er sogar bis zum Zaun gegangen und habe Ottos aufgebrachte Stimme gehört. Aber er habe nichts verstanden und schon gar nichts gesehen, weil das Grundstück so zugewachsen war.

»Aber du hast denjenigen gesehen, der die Sporttasche mit dem Kind weggebracht hat«, sagte Raupach. »Du bist ihm gefolgt, bis zum Botanischen Garten, wo er die Tasche liegen ließ.«

»Ja.«

»Wer war es?«

Der Motor lief, die Scheinwerfer stachen grobe Keile aus der Dunkelheit.

Nicolas schwieg.

»Du hast uns so viel erzählt, und jetzt kneifst du?«

»Ich hab Ihnen erzählt, was *ich* gemacht hab. Ist das nicht genug?«

Raupach blieb ruhig. »Wir beschützen dich, vor wem auch immer.«

»Das schafft ihr nie.«

»Doch, das kriegen wir hin.« Für eine Weile, fügte Raupach in Gedanken hinzu. Je nach Strafmaß. Irgendwann kamen sie alle wieder raus.

Er wartete. Nicolas glaubte ihm nicht, das war offensichtlich. Eigentlich musste er dem Jungen eine Standpauke halten, er war gemeingefährlich, Brandstiftung, Körperverletzung.

Alles Teil der Lösung, Schritte auf dem Weg dahin.

»Sollen wir ein bisschen rumlaufen?«, schlug Raupach vor. »Zeig uns, wo genau du gewesen bist.«

»Auf gar keinen Fall. Die Frau, mit der Sie gestern hier waren, die hat auf mich geschossen. Ohne Vorwarnung.«

»Weil sie dachte, du wärst der Täter. Du hättest dich nicht verstecken dürfen.«

»Seit wann ist das verboten?«

»Sie fühlte sich bedroht.« Raupach wechselte das Thema. »Wie bist du überhaupt hergekommen? Vor zwei Tagen?«

Nicolas wollte etwas antworten, besann sich jedoch. »Ich geh da nicht raus!« Er hielt sich mit den Händen an der Kopfstütze fest.

»Musst du auch nicht«, sagte Photini und legte einen Gang ein. »Wir fahren weiter. Lass uns endlich Schach spielen.«

Sie kurvte zurück auf die Straße. »Und bis dahin erzählst du mir, was Raupach und diese Frau zusammen gemacht haben. Das hast du doch sicher beobachtet.«

»Und wenn?«, fragte er misstrauisch.

»Dann würde es mich brennend interessieren. Rein privat.«

»Na ja, die haben sich geküsst. Volles Rohr.«

»Genauer.«

»Im Stehen.«

»Was noch?«

»Die waren schon davor zugange, in dem Kleingarten.« Nicolas kicherte dämlich. »Da hab ich nur das Schmatzen gehört.«

Photini betrachtete Raupach im Rückspiegel. Wie du mir, so ich dir?

Er schaute weg. Eher Freunde in der Not. Enge Freunde.

Sie drehte sich halb um. »Du machst das ganz hervorragend, Nicolas.«

»Bist du nicht böse, weil ich so viel Mist gebaut hab?«

»Schon. Aber du siehst es ja ein, sprichst darüber. Es wird dadurch nicht besser, doch wir tun uns leichter, es zu verstehen.«

Er legte dem Eisbären die Hand auf den Kopf. Nein, diese Polizisten konnten ihn nicht richtig beschützen. Er würde sich selbst verteidigen müssen.

Das Schnitzmesser befand sich nach wie vor in seiner Jackentasche. Er malte sich aus, was mit Corinne in dem Schuppen passiert war. Bei verschlossener Tür.

Erst festhalten, wie in einem Schraubstock. Dann auf sie einreden. So weit kannte er den Ablauf bereits, oft genug erfuhr er ihn am eigenen Leib, wenn er ausrastete und wieder zur Räson gebracht werden musste. Doch bei Corinne war mehr passiert. »Weg mit dem Teil!«, hatte der Gast im Internet geschrieben. »Ich komm richtig in Fahrt.« Also ausziehen, Reize wirken lassen. Dann kam der Teil, der per Internet nicht mehr zu bewerkstelligen war, anfassen und alle möglichen Verrenkungen aufzwingen, mit aller Gewalt.

Nicolas fuhr mit dem Daumen über die Klinge. Sie war sehr scharf.

Wenn das so weiterging, musste er jemanden umbringen. Bald.

HART WIE EIN BETONPFEILER kurz vor dem Abriss. Vera Bahling blockte alles ab, was ihre Familie betraf. Heide durchwanderte mit ihr Station für Station, der Klinikbetrieb fuhr um acht Uhr abends allmählich auf Stand-by. Schließlich landeten sie im Hof der Notaufnahme und rauchten.

Die Frau litt wie ein Hund, ließ aber rein gar nichts heraus. Sie fasste jede Frage als persönlichen Angriff auf, beschwerte sich nicht einmal über ihren Ex-Mann. Schmerz machte manchmal blind.

Stattdessen sprach Vera Bahling von ihrem Beruf. Strich sich dabei durch ihre von Frust und Zeitmangel verklebten Haare, aschte auf ihre Kleidung. Kinder ins Leben holen, das sei nun mal ihre Pflicht. Eine Entbindung stelle für sie den menschlichsten Akt dar, den es überhaupt gab. Was konnte dabei nicht alles schiefgehen?

Eigentlich müsse sie jetzt zu einer Patientin, die schon über dem Geburtstermin sei. Vielleicht kam das Baby heute Nacht.

»Verdrängen, wegschieben, woanders hinschauen«, sagte Heide. »*Das* geht schief. Immer.«

»Haben Sie Kinder?«

»Verzichte.«

»Dann können Sie nicht mitreden. Zynismus ist eine Form von Selbsterniedrigung, das wissen Sie.«

Mutterstolz. Heide besaß ein ganzes Arsenal von Gegenargumenten. Sie ließ es stecken und zündete sich eine neue Zigarette an.

»Am Anfang, wenn sie noch ganz klein sind, kommt es Ihnen so vor, als würden sie niemals erwachsen werden.« Vera Bahling blickte auf den regennassen Hof. Die Pfützen verbanden sich allmählich zu kleinen Teichen. »Es dauert eine Ewigkeit, bis sich da was rührt. Kinder halten Sex für einen Witz, über den jeder lacht, wenn man ihn richtig erzählt. Die reine Unschuld. Goldene Jahre sind das. Sie dürften nie zu Ende gehen.«

»Damals nahmen die Weibergeschichten Ihres Mannes überhand, oder?«

»Midlife-Crisis. Er hat sich gelangweilt.«

»Wie sehr gelangweilt?«

Vera Bahling versteifte sich. »Klaus hat viele Fehler. Er war auch mal unbeherrscht, hat Ohrfeigen verteilt. Aber er hat nie … mehr gemacht. Auch nachdem wir uns trennten. Das war ja schon vor zehn Jahren, Thorben war damals zwölf, Corinne neun, Nicolas fünf.«

»Warum Ohrfeigen?«

»Kinder werden erwachsen, in Windeseile. Eine Zeit lang schauen Sie ihnen dabei zu, stolz wie nur was. Dann, ganz plötzlich, ziehen sie sich vor Ihnen zurück. Bleiben den ganzen Tag weg, kommen nicht mal mehr zum Essen heim, vielleicht noch zum Schlafen. Eltern sind dann nur noch lästig.«

»Was auch sonst?«, meinte Heide.

»Das schmerzt! Sie klammern sich an das Einzige, was Ihnen übrig bleibt: Vermutungen. Und das macht Sie wahnsinnig. Sie können sich nur noch *vorstellen*, was Ihre Kinder gerade treiben, die Gedanken überschlagen sich. Es sind keine netten Gedanken.«

»Was haben Sie denn vermutet?«

»Dass Corinne ihre ersten Erfahrungen macht.«

»Und? Haben Sie mit ihr darüber geredet?« Heides Tümpelaugen funkelten. »Das tun Mütter doch, oder?«

»Sie hätte jederzeit zu mir kommen können.«

»Wohl kaum.«

DIE HAVEMANN HIELT RAUPACH eine riesige Gaspistole unter die Nase. Dann erkannte sie ihn und machte auf.

»Man kann nicht vorsichtig genug sein«, murrte sie und ließ die Waffe unter ihrem Tücherberg verschwinden. »Hab immer wieder Ärger mit irgendwelchen Spinnern. Und seit's den Tütentünn erwischt hat …«

»Wir brauchen ein Schachspiel«, sagte Raupach.

»Haben Sie einen Durchsuchungsbefehl?«

Photini erklärte der Frau, weshalb sie hergekommen waren. Das nahm einige Zeit in Anspruch. Die Havemann blieb skeptisch.

Raupach ging mit Nicolas schon mal nach hinten. Der Junge durfte sich ein Schachspiel aussuchen. Er entschied sich für ein besonders großes, Industrieware aus Polen. Sie bauten es auf dem Tisch neben der Kasse auf und losten aus. Der Kommissar bekam Weiß und machte den ersten Zug.

Nicolas kapierte, worum es ging. Er spielte defensiv, versuchte, bestimmte Figuren so zu gruppieren, dass der Kommissar nachfragte. Die schwarze Königin? Das war Vera, seine Mutter. Der schwarze König? Klaus. Und der schwarze Läufer? Thorben.

Raupach ließ die weißen Figuren vorrücken. Der Bauer auf der e-Linie in der Mitte, der am stärksten bedroht war, stand für Nicolas. Stumm signalisierte der Junge, dass Corinne die weiße Dame war. Und der weiße Springer, der erst verspätet ins Geschehen eingriff, symbolisierte Otto.

Nicolas brauchte eine knappe Minute, um das Spiel zu beenden. Es war kein Matt. Er schlug nur die weiße Dame. Mit dem schwarzen Läufer.

Rückte vom Tisch ab. Nickte.

Er hatte nichts verraten. Nur Schach gespielt. Nach den richtigen Regeln.

Jetzt kam Numi an die Reihe. Er schnappte sich den Eisbären und schlitzte ihm mit seinem Messer den Bauch auf. Die Styroporfüllung quoll heraus.

»Hat dir jemand weh getan?«, fragte die Havemann.

»Wenn du einen Beschützer brauchst, kostet das was. Zum Beispiel, Klappe halten.«

»Ist Thorben dein Beschützer?«, fragte Raupach.

»Ich beschütze mich jetzt selbst.«

Sie sahen zu, wie Nicolas das Stofftier bis zur Unkenntlichkeit zerstückelte, ließen den Jungen sein Werk vollenden.

»Corinnes Bruder«, sagte Photini leise, überrascht, wie schnell alles gegangen war.

»Ja.« Raupach wog den schwarzen Läufer in der Hand. »Schach ist schon ein merkwürdiges Spiel.«

»Es hat keinerlei Beweiskraft.«

»Aber es verschafft uns Gewissheit. Wir fahren ins Krankenhaus zurück. Jetzt ist Thorben Bahling fällig.«

»Nimm Nicolas das Messer ab«, sagte Photini.

HEIDE FUHR HERUM. Hilgers stand hinter ihr und bat um ein kurzes Gespräch. Sie gab Vera Bahling den Rest ihrer Zigaretten und ging mit ihm zurück ins Krankenhaus.

Ein durchsichtiger Plastikbeutel. Darin ein Schlagring.

»Den habe ich auf dem Gang gefunden. Muss Reintgen aus der Tasche gefallen sein, als er dem Fotografen hinterher ist.«

Heide schaute sich das krallenartige Ding genauer an. »Da klebt Blut dran.«

»Sicher nicht sein eigenes.«

»Aber der Fotograf hat kaum was abgekriegt.«

»Der Obdachlose, den Reintgen in Ehrenfeld aufgelesen hat, umso mehr. Kotissek.«

»Sie glauben …« Heide erschrak, in Schüben. »Das ist eine ernste Anschuldigung.«

»Ich weiß.«

Leider war es nur allzu wahrscheinlich, dass sich Hilgers' Verdacht bestätigte. Reintgen hatte offenbar härter als sonst hingelangt, in einem Anfall von Selbstjustiz, warum auch immer. Dass Kotissek dabei gestorben war, machte es zu einem Schwerverbrechen. Reintgen, dieser Schwachkopf, hatte es gnadenlos übertrieben. Und er hatte wahrscheinlich den Falschen ins Jenseits befördert. Kotissek galt als einziger, wenn auch widerspenstiger Zeuge.

Am meisten war Heide jedoch entsetzt über sich selbst. Ihre Schüsse im Nordpark. Die hätten genauso jemanden wie Kotissek erwischen können, einen Obdachlosen, der volltrunken in der Gegend herumlag – oder einfach nur sein Geschäft hinter einem Busch verrichtete.

Vielleicht sollte sie es wie Raupach machen: die Artillerie zu Hause lassen.

Sie gab Hilgers den Schlagring zurück. »Das muss ins Labor. Jetzt gleich.«

»Und was ist mit Reintgen?«

»Wird sofort vom Dienst suspendiert. Das übernehme ich.«

ER STRITT ES NICHT LANGE AB. Heide stellte ihn auf seinem Posten vor Corinnes Zimmer zur Rede. Als sie den Schlagring erwähnte, und er sich spontan an die Jacke fasste, wurde überdeutlich: Reintgen war der mieseste Bulle, der frei herumlief.

»Das waren nur oberflächliche Verletzungen«, verteidigte er sich, in die Enge getrieben, »nichts Lebensbedrohliches.«

»Wozu dann der Schlagring?«

»Damit der Kerl überhaupt was spürt.«

»Falsche Antwort.«

Reintgen überlegte angestrengt. »Kotissek, der sah nicht aus wie einer, der gleich die Grätsche macht. Atmung ganz normal. Der hätte noch viel mehr einstecken können.«

»Wer nimmt Ihnen das ab?«

»Die Sanis können's bezeugen. Für die war das sicher genauso überraschend.«

Heide schickte Reintgen nach Hause. Der Mann brauchte dringend einen Anwalt und alle Hilfe, die er sonst noch kriegen konnte. Obwohl er nichts davon verdiente.

Sie ging der Sache weiter nach. Fragte am Schalter der Intensivstation nach den Dienstplänen der Rettungssanitäter und wurde ans Rote Kreuz verwiesen. Rief dort an und bekam nach einer Weile die gewünschte Auskunft. Wegen der vielen Einsätze während des Tages hatte die Besatzung von Kotisseks Krankentransport nur aus zwei Mitarbeitern bestanden, Notdisposition.

Einer war Rettungsassistent Thorben Bahling.

DER REGEN PRASSELTE IN BÖEN gegen die Fensterscheiben. Als würde jemand Sand auf den Deckel eines Sarges werfen, Schaufel für Schaufel.

Corinne an ihren Schläuchen, weit weg. Geäderte Marmorhaut. Das Gesicht ein Relief. Der Körper gut verborgen unter der Krankenhausdecke. Eine Hand schaute heraus.

So hatte sie es auch früher gemacht, sich eingemummelt bis unters Kinn und an der Seite eine kleine Öffnung gelassen, Belüftungsloch. »Gute Nacht« gesagt, laut und deutlich. Und dann: »Träum was Schönes, Papa.«

Das würde ihm nicht mehr gelingen.

Der Psychodoktor von der Polizei hing eingenickt in

seinem Stuhl. Ob der ihr helfen konnte? Corinne war doch nur ein Fall unter vielen. Die glaubten allen Ernstes, so etwas ließe sich therapieren. Heilen. An ein paar Schräubchen drehen, und das Mädchen tickte wieder richtig. Als ob das die Ursache beseitigen würde.

Er hatte es selbst in die Hand genommen, gerade eben erst, ein paar Zimmer weiter. Alles erfahren. Und die Ursache mit Stumpf und Stiel ausgemerzt. Unter Schmerzen.

Viel zu spät.

Die Infusionen liefen, hielten Corinne am Leben. Was erwartete sie, wenn sie aufwachte? Welche Zukunft hatte eine Kindsmörderin?

Er verzieh seiner Tochter, komme, was wolle. Würde sie ihm jemals verzeihen? Dass er nicht da gewesen war, als sie ihn am meisten gebraucht hatte?

Seine Finger starrten vor Blut. Er streckte sie aus, wollte Corinnes saubere Hand berühren.

Milan näherte sich dem Mann von hinten, schwang die Arme über seinen Kopf und zog an den Handschellen. Ging mit ihm zu Boden. Milan zog fester. Die Kette grub sich in die Schlagader.

DAS STÖHNEN WAR KAUM ZU HÖREN. Es kam vom Ende des Ganges, aus dem Geräteraum der Station, wie Heide einer kleinen Tafel entnahm. Sie versuchte die Tür zu öffnen, musste sich dagegenstemmen. Irgendetwas blockierte.

Zwischen Waschschüsseln, Sauerstoff- und Druckluftflaschen lag zusammengekrümmt Thorben Bahling. Sein Gesicht war ein unförmiger Klumpen, die Rettungskleidung besaß kaum noch weiße Stellen. Matschiges, schwarzes Blut rann zwischen seinen Beinen hervor.

Neben ihm eine Krücke. Damit musste ihn jemand so

zugerichtet haben. Und mit allem, was sonst noch zur Hand gewesen war.

JAKUB WARF SICH auf die beiden Männer, sie rollten zur Seite, die Kette lockerte sich. Er brachte seine Hand dazwischen und brüllte Milan an, sofort aufzuhören.

Klaus Bahling bekam wieder Luft, hustend und spuckend, aber es gelang ihm nicht, sich zu befreien.

Jetzt schrie auch Milan, unzusammenhängendes Zeug. Sie rangen miteinander, zu dritt, krochen mit strampelnden Beinen über den Boden.

Ein Krankenpfleger stürzte hinzu und hielt Milans gefesselte Handgelenke fest. Zusammen mit Jakub gelang es ihm, die Männer voneinander zu trennen.

Schwer atmend blieben sie sitzen. Milan stieß Beschuldigungen hervor, Klaus Bahling konnte noch nicht reden.

Corinne schlief.

DER GEFANGENENTRANSPORTER fuhr Richtung Präsidium ab. Kurz darauf trafen Raupach und Photini ein. Heide klärte die beiden auf, dann fuhren sie hinterher. Jakub blieb im Krankenhaus zurück, unterstützt von einem Bewachungsteam. Die Nacht würde noch lange dauern.

Klaus Bahling und Milan landeten in verschiedenen Arrestzellen, auch Vera, zum Schutz vor sich selbst, und Nicolas, der sich freiwillig anschloss aufgrund seiner Straftaten, wie er es formulierte. Die Polizisten konnten den Jungen ohnehin nicht weiter betreuen.

Später riefen sie ihn noch einmal, damit er Teile der Geschichte bestätigte. Er tat es, gelöst, gar nicht müde. Ohne Rachegedanken, das war erledigt.

Der Vater hatte die Wahrheit aus seinem Sohn herausgeprügelt.

Es fing an, als Corinne zwölf gewesen war und Thorben fünfzehn. Von Anfang an Vergewaltigung, reine ungehemmte Machtausübung. Meistens unten im Schuppen, wenn sie von der Schule nach Hause kam und Thorben sie abpasste. Manchmal auch in Corinnes Zimmer, zeitlich abgestimmt auf Veras Arbeitszeiten und Nicolas' Unterricht. Erst mit Gewalt und der Hand vor dem Mund. Dann unter der Drohung, es überall herumzuerzählen. Oder zu behaupten, Corinne habe es selber gewollt und ihn verführt. Dreiste Lügen, die das Mädchen für bare Münze nahm, verunsichert, eingeschüchtert, sexuell unerfahren wie sie nun mal war.

Klaus Bahling machte sich Vorwürfe. Die Trennung von seiner Familie habe Thorben den Weg geebnet. Mit fortschreitender Pubertät seien bei ihm alle Schranken gefallen, Alkohol habe wohl auch eine Rolle gespielt.

Es dauerte ungefähr vier Jahre. Dann begann Thorben mit seiner Ausbildung. Corinne setzte sich zunehmend zur Wehr, blieb lange weg, achtete auf Begleitung, wenn sie nach Hause kam, übernachtete häufig bei Freundinnen. Schließlich zog sie aus, Wintrichs Beziehung mit Vera war ein willkommener Anlass.

»Und vor drei Tagen passierte es wieder«, sagte Photini.

»Obwohl Corinne gerade erst ihr Kind bekommen hat?«

»Ja.«

Klaus Bahling räusperte sich, seine Stimmbänder waren noch lädiert. »Wenn ich das gewusst hätte, wäre der Dreckskerl jetzt tot.«

Zahllose Fragen standen im Raum. Photini und Raupach gingen sie ansatzweise durch.

Warum war Thorben zum Vergewaltiger an der eigenen

Schwester geworden? Aufgrund von Demütigungen, Frustrationen? Sucht nach Über-Nähe, wie die Psychologen Inzestfälle einstuften?

Warum hatte Vera weggeschaut? Sie musste doch etwas mitbekommen haben. Konnte nicht sein, was nicht sein durfte?

Warum hatte Corinne geschwiegen?

»Scham, Angst und Schuldgefühle«, meinte Photini.

Antworten aus dem Handbuch des sexuellen Missbrauchs. Andere hatten sie nicht.

Die Notoperation an Thorben Bahling verlief erfolgreich, er überlebte. Dass er keine Kinder zeugen konnte, hatte schon zuvor festgestanden. Bei der Gewebeanalyse hatte man eine nicht behandelte Hodenentzündung festgestellt. Thorben war schon seit langem unfruchtbar.

Seinem Vater wäre das egal gewesen. Er hätte auf die gleiche Stelle eingeprügelt.

STRENG GENOMMEN war es bloß eine weitere Aussage.

Clausing versorgte sie mit Fakten. Er kam persönlich ins Präsidium und legte das Ergebnis von Kotisseks Obduktion im Konferenzraum der Mordkommission dar.

Der Mann habe ein Thoraxtrauma erlitten, eine schwere Verletzung des Brustkorbs, daraufhin sei die Lunge kollabiert. So viel zur Todesursache.

»Und was hat dazu geführt?«, fragte Heide.

»Zunächst haben etliche Schläge und Tritte eine Rippenserienfraktur verursacht. Daran stirbt man nicht, wenn sich die gebrochenen Rippen nicht in die Lunge bohren. Allerdings wird der Brustkorb dadurch so instabil wie eine angeknackste Eierschale.«

»Bleibt die Atmung normal?«

»Hängt davon ab, wie stark sich der Thorax im Bereich

der Rippenbrüche noch ausdehnen kann.« Clausing verschränkte die Finger beider Hände und demonstrierte es. »Bei zusätzlichem Druck von außen, etwa, wenn man sich auf jemanden draufwirft, kommt es zu einem Thoraxtrauma. Der Brustkorb wird zusammengequetscht, die Eierschale zerbricht.«

»Thorben Bahling könnte also nachgeholfen haben?«

»Eine Rippenserienfraktur lässt sich ertasten, ein Rettungsassistent sollte dazu in der Lage sein. Und allein mit Kotissek hinten im Krankenwagen, da hatte er Gelegenheit, den Rest zu erledigen.«

»Warum das alles?« Heide wandte sich an Höttges. Er war mit den Befragungsteams aus Ehrenfeld zurückgekehrt, ohne einen Zeugen für Reintgens brutales Vorgehen gefunden zu haben.

»Vielleicht hat der Tütentünn Thorben an der Stimme erkannt und ihn für den Mörder von Wintrich gehalten«, meinte der Anwärter. »Oder Thorben wollte nur auf Nummer sicher gehen. Er konnte ja nicht wissen, wie viel Kotissek in der Tatnacht mitgekriegt hat.«

»Die Tatnacht.« Raupach blickte in die Runde. »Gehen wir's noch mal durch.«

PHOTINI FING AN. »Wintrich trifft sich mit Corinne in der Heckenrose. Sie hat die Tasche dabei, verbuddelt sie halb, ist völlig verzweifelt. Endlich erzählt sie, was Thorben ihr angetan hat, deckt das böse Geheimnis auf.«

»Wie reagiert Wintrich?«, fragte Raupach.

»Vielleicht schlägt er vor, mit ihr zur Polizei zu gehen. Aber erst am nächsten Tag. Bis dahin will er auf die Tasche aufpassen und im Gartenhäuschen übernachten. Corinne soll mit dem Taxi nach Hause fahren. Sie ruft Milan an.«

»Höchste Zeit für Thorben einzugreifen«, fuhr Raupach

fort. »Er ist Wintrich heimlich in die Heckenrose gefolgt, mit Nicolas im Schlepptau – was er nicht weiß, der Junge traut sich nur bis zum Nordpark. Thorben bringt Wintrich mit dem Spaten um und zwingt Corinne zu einem Deal: Er verrät nicht, dass sie ihr Kind getötet hat. Dafür muss Corinne ihn decken, wie schon all die Jahre zuvor. Doch jetzt hat er sie in der Hand.«

Photini nickte. »Er schärft ihr ein falsches Alibi ein. Dass sie zusammen im Kino waren. Dann kümmert er sich um die Babyleiche. Er verlässt den Tatort und wird die Sporttasche im Botanischen Garten los.«

»Nicolas ist ihm hinterhergegangen«, schaltete sich Heide ein. »Er will die Tasche in den Rhein werfen, schafft es aber nur zum Niederländer Ufer.«

Raupach schloss den Kreis. »Inzwischen trifft Milan in der Heckenrose ein und hält Corinne für Wintrichs Mörderin. Er stiehlt die Brieftasche und legt mit dem Haschisch eine falsche Spur. Dann bringt er Corinne nach Mülheim und wird den Spaten los.«

Sie schauten sich gegenseitig an. Der Konferenzraum wirkte plötzlich noch kahler, als er war, das Halogenlicht stach in den Augen.

Heide überprüfte die Notizen, die sie in den vergangenen Stunden angefertigt hatte. »Nach allem, was wir sonst noch haben, heißt das: Alle werden unter Anklage gestellt, die ganze Familie einschließlich Plavotic. Keiner geht straffrei aus. Sogar Vera, wegen unterlassener Hilfeleistung.«

»Hauptsache, Thorben Bahling fährt ein«, fand Photini.

»Aber für wie lange?« Raupach sank in seinem Stuhl zurück. »Sein Anwalt wird ihm raten, sich schuldig zu bekennen. Die Vergewaltigungen fallen unters Jugendstrafrecht. Der Mord an Wintrich könnte als Totschlag durchgehen. Dass er bei Kotissek nachgeholfen hat, ist schwer nachzuweisen. Und die Verletzungen, die ihm sein Vater zugefügt hat, verschaffen ihm eventuell einen Mitleidsbonus.« Er machte eine Pause. »Wenn's gut für ihn läuft, kommt er nach fünf Jahren raus.«

CLAUSING BEENDETE das bleierne Schweigen. »Es gibt auch eine erfreuliche Nachricht, wenn man so will.«

Die Köpfe der Polizisten fuhren zu ihm herum, dankbar für alles, was die Stimmung irgendwie aufhellte.

»Ich habe einen Experten von der Uniklinik hinzugezogen. Die Medizin kennt allerlei Erklärungen, keine ist zweifelsfrei bestätigt.«

»Raus damit!«

»Corinne hat ihr Baby nicht getötet. Das kann ich mit Sicherheit sagen.«

Verblüffte Gesichter. Keiner stellte die nächstliegende Frage.

»Die Todesursache war Atemstillstand«, führte Clausing weiter aus. »Aber wir haben nichts gefunden, was auf äußerliche Gewalt oder Fremdeinwirkung hindeutet. Keine Stofffasern von Matratzen, Decken oder Kissen in der Lunge. Keine Druckstellen oder Würgemale.«

Der Gerichtsmediziner schlug eine Mappe auf, entnahm ihr einen Stapel Fotos und klemmte einige an die Leiste einer Planungstafel.

»Es sind auch keine Blutgefäße geplatzt, wie das im Todeskampf vorkommt. Das Kind hat einfach mit dem Atmen aufgehört. Diagnose: plötzlicher Säuglingstod.«

»Und welchen Anteil hat Corinne daran?«, fragte Raupach.

»Keinen. Sie ist unschuldig.«

»Aber es muss doch irgendetwas vorgefallen sein, was –«

»Nein. Es ist einfach passiert, unerwartet. Wahrscheinlich während das Baby schlief.«

Clausing riss ein paar Theorien an, Infektionen, gestörter Blutfluss, Pilze in der Matratze. Er stellte Risikofaktoren dar wie Bauchlage, Überwärmung, ungenügende Luftzirkulation. Alles nur Erklärungsansätze, bei plötzlichem Kindstod seien auch Fachleute ratlos. Und er betonte, dass er schon gestern beim Fund der Leiche auf fehlende Spuren hingewiesen hatte.

»Geben Sie uns ein Szenario«, sagte Raupach schließlich. »Was könnte sich zugetragen haben, in Corinnes Wohnung, vor zwei Tagen?«

»Unter dem Schock einer erneuten Vergewaltigung«, setzte Photini hinzu. »Als der Alptraum zurückgekehrt war.«

»Ich habe keine Ahnung.« Clausing hob die Hände. »Das wäre reine Spekulation.«

»Also schön, stellen wir's uns vor.« Photini stand auf und begann, den Konferenztisch zu umrunden. Dimmte im Vorbeigehen das Licht herunter.

»Corinne kommt zu sich nach Hause. Sie hat Thorben noch an sich dran, in ihr drin.«

Heide nickte.

»Sie würde gern duschen. Aber das Baby schreit, klar, sie ist ja auch eine Weile weg gewesen. Kein Stofftier weit und breit. Sie gibt ihrem Kind die Brust. Das fällt ihr schwer, Thorben hat sie überall betatscht. Trotzdem, das Baby muss trinken. Tut es auch, irgendwann schläft es friedlich ein. Corinne deckt es zu, begräbt es förmlich unter der Decke, obwohl es im Zimmer viel zu warm ist.«

Photini blieb stehen und lehnte sich an die Wand. »Zum Duschen ist sie jetzt zu erschöpft. Soll sie Thorben anzeigen, ihn endlich büßen lassen? Oder sich neben ihr Baby legen und alles vergessen, für ein paar Stunden? Vielleicht helfen Pillen. Sie dämmert weg.«

Photini schloss kurz die Augen. »Irgendwann wacht sie auf. Sie wundert sich, dass nichts von dem Kind zu hören ist, schaut nach: es ist tot. Größter anzunehmender Horror.«

Ein Wink zu den Fotos an der Tafel.

»Sie gibt sich selbst die Schuld, steigert sich rein. Ist sie im Schlaf auf das Baby gerollt und hat es erstickt? Ein verrutschtes Kissen. Sie ahnt, dass manchmal ein anderer Teil ihres Ichs Besitz von ihr ergreift, Stichwort Dissoziation. War es eine Kurzschlusshandlung?«

Raupachs Blick wurde stumpf. So hatten sie es der Familie erklärt, vorschnell, ohne in Betracht zu ziehen, dass es nur ein Unfall gewesen sein könnte.

»Am Ende hält sich Corinne für die Mörderin ihres Kindes. Sie fragt sich, wer ihr helfen kann. Otto? Sie ruft ihn an. Weiß nicht, dass Thorben beim Telefonieren mithört.«

Stille. Nach einer Weile drehte Photini das Licht wieder auf.

»Wir müssen die Bahlings verständigen«, sagte sie, »und Nicolas und Milan, gleich jetzt.«

MILAN MACHTE KEIN AUGE ZU. Schwankte zwischen Erleichterung, Trauer und Sorge. Im Laufe des nächsten Tages erfuhr er auch noch, dass er definitiv der Vater des toten Kindes war. Das Glück hüllte sich manchmal in seltsame Gewänder.

Der Ermittlungsrichter erließ Haftbefehl gegen Thorben Bahling und Klaus Bahling. Vera und Nicolas durften nach Hause gehen.

Raupach nahm Milan wieder zu Corinne ins Krankenhaus mit, diesmal ohne Handschellen. Das Mädchen war wach, bekam all die neuen Nachrichten tröpfchenweise eingeflößt. Kehrte an der Hand ihres Freundes zurück.

Jakub kannte einen Kollegen, der auf schwere Traumata und Dissoziation spezialisiert war. Die Behandlung zog sich vermutlich über Jahre hin. Lara würde nicht sofort verschwinden.

Bei entsprechenden Auslösern, etwa wenn Corinne einen kleinen, dunklen Raum betrat, oder wenn sie sich an einen Computer setzte, würde Lara zumindest hinter ihr stehen.

Nach ein paar Tagen erklärte sich Corinne bereit, gegen ihren Bruder Thorben auszusagen. Sobald sie wieder einigermaßen auf der Höhe war, wollte sie ihre Erinnerungen im Zuge einer Anamnese neu zusammensetzen. Auch das gehörte zur Therapie.

Für den Übergang verschaffte Heide ihr einen Platz in einem Rehabilitationszentrum. Milan machte sich inzwischen auf Wohnungssuche. Die beiden wollten zusammenziehen.

Die Medien ließen nicht locker, produzierten unterschiedlichste Versionen des Falles. Raupach gab die Story an einen freien Journalisten, der seine eigene Art hatte, die Dinge zu erzählen, anonymisiert, aus allen Perspektiven, mit einem Gespür dafür, worauf es jenseits der Sensation ankam.

Reintgen entzog sich der Festnahme und setzte sich noch in der Nacht, als Hilgers und Heide ihn der schweren Körperverletzung überführt hatten, ins Ausland ab. Für schlagkräftige Ex-Polizisten, nahm er an, gab es überall Verwendung. Einen Monat später wurde er in einem Vorort von Le Havre festgenommen. Er leistete keinen Widerstand.

»IST DAS JACKETT NICHT ZU LANG?«

»Nein, nicht zu lang.«

»Und der Schnitt?«

»Seit zwanzig Jahren aus der Mode«, schätzte Heide.

»Aber gut eingetragen.«

Raupach drehte sich auf der Stelle und blickte in den fleckigen Spiegel. Die Hose passte ihm ebenfalls. Vielleicht musste er sie um ein, zwei Zentimeter kürzen lassen, nicht der Rede wert.

Die Anprobe in der »Zweiten Hand« hatte gerade mal zehn Minuten gedauert. Neuer Rekord.

»Wo haben Sie den Anzug her?«, fragte Heide und nahm einen Schluck Kaffee. »Der ist doch nicht vom Laster gefallen, oder?«

»Aus einem Nachlass.« Die Havemann hatte Heide in den Bullenstuhl gesetzt, ohne zu wissen, dass die Frau zusammen mit Raupach die neue Doppelspitze der Kölner Mordkommission bildete. »Ich habe den Vorbesitzer persönlich gekannt. Kann sein, dass er in dem Ding sogar gestorben ist.«

»Woran denn?«

»An den Löchern, die man ihm in den Bauch gefragt hat.«

Die beiden Polizisten waren die einzigen Kunden im Laden und blieben es auch, bis Heide zum Aufbruch blies.

Sie fuhren ins Delphi. Effie hatte ihre Geburtstagsfeier verlegt. Raupach behielt seine Neuerwerbung gleich an.

Photini, inzwischen ohne Augenklappe, schüttelte den Kopf. »Macht dich noch älter als zuvor.«

»So?«

»Wenigstens ist er schwarz.«

ERWACHEN. SO früh wie möglich. Frei atmen.

Wintersocken, dicker Pulli, Strickmütze. Wieder runter an die Arbeit gehen.

Die Figuren waren fast fertig. Zweiunddreißig, ein komplettes Schachspiel. Alle ein wenig verschieden, aber so, dass man ihre Funktion erkennen konnte. Ohne Gesichter, die störten nur. Otto wäre stolz auf ihn gewesen.

An dem letzten Bauern schliff Nicolas noch die Kanten ab. Blies den Holzstaub weg. Überprüfte den Stand.

Perfekt.

Er saß eine Weile da und betrachtete die Figurenreihen. Ein Brett hatte er auch angefertigt, mit großen, klar abgegrenzten Feldern.

Die Luft in dem unbeheizten Schuppen war kalt, sein Atem bildete Wölkchen.

Sollte er die erste Partie gegen sich selbst spielen? Nein, das war irgendwie armselig. Er brauchte einen Partner.

Ob der Kommissar Zeit hatte? Oder Photini? Ihr letzter Besuch lag schon Wochen zurück. Sie hatte wohl was anderes zu tun. Verbrecher fangen.

Die Werkbank war fast so lang wie sein Bett und genauso breit. Das war ihm noch nie aufgefallen.

Ein Eiszapfen in seiner Brust. Er stand auf.

Am Boden hatten sich jede Menge Späne angesammelt. Die brannten sicher gut.

THOMAS
KASTURA

Der vierte Mörder

Klemens Raupachs erster Fall

»Am Tag der Geburt des Erlösers werden die Menschen brennen. Es wird unter der Erde geschehen. Die Strafe wird furchtbar sein.«

Anfang Dezember geht bei der Kölner Polizei ein anonymer Drohbrief ein, der für den 23.12. einen verheerenden Brandanschlag ankündigt. Ein Fall für Hauptkommissar Klemens Raupach. Doch der einst erfolgreichste Ermittler der Kölner Kripo ist in den Innendienst, ins Polizeiarchiv, strafversetzt. Während sein Nachfolger mehr als halbherzig ermittelt, werden nach einem Brand auf einem Spielplatz ein weiterer Drohbrief und kurz darauf eine Leiche in einer Unterführung entdeckt. Raupach und seine junge, scharfzüngige Kollegin Photini Dirou nehmen sich inoffiziell des Falles an. Doch die Zeit zerrinnt den Ermittlern zwischen den Fingern, der 23.12. rückt unaufhaltsam näher, und erst als weitere brutale Morde gemeldet werden, erhält Raupach den entscheidenden Hinweis …

KNAUR TASCHENBUCH VERLAG

THOMAS
KASTURA

Das dunkle
Erbe

Klemens Raupachs
zweiter Fall

Zwei Frauen werden heimtückisch ermordet, eine dritte verschwindet spurlos. Alle drei standen einem bestimmten Mann sehr nahe: Sie waren die Frau, die Geliebte und die Kollegin des Kölner Arztes Bernhard Schwan. Eine Verzweiflungstat? Je länger Kommissar Klemens Raupach den tatverdächtigen Arzt vernimmt, desto rätselhafter wird der Fall …

KNAUR TASCHENBUCH VERLAG

ALEX BERG

MACHT LOS

THRILLER

In Hamburg laufen die Vorbereitungen für den internationalen Krisengipfel auf Hochtouren. Erste Terrorwarnungen sind bereits bei den Geheimdiensten eingegangen. Zur selben Zeit wird die Anwältin Valerie Weymann am Flughafen verhaftet. In endlosen Verhören unterstellen ihr Agenten von BKA und CIA Kontakte zu Terrormitgliedern von al-Qaida. Die Anwältin ist fassungslos und verweigert die Aussage. Doch ihr juristisches Wissen nützt ihr nichts, als am Hamburger Hauptbahnhof eine Bombe explodiert. Der mutmaßliche Täter ist ein Bekannter von ihr. Noch in derselben Nacht wird Valerie in ein geheimes Gefängnis nach Osteuropa gebracht, und eine rasante Jagd auf Leben und Tod beginnt …

KNAUR TASCHENBUCH VERLAG